REGICIDA

Virginia Boecker

O REGICIDA

A CAÇADORA DE BRUXOS – VOL. 2

Tradução:
Alves Calado

1ª edição

— **Galera** —
RIO DE JANEIRO
2017

CIP-BRASIL. CATALOGAÇÃO NA PUBLICAÇÃO
SINDICATO NACIONAL DOS EDITORES DE LIVROS, RJ

B655r   Boecker, Virginia
         O regicida / Virginia Boecker; tradução Alves Calado. –
         1. ed. – Rio de Janeiro: Galera Record, 2017.
         il.   (A caçadora de bruxas ; 2)

         Tradução de: The king slayer
         Sequência de: A caçadora de bruxas
         ISBN 978-85-01-11010-7

         1. Ficção americana. I. Calado, Alves. II. Título. III. Série.

17-43086   CDD: 028.5
                                           CDU: 087.5

Título original:
The King Slayer

Copyright © 2016 by Virginia Boecker

Copyright da edição em português © 2017 por Editora Record LTDA.

Texto revisado segundo o novo Acordo Ortográfico da Língua Portuguesa.

Editoração eletrônica: Abreu's System
Adaptação de capa original: Renata Vidal

Direitos exclusivos de publicação em língua portuguesa somente para o Brasil
adquiridos pela
EDITORA RECORD LTDA.
Rua Argentina, 171 – Rio de Janeiro, RJ – 20921-380 – Tel.: (21) 2585-2000,
que se reserva a propriedade literária desta tradução.

Impresso no Brasil

ISBN 978-85-01-11010-7

Seja um leitor preferencial Record.
Cadastre-se e receba informações sobre nossos
lançamentos e nossas promoções.

Atendimento e venda direta ao leitor:
mdireto@record.com.br ou (21) 2585-2002.

Para Holland
e
para August

1

ESTOU SENTADA NA BEIRA DA cama, aguardando. O dia temido por meses chegou finalmente. Olho em volta, mas não há muita coisa com que me distrair. Tudo é branco: paredes brancas, cortinas brancas, lareira de pedra branca, até os móveis: cama, armário e uma pequena penteadeira abaixo de um espelho. Nos dias nublados, essa ausência de cor é tranquilizante. Mas nos raros dias de sol invernais, como hoje, a claridade é avassaladora.

Há uma batida fraca à porta.

— Entre — peço.

A porta se abre com um rangido das dobradiças, e ali está John, parado. Apoia-se no batente e me olha por um instante, o cenho franzido.

— Está pronta? — pergunta finalmente.

— Faria diferença se eu não estivesse?

John atravessa o quarto e senta ao meu lado, meio cauteloso. Aquele dia está bem-vestido, com calça azul engomada, casaco azul combinando e uma camisa branca que, por algum milagre, não parece amarrotada. Os cabelos conseguem estar encaracolados, mas não desgrenhados. Ele poderia estar indo a um baile de máscaras ou a uma comemoração, algum lugar festivo. Não para onde vamos de verdade.

— Você vai ficar bem — diz ele. — Nós vamos ficar bem. E, se a expulsarem, bem — ele sorri, mas o sorriso não chega exatamente aos olhos. — A Ibéria é linda, mesmo nessa época do ano. Pense em como vamos nos divertir.

Balanço a cabeça, sentindo uma onda de culpa ao ver que ele sente-se obrigado a menosprezar o que está por acontecer: a audiência no conselho. Encarar meus crimes, responder à acusação de traição contra Harrow.

Fui convocada na semana depois do baile de máscaras de Blackwell, depois de John e Peter me trazerem para sua casa. Depois de tomarmos conhecimento do plano de Blackwell para roubar o trono e formar um exército com as centenas de bruxos e magos que ajudei a capturar. Depois de eu dar meu estigma a John — o XIII escrito elegantemente em preto no abdômen, a marca que me curava e me dava forças — e de quase ter morrido.

Na época eu não estava consciente, nem quando recebi a segunda convocação, nem mesmo a terceira. Recebi um total de seis antes mesmo de abrir os olhos, e outras seis antes de ser capaz de dar um passo sem ajuda. Elas vinham numa taxa de uma ou duas por semana antes de Nicholas interferir, garantindo ao conselho que eu me encontraria com seus membros assim que estivesse preparada.

Demorou dois meses.

E durante dois meses vivi à sombra dessa audiência, imaginando o que seria feito de mim. É improvável que o conselho me permita continuar morando ali, pelo menos sem pagar um preço. Peter supõe que o preço seja eu virar sua assassina; John imagina que seja eu virar uma espiã. Mas acho que será o exílio: vão me dar uma hora para recolher minhas coisas, e então ganharei uma escolta até as fronteiras de Harrow, com a ordem de jamais voltar.

— Se eles me obrigarem a partir, você não irá comigo — aviso. — Fifer, seu pai, seus pacientes... você não pode deixá-los.

John se levanta.

— Nós já conversamos sobre isso.

Na verdade, John falou e eu protestei. Ele continua:

— Não quero deixá-los, mas me recuso a deixá-la. E, de qualquer modo, a coisa não vai chegar a esse ponto. Nicholas não vai permitir. — Ele pega minha mão e a puxa gentilmente. — Venha. Vamos acabar logo com isso.

Levanto, relutante. Também estou bem-vestida, com um vestido que Fifer me deu. A saia é de seda azul-clara, meio brilhante, o corpete de um brocado azul mais escuro, com acabamento em fios de prata e minúsculas pérolas brancas. É o vestido mais bonito que já tive. É o único que já tive. Ela até penteou meus cabelos, formando uma trança elaborada que cai sobre o ombro. Eu queria usá-lo solto, como faço geralmente. Mas Fifer insistiu.

— Com o cabelo assim você parece ter uns 14 anos — disse ela. — Quanto mais jovem você parecer, mais inocente vai soar. Vai fazer o conselho pensar duas vezes antes de exilar uma criança.

John estende a mão e segura minha trança com delicadeza, passando os dedos por toda a extensão. Fecho os olhos com a sensação de tê-lo tão perto. Quando os abro, ele está me encarando atentamente e sei que estou retribuindo com a mesma intensidade.

O som de um pigarrear no corredor quebra o feitiço. John se afasta justamente quando Peter aparece à porta, preocupação transparecendo em todos os vincos do rosto marcado pelo tempo. Assim como John, ele está bem diferente aquele dia. O cabelo escuro encaracolado muito bem penteado. A barba escura bem aparada. Está limpo, passado a ferro e engomado, e, se não fosse a espada à cintura — larga, de cabo curvo, arma de pirata — eu poderia não reconhecê-lo.

Ele nos olha de cima a baixo, rapidamente.

— Bem, bem. Vocês dois estão com boa aparência. Adequada, mas sem afetação. Bem arrumados, mas sem exagero. — Peter se inclina para mais perto, captando o que quer que esteja enxergando em nossas expressões. — Vejam bem, talvez vocês devam tentar parecer um pouquinho mais sombrios. Guardar a comemoração para depois, hein?

Recuo um passo, para longe de John, mas ele apenas ri e revira os olhos.

— Acho que devemos ir — continua Peter. — É melhor chegar cedo. Não sabemos que tipo de multidão podemos encontrar.

Diante da palavra *multidão* meu estômago dá um nó. É outra coisa que temi desde que fui convocada para essa audiência. Encarar as pessoas de Harrow, ouvir suas histórias. Ficar sabendo como matei alguém íntimo delas, ou como alguém que eu conheço o fez. Saber como eu destruí suas vidas, ou como alguém que eu conheço o fez.

Já no andar de baixo, John me ajuda a vestir o casaco; comprido, feito de lã azul com acabamento em pele de coelho, outro presente de Fifer. E assim nós três saímos do chalé rumo ao ar frio do fim de fevereiro, rumo ao vento que corta a pele do rosto e entorpece as bochechas.

A casa de John e Peter, cujo apelido é Chalé do Moinho por causa da enorme roda d'água construída no celeiro anexo, fica perto da aldeia de Whetstone, no norte de Harrow, escondida no finzinho de uma estrada estreita de terra, paralela a um rio vagaroso. Aqui é bem tranquilo, e aquele dia parece silencioso como sempre. Nada além do barulhinho da água do moinho batendo suavemente nas margens, e de um par de patos selvagens nadando junto à beirada, grasnando para nós, pedindo comida.

O Chalé do Moinho é um lugar divertido, charmoso. Antigamente era formado por três casas menores e separadas que, com o tempo, Peter juntou, formando uma grande. Por isso talvez o local ainda mantenha uma aparência um tanto aleatória: a casa da frente é comprida e baixa, de pedra marrom, com uma porta azul gasta pelo tempo e janelas grandes, de caixilhos azuis. A casa do meio é de tijolo vermelho e é a mais alta das três, com a fachada cheia de janelas pequenas e uma chaminé de tijolos. E a casa dos fundos, onde fica meu quarto, é de tijolos cinza-escuro com teto de palha, cercada pelos luxuriantes jardins medicinais de John. Ele diz que estarão cheios de pássaros quando chegar a primavera, construindo ninhos e chocando filhotes; quase impossível viver ali, de tanto barulho.

Não é a primeira vez que me pergunto: *Será que ainda vou estar aqui quando a primavera chegar? Será que o Chalé do Moinho vai estar? E Harrow?*

A caminhada de Whetstone até Hatch End, onde acontecerá a audiência, leva pouco mais de uma hora. Peter diz que é tradição que todas as reuniões do conselho aconteçam na residência do presidente do conselho — agora não mais Nicholas, depois que a doença o impediu de realizar seus deveres, e sim um homem chamado Gareth Fish. Eu me encontrei com ele uma vez, na casa de Nicholas, assim que cheguei a Harrow: alto e cadavérico, vestido de preto, escrevendo um ditado. Peter disse que ele é um homem justo, ainda que um tanto ardoroso; John e Fifer não disseram nada, e aquele silêncio me disse tudo que eu precisava saber.

Nosso caminho passa por uma encosta coberta de capim, marcada aqui e ali por postes castigados pelo clima, suas setas apontando para os povoados próximos que compõem o assentamento de Harrow: THEIDON BOIS, 5,2 km. MUDCHUTE, 27 km. HATCH END, 5,9 km. A placa onde está escrito UPMINSTER, 99 km foi riscada e agora, logo abaixo, lê-se num rabisco desigual: *O inferno fica nesta direção.*

O inverno se assentou para todos os lados. O capim nas campinas e os morros distantes ondulam num tom amarronzado, salpicados de neve não derretida; as árvores nuas e sem vida. Casas de fazenda pontilham a paisagem, com fumaça das lareiras saindo de chaminés, ovelhas, vacas e cavalos amontoados em silêncio, massas trêmulas sob a claridade solar que não emite calor algum. A cena é pacífica, mas com uma tensão subjacente: uma aldeia à espera.

— Nicholas já deve estar lá, com Fifer. — A voz de Peter rompe o silêncio gélido. — Nós discutimos se Schuyler deveria ir, mas concluímos que era arriscado demais. Não queremos provocar nenhuma comparação ao passado um tanto... caprichoso dele, bem como o seu.

Schuyler. Um retornado, sem vida e imortal, mas com força e poder quase inimagináveis. Ele salvou a vida de Nicholas, me ajudando a quebrar a tabuleta de maldição que Blackwell usou para tentar matar Nicholas; salvou a vida de todos nós, tirando-nos do palácio de Blackwell e nos levando para o navio de Peter, rumo à segurança. Mas, apesar de tudo isso, ele ainda é um ladrão e mentiroso, atormentador e descrente. E, apesar da delicadeza de Peter, o que realmente ele quer dizer é que o passado de Schuyler é violento, imprevisível e indigno de confiança. Assim como o meu.

— Quanto a George — diz Peter —, ele escreveu uma carta linda, que será apresentada como prova a seu favor.

Nos dias seguintes à usurpação do trono feita por Blackwell e à subsequente prisão de Malcolm, antes de Blackwell fechar as fronteiras da Ânglia, George — um espião que se disfarçava de bobo da corte — tomou um navio em direção à Gália. Iria se encontrar com o rei e pedir tropas e suprimentos, sabendo que cedo ou tarde, provavelmente cedo, Blackwell atacaria Harrow. Ali viviam muitas pessoas dotadas de poder para se opor a ele. E, enquanto Harrow existir, será uma ameaça para ele: um rei instável num trono instável.

— E tem o Nicholas — continua Peter. — Ainda que ele de fato tenha sido rebaixado politicamente depois de tudo que aconteceu. — Ele acena vagamente, mas está claro que se refere a mim. — Ainda é influente em meio aos reformistas mais velhos. Claro, algumas pessoas do conselho argumentam que Nicholas é cúmplice na usurpação de Blackwell. Que, se ele não estivesse decidido a ajudá-la, garantindo que sua vida fosse poupada — um olhar para John, que faz uma careta — poderíamos tê-lo impedido, de algum modo.

A ideia é tão absurda que quase gargalho.

— Blackwell vem planejando isso há anos — argumento. — Até mesmo décadas. Desde que deu início à peste que matou o rei e a rainha. Meus pais. Metade do país.

Peter levanta as mãos num gesto conciliador. Mas eu continuo:

— Mesmo se soubessem, vocês não poderiam ter impedido. Eu diria isso mesmo antes de saber que ele era um mago. — Penso no homem que conheci, no homem que eu pensava conhecer. Aquele que um dia foi Inquisidor, dedicando a vida a desencavar e destruir a magia. Que passou a vida tramando em segredo e à espera; que me usou, usou Caleb e o restante de seus caçadores de bruxos para capturar bruxos e magos a fim de montar um exército, derrubar o rei, o próprio sobrinho e tomar o país. — Vocês não conhecem Blackwell como eu. Não sabem do que ele é capaz.

Parei de caminhar, e então, em vez de tremer de frio, estou suando sob toda essa pele de coelho. John aperta minha mão ligeiramente, e só então percebo que eu berrava.

— Eu sei — diz ele. — E o conselho precisa saber também. O que Blackwell fez, tudo que ele fez. Com alguma sorte, isso vai nos revelar seus próximos passos.

Já repassamos a estratégia vezes sem conta. Nicholas quer me colocar no banco de testemunhas e fazer com que eu conte o que disse a ele, coisas que jamais contara a ninguém. Sobre meu treinamento, como me tornei caçadora de bruxos, sobre Caleb.

Caleb.

Meu estômago dá um nó apertado, doloroso, como acontece toda vez que penso nele. E penso com frequência; com frequência demais. O modo como levantei minha espada para tentar matar Blackwell, como Caleb se jogou à frente dele. O modo como matei Caleb em vez de Blackwell.

Ele precisava me tirar do caminho, agora sei disso. Eu era um obstáculo, algo que o afastava do objetivo que ambicionava tão desesperadamente. Mas saber disso ainda não basta para aplacar a culpa que me consome, que tem me devorado todos os dias desses dois meses desde sua morte.

— ... e é isso — conclui Peter. — É só isso que você precisa dizer. Sei que repassamos tudo uma centena de vezes. Mas é importante estar preparada. — Faço que sim com a cabeça, mesmo não tendo ouvido uma palavra. Nunca ouço. Toda vez que ele começa a falar disso, meus pensamentos se desviam para Caleb e não ouço mais nada.

Fazemos o restante do trajeto em relativo silêncio. Estou nervosa demais para falar, Peter está tenso demais, John, preocupado demais. John caminha ao meu lado, cenho franzido, passando a mão pelo cabelo até que os cachos, antes bem contidos, fiquem quase eriçados. Isso o faz parecer infantil, mais jovem que seus 19 anos.

O caminho à frente começa a se estreitar, passando por entre as árvores que contornam a estrada. Os troncos são altos e retorcidos, os galhos, desfolhados, se enrolam e se entrelaçam feito dedos, formando uma copa densa a ponto de sombrear a terra úmida sob nossos pés e obscurecer a visão.

— Veja onde pisa. — Peter aponta para o tronco derrubado que bloqueia nosso caminho no centro da estrada. — Estas árvores são lindas no verão. Mas, depois das primeiras chuvas de inverno, parece que metade desaba, o que é um pé no... *Pelo sangue de Deus.*

Ouço John inspirar bruscamente, levanto os olhos e os vejo. Centenas, talvez milhares de pessoas ladeando a estrada até a casa de Gareth. Por um momento ficamos parados, enraizados no chão, olhando os rostos de homens e mulheres com expressões que vão da curiosidade ao ódio, passando pelo asco.

Andamos por eles, tremendo sob as capas de lã, cachecóis e luvas. Não reconheço ninguém, mas reconheço a expressão que me dirigem, o jeito como seus olhos percorrem meu vestido e meu casaco refinados demais, e de repente o esforço feito por Fifer para fazer com que eu doasse respeitável e inocente parece, na melhor das hipóteses, uma farsa; e na pior, um insulto. Meu lugar não é ali, e todos sabem disso.

— Levante a cabeça — sussurra Peter. — Você parece deprimida. Pior, parece culpada.

— Estou me sentindo culpada. Eu sinto culpa.

— Sentir culpa e parecer culpada são duas coisas muito diferentes — argumenta Peter. — Agora veja, ali está Gareth. Ele vai nos levar para dentro.

O mar interminável de pessoas finda perto do muro baixo de pedras que cerca a casa de Gareth. Ela é feita de tijolos cor de areia, com dois andares, cercada por grandes jardins muito bem cuidados e aparados para o inverno. De um dos lados há uma colina cheia de árvores escuras, com aparência dura devido ao frio, e do outro, uma catedral. Separada da casa, porém construída com o mesmo tijolo cor de areia, é cercada por uma grade de ferro alta e tem um cemitério meio arruinado na frente, cheio de lápides e cruzes plantadas de modo irregular, cobertas de musgo e desgastadas pelo tempo.

Gareth vem até nós, vestindo o manto preto do conselho, o brasão vermelho e laranja dos reformistas na frente. Ele é exatamente como me lembro: magro e grisalho, olhos azul-claros relampejando por trás dos óculos com armação de metal. Estende a mão para Peter, depois para John, que o cumprimenta sem entusiasmo.

— Imagino que tenham chegado até aqui sem incidentes, não é? — pergunta Gareth.

— Estamos aqui, não estamos? — murmura John.

Peter lhe oferece um olhar de reprimenda; John o ignora.

— Sem incidentes — responde Peter. — Se bem que é mais por sorte que intenção, imagino. Pelo que me lembro, você queria que esse processo fosse realizado com discrição. Mas aparentemente metade dos povoados do norte apareceu.

Gareth dá um sorriso sutil, um vislumbre de um pedido de desculpas.

— As notícias chegam rápido em Harrow, você sabe. Especialmente uma notícia dessa magnitude. — Ele observa a multidão, agora tão comprimida que está quase nos cercando. Todos ficaram em silêncio, os de trás esticando o pescoço, tentando ouvi-lo. — Para muitos, é a primeira vez que ouvem falar da doença de Nicholas. É natural que haja preocupação com seu bem-estar. Ele é uma figura popular, claro. — O sorriso de Gareth vacila de leve. — Tenho certeza de que muitos aqui são gratos a Elizabeth por ter lhe poupado a vida.

— Ela não a poupou, ela a salvou. — A voz de John é enfática, irritada. Peter põe a mão em seu ombro, mas John ignora o gesto também. — E se as pessoas estão tão gratas, por que vamos ter essa audiência, afinal de contas?

— Infelizmente a coisa não funciona desse jeito. — Gareth abre os braços, como se ele próprio estivesse impotente diante das maquinações do conselho, como se ele próprio não fosse o chefe. — O conselho convoca as audiências, e não o povo. Se bem que tenho certeza de que os votos levarão em conta a gratidão deles.

De todos os olhares para mim, nenhum parecia emanar gratidão.

— De qualquer modo o conselho está reunido, esperando a chegada de vocês. Vamos? — Gareth sinaliza não para sua casa, mas para a catedral vizinha. — Com toda a multidão, tivemos de transferir a audiência para lá. Presumo que não haja objeções, não é?

— Faria diferença se houvesse? — pergunta John rispidamente.

— Absolutamente nenhuma — responde Peter, animado. — Vamos?

Gareth nos guia pelo curto caminho até o portão da catedral, com a multidão logo atrás. Abre-o e sinaliza para entrarmos, andando rapidamente até a porta, a capa preta voando atrás de si, como uma nuvem de tempestade. Peter entra, mas eu hesito, sentindo um calafrio repentino de premonição diante do cenário. O portão: tal como o de Ravenscourt, alto e proibitivo. A multidão: como a que protestava diante deles, raivosa e exigente. O pináculo em cima da catedral: um juiz apontando um dedo acusador. As lápides: um júri esperando para dar a sentença.

— Tudo vai acabar logo — sussurra John ao meu ouvido, a mão firme em minhas costas.

Viro-me para ele e é então que vejo: uma fração de segundo de movimento, um homem num borrão preto e aquele som familiar, de madeira rangendo, o som que o teixo faz quando está encordoado com cânhamo; um arco com uma flecha posicionada, pronta para voar.

Eu grito no mesmo instante que a flecha atravessa o pescoço do homem que está ao lado de John.

2

O HOMEM ESCANCARA A BOCA, tanto de choque quanto de pavor. O sangue jorra do ferimento no pescoço, saturando a camisa antes de o sujeito desabar no chão com um ruído pesado, feito um saco de nabos cheio demais.

A multidão ao redor irrompe em gritos. Outra flecha, duas, zunem pelo ar. Outro homem cai, depois uma mulher.

Peter desembainha a espada com uma das mãos, aponta a outra para a catedral.

— Vão! Entrem. Vocês dois. *Agora.* — Ele passa por nós rapidamente, recua pelo portão e desaparece na turba.

John agarra meu braço com a força de um torno e me empurra pelo caminho à frente das pessoas que se acotovelam e gritam atrás de nós. Ele abre a porta da catedral, e Fifer está parada ali, pálida e bonita num vestido de veludo esmeralda, o cabelo preso muito esticado para trás.

— O que está acontecendo? — Sua voz normalmente grave está fina de tanto medo. — Ouvi gritos...

— Estamos sendo atacados. — John me empurra pela porta. Uma enorme quantidade de pessoas se apinha atrás, em volta dele, passa entre nós. Ele me soltou e agora está sumindo de vista, voltando pela porta. — Fique aí dentro! — Ouço-o gritar. — Não saia, não importa o que aconteça.

— John!

— Não saia! — repete ele. Ouço sua voz, mas não o vejo. Chamo seu nome de novo, mas ele sumiu.

Sigo junto à parede e vou pelo corredor lateral em direção ao transepto, com Fifer em meu encalço. Pessoas apinham a nave, enchem os bancos, todas berrando e empurrando.

— Cadê Nicholas? — grito.

— Está com o restante do conselho — grita ela de volta. — Eles se reúnem na cripta antes das audiências; não subiram porque você ainda não havia chegado.

Paro diante de uma alta janela em arco que dá para o cemitério. Cerca de uma dúzia de homens, entre eles John e Peter, estão encolhidos perto do portão. Peter coloca uma espada na mão de John, e, antes que eu entenda o que está acontecendo, antes que eu seja capaz de aceitar a visão de John segurando uma arma, eles se espalham.

Tiro a capa de pele de coelho, jogo-a no chão. Levanto a bainha do vestido e arranco a anágua.

Fifer fica boquiaberta, horrorizada.

— O que você está fazendo?

— O que parece? — Chuto o pano de lado. — Vou ajudar.

— Estou vendo — diz ela rispidamente. — Quero dizer: o que você está fazendo com esse vestido?

Olho feio para ela. Fifer muda de tática.

— Você não pode sair. Vai se ferir. — Em seguida olha furtivamente ao redor, mas as pessoas apinhadas não estão prestando atenção; mesmo se estivessem, não poderiam nos ouvir acima da balbúrdia. — Pode acabar morta.

— E é por isso que preciso de armas — aviso. — Alguns homens aqui devem estar armados. Uma espada ou facas, de preferência, mas aceito qualquer coisa.

Fifer hesita, com uma carranca. Por fim levanta a barra de sua pesada saia de veludo e abre caminho pela multidão. Eu me viro de volta para a janela. Flechas voam indiscriminadamente; homens — não dá para ver quem — correm por trás de árvores, cercas vivas, lápides. Há gritos ali dentro, gritos lá fora; não consigo entender nada. Instantes depois, Fifer reaparece atrás de mim, carregando um punhado de facas com cabos de prata. Vai me passando uma a uma, o cabo voltado para mim.

— Não sei se é isto o que você quer — diz ela. — Mas precisei roubá-las, portanto não quero uma palavra de reclamação.

Um sorriso desliza pelo meu rosto ao sentir o peso frio e confortável das facas. Pego minha anágua, corto uma tira com uma das facas, amarro-a na cintura, fazendo um cinto improvisado. Enfio o restante das armas ali, depois vou até a portinhola junto da janela e puxo o trinco.

— Tranque depois que eu sair — digo a ela. — Não abra de novo, para ninguém.

— Não faça nada idiota — responde ela, antes de fechar a porta e empurrar o trinco pesado de volta.

À minha frente estão o cemitério e os portões circunvizinhos. Mais além, árvores e, depois, uma vastidão de colinas marrons. À direita, homens lutando e gritando, entre eles Peter. Não vejo John, mas vejo outros dois, não arqueiros vestidos de preto, e sim homens da cidade usando túnicas simples de inverno, caídos na grama, rosto para cima, flechas alojadas no peito. Mortos.

Vou me esgueirando até a frente da catedral. Não dou mais que alguns passos antes de uma flecha passar zunindo por mim, cravando-se numa fenda da pedra. É seguida por outra e mais outra. Elas vão se enfileirando a menos de 20 centímetros diante do meu rosto. A mira não é um erro, é um alerta. Jogo-me no chão. Vou me arrastando pela terra e grama, me refugio atrás de uma lápide meio arruinada, coberta de líquen e musgo. Organizo os pensamentos tão bem quanto as flechas enviadas como mensagem.

Primeiro: encontrar o atirador. As flechas vieram de cima para baixo; algum lugar nas árvores, então. Segundo: matar o atirador. Saco uma faca da cintura e saio correndo, de uma lápide até outra, os olhos voltados para os galhos sombreados acima, convidando-o a aparecer.

Onde está você?, penso.

A resposta vem na forma de outra flecha, acertando bem no espaço entre meu terceiro e quarto dedos, agarrados ao canto da pedra. Puxo a mão de volta, um grito quase imperceptível escapando dos lábios enquanto um fio de sangue escorre pelos dedos, um risco vermelho contra a pele clara. Por hábito, espero a coisa, que não vem. Nem o clarão de calor no abdômen, nem a sensação aguda, pinicante. Porque, devido ao hábito, esqueço que não tenho mais meu estigma.

Abaixo-me outra vez atrás da lápide e avalio. Estou sangrando, estou encurralada. Estou armada, mas não tanto quanto gostaria, e não consigo ver quem me ataca. Estou em desvantagem. Mas não sobrevivi dois anos ao treinamento para caçar bruxos sem saber como aproveitar ao máximo as desvantagens. A voz de Blackwell ressoa em minha mente sem ser convidada: *Para recuperar uma vantagem perdida, você deve sempre fazer o inesperado.*

Então faço a única coisa que uma pessoa cercada por um inimigo oculto não deveria fazer: fico de pé. Aí ouço um som minúsculo — um farfalhar de folhas, um grunhido de surpresa mal contido. É o que basta. Vejo-o empoleirado num galho baixo de um carvalho, camuflado pelos ramos de uma sempre-viva ali perto. Tiro do cinto uma das pesadas facas de prata. Recuo o braço, miro, lanço.

E erro.

Mas que droga!

Um riso curto, de desprezo; o som fraco de pés batendo no chão. Quem quer que estivesse na árvore, saiu de lá e está vindo atrás de mim. Passos. O roçar de dedos em penas, o recuar de uma flecha. Então faço a única outra coisa possível quando estou cercada por um inimigo.

Dou meia-volta. E corro.

A flecha passa voando acima de minha cabeça, errando por pouco — meu pé se embola na barra do vestido, e eu caio. Rolo até ficar de costas, tento pegar outra faca, mas é tarde demais: o arqueiro está parado acima de mim. Cabelo escuro, corpo atarracado, 20 e poucos anos. Não o conheço, mas ele parece me conhecer. Olha para mim com um risinho mal contido, e balança a cabeça.

— Considerando tudo que ouvi falar de você, esperava uma luta melhor que esta.

— Quem é você? — pergunto.

O arqueiro não se dá o trabalho de responder. Tira outra flecha da aljava, ajusta-a lentamente na corda, não afasta o olhar do meu nem um segundo.

— Gosto de um bom esporte — diz ele. — Blackwell me garantiu que você seria um. Vai ficar decepcionado ao saber que errou. — O sujeito inclina a cabeça de lado, pensando. — Talvez não fique *tão* decepcionado assim.

Arrasto-me para trás, tentando me afastar dele, da flecha agora apontada diretamente para o meu rosto. Não chego longe, batendo em outra lápide, a superfície áspera espeta minha coluna.

O arqueiro balança o arco para trás e para frente, devagar, como se estivesse fazendo um inventário de minhas feições.

— Você tem olhos bonitos — comenta. — É uma pena acertar em um deles, mas é o melhor lugar, sabe. Só vai doer por um instante.

Então noto: o brasão costurado na frente de sua capa de lã preta. É uma coisa grotesca: uma rosa vermelha estrangulada pela própria haste cheia de espinhos e atravessada pelo topo por uma espada com cabo verde. Embora jamais tivesse visto o desenho, sei exatamente o que é: o novo emblema de Blackwell.

— Ele não vai vencer — sussurro. São minhas últimas palavras; sendo assim deveriam ser importantes. — Blackwell. Ele acha que vai vencer. Mas não vai.

Um dar de ombros.

— Já venceu.

Não respondo; só espero. Que a flecha fure meu crânio, meu cérebro; espero a morte. Fecho os olhos, como se assim fosse doer menos.

Então, no espaço de segundos, a coisa acontece. Um passo, o som de botas na grama macia, o estalo de um graveto. Abro os olhos de repente, ao mesmo tempo que o arqueiro se vira, porém não a tempo de evitar a lâmina que atravessa seu pescoço e desce pelas costas, quase partindo-o ao meio.

Seus olhos escuros ficam vazios. Um jorro de sangue lhe brota da boca e molha meu rosto, meus braços, meu vestido. O arqueiro oscila uma, duas vezes, depois tomba no piso da floresta, como uma árvore derrubada. Atrás dele está John, com o paletó e as calças azuis não mais impecáveis, e sim amarrotados e rasgados; a camisa branca não mais branca, e sim vermelha de sangue.

Ele se ajoelha ao meu lado.

— Você está bem? — Segura meu rosto com as duas mãos e o vira suavemente de um lado a outro. — Ele não acertou você, acertou?

Meu olhar vai rapidamente do arqueiro caído, do sangue esparramado nas lápides, empoçado e vermelho embaixo dele, para a espada na mão de John, também pingando sangue.

— Elizabeth. — John inclina minha cabeça para ele, um dedo em meu queixo.

— Ele acertou minha mão — respondo finalmente. — Mas estou bem.

John passa o polegar sobre o corte que ainda sangra.

— Não é fundo, mas de qualquer modo vou examinar melhor mais tarde. — Ele me põe de pé. — Eu o vi vigiando você. Ele estava na árvore, atirando contra nós, depois parou assim que você saiu da catedral. Por que você fez isso? Eu disse para ficar lá dentro. Poderia ter sido morta.

Trocamos um olhar, e nele está a percepção silenciosa de como as coisas estão diferentes. Não sou a pessoa que era quando nos conhecemos, nem a pessoa que era há três meses. Na época eu era uma caçadora de bruxos, invencível; portadora de um estigma e tema de uma profecia: a pessoa mais procurada na Ânglia.

Agora não sei quem sou.

— Você não deveria estar aqui fora — continua ele. — É perigoso demais. Você não está em boas condições ainda, e não é... — Ele hesita, mas entendo as palavras mesmo assim.

— Não sou o quê? — afasto-me dele. — Não sou forte? Não sou útil? Não sou mais capaz de lutar, por isso deveria ficar de fora, pois não me querem de qualquer modo? — As palavras jorram antes que eu possa pensar melhor.

— Não era isso que eu queria dizer, e você sabe.

— Desculpe — reajo depressa, porque sei. — Eu não deveria ter falado nada daquilo e... — Calo-me quando percebo o que John fez.

Ele usou uma arma e matou uma pessoa. O rapaz que jamais fizera nada além de salvar vidas agora tirou uma vida. — Você o matou. — Olho o arqueiro aos nossos pés.

— É. Mas não lamento. Faria isso de novo se fosse necessário, se significasse proteger você ou qualquer pessoa.

Pisco diante da súbita veemência em sua voz.

— Não quero que faça isso. Não é de seu feitio.

— Acho que todos vamos fazer coisas que não queremos antes que isso tudo acabe. Vamos. Nós pegamos todos, pelo menos acho que sim. Mas faremos uma contagem de cabeças lá dentro, para garantir que todo mundo está presente.

Seguimos pelo cemitério até a frente da catedral, onde há um grupo de homens reunidos: Peter, Gareth e um punhado de outros que não reconheço. Estão ao lado de uma fileira de corpos — uma trilha de sangue indicando que foram arrastados até lá — encharcando o chão ao lado.

— Quantos? — pergunto. — Vi um homem caído quando saí, um dos nossos. Eles pegaram mais alguém? Nós pegamos mais algum deles?

— Cinco. — John me lança um olhar sério. — Quatro homens, uma mulher, todos nossos. Deles, só pegamos aquele ali. Os outros, contamos mais quatro, desapareceram assim que começamos a persegui-los.

Harrow é um trecho de terras de 15 quilômetros, cercado por uma barreira mágica protetora que só deixa entrar seus residentes ou pessoas que, como eu, estão acompanhadas por um morador. Mas, com a reivindicação do trono por parte de Blackwell e a revelação de que ele também possui habilidades mágicas, Harrow ficou exposta e vulnerável. Com centenas de bruxos e magos desaparecidos desde o início da Inquisição, quatro anos antes, não há como saber quem está morto e quem pode ter virado traidor, seja por escolha ou à força. Isso aconteceu com alguém, e agora estão deixando os homens de Blackwell entrarem em Harrow.

A primeira violação aconteceu há um mês. Um homem sozinho — pensou-se que era um espião ou capanga — foi apanhado na aldeia de Mais-no-Pântano, cerca de metade do caminho entre a casa de John, em Whetstone, e a de Gareth, em Hatch End. Foi descoberto por acaso: caiu da árvore onde estivera dormindo, assustando um par de magos que pescavam num lago ao amanhecer, e fugiu antes que eles pudessem pegá-lo.

A segunda foi mais sinistra. Três homens flagrados se esgueirando por Mudchute, uma área desolada, cheia de plantações, que se estende para o sul, desde os povoados no norte de Harrow até a fronteira. Não estavam atrás de nada, não estavam armados e não fugiram ao ser apanhados. Simplesmente evaporaram.

Apesar do medo latente em Harrow de que os homens de Blackwell estivessem obtendo permissão de entrar, há uma corrente contrária, feita de esperança. Porque, para muitas pessoas, a ideia de que alguém que eles amam, alguém que julgavam morto, na verdade estar vivo e ser um traidor é sedutora. Mas como John viu a própria mãe e a irmã serem mortas na fogueira, essa não é uma ideia que o atrai.

Por mais de um ano ele ainda luta para processar o fato. Ainda que eu possa não ser responsabilizada pela captura de ambas, sou cúmplice. E sei que ele tem dificuldade em digerir isso também.

— Onde você aprendeu a usar uma espada? — pergunto.

— Aprendi a usar a espada antes mesmo de andar — responde John, com um sorriso triste. — Benefício de um pai pirata, acho.

— Você a maneja bem — elogio, com cautela.

Ele confirma com a cabeça, prudente.

— Nunca senti muita utilidade, mas agora fico satisfeito. Especialmente depois de hoje.

Minha vontade é lhe pedir que tenha cuidado. Quero contar sobre a realidade da coisa toda. Que primeiro se mata por uma causa, depois por mero pretexto. E então o motivo não é um nem outro, e pouco a pouco as vidas que você tira começam a roubar a sua. Vi isso acontecer com Caleb, assim como senti acontecer comigo. Não vou conseguir ver o mesmo acontecendo com John.

Mas antes que possa falar, antes que consiga exprimir uma palavra, Nicholas aparece. Sinto uma onda de alívio ao vê-lo vivo, incólume, mas tal alívio se transforma rapidamente em pavor no instante que ele se junta aos outros homens, todos apontando para mim, junto à catedral, com Gareth assentindo, inflexível.

Peter se separa quando nos aproximamos, Nicholas logo atrás. Peter aperta John num abraço forte, antes de se virar para mim e fazer o mesmo. Nicholas me observa atentamente, o límpido olhar negro passeando do sangue em minhas roupas para o sangue em minha mão. Não dizemos nada enquanto os outros se aproximam, ainda conversando rapidamente.

— O que está acontecendo? — pergunta John.

— Eu queria juntar as mulheres e crianças em pequenos grupos, escoltá-las de volta às casas — responde Peter. — Estabelecer um perímetro rotativo, com homens armados para patrulhar a barreira em volta de Harrow dia e noite, e garantir que não haja mais invasões.

— Concordei com isso — diz Nicholas. — Também concordei que a audiência pode esperar. Diante do que aconteceu hoje, temos coisas mais importantes a fazer.

Solto um suspiro de alívio com o adiamento da execução, sabendo que tenho mais alguns dias, uma semana talvez, para me preparar. Até que Gareth diz:

— Pelo contrário. Acho que este é o momento perfeito para a audiência.

3

JOHN ENTRA NA MINHA FRENTE, como se quisesse me proteger da ideia.

— Não. Não precisamos fazer a audiência hoje. Ela pode ser adiada.

— Infelizmente não é assim que a coisa funciona — avisa Gareth. — O conselho foi convocado, a fonte para contar os votos foi preparada. Nenhuma das duas coisas pode ser adiada até que cheguemos a uma decisão. — Ele olha para Nicholas. — Essas foram as regras que você mesmo determinou quando estabeleceu o conselho.

— As regras foram criadas para impedir traições dentro do júri, como você sabe muito bem — rebate Nicholas. — É para impedir ameaças vindas do conselho, e não de fora.

— Exatamente — concorda Gareth. — Motivo pelo qual elas não se aplicam. O povo de Harrow veio aqui hoje em busca de respostas. E é o que ele terá.

— Ele veio em busca de respostas, mas em vez disso sofreu um ataque — reage Peter. — As pessoas estão assustadas. Deixe que vão para casa.

— Se você está pedindo que eu reconvoque o conselho para dar a nossos inimigos mais uma chance de nos atacar em massa, devo recusar — diz Gareth. — Não é coincidência o ataque ter acontecido hoje, aqui. Os homens de Blackwell sabiam onde estaríamos. Onde *ela* estaria. — Ele me olha, qualquer afabilidade que tivesse direcionado a mim já não existe mais. — Estão procurando por ela, não há dúvida. E precisamos decidir o que fazer em relação a isso. Hoje.

— No entanto, não vou impedi-lo de ir embora caso você sinta que deve — continua Gareth, observando Nicholas. — Os estatutos declaram que o presidente do conselho pode votar em nome de um membro ausente. Eu ficaria feliz em fazer isso por você.

Nicholas não responde, mas a raiva nos olhos escuros fala por ele.

Na primeira vez que vi Gareth, achei que ele fosse um escrivão. Naquela noite, Peter me disse que, na verdade, ele era membro do conselho, e agora é o chefe de tudo. Algo nisso me faz lembrar de Blackwell: ganhando vantagem à custa da desvantagem de outro. E é então que tomo uma decisão. Ainda que possa me beneficiar com o adiamento da audiência, não quero que Harrow sofra.

— Gareth está certo. — Eu me viro para Nicholas. — Devemos fazer a audiência hoje. Não faz sentido adiar mais.

Talvez Nicholas estivesse esperando que eu dissesse isso, talvez quisesse isso; de qualquer modo, reage assentindo de modo rígido.

— Excelente. — Gareth aplaude e faz um gesto em direção à catedral. — Vamos?

— Ela pode ao menos trocar de roupa? — pergunta John. — Elizabeth está coberta de sangue. Não é necessário que a vejam assim.

— Ele não diz, mas nem precisa: todo o esforço feito por Fifer para me vestir e fazer com que eu parecesse uma garotinha, uma garotinha inocente, está desfeito, e agora vou me apresentar diante do conselho parecendo exatamente o que eles estão tentando esconder.

Uma assassina.

— Infelizmente isso não é possível. — É Nicholas quem responde dessa vez. — Se o conselho foi convocado para uma sessão e a pessoa que motiva a sessão está fisicamente presente, ninguém pode sair até que o mesmo tenha sido adiado.

Gareth assente.

— São as regras.

John me lança um olhar breve, depois tira o casaco e o põe sobre meus ombros. Meu vestido de seda e brocado azul, antes lindo, está rasgado e sujo de terra, grama e sangue. Meu cabelo, cuidadosamente trançado, agora cai em desalinho. O casaco de John o encobre em parte. Porém, mais que ocultar, o gesto na verdade funciona para revelar uma coisa: minha confiança nele, sua aliança comigo, nosso vínculo, que o prejudica tanto quanto me ajuda.

A porta é aberta por Gareth e range pesadamente nas dobradiças. Lá dentro, sob uma calma relativa, vejo coisas que não tinha notado até então. Uma fonte de água num vaso trabalhado de pedra posicionado no nártex, a água redemoinhando espontaneamente. Fileiras de bancos de carvalho reluzentes, almofadas para os joelhos, vermelho-sangue, penduradas em ganchos minúsculos atrás dos encostos. A bandeira da Ânglia, vermelha, azul e branca, pendurada no forro de madeira, junto à bandeira reformista em preto, vermelho e laranja. Todo o espaço tem um cheiro forte de incenso — olíbano, benjoim, mirra. Perfumes calmantes, mas não aquele dia.

Como antes, os bancos estão cheios de pessoas, tantas que se derramam pelos corredores, pelo fundo e pelas laterais. E todas me olham.

Talvez seja a luz fraca e caleidoscópica, talvez seja o frio dentro da catedral, talvez seja o medo, mas as bordas de minha visão escurecem e sinto uma ânsia de sair correndo. Porta afora, por aquele túnel de árvores caídas, pelas campinas onduladas e além da fronteira de Harrow. Mas aonde eu iria? Esta tem sido uma pergunta constante desde que aquelas ervas caíram de meu bolso, marcando-me como bruxa e colocando-me na cadeia, e então me transformando em traidora e modificando minha vida para sempre.

A mão de alguém segura meu ombro e me incita a girar. Nicholas se aproxima. Sua figura alta e sombria é muito maior que eu.

— Você vai ficar tentada a mentir, mas não minta. — Sua voz está baixa. — Eles vão fazer perguntas que você não quererá responder, mas, se não disser a verdade, eles saberão. Diga o que sabe, como sabe, exatamente do jeito que me contou. O resto cuidará de si.

O resto cuidará de si. Tudo o mais virá em seguida. Essas palavras, esses catequismos, continuam a exigir que eu participe da audiência. Primeiro Nicholas pediu que eu permitisse que a profecia de uma pessoa me guiasse, agora pede para eu deixar que o julgamento de outras seja meu destino. Sua fé pretende ser encorajadora, eu sei. Mas essa mesma fé está pedindo que eu coloque minha vida na mão de terceiros, e até agora a experiência me mostrou que esse é o pior lugar para se estar.

Gareth avança e segura meu braço. John me solta, e, relutante, sigo pelo corredor com Gareth. Todas as outras pessoas permanecem sentadas enquanto passo. Sinto os olhares em mim, ouço os sussurros. Estou me sentindo uma noiva no casamento mais mal concebido e malfadado que já se imaginou.

Chegamos ao púlpito cheio de arabescos, elaborado e pintado de ouro, a estante esculpida no formato de um corvo: mensageiro da verdade, mas também símbolo do infortúnio e do engodo. À frente há uma fileira de cadeiras, todas simples, exceto a do centro. É grande e tem aparência desconfortável, toda ângulos agudos e madeira gasta, o encosto esculpido num formato pontiagudo. As quatro pernas grossas de madeira são esculpidas como um leão.

Uma porta é aberta atrás do altar. Por ali sai uma fileira de homens, todos vestido de modo idêntico a Gareth e Nicholas. Mantos simples de veludo preto, que vão até o chão, com capuzes adornados pelo brasão reformista: um pequeno sol cercado por um quadrado, depois um triângulo, em seguida outro círculo, uma cobra devorando a própria cauda: um Ouroboros. Os conselheiros. Meus juízes e meu júri.

Gareth me leva até a cadeira do centro, sinaliza para eu me sentar. No mesmo instante, correntes saltam dos braços e pernas, prendendo-se em volta dos meus pulsos e tornozelos. Os leões esculpidos rugem, estalando as mandíbulas, rosnando, flexionando as garras afiadas de madeira. Sacudo-me mas não vou a lugar algum quando John, sentado na primeira fila ao lado de Fifer e Peter, se levanta para protestar. Peter lhe segura o ombro e o puxa para baixo.

Gareth ocupa seu lugar atrás do púlpito — é o décimo sétimo conselheiro, mas o único que importa — e pigarreia.

— Antes de começarmos, acho adequado guardarmos um momento de silêncio em honra aos que morreram no ataque de hoje.

Ele lê os nomes dos quatro homens e da mulher que morreram, depois se vira e fala com os espectadores:

— Como todos vocês sabem, hoje estamos reunidos para decidir se Elizabeth Grey deve ter o privilégio de permanecer dentro das fronteiras protetoras de Harrow ou se deve ser banida para jamais voltar.

Há um murmúrio baixo nos bancos.

— Os ataques de hoje — continua Garreth — marcam a terceira falha de segurança, a terceira vez que Blackwell, o novo rei da Ânglia, conseguiu se infiltrar em Harrow. Mas é a primeira vez que ele mandou seus homens recuperarem o que, creio eu, considera propriedade sua. Ainda que seja nossa política, isto é, uma política reformista, oferecer proteção a quem nos procura, devemos decidir se tal proteção pode e deve ser oferecida à custa de nossa segurança.

— Os ataques contra Harrow não são culpa de Elizabeth — argumenta Nicholas. — Quer ela estivesse aqui ou não, os homens de Blackwell viriam.

— Vivemos em segurança em Harrow há muitos anos, sem nenhum incidente — retruca Gareth. — Acho impossível acreditar que a chegada da jovem e esses ataques sejam mera coincidência.

— Imagino que todos nós achávamos impossível acreditar que o ex-Inquisidor acabaria se revelando um mago — retruca Nicholas. — E, ainda assim, ele é um mago.

— A garota é perigosa — começa um conselheiro. É o mais velho, mais até que Nicholas, a pele pálida e o cabelo branco e ralo se destacam com nitidez contra o manto preto. — Não posso desconsiderar isso. Mas ela salvou a vida de Nicholas e não posso desconsiderar isso também. Não fosse por ela, ele estaria morto.

Dois homens sentados lado a lado assentem em uníssono.

— De fato ela salvou uma vida — diz um deles. — Claro, poderíamos contra-argumentar que salvar uma vida não exatamente compensa as vidas tiradas por ela. — Ele me encara com um par de olhos desiguais: um de um castanho intenso, e o outro amarelo-canário. — E quantas vidas seriam, Srta. Grey?

Faço uma pausa, cogitando mentir. Como se numa deixa, percebo o leve menear da cabeça de Nicholas. Sinto o peso de mil pares de olhos e começo a suar sob o casaco azul pesado de John. E desvio o olhar quando respondo à pergunta que nem mesmo ele ousou me fazer.

— Quarenta e uma — murmuro.

— O quê? — O olho amarelo do sujeito brilha com malícia. — Acho que as pessoas do fundo não ouviram.

— Quarenta e uma — repito, um pouco mais alto.

O homem assente, sério.

— Como eu disse. Quarenta e uma vidas se foràm, uma foi poupada...

— Salva — corrige Nicholas, do mesmo modo como John corrigiu Gareth. — Ela não poupou minha vida, ela a salvou. E salvou outras. — Nicholas olha para Fifer, mas não para John. Ninguém no conselho sabe o que fiz para salvá-lo. — Se tiver oportunidade, ela pode salvar muitas mais.

— Você não está sugerindo que devemos permitir que uma caçadora de bruxos...

— Ex-caçadora de bruxos — interrompe Nicholas, baixinho.

— Lute conosco? Por nós? — Os dois conselheiros se entreolham, estufados como um par de corvos. — Como vamos acreditar que tudo isso não faz parte de uma armadilha? Um plano que ela tramou com Blackwell para entrar em Harrow e acabar com todos nós?

O silêncio cai enquanto toda a catedral pesa suas palavras; pesa a ideia de que eu possa estar representando um papel numa armadilha, uma armadilha criada por Blackwell e que vai me fazer matar todo mundo dentro de Harrow. É impossível.

Só que não é.

— Não é nada disso. — Seguro os braços duros e quadrados da cadeira, odiando o som trêmulo de minha voz, mas com medo de falar mais alto. — Eu jamais ajudaria Blackwell. Não mais.

Os conselheiros se entreolham, trocando expressões que vão da surpresa à incredulidade. Principalmente incredulidade.

— Não quero machucar ninguém. Na verdade, jamais quis — confesso. — Quando me tornei caçadora de bruxos, eu era só uma criança. Não sabia o que isso significava, o que significaria. Mas não sabia o que mais fazer.

É um pretexto lamentável, o pior possível. Mas é a verdade.

— Mas quer eu fique ou vá embora, quer esteja aqui ou não — continuo —, Blackwell virá atrás de vocês. Ele quer Harrow. Sob seu controle ou destruída, mas não vai parar até conseguir o que deseja. Há uma coisa que vocês precisam saber: ele sempre consegue o que deseja.

Os conselheiros se entreolham de novo.

— Se me permitirem ficar, posso ajudá-los — ofereço. — Posso ajudar a mantê-lo longe daqui. Posso ajudá-los a acabar com ele. — Evito deliberadamente usar a palavra *matar*. — Eu trabalhei com ele durante três anos, morei sob seu teto durante dois. Eu o conheço.

— Não o suficiente, eu diria — retruca o conselheiro do olho amarelo. — Caso contrário, saberia que ele era um mago. Apesar de tudo que diz sobre conhecê-lo, de algum modo a coisa mais importante pareceu ter lhe escapado completamente. E estava bem à mostra.

— Eu achava que ele usava um de vocês! — Minha voz sobe até ficar aguda; os leões aos meus pés mostram os dentes, em alerta. — Achei que ele estivesse obrigando um mago a fazer magia para ele. Ele me dizia que odiava magia. Eu não sabia que era mentira!

— Como poderia não saber? — Quem disse isso foi o velho de cabelos brancos. Não parece estar com raiva, apenas perplexo. — Nicholas nos garantiu que você era uma garota letrada, inteligente.

— Mas é exatamente isso — digo, com a voz baixa de novo. — Sou só uma garota. Ou era, quando fui morar com ele. Tinha 13 anos. Queria que ele fosse um professor, um mentor. — Quase não uso a palavra seguinte, mas depois falo: — Um pai, depois de ter perdido o meu. E não um mago.

É então que conto tudo: a verdade, como Nicholas queria. Que fui amante do rei. Que fui presa por carregar ervas que me impediam de conceber seu filho, depois condenada à morte e, então, salva por Nicholas. Que descobri que Blackwell era um mago antes de partir ao encontro da tabuleta que ele amaldiçoou para matar Nicholas, e que o único motivo de tê-la encontrado naquela tumba escura, úmida e mofada, foi porque Blackwell quis me matar primeiro.

— Ele me traiu também — termino. — Eu acreditava nas coisas que Blackwell dizia. Não tinha motivo para não acreditar. Não ficava procurando mentiras, como faço agora. Mas agora sei e posso ajudar vocês a impedi-lo. — Então olho para John, seus olhos castanho-esverdeados se arregalando quando ele adivinha o que vou dizer: — Vou lutar por v...

John está de pé antes que eu termine a frase.

— Ela não pode lutar — protesta. — Ainda está se recuperando. Ainda não tem força suficiente. E ela não... — John se cala, a ponto de anunciar a toda Harrow que não tenho mais meu estigma.

Foi ideia de Nicholas esconder o fato do conselho. Seu medo era que, se ficassem sabendo, a ameaça do dia deixasse de ser exílio para se transformar em execução.

— Ela quase morreu — conclui John, e um longo instante se passa até que ele voltar a sentar-se, a resistência dando lugar à resignação.

— Infelizmente devo concordar — diz um conselheiro que estava quieto até agora, sentado numa cadeira a minha direita. — Ela é uma criança. E, conforme observa o Sr. Raleigh, é uma criança que não está bem de saúde. — Seus olhos, de um profundo azul-centáurea, me examinam, observadores, porém nada rudes. — Não consigo ver o que ela pode fazer por nós que não possamos fazer nós mesmos.

Fico meio eriçada ouvindo isso: sendo chamada de criança, sendo subestimada.

— Ela era uma das melhores caçadoras de bruxos de Blackwell — observa Gareth. Sinto um rompante de gratidão pela defesa espontânea, até perceber que é mais provavelmente uma ofensa. — E existe a verdade inquestionável de que ela conseguiu se infiltrar na fortaleza de Blackwell, abrir caminho, lutando, até aquela tumba e destruir a tabuleta da maldição.

A fileira de conselheiros irrompe em comentários.

— Ela demonstrou uma tremenda coragem...

— ... voltou àquela tumba depois de quase ser enterrada viva na primeira vez...

— Se ela conseguiu entrar no palácio uma vez, talvez possa fazer isso de novo...

— Afora lutar — interrompe Nicholas —, Elizabeth pode ajudar de muitas outras formas. Pode ajudar a treinar um exército. Pode nos fornecer informações. Sobre a estratégia de Blackwell, sua casa, suas defesas. Seus caçadores de bruxos. Claro, vocês sabem que é por isso que ele está decidido a caçá-la. Ele sabe que, nas mãos erradas, essas informações poderiam ser uma arma.

— Você fala em treinar um exército — manifesta-se outro conselheiro. — Que exército? Tudo que temos reunidos são guardas, um punhado de piratas e alguns nobres. — Ele olha para os bancos. — Não temos força e não temos números. A não ser que comecemos a requisitar homens para lutar. Homens que não têm experiência em combate.

— Vamos conseguir tropas — assegura Nicholas. — Mas negociar através delas não é uma questão simples. A Gália ofereceu homens, mas, compreensivelmente, os gauleses estão cautelosos. Eles têm as próprias fronteiras a proteger, e ainda que certamente não estejam do lado de Blackwell, também não querem se arriscar a sua animosidade. O que aconteceu com o rei Malcolm não é algo que o rei gaulês queira repetir.

Na noite do baile de máscaras, depois de Peter nos buscar e de desaparecermos da Torre Greenwich, Malcolm e a rainha Margaret foram presos e lançados nas profundezas da Fleet, a prisão mais notória da Ânglia. A prisão apavorou todo mundo em Harrow. Orquestrar o encarceramento e o possível assassinato de um monarca é algo que nem mesmo o reformista mais empedernido cogitaria fazer.

— E nesse meio tempo? — O homem de olhos azuis se dirige a Nicholas. — Não podemos supor que Blackwell espere até conseguirmos recrutar tropas. Ele não vai aguardar que cheguem para nos atacar. Vão levar semanas, no mínimo. O que fazemos até lá?

— Vamos nos preparar — responde Nicholas. — Reunir nossos guardas, recrutar mais homens. Homens que estejam dispostos e capazes, homens que não sejam capazes, mas estejam dispostos. Abrir as fronteiras a forasteiros dispostos a lutar por nós.

Ele se vira para os bancos. Faz contato visual com as pessoas sentadas mais à frente.

— Não basta esperar; não basta negar. Nem é necessário culpar, apontar dedos, castigar. — Nicholas olha para os conselheiros, um de cada vez. — Ficamos escondidos por tempo demais. A luta não foi simplesmente trazida a nossa porta, ela atravessou a soleira e está dentro de casa, brandindo uma espada. Mandar Elizabeth para o exílio ou entregá-la ao inimigo não vai fechar essa porta. Devemos mostrar a Blackwell que ele não pode simplesmente tomar o que quer, que Harrow não vai cair enquanto estivermos aqui para nos defender. E Elizabeth pode nos ajudar.

Instigados pelas palavras de Nicholas, os homens e as mulheres nos bancos murmuram e assentem uns para os outros. Gareth olha de Nicholas para mim e, então, para os conselheiros.

— Vamos preparar a votação.

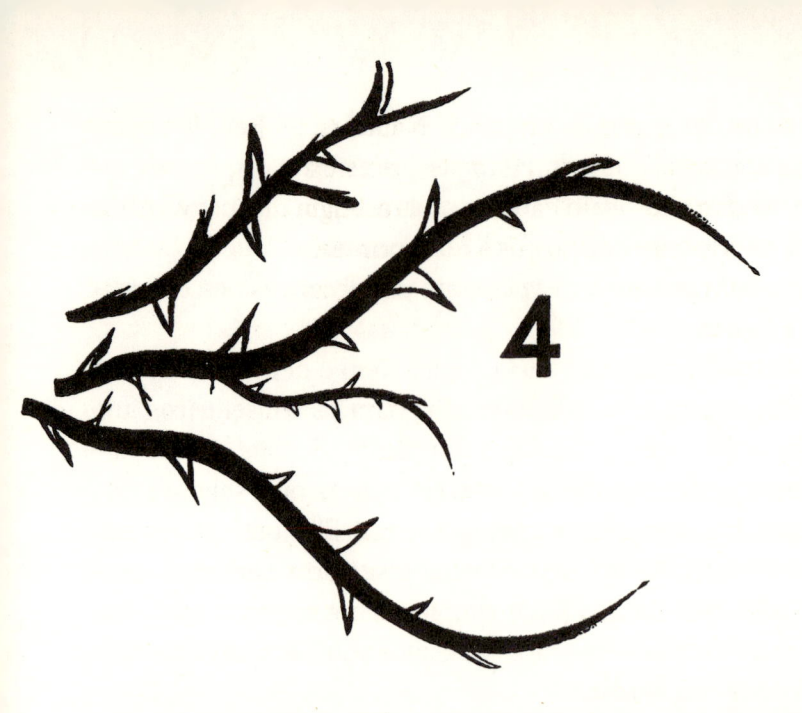

4

OS CONSELHEIROS SE LEVANTAM DAS cadeiras e começam a vir pelo corredor, em direção à entrada, parando ao lado da fonte cheia d'água pela qual passei ao entrar. O homem da frente estende a mão, o indicador apontado para o céu. Com a outra mão, segura a manga de veludo boca-de-sino, mergulha o dedo na tigela.

De onde estou sentada vejo a água, que antes estivera fazendo um redemoinho lento e tépido, começar a acelerar, algumas gotas espirrando. Depois de um momento, um pequeno sopro de vapor irrompe e ele tira a mão da tigela. Então, um por um, cada conselheiro repete o processo.

Quando o último homem se afasta da fonte, a água para de girar, ficando plácida e imóvel como um espelho, prateada e convidativa. Não é uma fonte de água benta, como pensei quando a vi pela primeira vez. É uma tigela de vidência.

Encontrei algumas nas casas de magos que prendi, mas jamais vi uma em uso antes. Servem para ler os pensamentos de várias pessoas ao mesmo tempo, em vez dos de apenas uma, tal como um espelho de vidência faz. A água é um condutor e um elemento da verdade: é impossível mentir para ela, portanto, sem dúvida é um recurso para impedir que os votos sejam armados e realizados sob coação. Isso deve fazer parte das regras do conselho estabelecidas por Nicholas; a magia tem sua marca: é simples, honesta, decidida.

Cada conselheiro avança e olha ali dentro. Alguns espiam rapidamente; alguns demoram mais. Porém cada um deles, depois de ver o que quer que haja para ser visto, assente antes de voltar pelo corredor e se acomodar novamente em sua cadeira, as capas de veludo farfalhando de encontro à madeira.

Gareth segue para trás do púlpito. Antes que eu possa enxugar as mãos úmidas nos braços de madeira, ele fala:

— Empate.

Fifer me olha, depois olha para John, com um sorriso austero, de solidariedade. O rosto de Peter demonstra alarme; ele sabe que é provável que eu seja mandada embora, levando seu único filho. Porque oito a oito, o empate, deve ser desfeito, e somente Gareth, como chefe do conselho, pode fazê-lo.

— Ficar ou ir. — A voz de Gareth tem o tom de um homem que adora ser o centro das atenções (e ele o é) e deter o destino de alguém nas mãos (e ele o tem). — Está claro que alguns de vocês consideram Elizabeth Grey um perigo. Uma pessoa indigna de confiança, uma pessoa violenta, uma pessoa desleal.

Fifer faz menção de protestar, mas desiste rapidamente. Não pode protestar porque é verdade. Se eu fosse leal ainda estaria com Blackwell. Assim como Caleb ficou, até o fim.

— Do mesmo modo, como estamos contra alguém indigno de confiança, violento e desleal, vejo que muitos de vocês consideram isso uma vantagem.

Nicholas observa o discurso de Gareth. Seus olhos escuros endurecem, como obsidianas, e eu conheço bem aquele olhar. É o mesmo que me deu quando sua vidente, Veda, lhe disse que eu era caçadora de bruxos. Que eu não era a garota inocente e maltratada que ele acreditava que eu fosse. Naquele momento, senti medo dele. E, apesar de tudo que ele fez por mim, ainda sinto.

— A despeito de minhas dúvidas iniciais, também considero isso uma vantagem — continua Gareth. — Mas a condição pela qual você terá permissão de permanecer em Harrow não é somente que lute.

Não basta treinar nosso exército, não basta catalogar o que sabe. Quero que você use seu treinamento para se voltar contra o homem que a treinou. — Uma pausa antes que suas palavras, duras como aço, se choquem contra a catedral silenciosa. — Quero que você o mate.

Ali estou eu: acorrentada numa cadeira, com um vestido e um passado encharcados de sangue, sendo solicitada a mais uma vez usar a violência em nome da paz. Olho para John. Ele sustenta meu olhar, o peso revelando o que deseja que eu faça. Ele quer que eu decline, que recuse, que seja exilada para podermos deixar Ânglia juntos e ir para algum lugar onde ele acredita que estaremos seguros.

Mas nunca fui de fazer o que os outros desejam.

— Sim — decido. — Vou lutar por vocês. Vou... — paro antes de pronunciar a palavra com mais valentia do que sinto — Vou matá-lo.

Gareth assente para mim, satisfeito; tem a resposta que deseja. Mas John me espanta com uma reação que eu não previa quando fica de pé e diz:

— Então também vou lutar por vocês.

Os bancos irrompem em vozes, porém uma delas, mais melodiosa que as outras, se destaca.

— Você não pode. Ele não pode.

Eu — com todo mundo — me viro e vejo Chime de pé, aquela garota bonita, de cabelos escuros, da festa da Noite de Inverno, que dizia gostar de John antes de eu aparecer. Ela olha furiosa para o conselheiro a minha esquerda, o mesmo que tem olhos azul-centáurea iguais aos dela. Imediatamente sei quem ele é; Fifer me contou a respeito. É o pai de Chime, lorde Fitzroy Cranbourne Calthorpe--Gough.

— Realmente devo protestar. — Ele olha para a filha, depois de volta para Gareth, o rosto bonito cinzelado numa carranca. — Não sei como a permissão de um curandeiro em nosso luta irá nos ajudar.

— Não vejo que mal pode fazer — diz Gareth. — Você mesmo disse que não tínhamos exércitos, não tínhamos homens. Agora temos um a mais. — Ele lança um sorriso frágil, indulgente para John, que não sorri de volta.

— Isto aqui é uma guerra — continua lorde Cranbourne Calthorpe-Gough. — Haverá ferimentos. John Raleigh é um curandeiro. Ele salva vidas. Não as tira.

— Mas hoje tirou uma com muito pouca hesitação — retruca Gareth. — E, pelo que vi, fez isso muito bem. Ele já está na luta.

Não há o que responder porque Gareth está certo. Para o bem ou para o mal, John sempre esteve nessa luta desde o momento que nos conhecemos. Mas o pai de Chime também está certo: tirar vidas não é o que John faz.

— Simplesmente não faz sentido — argumenta lorde Cranbourne Calthorpe-Gough. — Precisamos de um curandeiro para tratar...

Gareth despreza o argumento.

— Temos outros curandeiros.

— Certamente há outros...

— Chega. — A voz de John, grave e segura, ressoa na catedral. — Agradeço suas objeções, mas são desnecessárias. Já falei que vou lutar, e é definitivo. — Ele volta a atenção para Gareth. — Terminamos?

Espero que Gareth repreenda o desrespeito de John, que talvez lhe negue o pedido. Em vez disso, simplesmente sorri.

— O conselho está suspenso.

As correntes em meus pulsos e tornozelos estalam e se abrem, caindo ao chão com estardalhaço. Os leões param de espreitar inquietos, enroscando-se nas pernas da cadeira e voltando a ficar inanimados. A multidão se levanta dos bancos em silêncio, fileira após fileira, rumo ao corredor e seguindo pela porta da frente.

Gareth pega seu livro no púlpito e sai pela porta lateral junto ao restante dos conselheiros, o mesmo lugar por onde entraram. John se levanta e vem na minha direção, mas é parado a cada avanço por homens e mulheres que o abordam, apertando sua mão e agradecendo.

Harrow sofreu desde que as rebeliões em Upminster — a capital da Ânglia e sede do novo governo de Blackwell — começaram há dois anos. Bruxos e magos de todo o país buscaram refúgio ali, a salvo da Inquisição e dos caçadores, da prisão e da tortura, das chamas e da morte. Porém, mais pessoas implicam menos meios de sobrevivência, e tem havido racionamento de comida, suprimentos e armas.

John é amado ali, claro que seria. Ele ajuda os doentes, frequentemente em troca de muito pouco dinheiro, mais frequentemente ainda de graça. Agora vai para a batalha por minha causa, e sem dúvida muitas pessoas presumem que ele não vá retornar.

É Fifer que me alcança primeiro, saindo da turba e surgindo na frente de minha cadeira.

Ela me ajuda a ficar de pé, e, juntas, vamos até a porta que dá no cemitério a fim de evitar os olhares dos homens e das mulheres que ainda se demoram no corredor. Seguimos para um trecho de sombra embaixo de uma árvore, não muito longe de onde o arqueiro de Blackwell me encurralou de encontro a uma lápide, não muito longe de onde seu sangue coagula pegajoso ao sol forte. Então ela se vira para mim, as mãos apertando os quadris do vestido de veludo verde.

— Você ficou completamente doida? — pergunta. — Lutar? Matar Blackwell? Por que concordou com isso?

— Não tive opção.

— Teve sim. Você poderia... ah, sei lá... não concordar.

— Se eu ainda tivesse o estigma, seria a primeira coisa que faria. Resistir teria criado mais problemas. O conselho faria perguntas, e, de um modo ou de outro, a verdade seria revelada.

Fifer olha em volta para garantir que não há ninguém por perto, ouvindo. Não há, mas mesmo assim ela baixa a voz.

— Você pode acabar sendo morta.

— Não vou ser morta — digo. São palavras vazias: não é uma promessa que eu possa fazer, e ela sabe. — Mas também não vou ficar sentada sem fazer nada. — Examino as pessoas que saem da catedral, procurando alguém especificamente. — Não sei o que John estava pensando ao dizer ao conselho que também lutaria.

— Eu sei: ele pensava em você.

— Não importa. Mesmo assim ele não pode fazer isso.

— Sei que você acha isso. Mas, para ser sincera, eles poderiam fazer coisa pior. Ele tem seu estigma, por isso não pode ser ferido. E é muito bom no embate físico. Peter o treinou bem.

— Eu vi.

— Pelo menos você não fez papel de tola completa, como Chime, aquela lambisgoia — continua Fifer. — Que direito ela tem de falar por John? Mas estava ali, de pé diante de toda Harrow, berrando feito uma vendedora de peixes tomando conta do balde.

— Ela não estava berrando. Só estava defendendo John. Fez o que eu deveria ter feito.

— Ele não é o balde dela para ser defendido — diz Fifer em tom definitivo. — E por falar nisso. — Ela vira a cabeça na direção de John, que finalmente sai da catedral.

O sangue na camisa branca já está seco, coagulado e escuro. Ele dobrou as mangas acima dos cotovelos, mãos e antebraços manchados de vermelho. O cabelo está desgrenhado e suado; o rosto, preocupado e inquieto. Quando nos alcança, ele passa um braço em volta de mim e me puxa para perto.

— Estou precisando tremendamente de um banho — sussurra antes de me beijar.

Sorrio de encontro aos seus lábios; Fifer faz ruídos de vômito.

Então John me solta.

— Você não deveria ter concordado em lutar.

— Foi o que eu disse — declara Fifer.

— Não tive escolha — repito. — Ordens do conselho.

— Eu sei. Mas, mesmo assim, não quero que você...

— Também não quero que você lute — interrompo. — Sei que você sabe lutar, mas isso não significa que deva. Você é um curandeiro. Já expliquei, lutar não é sua função.

— E eu já disse que agora as coisas são diferentes — reage ele, com uma leve irritação na voz. — Vou fazer o que for necessário.

— Mas não faz sentido algum.

— As coisas pararam de fazer sentido há muito tempo. Não sei por que deveriam começar a agora.

— John... — É só o que consigo dizer antes que uma voz familiar interrompa.

— John, posso falar com você? — Chime está ao lado da trilha de terra, sob uma árvore perto do portão. Usa um vestido azul-celeste de seda e veludo, da mesma cor dos olhos. Borboletas de verdade, vivas, enfeitam seus ombros, as asas azuis com bordas pretas se agitando suavemente. O cabelo muito negro está puxado para trás, preso num coque frouxo e enfeitado com grampos em formato de borboletas de pedras preciosas azuis.

O efeito geral é lindo, etéreo, exatamente como ela. Dá para perceber facilmente o que John viu na jovem, mesmo que alegue que, quando os dois ficaram, ele estava bêbado demais para notar qualquer coisa. Fifer diz que Chime é sinônimo de encrenca, e, mesmo podendo ser verdade, não consigo imaginar que ela possa ser sinônimo de mais problemas que eu.

— Claro. — John troca sua expressão irritada por outra que aparenta calma.

— Em particular, por favor? — Chime olha para Fifer, depois para mim. — Se você não se importa. — Sua voz é aguda e suave, calorosa e melódica, o som de um dia de verão.

— Não me incomodo — respondo. John me dá um sorrisinho antes de os dois darem meia volta e saírem juntos pelo caminho.

— Vamos ficar aguardando aqui — arrulha Fifer. Lanço um olhar para ela, que me dá uma cotovelada. — Por que você deixou os dois saírem juntos? — sussurra ela, quando eles não podem mais ouvir.

— Ela só quer conversar. Não tem problema nenhum nisso.

Fifer franze os lábios, mas não responde.

John e Chime param embaixo de uma árvore no fim do caminho. Ela parece estar falando mais; John a olha com atenção, de vez em quando assente. Vendo-os juntos, sinto uma pontada aguda de ciúme, mas também há outra sensação: inevitabilidade.

Chime pega na mão de John, diz algo ao se separarem. Aí olha para mim, aqueles olhos de um azul profundo me examinando inteira, o rosto cuidadosamente neutro. Ignora Fifer por completo. Depois se vira e se aproxima do pai. Lorde Cranbourne Calthorpe-

-Gough me cumprimenta com a cabeça, depois cumprimenta John antes de tomar o braço de Chime e levá-la embora.

John volta para perto de nós com o rosto inexpressivo.

— O que ela queria? — pergunta Fifer.

— Nada — responde ele. — Bem, não exatamente nada. Ela queria falar comigo sobre a avó. Que está muito doente. — John se vira para mim. — Ela é minha paciente; cuido dela há anos. Foi assim que a conheci. Chime, quero dizer.

Fifer franze os lábios de novo.

— De qualquer modo, Chime perguntou se eu poderia passar algum tempo com a avó antes que as coisas se encaminhem.

Fifer emite um ruído entre o escárnio e uma fungada.

— Isso não pode esperar até que toda essa bagunça acabe?

— Fifer — censuro.

— Na verdade, não — responde John. — E é melhor eu fazê-lo agora, de qualquer modo. Só para garantir.

— Garantir o quê?

— Pode acontecer alguma coisa comigo.

— Não vai acontecer nada com você — assegura Fifer.

John sorri um pouco, mas o sorriso não chega aos olhos.

— Não creio que alguém possa garantir isso.

5

NAQUELA NOITE, PETER EVITA ME olhar durante o jantar, ocupado demais com mil sorrisos para John, como se seu filho tivesse conseguido realizar todos os sonhos paternos, todos numa tarde só. Por sua vez, John evita o olhar do homem, ocupado demais tentando atrair o meu, o eco de nosso desentendimento anterior ainda pendendo entre nós. Quero lutar; John não quer que eu lute. Peter quer que John lute; eu não quero. John está com raiva de mim por motivos que compreendo, e eu estou com raiva dele também, mas por motivos que não entendo.

Evito completamente olhar para os dois, encarando minha tigela de madeira com carne cozida e pão, praticamente intocados.

— Você vai esperar sua convocação, mas acho que ela chegará em menos de uma semana. — Peter balança seu copo de conhaque, o terceiro (uma comemoração), e continua: — Você vai se apresentar quando isso acontecer. Diretamente a Rochester Hall.

Rochester Hall. A casa de lorde Cranbourne Calthorpe-Gough, o lar de Chime. Onde será montado o acampamento, onde acontecerão os treinos, onde as tropas da Gália ficarão acomodadas assim que chegarem. Onde John e eu, como novos recrutas na luta para proteger Harrow, iremos morar durante o futuro próximo.

— Rochester Hall é um lugar adequado para um acampamento? — Pego meu pão e parto um pedaço. — Tem terreno adequado? Espaço para as pessoas viverem? Treinarem?

Penso na casa de Blackwell na Torre Greenwich. Escondida atrás de muros de 12 metros, vigiada dia e noite, protegida de um lado pelo rio Severn, e por todos os outros lados por um fosso. E penso em toda a magia que guarda dentro: tanto quanto dentro de Harrow, percebo agora. Magia usada para nos treinar, para nos amedrontar, para nos endurecer até virarmos soldados, tudo feito pelo homem mais durão e mais amedrontador que conheço.

John e Peter trocam olhares divertidos, e sinto a irritação crescer.

— Mais ou menos — diz Peter. — O avô de Fitzroy, o quarto duque de Abbey, era um homem profético. Não era vidente, veja bem, apenas observador. Ele previu problemas com a magia, previu que ela não seria mais tolerada. E fundou Harrow, veja só. A maior parte das terras onde vivemos pertence aos Cranbourne Calthorpe-Gough.

Fico surpresa com o fato de Chime ser herdeira de toda a região de Harrow... mas talvez não devesse.

— Parte das terras foram vendidas a Nicholas, parte a Gareth, e um pouquinho delas me pertence, claro — continua Peter. — Mas a maior parte dos homens que mora em Harrow é de arrendatários. Fitzroy é um homem rígido, mas é bom. Ele não vai alistá-los para lutar se não quiserem.

— Diferentemente de Gareth — murmura John.

Peter confirma com a cabeça.

— Mesmo assim, não é necessário alistar à força. Temos muitos voluntários. Temos recebido mensagens durante toda a tarde, desde o julgamento. — Ele indica sua mesa, onde há uma pilha de cartas com 30 centímetros de altura. — Homens para sustentar a linha de frente, conter os ataques até a chegada das tropas. — Peter bate seu copo na taça de John, fazendo um brinde. — E uma garota também, claro — diz para mim, como uma reflexão tardia.

Por fim me dou conta do motivo de minha raiva: sou uma reflexão tardia em minha própria luta.

— Claro. — É tudo que consigo dizer.

Para alguém de fora, o diálogo soa bem inocente. Até mesmo agradável. Mas, com a intuição de John — parte da magia de curandeiro que ele possui —, sei que ele sente a tensão implícita. Ele se levanta um instante antes que eu o faça.

— Está tarde — avisa John a Peter, mas seu olhar está em mim. — Foi um dia longo, e estou cansado, tenho certeza de que Elizabeth também está.

— Estou bem. Só quero lavar os pratos antes. — Desde que cheguei ao Chalé do Moinho, e desde que me recuperei, venho ajudando Peter e John com a limpeza e a cozinha. Eles não fazem isso, pelo menos não fazem bem, e, apesar de não pedirem, e na maior parte do tempo tentarem me impedir, faço assim mesmo.

— Deixe para lá — diz John. Eu lhe lanço um olhar mordaz, e ele acrescenta: — Pelo menos até amanhã. Está bem? Você precisa descansar.

Pego os pratos na mesa e vou até a cozinha pisando firme, ignorando completamente o conselho de John. Não preciso descansar. Preciso é ficar forte de novo, começar a treinar. Preciso aprender a lutar — e a lutar bem — sem meu estigma. Não posso fazer nada disso se estiver descansando.

Peter e John abrem espaço para mim, calados e sem mover uma palha, enquanto pego panos de prato, organizo os talheres fazendo uma barulhada. Por fim termino. Agora a sala de jantar está limpa e num silêncio incômodo. Nada além dos estalos do fogo na lareira, o tique-taque do relógio no console, o farfalhar dos galhos das árvores batendo nas janelas de caixilhos. Quase consigo sentir o peso dos dois pares de olhos escuros voltados para mim, a me observar.

Não sei o que dizer a nenhum dos dois. Estou sem graça por causa da explosão, mas não o suficiente para pedir desculpas. Depois de um momento, opto por um "Boa-noite", passando por eles, saindo da sala de jantar para o saguão e subindo até o quarto. Logo ouço o ranger de passos na escada de madeira, o fechar silencioso da porta de John do outro lado do corredor. É um som um tanto solitário.

Não estou cansada, mas, mesmo assim, ponho a camisola. Outra coisa que Fifer me deu: de linho verde-claro, gola quadrada e mangas largas, ambas com acabamento de fitas verde-escuras. Quase bonita demais para dormir. Vou até a penteadeira no canto do quarto, sento-me na frente do espelho. Pego uma escova na gaveta e começo a passá-la nos cabelos.

De novo não me reconheço. Há seis semanas eu era mortífera. Agora, sou cautelosa. Meu reflexo confirma: pálida. Frágil. Fraca. A perda do estigma tirou mais que apenas minha força e minha capacidade regenerativa; tirou minha identidade. Não sei onde encontrá-la ou ao menos por onde começar a procurar.

Enfio a escova de volta na gaveta e a fecho com força. Quando faço isso, um pedaço de pergaminho escorrega do fundo e cai lentamente no chão.

Depois que acordei, mas antes de o tempo melhorar o suficiente para que pudéssemos aproveitar os dias ao ar livre, John e eu passávamos a noite toda escrevendo bilhetes e trocando-os por baixo das portas fechadas. Peter era inflexível de que não devíamos nos ver depois de escurecer; ainda é na verdade. Mas sob o ponto de vista de John, isso não significava que não podíamos nos comunicar.

Era simples. Ele arranjou um pedaço de barbante e passou uma ponta por baixo da minha porta. Ficou com a outra. Ele me escrevia um bilhete, prendia no barbante e dava um puxão na sua ponta. Aí eu puxava para meu lado, lia o bilhete, escrevia de volta e dava um puxão no barbante para alertá-lo. O bilhete voltava. Às vezes mandávamos vários ao mesmo tempo, de modo que nenhum de nós ficasse esperando pelo outro.

Pego o bilhete e o desdobro. O pergaminho tem uma série de desenhos botânicos, muito bem-feitos e rotulados em latim. *Angelica sylvestris*, uma planta de pétalas finas com uma miríade de flores brancas. *Salvia officinalis*, um arbusto de folhas cinzentas cheio de flores de um roxo intenso. *Berberis vulgaris*, outra planta marcada por folhas espinhentas e frutinhas vermelhas e gordas. A beleza delicada de cada desenho contrasta nitidamente com os garranchos quase ilegíveis de John.

Ele as desenhou para mim, em parte, depois que zombei de sua caligrafia. O outro motivo, segundo John, era que essas eram algumas das plantas que usou para me curar. Disse que as achava lindas porque me trouxeram de volta para ele.

Pouso a cabeça nas mãos e deixo o pergaminho cair. Não tenho muita experiência sobre o significado de se estar com alguém, assim como estou com John. Na verdade, minha experiência é zero. Não sei como me orientar em águas onde durante metade do tempo sinto que estou me afogando. Mas sei que há jeitos melhores de se tratar uma pessoa que nos ama que espirrando cozido de carne em seu rosto, ficando num silêncio pétreo e depois saindo da sala intempestivamente.

Uma brisa fresca atravessa a janela aberta, chacoalhando-a contra a moldura. Levanto-me para fechá-la, olhando o jardim mal iluminado lá embaixo. A maior parte das plantas cuidadosamente cultivadas por John está dormente, todas podadas para o inverno. Mas a treliça que sobe pela parede de pedras está sufocada por madressilvas invernais, selvagens e floridas, o perfume é inebriante mesmo em fevereiro.

A treliça.

Em menos de um minuto, saio pela janela, descendo pela parede e chegando ao chão. Um olhar rápido pela janela de caixilhos azuis na frente da casa exibe um Peter à mesa, ocupado com suas cartas. Abaixo-me e atravesso para o outro lado, os pés descalços no cascalho até parar no jardim embaixo da janela de John. Ali também há uma treliça, cheia das mesmas madressilvas de inverno.

Começo a escalar.

Em segundos estou no topo, olhando pela janela. John está sentado à mesa, apoiado num cotovelo, a cabeça pousada na mão, lendo. Está cansado, dá para perceber; as pálpebras estão a meio mastro, e, enquanto observo, noto que, de vez em quando, ele fecha os olhos e dá umas pescadas de sono.

Dou uma batidinha na janela.

Ele levanta a cabeça de repente, os olhos arregalados. Olha para a porta.

Bato de novo.

John gira a cabeça, me vê do lado de fora da janela. Sorrio diante de sua expressão boquiaberta, de puro choque. Ele se põe de pé num instante, vindo até a janela, abrindo-a, me puxando para dentro. Passo pelo parapeito, juntando a camisola em volta das pernas para não embolar.

Seu olhar vai de meu cabelo, pendendo solto nos ombros, até os pés descalços e sujos de lama, depois de volta a meu rosto, mas não antes de se demorar ligeiramente no decote quadrado e baixo da camisola, que mostra mais que deveria.

Eu devia ter trocado de roupa.

— Elizabeth — começa ele.

— Antes que você diga qualquer coisa, precisamos ter uma conversa importante. — Afasto-me dele, do alcance de seus braços, da camisa com os botões do peito praticamente todos abertos, do cabelo tão desalinhado que parece que passeei as mãos nele. Do modo como ele me olha, um meio sorriso que é quase um risinho, e de seu cheiro, lavanda, especiarias e algo inconfundivelmente *ele*. Sinto um aperto por dentro, longo e lento.

Ele dá um passo para mais perto.

Levanto a mão.

— Fique aí mesmo. Não posso deixar que você me distraia.

John suspira, passando a mão pelos cachos já desgrenhados. Depois aponta para uma cadeira junto à mesa, a mesma onde estava sentado e quase dormindo há alguns instantes.

— Por favor, sente-se.

Obedeço.

— Desculpe — peço. — Pelo modo como agi hoje. Mais cedo. Lá embaixo. Você sabe. — Balanço a cabeça diante da inépcia do pedido de desculpas.

— Tudo bem.

— Não está tudo bem. Fui terrível. Você não fez nada. E eu nem agradeci pelo que fez. Me defendendo no tribunal. Concordando em lutar comigo. Sei que não deve ter sido fácil.

— Você está enganada. — John senta-se na beira do colchão, me olhando, pousando os pés descalços na estrutura de madeira escura da cama. — Foi muito fácil.

— Sei que você pensa isso agora. Mas nada disso será fácil.

— Só quis dizer que a decisão foi fácil.

— Você só fala isso porque está com o estigma.

— Não tem nada a ver. — John pensa um pouco. — Não, você está certa. Tem tudo a ver com isso.

— Não me arrependo de ter lhe dado o estigma — confesso rapidamente, antes que a semente da ideia possa se enraizar. — Nunca me arrependi.

— Mas lamenta não estar com ele.

— É. — E aí está: a verdade. — Eu estaria mentindo se dissesse que não lamento. Isso tornaria o que preciso fazer... viável. Porque, nesse momento, não é. Nesse momento parece impossível.

John fica em silêncio, de um modo que me diz que ele está pensando em algo que não quer dizer. Por isso aguardo. Que ele diga que não posso matar Blackwell. Que diga, assim como fez tantas vezes, que é perigoso demais, que não sou forte o bastante.

— Sei que você acha que vou tentar impedi-la de fazer o que você quer — declara ele finalmente. — Mas não vou.

— Não vai? — Desfruto de um segundo de alívio antes de a sensação se transformar em angústia. — Ah. Isso é porque... você não quer, você sabe, que você e eu, e...

— Não! — Ele se levanta, pega minha mão e me puxa da cadeira, aí me leva até a cama e faz com que eu me sente a seu lado. — Claro que não. Não é isso. Quer saber se eu gostaria de poder trancá-la até que tudo isso termine? Sim. Mas você me odiaria, e, de qualquer modo, essa não é você. E jamais vou desejar que seja diferente do que é.

Pisco.

— Não?

— Não.

— E... é só isso? — pergunto. — Sem discussões, sem brigas?

John solta um riso baixinho.

— Você preferiria que eu sacasse uma espada contra você? Um duelo até a morte? — Sorrio, e ele continua: — Eu tenho seu estigma, mas até parece que não vou fazer uso dele para protegê-la. O máximo que puder, do jeito que puder. Não vou impedi-la. Mas não quero que você tente me impedir também.

Hesito, mas só por um instante. As condições da trégua que ele está oferecendo não são ideais, mas não há probabilidade de melhorarem.

— Então acho que estamos juntos nisso.

Ele ri.

— É o que estou tentando dizer.

Dou uma gargalhada. Não consigo evitar.

John se remexe um pouco, chegando mais perto. A luz no quarto é fraca, a vela exausta em sua mesa já se apagou. A última está na mesinha ao lado da cama, a chama balançando suavemente na brisa da noite. Ele passa a mão em meu cabelo, segura meu pescoço, o polegar roçando minha bochecha. Encosto-me nele e não sei quem tomou a iniciativa do beijo, mas não importa.

Deitamos na cama, meio puxando meio empurrando um ao outro. Estamos embolados nos lençóis, beijando, tateando desajeitadamente e puxando a roupa um do outro. Não me lembro de ter decidido tirar sua camisa, mas ali está: já saiu. Sua mão vai até minha perna nua, sobe até o quadril e leva junto minha camisola. Arquejo ligeiramente; ele me beija com mais intensidade.

Sinto suas mãos em minha pele, refestelo minhas mãos na dele. Sinto seus lábios no pescoço, seu cabelo enredado em meus dedos, sua respiração no ouvido. Não consigo pensar. Talvez seja culpa do controle de que precisamos para manter distância mesmo morando nesta casa, talvez seja culpa do controle de que precisamos nesse dia, mas agora tudo está desmoronando. Meu coração dispara, a respiração acelera, estamos fazendo o que já fizemos, mas nunca foi assim: pura urgência, imprudência e desejo, e quero que me carregue até onde quiser.

Um sopro de vento entra pela janela; a vela junto à cama se apaga com um silvo. O quarto mergulha na escuridão. O cheiro agudo, opaco de enxofre da chama apagada; o colchão rangendo sob nosso peso; a sensação de ter a pele nua encostada na minha. De repente não estou no quarto de John, beijando-o, sentindo seu corpo em cima do meu. Em vez disso, estou no palácio de Ravenscourt, no quarto de Malcolm. Estou coagida, relutante e apavorada.

O calor que senti há alguns instantes dá lugar a uma chicotada súbita de frio. Empurro John. Arrasto-me rapidamente em direção à cabeceira da cama, puxando a camisola para baixo, cobrindo as pernas nuas. Minha respiração continua acelerada.

Não consigo enxergar através da escuridão do quarto, não de verdade, mas posso perceber a silhueta de John sentando-se. Ele também está ofegante.

— Espere um minuto. — John se levanta, procura a camisa em volta e a veste. Vai até a mesa. Ouço o riscar de um fósforo, vejo-o acender a vela de novo. Ele me olha, depois atravessa o quarto e acende outras três, postas em suportes ao longo da parede. A luz inunda o quarto.

— Desculpe — peço, antes que ele possa falar qualquer coisa. — Não sei o que aconteceu. Não sei por que fiz aquilo.

— Você não precisa saber. E não precisa se desculpar.

— Acho que foi a escuridão — continuo. — Me lembrou de ter estado em outro lugar, com outra pessoa...

— Elizabeth. — John volta para a cama e senta bem na ponta do colchão, o mais longe possível de mim. — Não precisa explicar.

Ele desliza a mão pelo colchão até que as pontas de seus dedos tocam os meus, hesitantes.

Lembro-me de como ele fez o mesmo gesto na manhã depois de termos ido pela primeira vez à casa de Veda, depois de eu ter reagido daquele jeito no túnel sob sua cabana, recordando o teste derradeiro, tomada por um medo tão grande que não conseguia ficar de pé, não conseguia andar, não conseguia fazer nada a não ser me enroscar em posição fetal. Lembro-me de como ele me carregou no colo de volta para a casa de Nicholas, ficou comigo a noite toda. Lembro-me do jeito como, mesmo ali, ele cuidou de mim de um jeito que ninguém fizera.

Também me lembro de que nada disso é fácil para ele. Nada com relação a mim, ou a nós dois, é simples. Se ele tivesse escolhido Chime, se a tivesse preferido a mim. A culpa me devora, mas não posso falar isso. Porque, se confessar, vai ser apenas mais um fardo para ele carregar, sendo que já tem tolerado tantos outros.

— É melhor eu ir embora. — Passo as pernas pela beira do colchão.

— Espere. — Ele segura meu braço. — Por favor, fique. Eu durmo no chão — acrescenta rapidamente. — Não precisa ficar se não quiser. Mas não quero que vá.

Começo a dizer não, que é melhor eu ir. Mas, como acontece praticamente todos os dias, quando fico sabendo que deveria ir, não vou.

— Certo — digo. — Mas você não vai dormir no chão. — Viro-me de volta para a cama, entrando embaixo dos lençóis limpos com cheiro de lavanda.

John faz uma pausa, depois desliza ao meu lado, puxando as cobertas por cima de nós dois. Toma o cuidado de não me tocar. Mas, depois de um momento, eu me viro para ele, passo um braço pela sua cintura. Ele me puxa mais para perto, minha cabeça pousando em seu peito, seu rosto enterrado em meus cabelos.

E dormimos.

6

UMA TOSSE.

O som invade meu sono, me acordando. Abro um olho, depois o outro, absorvendo as paredes de lambri escuro, as cobertas de um azul bem escuro, o braço de John em volta de minha cintura. Ainda estamos na mesma posição na qual dormimos, enroscados um no outro.

Outra tosse.

Peter.

— Pelos pregos de Deus — murmura John junto aos meus cabelos.

— Há quanto tempo você acha que ele está aí? — sussurro.

Mais tosse. Uma pausa, depois um som horrível, de Peter pigarreando. *E nova tosse.*

— A julgar pelo barulho que está fazendo, eu diria que um bom tempo.

Levo a mão à boca para suprimir o riso.

— Quieta, você vai piorar as coisas — repreende John, só que está rindo também. — Acho melhor eu falar com ele. — John se afasta de mim e sai da cama. Seu calor vai junto, me deixando com frio.

— Espere. — Sento-me. — Você não pode sair desse jeito.

— Por quê? — John avalia o próprio visual. Olha a calça amarrotada, a camisa que entrega exatamente o que aconteceu: ele dormiu com ela. O que não dá para ver é o cabelo desgrenhado ou o risinho típico de quem andou aprontando uma coisa nada boa... ou então uma coisa muito boa, dependendo do ponto de vista.

— Porque parece que você andou fazendo exatamente o que seu pai acha que você fez.

— Ah. — John ri. — O negócio é o seguinte: se eu sair com o cabelo penteado e as roupas bem arrumadas, ele vai achar que tenho algo a esconder. Porque, se eu fosse mesmo culpado de alguma coisa, de jeito algum que eu sairia assim.

— Ah. — Penso no assunto por um momento, depois faço uma carranca. — Já fez isso com outras garotas, não foi?

— Jamais fiz isso com outras garotas. Só com você. — Ele baixa a cabeça e roça os lábios nos meus. — Você sempre será a única.

Dou um sorriso enquanto retribuo o beijo.

Mais uma tosse.

— Vamos para a brecha na muralha. — John vai até a porta, abrindo-a com um floreio. — Parece que o senhor está com crupe — anuncia, saindo no corredor. — É um tremendo feito, o senhor sabe. O crupe é quase exclusivamente uma doença infantil e extremamente rara nos idosos.

Então John fecha a porta, mas, mesmo assim, ouço a resposta de Peter:

— Vou lhe mostrar o que é crupe, rapaz.

Levo a mão à boca outra vez para conter o riso.

John e Peter continuam conversando, as vozes abafadas através da madeira, de modo que não escuto o que dizem. Não posso exatamente sair e voltar ao meu quarto com os dois parados no corredor. Eu poderia sair de novo pela janela, mas agora não faz sentido. É melhor esperar até que John volte, para ficar sabendo de uma vez qual é nosso castigo.

Levanto da cama, examino os lençóis e cobertores embolados antes de ajeitá-los sobre o colchão, alisando bem. Depois me lembro do que John falou sobre parecer culpado, aí puxo-os para baixo de volta.

A janela ainda está ligeiramente aberta, a brisa fria da manhã se embrenhando. Ando pelo quarto e, à luz do dia, noto como minha camisola de linho é transparente, como deixa ver quase tudo. Por isso me sento à mesa de John e afundo ao máximo possível na cadeira.

Está uma bagunça. Livros, pergaminhos, tintas e penas estão espalhados pelo tampo. Balanças, almofarizes e pilões, coadores e hastes para mexer, feitas de madeira, vidro e metal. Metade das gavetas está aberta, cheias de ervas e pós, raízes e folhas. Sou dominada por uma ânsia de arrumar tudo, mas deixo para lá. Já vi o suficiente do trabalho de John para entender que há algum tipo de método em sua loucura.

Então um cheiro familiar me ataca, trazido pela brisa. É enganosamente suave e doce, como talco perfumado, mas com algo que permanece no nariz: um alerta. Olho na gaveta, e ali está: *Acônito*. Também chamado de mata-lobos ou erva-do-diabo, é extremamente venenoso. Pode causar paralisia; pode causar parada respiratória; pode parar o coração.

Ainda que a erva-do-diabo possa ser reconhecida pelo cheiro em sua forma pura, ela também pode ser misturada a outras que a neutralizam, tornando-a inodora, insípida, impossível de ser rastreada: o veneno perfeito. Não há outro uso para ela, a não ser matar.

Examino mais algumas gavetas. Mexo em outros saquinhos, frascos, garrafas. Encontro mais venenos. Beladona. Mandrágora. Dedaleira. Por que John tem tudo isso? Mais ainda, como conseguiu? Mesmo em Harrow, onde a magia é permitida, essas ervas são proibidas. Fifer disse que Hexham, a prisão de Harrow, já esteve cheia de magos que tentavam resolver as pendências usando venenos: salpicando acônito na sopa de alguém ou um pó de dedaleira numa carta.

Ponho os venenos na mesa, pensando em perguntar a John sobre eles. Depois repenso o assunto. Se ele não me contou a respeito, é porque tem motivo para isso. Assim, usando da habilidade originada de anos revirando casas de magos — encontrando coisas que eles não queriam que eu encontrasse, reorganizando-as exatamente como encontrei antes de ir embora, preenchendo um relatório formal para o Inquisidor e por fim, inevitavelmente, retornando para prendê-los — ponho tudo de volta nas gavetas.

Quando John volta, um instante depois, estou sentada na cama, em cima da colcha azul alisada de novo sobre o colchão. Trancei o cabelo às costas, prendendo com um pedaço de barbante que achei na mesa. Minhas mãos estão cruzadas no colo. John para junto à porta, me olha e começa a rir.

— Nunca vi alguém parecer mais culpado do que você está agora.

Não respondo, pelo menos imediatamente.

— O que seu pai disse? — Consigo perguntar enfim.

John fecha a porta e se encosta nela. Está rindo.

— Disse para eu me lembrar de meus bons modos e de seu recato. E que também devo pensar no futuro invés de no presente, pesar minhas intenções contra meus impulsos, deixar de lado as venetas e a vulgaridade, ter cautela contra o capricho, rejeitar as fraquezas e abraçar a virtude.

— Nossa, quantas palavras.

— Houve muitas outras além dessas.

— Ele fala um bocado, não é?

— Você não faz ideia. — John inclina a cabeça, o riso se desfazendo numa expressão de compaixão. — Você parece triste. Não fique. Se isso fosse problema, eu diria. Não é. É só o jeito de ele mostrar que se importa. É esquisito, eu sei. Mas acredite, se ele não agisse assim, aí teríamos um problema.

— Se não é problema, então por que você ainda está aí parado, e não aqui comigo?

O sorriso de John voltou.

— Porque ele está do outro lado da porta, esperando que eu a acompanhe de volta a seu quarto.

— Ah.

Levanto-me e vou até a porta. Paro à frente dele. John me fita, os olhos repletos de calor, diversão e algo mais: amor. Quando se inclina para me beijar, enterro a culpa ao máximo, até onde é possível. Envolvo seu pescoço com os braços e retribuo o beijo.

— Venetas — sussurra ele.

— Vulgaridade — sussurro de volta.

No dia seguinte Harrow, sofre novo ataque. Mais cinco arqueiros, como da outra vez. Só que agora eles vão mais longe, até Gallion's Reach, o centro de Harrow. Onde fica a rua principal, onde ficam as lojas e tavernas, onde havia cerca de cem pessoas quando eles surgiram rugindo num redemoinho de capas pretas, flechas e violência. Saíram disparando aleatoriamente, matando dois homens desarmados, um cavalo, quando erraram o alvo, e um dos colegas piratas de Peter, quando não erraram.

Os arqueiros escaparam tão rapidamente quanto chegaram, antes que os poucos guardas pudessem organizar uma perseguição. Nossos homens passaram a manhã revirando as aldeias próximas, porém voltaram de mãos vazias, pois, sem dúvida, os agressores tinham retornado a Upminster para fornecer a Blackwell mais informações ainda sobre Harrow: a aparência do lugar, a segurança, ou falta dela, onde as pessoas se reúnem, onde as pessoas não se reúnem.

Nicholas e os outros membros do conselho passaram a semana reforçando e acrescentando feitiços ao redor de Harrow. Antes, apenas os que não tinham soberania estavam desativados. Agora há três véus de magia: soberania, sanção e intenção. Três chances de passar, e três chances de fracassar.

Mas, como os homens de Blackwell estão armados com magia, apenas a magia não basta. Assim, nessa mesma semana foi formada a Guarda — um grupo de duzentos homens armados que patrulham os cerca de 50 quilômetros das fronteiras de Harrow, dia e noite, decididos a impedir nova violação. Peter e John estavam entre os primeiros voluntários para o serviço. Não querendo estragar a paz frágil que baixou sobre nós, eu mesma o incentivei. E, quando eles pegaram suas sacolas, as espadas e saíram do Chalé do Moinho, escondi minhas reservas por trás de um sorriso e me despedi de Peter, desejando boa sorte, e de John, com um beijo e um sussurro para que se cuidasse.

Enquanto Peter, John e todas as outras pessoas capazes dentro de Harrow guardam a fronteira ou ajudam a estabelecer o acampamento dentro de Rochester, Schuyler e Fifer decidem usar o tempo a fim de me preparar para a batalha.

Vieram me procurar certa manhã bem cedinho, entrando em meu quarto de supetão, batendo a porta com força e dando um chute em minha cabeceira.

— De pé, meu *bijoux.*

Sento-me, franzindo os olhos para a figura alta e pálida de Schuyler aos pés da cama. Fifer está parada junto dele, num contraste feroz.

— Que horas são? — Um olhar para a janela não mostra luz atrás da cortina.

— Hora de levar umas pancadas. — Fifer joga um punhado de roupas em minha direção. Uma calça, uma túnica, um par de botas e um cinto com fivela de aço quase me acertam a cabeça.

— Cuidado! — resmungo.

— Blackwell não fazia carinho em você durante os treinos, portanto também não vamos fazer isso. — Ela arranca as cobertas de cima de mim, e o ar frio da madrugada é uma agressão.

— Pelo menos me deem um minuto para acordar. Ou comer? Não podem esperar que eu vá trabalhar de barriga vazia.

Schuyler me joga alguma coisa que eu pego no ar segundos antes de ser acertada no meio do rosto. É pão.

— Segundo minhas fontes — Ele bate na cabeça, lembrando-me do poder que possui de ler meus pensamentos — era isto que você comia, a única coisa que você comia toda manhã antes de treinar. Qualquer coisa além e você vomitava, qualquer coisa a menos e você não conseguia terminar. Portanto engula, e vamos indo.

— Vamos esperar por você no corredor — acrescenta Fifer, depois fecha a porta.

Levanto-me da cama com uma sensação de pavor nauseante revirando meu estômago. É o mesmo sentimento que eu tinha todas as manhãs de todos os dias passados na casa de Blackwell. Imaginando o que iria enfrentar, o quanto seria machucada, se poderia morrer. Olho o pedaço de pão. Até ele parece o mesmo. Não é pão branco, de farinha fina, e sim um pão grosseiro de trigo integral. Dou uma mordida; tem gosto de cascalho.

Pego as roupas que Fifer jogou em minha direção, estremecendo um pouco quando vejo o que são. Calça preta, camisa branca, casaco marrom, botas pretas. O cinto que achei que fosse para a calça é para armas, na verdade. Roupas de caçar bruxos.

Schuyler desgraçado.

Visto tudo. Prendo o cabelo para trás, como antigamente, retorcido num coque junto à nuca. Vou até a penteadeira, me olho no espelho. As sardas se destacam em relevo na pele clara, os olhos azuis estão ainda mais límpidos devido à incerteza. Estou cautelosa e com medo, mas me agarro a isso, um tanto reconfortada pela familiaridade.

Conforme prometido, Fifer e Schuyler estavam à espera no corredor. Sem uma palavra me levam para baixo, passando pela sala de jantar e pela cozinha, saindo pela porta dos fundos. O sol está começando a se esgueirar acima do horizonte, o céu está cinzento e frio, o ar nevoento com orvalho. Eu os sigo rapidamente, passando pelo jardim medicinal de John e a mureta de pedras que o cerca, rumo às campinas onduladas, o capim congelado estalando sob os pés.

— Aonde vamos?

Fifer aponta à frente, onde a campina começa a subir para um morro.

— Precisamos de privacidade — explica ela. — Pensamos em treinar na casa de Nicholas, mas Gareth está sempre aparecendo por lá, feito um espectro espião idiota. Mas ele nunca vem para cá, na verdade ninguém vem.

— Privacidade? — repito. — O que vocês vão fazer que precisa de privacidade?

Fifer se vira para me encarar, agora andando de costas.

— Está com medinho? — E dá um risinho sarcástico.

— Só porque você quer.

Mas estou, e ela sabe.

Chegamos ao topo do morro, e ali, no terreno plano abaixo, vejo o que eles planejaram para mim. É um pátio de torneios. Sem areia, sem arquibancadas e sem multidão de espectadores, mas, mesmo assim, é um pátio de torneios. Longo e estreito, medido e marcado por bandeirinhas e ladeado por armas. Fileiras de alvos, suportes com achas de armas, bestas e espadas, além de um grande baú de madeira que, só posso presumir, deve conter mais coisas ainda. Apesar do medo, sinto uma pequena empolgação me atravessar.

Os dois vão até a borda do pátio de torneios, e eu vou atrás. Schuyler abre a tampa do baú com um chute e pega uma maça, um machado de batalha e um punhado de facas. Vai jogando-os no chão, um a um; os objetos caem no capim com uma pancada úmida. Por fim, pega uma cota de malha — um capuz e uma túnica de mangas compridas, os pequenos aros de ferro tingidos de vermelho pela ferrugem.

Faço uma careta.

— Cota de malha? Só os pajens usam malha. Nunca usei, nem quando era recruta. Nem quando não sabia nada. Nem quando fiquei doente e mal conseguia...

Num borrão, Schuyler pega uma faca no chão e a atira contra mim. Ela vem girando, direto para o coração. Mergulho no solo enquanto ela passa assobiando, e levanto a cabeça justamente quando a lâmina se crava numa pequena árvore de bétula, 3 metros atrás de mim. O tronco tem apenas uns 7 centímetros de largura.

— Ficou maluco? — Limpo a lama do rosto, furiosa. — Você poderia ter me matado.

— Então é melhor usar a malha.

Fico de pé. Minha calça já está suja e molhada, as mãos e o rosto também, e nem sequer começamos. Fifer oferece a malha ofensiva; tiro o casco e a visto por cima da camisa.

— A parte da cabeça também. — Schuyler flexiona os pulsos rapidamente, fazendo mímica como se colocasse um capuz.

Obedeço e cubro a cabeça, xingando porque o metal irrita minhas orelhas, porque a cota de malha atrapalha a audição, repuxa meu cabelo, xingando Schuyler com todos os palavrões que posso pensar.

— Pare de reclamar. — Fifer pega um colar, um colar que reconheço: corrente de latão, ampolas cheias de sal, mercúrio e cinzas, e o pendura em meu pescoço. — Para que ele não ouça você durante a luta. — Ela ri. — Não diga que nunca fiz nada por você.

Schuyler me olha com o rosto impassível. Aí pega uma espada no chão e joga para mim. Vai até o suporte e pega uma andorinha: uma espada longa, de gume duplo. Gira-a várias vezes, a lâmina parece um borrão.

Vamos para o centro do pátio. Schuyler fica me rondando, devagarinho; imito todos os seus movimentos, passo a passo. Ele golpeia. Uma vez, duas. Aparo os dois primeiros golpes; no segundo, ele derruba a espada da minha mão, a arma cai no capim.

— Ponto. — Fifer levanta uma das mãos.

— Você vai marcar? — Pego minha espada de volta.

Ela confirma.

— Se você vencer, escolhe o próximo teste.

— E se Schuyler vencer?

— Ele escolhe.

— De novo, *bijoux*. — Schuyler dá um passo em minha direção.

Avanço num salto e ataco, mas ele está preparado. Bloqueia o golpe, depois bloqueia de novo. Frustrada, me abaixo e lhe dou uma rasteira. Foi inesperada; ele tropeça. Levanto a outra perna e lhe dou um chute na virilha.

Schuyler cai sobre um dos joelhos, gemendo um catálogo de palavrões. Jogo a espada de lado e pulo em cima dele, que também não esperava por isso. Vamos para o chão, rolando. Ele passa um braço em volta de meu pescoço, me joga de costas, me prende em um mata-leão. Enfio um polegar em seu olho, um velho truque. Ele grita feito uma criança, me ataca rugindo. Aí cai em cima de mim, tentando agarrar meus pulsos, tentando me prender de novo. Mas, antes que consiga, arranco uma adaga do cinto e coloco contra sua garganta. A lâmina lhe fura a pele, e uma gotinha de sangue, curiosamente preto, vem à superfície.

— Ponto — grita Fifer. Dou uma olhadinha para ela. Está rindo.

Schuyler se levanta, com uma sombra de dor se desenhando no rosto. Ele limpa o sangue do pescoço, olha para a mão e depois para mim. Seus olhos azuis brilham de antagonismo.

— De novo.

7

ASSIM COMO ACONTECEU NA PRIMEIRA vez, o treino me deixa exausta.

Na maior parte dos dias, caio no sono antes de o sol se pôr, e acordo com um chute na porta ao amanhecer: Schuyler e Fifer mandando eu me levantar, vestir a roupa e acompanhá-los até qualquer novo teste imaginado para mim. Dia após dia, os testes vão ficando mais difíceis, mais dolorosos, mais sangrentos. Dia após dia, fico mais forte, mais confiante, meu medo diminui.

Na semana desde que comecei a treinar e John partiu com a Guarda, ele me escreveu duas vezes, as duas cartas enviadas nas garras ossudas de seu falcão, Horace. Ele me conta sobre a patrulha na fronteira: nada de mais acontece. Conta como está: cansado. Horace fica empoleirado no parapeito de minha janela, ajeitando as penas pacientemente enquanto escrevo de volta, contando a John sobre o treinamento com Fifer e Schuyler. Não menciono como é difícil, não menciono como dói. Em resposta, ele não me diz para parar; apenas que sente saudades de mim.

Na noite que John deve voltar, resolvo permanecer acordada por tempo suficiente para vê-lo. Perdi a luta do dia com Schuyler, e ele me condenou a uma corrida de 15 quilômetros, totalmente armada, através das colinas de Whetstone. Meus músculos gritam, pedindo descanso, mas dou um jeito de ficar desperta.

Deito-me na cama, o quarto de lua brilhando através dos caixilhos, lançando quadrados pálidos de luz pelo chão, subindo pelas paredes escurecidas. Essa noite o chalé está bem silencioso: não tem barulho de chuva no telhado nem o farfalhar das asas de uma velha coruja de celeiro ou as batidas fracas de galhos na janela. Estou com um ouvido meio atento, tentando escutar a porta finalmente se abrindo, o som familiar de passos nos degraus que rangem. A única coisa que rompe o silêncio é o relógio no console da lareira lá embaixo, tocando as horas baixinho.

Meia-noite. Uma hora. Duas.

Não me lembro de ouvir o relógio tocar às três horas, por isso acho que apaguei. Mas, então, ouço um sussurro, pairando logo acima de mim. Sinto um sorriso abrir caminho no rosto.

— Você voltou. — Minha voz está sonolenta, meio sonhando. — Tentei ficar acordada, mas... — Deixo o resto no ar, espero sua mão nos cabelos, seu peso familiar quando ele se deitar no colchão a meu lado.

— Brincando de casinha com um novo namorado, é? Que doçura. — A voz é sebenta, pingando sarcasmo, e não é de John.

Abro os olhos de súbito.

Uma figura toda vestida de preto se assoma diante de mim. Capa com capuz preto, botas pesadas, e também pretas, e um sorriso sombrio idiota. E é uma figura que reconheço: Fulke Aughton. Um caçador de bruxos.

Tento me sentar, mas Fulke agarra meu pescoço e me força de volta para baixo.

Fulke era o mais inferior dos recrutas de Blackwell. O mais lento, mais desajeitado, mais medroso. Caleb e os outros o chamavam de Fraco Naughton — e achavam que ele só tinha chegado ao final do treinamento por uma combinação de puro acaso e sorte. Ao vê-lo aqui, em meu quarto, meu primeiro sentimento não é de medo, não é de pavor. É de ultraje.

Meto um polegar bem em seu olho. Fulke contém um grunhido de dor, depois agarra minha mão, torcendo o polegar para trás a ponto de eu ouvir um estalo quando o osso se desloca da junta. Solto um som ofegante, mas me recuso a gritar. Por ele, não.

Estendo os braços e agarro sua nuca usando as duas mãos, então mando a testa contra a de Fulke. O idiota morde a língua com força e solta um grito estrangulado. Recua da cama, eu salto de pé no colchão e me lanço contra ele. Fulke é apanhado desprevenido, e nós dois cambaleamos para trás, batendo na lareira de tijolos brancos. Colidimos contra ela, e eu pulo para longe e agarro sua cabeça de novo, dando com ela nos tijolos. O homem solta mais um grito e tomba de joelhos. Pego um atiçador na lareira, encosto a ponta afiada na veia em seu pescoço. Ele está preso entre mim e a parede, e nenhum de nós cede.

Não existem muitos meios de se matar um caçador de bruxos. Mas um pescoço quebrado, uma faca na jugular ou uma espada no olho ou no ouvido, algo que penetre o cérebro, é uma coisa que nem mesmo um estigma consegue curar.

— O que está fazendo aqui? — Mantenho o olhar fixo em seus olhos. Contanto que esteja me encarando, ele não vai tentar nada. Mais um motivo pelo qual Fulke não é um bom caçador de bruxos. Não é inteligente o bastante para planejar um movimento sem antes levar os olhos para o alvo, alertando assim o oponente para o próximo passo.

— Não preciso lhe contar nada.

— Estou com a arma, eu faço as regras — rebato. — Se quiser ver o sol nascer, diga por que está aqui.

— Não.

Cutuco o atiçador contra seu pescoço, e, com um pequeno estalo, a ponta rompe a pele. Posso ver seu sangue ao luar pálido, um fio escorrendo pelo pescoço.

— Pare! — Sua voz é um gemido agudo.

— Por que você está aqui?

— Por que você acha? — Os olhos castanhos de Fulke estão firmes, voltados para os meus. — Nós viemos para levá-la de volta a Blackwell.

Uma pausa, depois a percepção:

— *Nós?*

Os olhos de Fulke se viram rapidamente para a janela. Giro no instante que esta se abre com um estrondo, e ali, sentado no parapeito, está outro caçador de bruxos, todo de preto: Griffin Talbot. Cabelo louro curto, olhos azuis escuros, bonito e carismático, amigo de Caleb e um dos favoritos de Blackwell. Diferentemente de Fulke, Griffin não é lento. Nem é idiota, desajeitado ou medroso. É tudo que um caçador de bruxos deve ser: sagaz, forte, rápido.

Mortal.

— Fulke, seu idiota. — Griffin desce do parapeito, as botas pesadas fazendo um baque ameaçador no piso. Vem andando presunçoso em nossa direção, o olhar alternando de Fulke, ainda de joelhos com as costas grudadas na lareira e meu atiçador no pescoço, até mim, agachada ao lado dele, usando uma fina camisola de linho decotada e com acabamento de fitas num tom rosa-claro, o cabelo escorrendo pelas costas.

Griffin dá um risinho cínico.

— Está com boa aparência ultimamente, Elizabeth — elogia ele. — Nunca tive uma queda por seu tipo de charme em particular, mas talvez tenha me enganado. — Seu olhar percorre meu corpo; eu arrancaria seus olhos se tivesse uma oportunidade. — Ser traidora lhe cai bem.

Disparo uma fiada de palavrões.

— Encantadora, como sempre. — Griffin volta a atenção para Fulke. — Você tinha uma tarefa — diz ele. — Vigiar uma garota adormecida enquanto eu verificava a casa. Meu Deus, Fulke. Ela colocou você encostado na parede em um minuto, e nem mesmo está vestida. Nem estava armada. A não ser que ela durma com um atiçador de lareira embaixo do travesseiro.

Fulke faz beicinho.

— Você sabe quem ela é.

Griffin dá de ombros e se vira para mim.

— Eu não sabia que você tinha pique para isso, Grey. Seu curandeiro é morto, e você cai de mil amores pelo pai?

Fulke solta uma gargalhada cheia de puxa-saquismo.

— Isso mesmo. Quem você acha que é? Esmirna?

— Não, essa não é Esmirna — diz Griffin. — Esmirna se apaixonou pelo próprio pai. Não pelo pai do amante.

— Jocasta, então?

— Não, essa foi a que casou com o próprio filho.

Ficou alheia à discussão idiota dos dois quando sinto um nó no estômago. John? Morto? Mas não é possível. Ele tem meu estigma, eles não podem tê-lo matado. Ele não pode estar morto, não pode...

É então que me ocorre, com um suspiro de alívio que eles não ouvem: na noite do baile de máscaras, Blackwell esfaqueou John... mas Blackwell foi embora antes que Fifer transferisse meu estigma para ele. Os dois acham que John está morto, e acham que eu ainda sou o que era.

Penso rápido. Dois caçadores de bruxos no quarto, um que eu poderia matar facilmente, outro que poderia me matar facilmente. John e Peter ainda fora de casa, mas isso pode mudar a qualquer minuto. John consegue se virar bem numa luta, pelo menos por um tempo. Peter também. Mas Griffin é bom, bom demais. É um estrategista excelente; seu único ponto fraco é que fica agressivo demais no meio da batalha e comete erros idiotas. Mas isso não vai ser uma batalha, vai ser um massacre. A não ser...

Schuyler. Penso seu nome com intensidade; grito-o na mente. *Eles estão aqui. Caçadores de bruxos. Dois deles, dentro de meu quarto, estão aqui...*

— ... não, Nyx e Érebo eram irmãos. Meu Deus, Fulke. Lembre-me de dizer a Blackwell para mandar você de volta ao corretivo...

— Cale a boca, Griffin.

— Blackwell deve estar muito necessitado de ajuda para ter mandando Fulke fazer o trabalho sujo — digo, me intrometendo na conversa ridícula. Talvez se eu conseguir manter Griffin falando, possa ganhar tempo até Schuyler aparecer.

— Não está nem um pouco necessitado — garante Griffin. — É uma honra servir ao rei. O rei por direito.

— Blackwell não é o rei por direito.

— É ele que está sentado no trono. Isso me parece bastante direito.

— O que vocês estão fazendo, agora que Blackwell é um mago e a feitiçaria não é contra a lei? — pergunto. — Ainda se intitulam caçadores de bruxos?

— Agora somos cavaleiros — responde Griffin. — Cavaleiros do Império Real Anglo.

— Fulke é cavaleiro? — Olho o lema bordado embaixo do brasão da capa dos dois. Está escrito em galês: *Honte à celui qui ne peut pas atteindre*. Vergonha àquele que não consegue realizar.

Então rio. Não consigo evitar.

— Eles acertaram bem a parte da vergonha.

Griffin não responde.

— Quantos de vocês existem? — continuo. — São só caçadores de bruxos? Ou Blackwell está recrutando novos membros?

— Bela tentativa, Grey — diz Griffin. — Não vou contar absolutamente nada a você.

— O que vai fazer, então? Tentar me matar? Porque vou lhe avisar agora mesmo: isso não vai acabar bem para vocês.

— Sempre procurando briga, não é? — Griffin faz "tsc-tsc". — Não, não viemos aqui para matá-la. Mas nós não matamos. Nunca matamos. Só você. É você quem mata.

Sou eu que mato.

— Vi o corpo de Caleb — continua ele. — Quando Blackwell o trouxe de volta. Sabe, sempre achei que você tivesse uma quedinha por ele. Isto é, pelo Caleb. O jeito como andava atrás dele, fazendo olhos de peixe morto. Todos percebíamos. Então vimos o corpo. O jeito como você o abriu, o eviscerou, na verdade. Você devia odiá-lo. Bem lá no fundo, devia, sim. Talvez porque ele não gostasse de você. Pelo menos daquele jeito.

Griffin está tentando me irritar, e está conseguindo. Sinto Fulke relaxando a postura ao lado, prestes a agir. Sinto que estou me desconectando do momento e entrando em outro, no passado, em que vejo Caleb chegando, em que contenho a mão, não o mato...

— Agarre-a, Fraco.

Antes que Fulke possa agir, cravo o atiçador em seu pescoço até que a ponta saia do outro lado.

O sangue jorra em meu rosto com um som nojento. Fulke cai no chão, sacudindo-se, tentando gadanhar o atiçador, tentando conter o jorro de sangue que brota do pescoço.

Estou de pé, mas Griffin chega num segundo, a adaga levantada, o aço brilhando como um raio ao luar. Desvio-me uma vez, abaixo--me na segunda; ele não vai errar a terceira. Recuo pelo quarto, abro a porta do armário, quando seu rosto encontra a madeira ouço um estalo, em seguida um palavrão abafado. Passo por cima da cama e agarro a colcha, embolando o pano branco na mão. Corro até a janela, dou um soco usando a mão protegida. O vidro partido cai em cacos satisfatoriamente grandes, e eu os pego, segurando-os à frente do corpo, como facas.

Griffin enxuga uma mancha de sangue minúscula abaixo do nariz. Deve tê-lo quebrado na porta do armário, mas agora se curou. Está me olhando enquanto ronda em volta da cama, os olhos brilhantes de raiva e de empolgação pela caçada. Conheço esse sentimento, ou pelo menos conhecia: parte nervosismo, parte medo, parte animação.

Não o sinto agora.

Ele vem para cima de mim outra vez, e eu recuo; por pouco não piso num caco de vidro. Tropeço para evitá-lo, mas o atraso basta. Griffin atira sua adaga no chão, agarra meus pulsos e me joga na cama. Tento golpeá-lo; ele torce meu braço com força para fazer com que eu solte o vidro. Não solto. Lutamos no colchão, ele em cima de mim, eu me sacudindo por baixo. Dou-lhe uma joelhada na virilha, e ele grunhe de dor, rola e cai no chão, me arrastando também. De algum modo, na confusão, o vidro se solta de novo, passando pelo meu antebraço, um corte liso e afiado.

Levo a mão à pele, mas é tarde demais: o sangue salta da veia e escorre entre os dedos, correndo pelo braço até se juntar ao restante do sangue — meu e de Fulke — em minha camisola.

Griffin me empurra para bem longe e se levanta, atordoado. Fica parado um momento em silêncio, apontando para meu braço.

— Você... seu braço. Não está se curando — constata, finalmente. Os olhos parecem arregalados. — Por que não está se curando?

Antes que eu possa pensar em que ou em como responder, ele me agarra pelo pescoço, me ergue e me joga contra a parede.

— Onde está? — Outra pancada, e mais uma. — O que aconteceu com ele?

Minha cabeça está girando, e não só porque Griffin me esgana, como se eu fosse uma boneca de pano. Ele sabe que não tenho o estigma; isso é simplesmente encrenca para mim. Então por que ele está agindo como se ele fosse o encrencado? Se ele veio aqui para me levar de volta a Blackwell, já me colocou exatamente onde quer.

Um rangido na janela. Mais botas ribombando no chão. Um *tsc* de impaciência, diversão, irritação ou todas as três coisas, e lá está Schuyler, parado diante da janela, braços cruzados, sobrancelhas erguidas. Vê a cena sangrenta e balança a cabeça.

— Isso não é uma ameaça, afinal? Um caçador de bruxos dentro de Harrow. — O olhar de Schuyler, iluminado de expectativa, se crava em Griffin. — Conseguiu escapar da Guarda, foi?

Griffin me solta, e eu caio no chão, ofegante.

— Sua guarda deixa muito a desejar.

Schuyler olha para Fulke, exangue e pálido como o luar, esparramado junto da lareira, o atiçador ainda cravado no pescoço.

— Eu não iria tão longe. — Schuyler dá de ombros. — Como dizem, é o fim que importa, e não o começo. E até agora seu lado não está se saindo muito bem.

Griffin arranca o atiçador do pescoço de Fulke com um som nauseante e vai na direção de Schuyler. Gira a arma lentamente diante do corpo, gotas de sangue pingando no chão, escuras como tinta nanquim.

— Vitória de Pirro — diz Griffin. — Qualquer pequena vitória que seu lado consiga obter jamais será maior que suas perdas. — Ele olha Schuyler de cima a baixo, frio e avaliador. — Mas sejamos honestos. Quando eu matá-lo, não sei se eles vão considerar uma perda.

Ei-la: a agressividade de Griffin, seu excesso de confiança, sua incapacidade de enxergar o que está acontecendo de fato. Ele não nota o que eu vejo — a malícia espreitando por baixo da postura calma de Schuyler, o brilho de violência que jamais desaparece totalmente num retornado.

Griffin joga o atiçador da lareira contra Schuyler, como se fosse uma lança. Schuyler o desvia com um tapa assim que Griffin saca uma espada da bainha, tão depressa que parece um borrão de prata. Dá uma estocada na direção de Schuyler, a lâmina voando. Então gira a espada para o pescoço de Schuyler ao mesmo tempo que enfia a mão na sacola amarrada à cintura, cheia de sal, lançando um bocado diretamente no rosto de Schuyler. É um movimento que Blackwell nos ensinou: o sal serve para cegar e confundir um retornado, permitindo que a espada pouse em algum lugar, qualquer lugar. Não é um golpe fatal, só perturbador o suficiente para permitir a fuga. Mais ou menos o que fiz com Schuyler quando o encontrei pela primeira vez, dentro do túmulo do Cavaleiro Verde.

Só que o plano de Griffin não é escapar.

Schuyler se desvia da chuva de sal, escapando da maior parte. A essa altura, Griffin já pegou uma adaga e está com uma arma em cada mão. Investe para Schuyler, mas este desvia-se da adaga facilmente; a arma voa da mão de Griffin e cai no chão. Então Schuyler agarra a espada com a outra, envolve a lâmina com os dedos. Encolho-me de nervoso quando ela corta sua mão, aquele curioso sangue preto brotando, aí olho quando ele dobra — *dobra* — a espada. Griffin a solta, e ela também cai com estardalhaço.

Schuyler levanta a palma da mão, então fecha o punho como se estivesse espremendo o próprio sangue. Vai na direção de Griffin, sem arma. Mas não sem poder.

Griffin saca outra adaga.

Olhá-los é como assistir a um jogo de gato e rato. Um gato golpeando o rato, repetidamente, brincando com ele, fazendo-o pensar que está no mesmo nível, só pelo esporte, quando a gente sabe — ainda que o rato não saiba — que jamais teve chance.

Então a coisa acontece rápido demais.

A adaga é derrubada da mão de Griffin. Há uma tentativa inútil de pegar outro atiçador da lareira. Um soco, que também erra, uma peça de mobília atirada, o reconhecimento surgindo no rosto de Griffin de sua falta de opções.

Mãos dos dois lados da cabeça, um estalo rápido e violento, e Griffin se foi. Está caído no chão, os olhos e a boca abertos, a derrota no rosto é uma surpresa, até mesmo na morte. Por um momento, o quarto volta ao silêncio de antes. Sem som de chuva, sem coruja de celeiro batendo asas, sem galhos roçando. Nem mesmo o barulho do relógio no andar abaixo para encobrir o som de minha respiração entrecortada.

Schuyler atravessa o quarto, as botas pisando nos cacos de vidro, e me olha, as narinas ligeiramente infladas diante do cheiro pesado e metálico de sangue no ar.

— Você está bem?

— Acho que sim. — Estendo o braço. — Estou cortada, mas não creio que seja sério.

Schuyler pega a colcha suja de sangue no chão, rasga um pedaço e me entrega.

— Não se levante. Você vai se cortar de novo se não olhar por onde pisa. — Ele vai em direção à porta. — Já volto.

Schuyler retorna um instante depois com um punhado de velas e um maço de fósforos. Em segundos o quarto se anima com a luz e a visão da carnificina. Ele olha em volta e balança a cabeça.

— Você fez uma bela bagunça.

Quase gargalho.

— Caçadores de bruxos, hein? — Schuyler cutuca o corpo de Griffin com o bico da bota, depois olha para Fulke. — Sabe, eu achava que os homens de Blackwell estavam atrás de Harrow em termos gerais, mas dessa vez parece que eles vieram mesmo atrás de *você*. — Uma pausa. — Tem alguma ideia do motivo?

— Claro que não — respondo, irritada. O corte no braço arde para diabo. — Se eu soubesse, faria alguma coisa a respeito. No mínimo para impedir que idiotas invadam meu quarto e provoquem esse tipo de coisa.

Schuyler olha em volta.

— O que você quer fazer, então? Se quiser se livrar deles antes da chegada da guarda, é melhor ser rápida porque... ah.

Segundos depois, a porta do quarto é aberta e Peter e John estão ali, empunhado suas espadas. O emblema da Guarda, um simples triângulo laranja, está bordado na frente das curtas capas cinza: um símbolo de estabilidade. Os olhos dos dois se arregalam quase ao mesmo tempo ao se darem conta da cena. Griffin, caído no chão, os olhos vidrados para o teto, a cabeça num ângulo nada natural. Fulke, cujo sangue havia vazado até a última gota no chão, parecendo uma esponja espremida.

— O que aconteceu aqui? — Peter vai correndo até a janela, olhando para fora, como se esperasse ver homens entrando no quarto a qualquer momento. — Eles deixaram a porta da frente aberta, então vimos pegadas na direção da escada. Lama — acrescenta. — Que diabos aconteceu?

Schuyler faz um relato rápido.

John se agacha a meu lado. Faz apenas uma semana que o vi pela última vez, mas de algum modo ele parece diferente. O cabelo mais obediente que o normal, os cachos penteados para trás e não caindo nos olhos. Está com barba de vários dias, tem olheiras fundas e agora a ruga na testa parece desenhada ali, como se pertencesse àquele lugar. Ele larga a espada e pega meu braço, afastando gentilmente o pedaço de pano. Solta um palavrão baixinho ao ver.

— Não é tão ruim quanto parece — digo. — É só um arranhão.

— É mais que um arranhão. — Ele joga longe o pano ensanguentado. — Não creio que você vá precisar de pontos, mas preciso cuidar disso assim mesmo. Consegue ficar de pé?

John me ajuda a levantar. Schuyler remexe no armário, pega minhas botas de couro preto e as entrega a John, que fica confuso por um momento, até que Schuyler aponta os cacos de vidro no chão.

— O que mais eles disseram? — Peter dá as costas para a janela e me encara. — Disseram por que estavam atrás de você?

— Não. — Pego as botas das mãos de John e as calço. — É como Schuyler já contou. Eles invadiram o quarto, disseram que estavam aqui para me levar até Blackwell. Nós lutamos, eu fui cortada. Mas então ele falou alguma coisa, não sei...

— Quem falou o quê? — Peter está a meu lado. Saca um lenço limpo de algum lugar das dobras da capa e aperta em meu braço, que recomeçou a sangrar. Olho para John, mas sua atenção está nos corpos no chão.

— Griffin. — Aponto para os pés esparramados no chão junto ao pé da cama; é só isso que posso ver dele do ângulo em que me encontro. — Quando ele viu que eu estava ferida e não me curava, quando soube que eu não tinha o estigma... Quis saber o que aconteceu com ele.

— Não se preocupe, meu amor. — Peter dá um tapinha em minha mão. — Agora ele não vai poder contar a ninguém, não é?

— Não é isso — explico. — É que eu esperei que ele ficasse satisfeito quando descobrisse. Que me provocasse por eu estar fraca. Ou que me desse uns socos sabendo que eu não poderia retaliar. Esperava que ele fizesse qualquer coisa, menos o que fez.

— E o que ele fez?

— Agiu como se estivesse com medo. Você não sabe porque não conhece Griffin, mas ele não tem medo de nada. A não ser de Blackwell. Mas agiu como se ele é que estivesse encrencado, e não eu.

— O que está dizendo, Elizabeth?

Schuyler e eu trocamos um olhar breve, uma expressão de surpresa tomando-lhe o rosto assim que ele ouve meus pensamentos antes que eu seja capaz de verbalizá-los.

— Estou dizendo que acho que eles estavam atrás de meu estigma.

8

PETER EMBAINHA A ESPADA.

— Quero que você se lave — diz a mim. — Depois vou levá-la para ver Nicholas.

— Agora? — pergunta John. — Por quê?

Peter faz um som mal-humorado.

— Porque Elizabeth foi atacada na cama por dois caçadores de bruxos e quase foi morta. Porque ela acha que Blackwell os mandou por causa do estigma, o qual ela não possui mais, porém você, sim. Imagino que seja motivo suficiente, não é?

— Temos preocupações mais prementes agora, não acha? — pergunta John. — O braço de Elizabeth. E estes dois. — Ele olha os corpos no chão. — Não podemos deixá-los aqui. E se houver mais deles a caminho? Não deveríamos estar por aí, procurando?

— A área estava limpa quando cheguei — explica Schuyler.

— Obviamente não estava tão limpa assim — reage John rispidamente.

Schuyler levanta uma sobrancelha, mas não responde.

— Eu cuido das coisas aqui — diz Peter. — John, você leva Elizabeth à casa de Nicholas assim que ela estiver limpa. Schuyler, se não se importa, vá na frente e conte a ele o que aconteceu; diga que já estamos indo. Você pode verificar se há mais homens quando sair.

Schuyler assente, depois se volta para a janela, passando pelo peitoril num átimo. Mas John não se mexe nem reage.

— John. — Peter se vira para ele, e finalmente John afasta o olhar do massacre no chão. — Ouviu o que eu disse, filho?

— Não precisa de ajuda para tirá-los daqui?

Uma expressão severa passa pelo rosto de Peter, então ele avança e segura John pelo ombro. E o sacode levemente.

— Seria bom se você ajudasse Elizabeth — diz com a voz gentil. — Pegue um pouco de água quente. Prepare alguns remédios e uma bandagem para o braço. Ela vai encontrá-lo em seu quarto.

John me encara, os olhos se arregalando imediatamente ao ver o lenço de Peter, molhado e vermelho de sangue, ainda comprimido contra meu braço.

— Claro. Sim. Vou fazer isso agora mesmo. — Ele vai para a porta, depois se vira de volta para mim, numa dança hesitante. Por fim sai, os passos rangendo na escada enquanto desce.

Peter me oferece um sorriso triste.

— Ele está perturbado, claro. Esta noite poderia ter acabado de outro jeito, e você poderia estar caída no chão no lugar deles. Para John, isso é coisa demais. Acho que ele está em choque.

Não sei se é só isso, mas confirmo com a cabeça mesmo assim.

— E você? Está bem? — Peter me puxa num abraço paternal.

— Estou legal — respondo, a voz abafada contra seu peito. — Meio abalada, mas afora isso, tudo bem. E desculpe por tudo isso.

Ele me solta.

— Não peça desculpas. Eu é que deveria me desculpar por tê-la deixado sozinha. Mas, por favor, deixe John cuidar de você agora. Dou um jeito no restante.

Enquanto Peter começa a enrolar os corpos, pego uma pilha de roupas no armário e sigo para o corredor. Não voltei mais ao quarto de John desde que passei a noite ali, pouco antes de ele partir para a Guarda. Mas alguma coisa parece diferente. Na última vez que o vi, o cômodo estava desarrumado, para dizer o mínimo: um monte de roupas amarrotadas no chão, a mesa abaixo da janela num tumulto de ervas, pós e saquinhos. A escrivaninha cheia de livros e pergaminhos, penas e tinta.

Agora o lugar está limpo. Livros bem empilhados na mesa cuja superfície está livre, tudo bem enfiado nas gavetas e prateleiras abaixo. O quarto até cheira diferente — o que antes era uma mistura inebriante de especiarias, ervas e John, não está mais ali. Agora o ar é pungente, limpo, estéril.

Pego uma cadeira junto à escrivaninha e me sento, esperando a volta de John. Um instante depois ele chega, esbarrando na porta, carregando um balde d'água. Sem dizer palavra, vai até a bacia sobre a mesinha ao lado da cama e começa a enchê-la. Mas não está prestando atenção de verdade, por isso a água transborda e derrama no chão.

Ele parece não perceber que suas botas estão se molhando, nem sequer parece notar que estou o observando. E, quando o balde se esvazia, ele também não parece se dar conta; ainda está segurando-o no alto, e o único som no ambiente são os pingos fracos.

— John. — A palavra sai num sussurro.

Ele vira a cabeça bruscamente para me olhar, e, de imediato, sua expressão muda e desmorona, como se só agora estivesse me vendo pela primeira vez.

— Você está bem? — pergunto.

— Não deveria me perguntar isso. Eu é que deveria perguntar a você. — Ele larga o balde com estardalhaço. — Isso não deveria ter acontecido. Se eu estivesse aqui, não aconteceria. Eu poderia ter lutado contra eles. Impedir que a machucassem.

John se afasta da bacia e vai até a mesa abaixo da janela. Remexe nas gavetas, pega um pequeno frasco âmbar. Mal dá para distinguir seus garranchos no rótulo. *Óleo de jasmim*. Ele volta à bacia e pinga algumas gotas do óleo perfumado na água.

— O jasmim é bom para um monte de coisas, como aliviar a tosse, por exemplo, ou cessar roncos — enumera ele. — Coisa que você não precisa, claro. Também ajuda no trabalho de parto, que você também não precisa. Na verdade, você não precisa dele, só que eu gosto do cheiro. Faz com que eu pense em você.

Pisco diante da mudança súbita de assunto, da fala nervosa. As duas coisas são estranhas nele, em todos os sentidos.

— Obrigada. — Consigo exibir uma expressão que fica entre a perplexidade e um sorriso. — Também gosto do cheiro. — Por fim me levanto da cadeira e vou para seu lado, perto da bacia.

Não há toalhas ou panos para eu me lavar ou me enxugar, mas, mesmo assim, enfio o braço na água, sibilando quando o óleo de jasmim faz meu corte arder. Lembro-me da primeira vez em que John cuidou de um corte em minha mão, quando apertei uma taça de vinho com tanta força que ela se espatifou, resultado do choque assim que descobri que Caleb era o novo Inquisidor. Lembro-me do cheiro de hortelã, do jeito agradável como minha pele pinicou quando ele pôs minha mão na tigela d'água. O modo como ele segurou minha mão na água, seus dedos compridos envolvendo os meus, menores com seu toque cuidadoso.

Não foi nem um pouco como agora.

John olha para a bacia sem enxergá-la, a água agora com redemoinhos de sangue, manchada de rosa. Talvez Peter tenha razão; talvez John esteja em choque. Ele passou uma semana trabalhando na Guarda, está cansado e se acreditava a caminho de um merecido descanso em casa, mas, em vez disso, encontrou um banho de sangue — e a possibilidade de que os homens de Blackwell possam estar atrás de meu estigma — e dele.

— Se eles estiverem mesmo atrás do estigma, não vou deixar que o descubram — digo. — Não vou deixar que descubram você. Vou protegê-lo.

Isso o arranca do silêncio.

— Não preciso de sua proteção. Preciso que você mostre o que fazer quando eles me encontrarem. Como usá-lo. — Seu olhar é penetrante. — Você estava dormindo. Não tinha armas. Nem mesmo estava vestida decentemente, e ainda assim conseguiu detê-los. Até conseguiu matar um deles. Como?

Isso é tão diferente de tudo que John diria, ou mesmo pensaria, que quase me sinto como se levasse um soco.

— Fiz o que fui treinada para fazer. — Consigo responder, finalmente. — Sabendo como fazer; a coisa não vem somente do estigma. Vem de três anos de treinamento, de enfrentar o perigo todos os dias. De enfrentar a morte todos os dias.

— E eu não estive enfrentando a morte todos os dias?

— Esteve — rebato. — Mas isso é diferente. Você sabe que é.

John faz um som de desdém.

— Meu estigma não me foi entregue — continuo. — Fiz por merecê-lo. Ele pode não estar mais em mim, mas ainda é uma parte que não se vai. Eu fiz por merecer. — Repito porque isso precisa ser repetido.

— Eu nunca disse que não.

— Nem precisava. Você deixou claro; você e seu pai, que acham que meu valor está nele. Acham que não posso fazer o que o conselho quer que eu faça, o que eles me mantiveram aqui para fazer. — A raiva que senti desde o julgamento explode mais uma vez. — Sugiro que você volte àquele quarto e dê uma olhada no que sou capaz.

Arrependo-me das palavras assim que elas saem da boca. John se encolhe, o rosto ficando sombrio.

— Sei muito bem do que você é capaz. — Ele se afasta de mim. — Não se passa um dia sem que eu não saiba disso.

— John...

— Vou esperar no corredor até você acabar. — Ele sai e bate a porta com tanta força que estremece o portal.

Minhas mãos começam a tremer, agitando a superfície da água. Só agora percebo que está fria. Não porque esfriou, mas porque estava assim desde o início.

Tiro-as da bacia e sacudo as mãos até secarem. Vou à mesa de John, reviro as gavetas até achar uma faca comum. Tiro a camisola e começo a cortá-la em faixas para enrolar o braço. Não está mais sangrando, mas ainda está inchado, vermelho e minando água. Não se curou. E o polegar. Inchado, arroxeado e dobrado, quase entorpecido de dor. Respiro fundo, empurro o osso no lugar e contenho um gemido quando a junta se encaixa de novo. Uso a última tira de pano para amarrá-lo bem apertado, depois me visto devagar, colocando uma simples calça marrom, uma túnica azul-clara e uma calça comprida azul-escura. Ajeito os cabelos com os dedos, prendendo-os num coque.

Quando saio ao corredor não espero vê-lo, mas ele está ali, encostado na parede, braços cruzados, olhar no chão. Mas não levanta os olhos quando meus passos rangem nas tábuas do assoalho nem quando fecho a porta de seu quarto com um estalo.

— John.

Ele se afasta da parede e desce a escadaria. Fico tentada a chamá--lo, pedir desculpas, dizer que não falei a sério.

Só que falei.

Desço atrás dele. Dá para ver a marca de um par de botas enlameadas na soleira, onde Fulke entrou. Elas estão sob gotas de sangue: sua saída.

Atravesso o umbral rumo à noite fria e enluarada. Do outro lado do rio, em frente ao Chalé do Moinho, na campina que se estende por quilômetros, Peter está ao lado dos corpos de Griffin e Fulke, segurando uma pá. John está ali também, imóvel, olhando. Trocou a capa cinza da Guarda pela antiga, preta. A gola está levantada de modo que não vejo seu rosto, mas sou alertada para manter distância por sua postura — imóvel, rígida, refratária.

Olho Peter trabalhar. Ouço o som de ferro batendo na terra, vejo cobertores sujos de sangue e os membros frouxos, inanimados, embaixo deles. Então percebo toda a encrenca que provoquei desde que entrei na vida de John. Não somente para ele, mas para todo mundo em volta, todo mundo que ele conhece e ama. Eles me receberam e me defenderam quando poderiam ter me abandonado. Teria sido bem mais fácil assim; foi fácil para Blackwell e Caleb.

Viro-me para lhe dizer isso, para me desculpar de novo por ter fracassado mais uma vez em compreender o que ele fez por mim. Mas, sem uma palavra e sem me esperar, ele segue pelo caminho que leva do Chalé do Moinho até a cidade, para a casa de Nicholas.

Relutante, vou atrás.

9

SÃO 5 QUILÔMETROS ATÉ A casa de Nicholas em Theydon Bois, uma caminhada que fazemos totalmente em silêncio — John à frente, eu o acompanhando. Ele não pergunta como estou, não tenta me reconfortar. Não sei o que dizer a este John que não me fala nada, que olha adiante num silêncio pétreo, segurando uma espada à frente do corpo, como se temesse um ataque.

Por isso não digo nada.

Seguimos por um caminho aberto e descomplicado entre campinas suavemente onduladas, a lua fraturada ajudando a criar uma trilha que John parece conhecer bem demais. Por fim, ela termina numa ponte de madeira, em arco, a água abaixo escura e imóvel. Do outro lado há uma casa que presumo ser de Nicholas.

É diferente de sua casa em Crouch Hill, para onde Nicholas me levou depois de me resgatar da Fleet. Aquela era imensa, grandiosa, construída para impressionar. Esta é menor, mais aconchegante; uma casinha de campo. Paredes de pedra rústica, telhado de placas de madeira, a fachada tem uma dúzia de janelas quadradas, fechadas.

John me guia pelo caminho estreito até a porta da frente. Dezenas de roseiras de todas as cores, encantadas para florir até mesmo no inverno, ladeiam o passeio. Hera vermelha e madressilvas rosadas se arrastam, subindo pelas paredes, com arbustos de lavanda florindo abaixo. Viro-me para falar alguma coisa sobre a paisagem com ele; a confusão delicada da coisa toda é algo que sei que o agradaria. Mas John entra sem ao menos olhar para as flores, nem para mim, passando por Schuyler, que aparece à porta.

Schuyler sai para me receber. Veste a mesma roupa preta de antes, mas as mãos, o rosto e os cabelos já estão limpos, sem sangue. Flagro-me perguntando-me se Fifer o ajudou, se lhe trouxe água quente e toalhas de banho, ou se ficou parada enquanto ele se lavava com água fria pungente e tiras de pano sujo e ensanguentado.

— Já vi noites melhores, e você? — pergunta ele.

— Já vi meses melhores — murmuro em resposta.

Então Fifer sai correndo pela porta, jogando-se em cima de mim num abraço que quase me derruba.

— Schuyler nos contou tudo. Você não está muito machucada, está? — Ela recua para me inspecionar. — Não acredito. Caçadores de bruxos dentro de Harrow! Ou melhor... como é mesmo que se intitulam agora?

— Cavaleiros do Império Real Anglo — respondemos Schuyler e eu em uníssono.

Fifer faz uma careta.

— Nicholas está lá dentro esperando você. E John. — Ela faz uma pausa, pensando. — Por que ele não esperou você aqui fora? — Em seguida me olha com atenção, semicerrando os olhos verdes. — Está tudo bem com ele? E com você?

— Ele está bem — minto. — Foi uma semana longa montando guarda. Acho que ele só está cansado e meio abalado. Estou bem, também.

Fifer me arrasta para dentro de casa, e atravessamos um pequeno saguão até a sala de estar. É uma sala alegre e convidativa: poltronas e sofás espalhados sobre tapetes tecidos com flores e trepadeiras em tons vivos de amarelo, laranja e verde. Tapeçarias com cenas silvestres cobrem as paredes de reboco branco, e o teto exibe os caibros, no estilo campestre. Uma lareira de pedra ocupa quase uma parede inteira, as chamas estalando e lançando luz e calor no cômodo.

Nicholas atravessa a sala para me receber. Dá tapinhas em meus ombros, os olhos franzidos de preocupação.

— Schuyler contou o que aconteceu. Fico aliviado em ver que você está segura e se curando. — Ele diz esta última parte quase como se fosse uma pergunta.

Aí me acomoda num sofá macio, ao lado de Fifer, depois olha para John, sentado junto à lareira, observando as chamas como se pudesse lê-las.

— John?

Ele vira a cabeça.

— Será que você poderia fazer a gentileza de preparar um tônico para Elizabeth? — Nicholas sorri, mas o sorriso não chega exatamente aos olhos. — Ela está meio pálida e parece ter sido acometida por uma friagem.

A sala fica silenciosa, e eu sinto como se todo mundo estivesse me observando, observando a nós dois; tentando juntar as peças de um quebra-cabeças que se desfaz.

— Pode ficar à vontade em minha despensa — estimula Nicholas. — As coisas estão no lugar de sempre, tal como você se lembra.

John se levanta da poltrona e finalmente — finalmente — me olha.

— Claro que vou preparar alguma coisa para você. Não vou demorar.

Fifer me dá uma cotovelada na cintura. Nós duas ficamos observando enquanto ele sai da sala com as mãos enfiadas nos bolsos do casaco, o qual ele manteve apesar do calor na sala, quase como se tivesse esperança de que não fossem solicitar sua presença por muito tempo.

Nicholas se volta para mim.

— Os Cavaleiros do Império Real Anglo. — É como ele começa. Sem perguntas. — Estão atrás de você. Sabiam onde você estava. Sabiam que estaria sozinha.

— Eles não sabiam que eu estava sozinha — argumento. — Não tinham certeza. Fulke, o que eu matei, que entrou antes, foi mandado para me vigiar enquanto o outro, Griffin, revistava a casa. E ele só estavam procurando por Peter. Achavam que John estivesse morto.

Fifer começa a falar, mas Nicholas levanta uma das mãos para impedi-la.

— Continue.

— Fulke disse que receberam ordens para me levar de volta a Blackwell. Não perguntei por quê; nem precisou. Eu sei demais, tanto sobre ele quanto sobre vocês. Pensei que era por isso que ele me queria de volta, tal como você disse no julgamento. Mas agora não tenho tanta certeza assim.

Faço uma pausa, pensando em Griffin de novo. Em sua expressão quando me viu ser cortada, quando me viu sangrar.

— Griffin agiu do jeito de sempre — continuo. — Não pareceu preocupado por estar aqui, em Harrow, cercado de inimigos. Não pareceu preocupado com a hipótese de ser apanhado. Não pareceu preocupado com nada, até que me cortou. Até que soube que eu não tinha mais o estigma. — Lembro-me de como Griffin me jogou contra a parede, repetidamente, exigindo saber o que havia acontecido a ele. — Por quê? O fato de eu não ter o estigma não deveria significar nada para ele.

Nicholas vai até a janela que dá para a frente da casa, o luar atravessando os quadradinhos de vidro e lhe iluminando a expressão. Há um mundo inteiro de diferença em sua aparência agora comparado a quando o conheci, sozinha na cela em Fleet. Na época, ele estava magro, macilento e cinzento; agora animado e cheio de vida. Mesmo assim, há em seu rosto uma seriedade que não mudou.

— Elizabeth, quero que você me conte sobre Blackwell — pede ele, por fim.

Faço menção de falar... não sei o quê, mas desisto quando John entra na sala trazendo uma taça de cobre. Está ruborizado e desgrenhado, finalmente sem o casaco, as mangas da camisa de cambraia azul arregaçadas acima dos cotovelos. Seus olhos estão brilhantes, e ele sorri. Parece tão mais com o John que conheço, tanto na expressão quando no gestual, que consigo dar um breve sorriso de volta.

— Desculpe ter demorado tanto. — Ele me entrega a taça fumegante. Ela solta um cheiro esquisito e tem um visual que faz meu estômago congelar.

— É losna, endro e marroio-branco fervidos em vinho — explica ele. — É bom, e acho que você vai gostar. No mínimo vai ajudar a aquecer o corpo.

Losna. Sei, a partir de suas anotações, que apesar de ser usada em tônicos calmantes, a losna é também o ingrediente principal do absinto — que também é o ingrediente primário na cerveja que bebi demais na noite em que larguei as ervas da feiticeira na frente da guarda do rei, fui presa e quase perdi a vida.

Outra cutucada de Fifer.

Assinto com relutância, agradecendo, mas John sequer nota, pois já está voltando para sua poltrona perto da lareira. Depois de um longo momento, eu me viro para Nicholas.

— Quanto a Blackwell. — Pouso a taça na mesa ao lado. — O que você quer saber?

Nicholas volta a atenção para mim.

— Quero saber sobre seu relacionamento com ele.

— Relacionamento? — A palavra, ligada ao nome de Blackwell, me deixa confusa. — Acho que não estou entendendo.

— Quando você treinava, ele a destacava de algum modo? Fazia um treino diferente, ou tratava você de algum modo distinto? Ele lhe deu alguma coisa, como armas, conselhos, até mesmo alertas sobre o que estaria por vir, que não tenha dado aos outros caçadores?

— Não. — Então penso melhor. — Na verdade, não. Mas me lembro de uma coisa que ele me disse uma vez, depois de eu terminar um teste. Foi perto da conclusão do treinamento, e a essa altura eu já o conhecia relativamente bem. E o que ele disse foi tão diferente de tudo que costumava dizer, que foi difícil esquecer.

Nicholas me observa com atenção.

— O que ele disse?

Hesito. Não gosto de falar do treinamento. Não gostava na época e não gosto agora. Não só porque reviver a coisa toda me obriga a me lembrar de coisas que seria melhor esquecer, como também porque obriga todo mundo na sala a se lembrar de quem sou de verdade.

Não quero que lembrem que deveriam me odiar.

Espero um sorriso de John, ou um olhar reconfortante, algo que me faça saber que está tudo bem. Mas ele se afastou de novo, de cabeça baixa, as mãos cruzadas com força. Fechou-se.

Por isso vou em frente sem ele.

Era o teste do labirinto, o penúltimo antes do final. Os que restavam — na época éramos dezoito — receberam quatro dias para realizá--lo. Não tínhamos suprimentos. Nem comida, nem água, nem armas, nem provisões, a não ser a inteligência, o conhecimento, a coragem e nossa engenhosidade: notícia melhor para uns que para outros.

Fomos levados para o teste à meia-noite. A noite estava densa com névoa; era como andar dentro de uma nuvem. Então vimos: enormes paredes de cerca viva, estendendo-se até longe e alto demais para se enxergar o final. A névoa se grudava a elas, como fiapos de neve, retorcendo-se e enroscando nos galhos, fazendo com que parecessem criaturas respirando. Como se estivessem à espera para nos devorar.

Três dias. Foi o tempo que levei para sair do labirinto. Ali dentro, tinha sido atacada duas vezes por coisas... coisas cujo nome eu não sabia. Criaturas que pareciam lobos, mas que coleavam nos cantinhos, como serpentes. Coisas que voavam como falcões, mas tinham aparência de ursos, com dentes, garras e tamanho equivalentes. Minhas roupas ficaram esfarrapadas, assim como a pele de meu braço direito. Perdi uma bota junto a um punhado de cabelos quando alguma coisa, ainda não sei o que era, me agarrou e quase não me soltou mais.

Quando finalmente saí, já era manhã. No alvorecer, ou um pouco antes. Havia orvalho na grama, o céu estava rosado; havia pássaros, sol, liberdade e sucesso. Saí me arrastando de quatro, ensanguentada e suada, faminta e sedenta, e muito, muito cansada. Cheguei o mais longe que pude — dois metros, cinco talvez — antes de tombar no chão. Queria chorar; queria dormir. Em vez disso, inexplicavelmente, comecei a gargalhar.

Talvez fosse alegria, talvez loucura. Mas saber que fui mandada com a expectativa de não sair... o sentimento ia além do alívio.

Foi então que ouvi. Um ruído fraquíssimo, passos na grama, o salto de uma bota num graveto. Rolei de costas, e ali estava ele. Blackwell. Parou junto de mim, uma sombra contra o sol. Transformando a luz em escuridão, como somente ele era capaz de fazer.

— Senhor. — Fiquei de pé e fiz uma reverência desajeitada.

— Elizabeth.

Esperei. Os olhos, frios como carvão molhado, me examinaram de cima a baixo. Viram as roupas em frangalhos, a bota que faltava, o punhado de cabelo arrancado do couro cabeludo. Enfiei uma mecha do que restava atrás da orelha, tentando esconder aquilo. Minha mão revelou-se vermelha.

— Você se saiu bem — disse finalmente.

— Obrigado, senhor. — Minha voz era um sussurro áspero, a quilômetros do riso louco, esganiçado de instantes atrás.

Ele deu um passo em minha direção; obriguei-me a não recuar. Ele deu mais um passo, e outro, até eu me encontrar olhando diretamente para seu gibão: de fino tecido dourado, com acabamento em verde-esmeralda; mangas cortadas para mostrar o branco do linho fino por baixo.

— Olhe para mim — pediu ele.

Olhei.

Alto. Cabelo escuro, raspado muito rente. Barba curta, bem aparada. Com bem mais de 1,80 metro de altura. Bonito, se a gente pudesse ir além daqueles olhos duros, cruéis.

— Você foi um erro — disse ele.

Fiquei sem saber o que responder, nem se deveria dizer alguma coisa. Por fim me decidi por:

— Sim, senhor.

— Mas, com tudo isso, aí está você. De novo. Ainda. Aqui. — Ele começou a caminhar em volta de mim, como um lobo com a presa. Foi necessário cada grama de controle que eu ainda tinha para permanecer no lugar. — Por que você acha que é assim? Por que está aqui, Elizabeth?

Eu tinha mil respostas, nenhuma das quais era capaz de verbalizar. *Por sua causa? Apesar do senhor? Não graças ao senhor?* Em vez disso falei:

— Para aprender, senhor.

— Para aprender — repetiu ele. — E o que você está aprendendo, por favor?

Agora ele estava atrás de mim; não podia vê-lo, mas dava para senti-lo, e todos os pelinhos da minha nuca se eriçaram, berrando um alerta. As palavras eram afáveis, mas eu podia ouvir a irritação nelas. Não sabia exatamente de que forma eu o havia desagradado, mas daí, eu nunca soube mesmo.

— A servi-lo.

Ele deu a volta até me encarar de novo. Mas não relaxei. Nem olhei para ele também. Mantive o olhar na túnica dourada, com o sol ainda nascente se refletindo no tecido.

— Que felizardo eu sou por ter uma serviçal como você.

Ele estava me provocando, eu sabia. De novo eu não soube como responder, por isso repeti:

— Sim, senhor. — Estava praticamente se tornando um mantra.

Blackwell olhou para o labirinto. Eu não sabia quais dos recrutas estariam lá dentro nem quais já haviam conseguido sair. Ocorreu-me imaginar: será que ele aguardava por mim? Seria por isso que se encontrava ali? Ou estaria esperando por outro?

— Você acha, Elizabeth, que vai conseguir terminar o treinamento?

Para isso eu sabia a resposta. Não precisava caçar o que responder, e por isso não hesitei.

— Sim, senhor.

Blackwell assentiu.

— É. Vejo que você acredita nisso. E dá para ver que deseja que eu acredite também. — Ele sorriu, ou pelo menos ofereceu a imitação mais semelhante a um sorriso que eu já o vira exibir. O gesto o transformou. Fez dele alguém digno de temor, alguém em quem você quase poderia confiar.

Quase.

— E sabe de uma coisa? Pelo que vi hoje, quase acredito.

Meu coração inflou, e senti uma onda de prazer percorrer meus membros, chegando até as bochechas, ardendo com o que, vindo dele, era o maior elogio.

— Acho que, com o tempo, você vai ser meu maior erro ou minha maior vitória.

E depois?

A voz de Nicholas me leva de volta ao presente. Por um momento eu havia estado ali, nos terrenos de Blackwell, na saída do labirinto. Quase podia sentir o orvalho nas mãos, a ardência no couro cabeludo, a luz do sol queimando os olhos.

Levanto a cabeça e encontro todo mundo me olhando.

— Nada — respondo. — Ele se afastou, só isso. Não o vi muito mais, e não falei com ele. Pelo menos até a noite do último teste.

— O teste da tumba — esclarece Nicholas. — E depois você recebeu seu estigma.

— É. — Esfrego os olhos. O peso da noite está me oprimindo, e só quero que ela acabe.

Mas Nicholas prossegue:

— Elizabeth, você sabe como os estigmas são criados?

Então há uma mudança, uma tensão que brota de suas palavras e se enreda pela sala. Sinto-a no modo como Fifer se enrijece a meu lado, no modo como Schuyler se posta logo atrás. No jeito como John desvia a atenção das chamas, olha para mim e em seguida para Nicholas.

A porta da frente é aberta, e Peter aparece vindo do saguão de entrada.

— Desculpem o atraso. — Ele tira a capa e a estende. Ela é apanhada no ar por mãos invisíveis, Hastings, o serviçal fantasma de Nicholas, e desaparece da sala. — O chão está duro por causa do frio. Quase quebrei a pá na segunda sepultura... — Ele para. — Como vão as coisas aqui?

— Enigmáticas — responde Nicholas afavelmente. — Mas estamos trabalhando para mudar isso. — Peter puxa uma cadeira para perto de John, que parece não notar a presença do pai.

— Não sei como os estigmas são criados — respondo à pergunta de Nicholas. — Ninguém tinha um antes de nós, de modo que não havia ninguém para dizer como era feito. Várias de nossas suposições eram ridículas, e a maioria não fazia sentido, mas todos concordamos que devia ser algum tipo de feitiço.

Nicholas assente.

— A magia, toda magia, funciona do mesmo modo. É o direcionamento do poder de um bruxo ou mago para um objeto externo, seja uma pessoa ou uma coisa. Um feitiço de amor posto num pedaço de pergaminho. Um encanto de cura colocado numa poção. Um sortilégio protetor engastado num anel. Uma maldição posta numa tabuleta. Um estigma dado a um caçador de bruxos.

Os pelinhos de minha nuca se eriçam em alerta.

— A magia, a ordem que é mágica, é buscar unidade e equilíbrio em todas as coisas — continua Nicholas. — O poder que é inerente a seu estigma: o da força, da cura, de impedir a morte ou, em alguns casos, a morte de terceiros — ele olhada para John — atrapalha esse equilíbrio. Significa dar poder de fazer o que nenhum ser humano, mágico ou não, deveria ser capaz de fazer. Tentar um feitiço desse nível iria exaurir toda a magia da pessoa. Toda a magia.

— A magia pode ser exaurida?

Nicholas assente.

— Quando um bruxo ou um mago lança sua magia num objeto, por exemplo, uma carta destinada a fascinar, uma poção destinada a curar, esta magia diminui. A rapidez com que é restaurada e o grau em que é restaurada depende do feitiço e também dos bruxos ou magos. Para um mago velho, ou um mago com algum problema, a magia pode jamais retornar completamente. O mesmo vale para uma maldição. Minha própria magia foi um tanto exaurida pela maldição que Blackwell pôs em mim. E, ainda que eu não esteja totalmente restaurado, estou bem perto disso.

Ele olha para Fifer, que consegue dar um sorrisinho.

— Se o feitiço para criar um estigma exige tanto poder a ponto de exaurir completamente a magia de uma pessoa, como isso poderia ser feito? — pergunto. — Nós éramos dezesseis. Dezesseis estigmas, o que significa dezesseis feitiços, dezesseis bruxos ou magos abrindo mão de todo o poder para nos dar o nosso... — Paro e percebo. — Eles não abriram mão do poder, não foi? O poder lhes foi tirado. Roubado.

No silêncio que se segue, começo a compreender o restante do plano de Blackwell. Uma parte eu já sabia: pegar os bruxos e magos que capturamos para ele e transformá-los num exército para derrubar o reino. E agora sei qual é a outra intenção: roubar a magia dos que resistiram para dar força a seus homens, de modo a jamais serem derrotados.

— Mas isso não explica por que Blackwell quer meu estigma — digo. — Não há nada de especial nele. Seu poder não é maior que o de nenhum outro. O de Griffin, de Fulke, de Caleb...

— Não? — intervém Nicholas. — Tem certeza?

Hesito. Penso nas coisas que sou capaz de fazer, que era capaz de fazer. Penso na força, na minha velocidade, em como eu conseguia caçar melhor e lutar com mais ferocidade que qualquer outro. No modo como cheguei ao topo de todas as categorias, como era a melhor caçadora de bruxos de Blackwell, inferior apenas a Caleb. Mas isso tudo foi porque eu quis, porque lutei por isso. Foi mérito meu.

Não?

— Você mesma disse que não havia precedente — continua ele. — Ninguém podia contar a vocês como os estigmas eram criados. Já lhe ocorreu que alguém precisava ser o primeiro? Que alguém precisava ser a cobaia no experimento de Blackwell?

Com o tempo você vai ser meu maior erro ou minha maior vitória.

— O poder de um mago não é cumulativo — explica Nicholas. — A magia não é cumulativa. Blackwell não tinha como tirar o poder de um homem depois do outro, ou de uma mulher depois da outra, para aumentar o próprio. Mais uma vez, as leis da magia e do equilíbrio não o permitem. Você só pega o poder, a magia, que é a maior das duas. Ele não se arriscaria a diluir o próprio poder, digamos assim, ao de um bruxo ou mago inferior. Portanto, não. Ele não está tentando aumentar o próprio poder. — Uma pausa. — Acredito que esteja tentando restaurá-lo.

Aí está: a verdade em um gume de faca. A percepção do que Nicholas sabe, do que estava tentando fazer com que eu deduzisse sozinha.

Fico de pé num salto. Peter também; ele se vira para John assim que Fifer segura minha mão, dizendo algo em tom tranquilizador, mas não consigo entender suas palavras por causa do latejar nos ouvidos e das palavras que Nicholas diz em seguida:

— Acredito que seu estigma tenha vindo de Blackwell. E por motivos que não consigo nem começar a imaginar, ele precisa do poder de volta.

10

A SEMANA SEGUINTE É NADA menos que uma agonia enquanto analisamos o que significa Blackwell estar atrás do estigma, o que poderia significar.

As discussões entre Peter e John acontecem quase de hora em hora. Em vez de sentir medo por possuir o poder de Blackwell, por talvez se tornar um alvo de tal poder, John está decidido a usá-lo. Quer fazer o mesmo que Gareth ao me manter em Harrow: quer matar Blackwell. Peter, que antes se mostrou animado pelo desejo do filho de se lançar na luta, recuou, implorando para John abandonar a Ânglia, me enfiar em seu navio — aquele que Peter lhe deu quando abandonou a pirataria — e navegar para o mais longe possível daquela terra.

Mas John não desiste; não pode. O estigma não deixa. O equilíbrio da magia está se desfazendo, e não é a favor de John. Agora sei o porquê da mudança em seu comportamento. A distância, a violência; a cada dia ele cura menos, a cada dia ele luta mais. A magia de Blackwell tomou conta... e está ficando cada vez mais forte.

Por enquanto meu segredo e o dele estão a salvo. Mas por quanto tempo? Treino todos os dias com Schuyler e Fifer, e vou ficando mais e mais forte, mais ágil, mais preparada para a batalha. Mas agora John treina a meu lado, e qualquer avanço que eu faça, ele sobrepõe em dez vezes a mais. A disparidade entre nós não pode ser ignorada, e não pode mais ser disfarçada.

É um problema sem solução, pelo menos não uma que eu tenha conseguido encontrar. E estou ficando sem tempo. Naquela manhã, dois grossos envelopes pardos chegaram ao Chalé do Moinho, lacrados com cera e estampados com um quadrifólio duplo, o brasão de lorde Cranbourne Calthorpe-Gough: nossa convocação. O serviço de John na Guarda terminou oficialmente, e nós devemos nos apresentar ao acampamento em Rochester dentro de vinte e quatro horas.

Rochester Hall fica no extremo norte de Harrow, numa cidade homônima: Rochester. É uma caminhada de duas horas desde a casa de John e Peter. Uma bela estrada campestre, ladeada de cercas-vivas e cercas de madeira cobertas de amoreiras silvestres. A paisagem salpicada de árvores, casas de fazenda com telhados vermelhos aninhadas em vales baixos, e campos amontoados de ovelhas com a lã de inverno suja e embolada.

Estamos há uma hora na estrada, Peter guiando o caminho, John e eu atrás, todos nós com uma sacola arrumada às pressas, cheia de roupas e armas. Não vi muito de Harrow, só um mapa que John desenhou para mim uma vez. Mas entendo a paisagem o suficiente para me lembrar de que Rochester é cercada por morros ao norte, com o território anglo a leste, e o país da Câmbria a oeste. É um lugar esquisito para se montar acampamento. Se Blackwell e seus homens conseguissem romper a barreira em massa, ficaríamos cercados e não haveria como escapar.

— Estive pensando no espião — comento. É minha primeira manifestação em todo o dia. — O espião que está deixando os homens de Blackwell entrarem em Harrow. Acho que todos podemos concordar que é alguém que mora aqui. É óbvio. A pessoa sabe demais. O bastante para dizer exatamente aonde eles devem ir, como chegar e, em alguns casos, quando chegar.

Penso na primeira invasão: o arqueiro encontrado na metade do caminho entre a casa de Nicholas e a de Gareth. A segunda, em

Mudchute, a terceira no julgamento, a quarta em minha cama, a quinta na rua principal um dia depois. E agora isso: o acampamento.

— E se for ele? Lorde... Três Sobrenomes? — Não consigo continuar chamando-o de lorde Cranbourne Calthorpe-Gough, é ridículo. — E se foi por isso que ele montou o acampamento lá? É bem remoto. E se ele estiver levando todo mundo para Rochester com o plano de nos prender para depois entregar a chave a Blackwell?

Encolho-me ao pensar nisso. Como seria fácil, se fosse verdade. Como seria rápido. Um traidor, uma batalha, nenhum sobrevivente.

Peter abre a boca, mas é John quem fala primeiro:

— Ele não é o espião. — John se vira para mim. — Olhe, sei o que parece. Sei que ele parece privilegiado, arrogante e, bem, um pé no saco. — Ele dá um sorrisinho. — Mas passei muito tempo em Rochester. Com Fitzroy... desculpe, eu o chamo assim, o sobrenome dele é simplesmente comprido demais... e com sua família. Eu o conheço há muito tempo, e ele nunca viraria um traidor. Ele jamais colocaria a família em perigo, não importando o lucro.

Quero lhe dizer que, às vezes, as pessoas não fazem coisas pelo lucro, fazem para impedir a perda. Que, às vezes, as pessoas caem em alguma coisa, ficam atarantadas, e a esperança nunca é voltar a se erguer, somente fazer qualquer coisa necessária para não cair mais ainda.

— John está certo — admite Peter. — Não há nada que Fitzroy não faria pela família, pela filha. Ele é tão leal a Harrow quanto Nicholas. Eu confiaria minha vida a ele, e confio. — O tom de Peter é apaziguador, ansioso para manter a paz já precária entre mim e John. — Quanto ao motivo para o acampamento ser ali, é simples. Não existe outro lugar grande o bastante, ou suficientemente seguro para abrigar um exército. O sul de Harrow não passa de campos abertos e florestas, povoados e moradias. Rochester Hall é a propriedade mais ampla e mais segura de toda Harrow, um castelo, por assim dizer.

— E há o benefício de ser remoto — acrescenta John. — Se alguma coisa acontecer, há muitos meio de se escapar. Há túneis atravessando a fronteira para Câmbria, e um braço de mar que penetra cerca de um quilômetro e meio até lá. E, acima de tudo, Rochester tem tantos feitiços protetores quanto a casa de Nicholas em Crouch Hill. Se bem que muitos deles são... *parem.*

John estende um braço, e Peter e eu paramos. John se afasta de nós, olhando pelo chão até achar uma pedra do tamanho de um punho fechado. Atira-a no centro da estrada, como se estivesse jogando amarelinha.

Do nada surge um rugido, e, em seguida, uma queda súbita na pressão do ar, como aquele efeito que antecede uma tempestade. Um sopro de vento fulminante vem em nossa direção, arrastando o entulho da estrada, girando até formar um redemoinho cinza e empoeirado.

Dou um passo involuntário para trás, mas John vai na direção daquilo com as mãos estendidas.

— Campo de Touros. Estalagem do Monte. Armas do Monte Nevado.

Num instante o vento se dissipa, explodindo em uma nuvem de terra, folhas e gravetos. John retorna à estrada, sinalizando para que o sigamos.

— O que você disse? — Estou tossindo e limpando a terra dos olhos. — Parecia o nome de tavernas.

— E são. — John passa a mão pelos cabelos, tirando sujeira dos cachos. — Para passar pelo redemoinho é preciso citar o nome de três tavernas de Harrow. Três tavernas onde você tenha estado. — Ele dá de ombros. — Fitzroy disse que, se alguém quisesse vê-lo, mas não soubesse o nome de três lugares onde tinha bebido, ele não desejaria ver a pessoa.

Peter explode numa gargalhada, e eu sorrio, o primeiro sorriso sincero em dias.

Enquanto continuamos pela estrada, com o campo apresentando nada além do que vi o dia inteiro — colinas, vales, árvores, ovelhas —, começo a ter dúvidas quanto à suposta grandiosidade de Rochester Hall. Se é tão grande como Peter diz, eu já deveria ser capaz de enxergá-la. Deveria ser visível a quilômetros de distância, assim como a Torre Greenwich espreita no horizonte, um marco na paisagem de Upminster.

John levanta a mão de novo. Estala os dedos duas vezes, rápido, depois dá um assobio curto. Começo a ficar irritada com a teatralidade do lugar, com a abundância de espetáculo e carência de substância. Até que acontece: o ar à frente começa a tremeluzir, fica turvo, e imediatamente as colinas, os vales e as ovelhas — que estavam ali há segundos — desaparecem, como uma ilusão numa tapeçaria. E no lugar de tudo isso: Rochester Hall.

Sinto meus olhos examinando os arredores.

Peter disse que era um castelo por assim dizer, mas na verdade eu esperava uma casa como a de Gareth ou mesmo a de Humbert, com seus muitos jardins e caminhos d'água, protegida por um fosso e uma ponte levadiça. Não esperava uma fortaleza.

É enorme. Feita inteiramente de tijolos de um vermelho intenso e cercada por muralhas de 30 metros de altura, seus muitos pináculos e torres são entrecortados por seteiras e conectados por passarelas. Toda a estrutura é cercada por um grande lago cheio de algas, e o único acesso à entrada — uma guarita tremendamente fortificada do outro lado — é através de uma ponte que deve ter facilmente 800 metros de comprimento. Para além do lago, o terreno se estende até mais longe do que a vista alcança, rumo a colinas densamente cobertas de árvores.

Peter sorri diante de meu relutantemente impressionado emudecimento.

John nos guia pela ponte, e nossos passos são o único som sob o céu azul, num silêncio fantasmagórico.

— Onde está todo mundo? — pergunto. — Está silencioso demais. E como vamos entrar? Isso aí não parece exatamente convidativo. — Aceno para o portão de ferro que se ergue a nossa frente, fechado e impeditivo.

— Em Rochester, você não pode acreditar em tudo que vê — explica John. — E não pode acreditar em tudo que ouve, também.

Minha irritação anterior está de volta.

John vai até o portão, encosta a mão espalmada no ferro. Fico na expectativa de que o portão gire para trás, rangendo nas dobradiças, ou que desapareça, ou talvez que alguma criatura fantasmagórica nos escolte para dentro. O que não espero é isto: que a seteira que um segundo antes estava a 2,50 metros acima de minha cabeça esteja agora a minha frente. E que ela já não seja mais pequenina, não mais uma seteira, e sim uma abertura do tamanho de uma porta.

Peter assobia em aprovação enquanto John passa, indicando para o seguirmos. Dentro, um túnel serpenteia na escuridão. John o percorre com facilidade, levando-nos para a esquerda, direita, subindo e descendo por corredores, como se tivesse feito isso uma centena de vezes, coisa que sem dúvida fez, até que estarmos ao ar livre de novo. Meus olhos demoram alguns instantes para se readaptar ao sol forte, mas, quando isso acontece, vejo um acampamento tão grande que parece uma cidade.

O parque se estende por quilômetros, todos os centímetros ocupados por pessoas, tendas, suprimentos, carroças, cachorros, cavalos. A fumaça enche o ar, vinda de mil pequenas fogueiras; tendas e coberturas de lona de todos os formatos e tamanhos brotam do chão, algumas listadas e com muitas pontas, outras brancas e de mastro único. Há caixotes empilhados em toda parte, transbordando de utensílios de cozinha, pratos, lampiões, roupas de cama.

Para além do parque, descendo por uma encosta longa, estão os campos de treinamento. Dois pátios de torneios lado a lado, cheios de areia e com arquibancadas cobertas por um toldo numa das laterais. Ao lado deles, a área dos arqueiros: fileiras de arcos e flechas meticulosamente organizados em suportes, alvos coloridos pintados em lonas e enrolados em fardos de feno. Ali perto, uma campina vazia, contendo apenas várias dúzias de baús de madeira imensos cheios de armas; facas e correntes, foices e maças, adagas e machados.

Também vejo, ainda que talvez não devesse, as carcaças de várias dezenas de catapultas, espreitando nos limites da floresta, prontas para serem carregadas e engatilhadas, depois levadas para pontos estratégicos do acampamento em caso de cerco.

De novo Peter assobia, gostando do que vê.

— Fitzroy se superou.

— Deve haver umas mil pessoas aqui — comento.

— Ele diz que é pouco menos que isso, sim — responde Peter.
— Nós requisitamos dois mil soldados à Gália, e eles se acomodarão aqui.

— E o restante do pessoal de Harrow? — Passamos por três carroças com uma dúzia de homens ainda descarregando suprimentos.
— Quantas pessoas são? Há espaço para elas também?

— Três mil, mais ou menos — responde John. — Mas nem todas virão para cá, nem mesmo com a ameaça de guerra. Mas há espaço, caso venham.

Seis mil pessoas. Parece impossível que Rochester possa abrigar tudo isso. Mais uma vez meus pensamentos vagam para o espião, o inimigo, o traidor em nosso meio. Para o que aconteceria se Blackwell obtivesse acesso a esse lugar. Sei o que John disse, o que Peter disse, que o espião não é o pai de Chime. Talvez estejam certos. Mas também sei o que Blackwell sempre disse: *A guerra se baseia em ardis.* Para vencer, você deve se apresentar ao inimigo de um modo que o faça acreditar no que ele deseja acreditar. Eu deveria ter prestado mais atenção naquela ocasião, quando ele praticamente estava abrindo seu segredo.

O que estou deixando passar agora?

Como se aproveitasse a deixa, ele aparece: o próprio lorde Três Sobrenomes. De perto é mais alto e mais bonito que no julgamento. Muito bem-vestido, com calça de couro marrom, um casaco de losangos coloridos sobre um gibão cinza-aço e uma bainha de couro marrom presa à cintura, só que vazia. Ele é o comandante supremo daquele exército, mas parece um homem brincando de guerra, e não planejando uma.

Ele dá um tapinha nas costas de John e lhe aperta a mão calorosamente. Faz o mesmo com Peter. Depois se vira para mim com os olhos azuis se animando. Observo-os com atenção, como se pudesse ver a mentira fazendo redemoinhos sob a superfície.

— Srta. Grey. — Ele estende a mão; retribuo o cumprimento.

— Lorde Cranbourne Calthorpe-Gough.

— Por favor, me chame de Fitzroy. É uma alegria vê-la de novo, fora dos limites do conselho. E é um prazer tê-la em nossas forças. Pelo que sei, você é uma boa soma às forças.

Abro a boca para responder, mas Peter fala por mim:

— Ela é muito hábil com uma faca. — Seu riso é largo, mas posso notar sua tensão. — A habilidade com a espada é sem paralelos, e estou ansioso para levá-la à área dos arqueiros. Ela é modesta demais para admitir, mas aposto que é melhor no arco que você, Fitzroy.

Isso é bem desconfortável: Peter exaltando virtudes aprendidas para capturar e matar o povo de Harrow, e agora redirecionadas a salvá-lo. Virtudes que praticamente não existem mais. Porém, Peter tem seu papel a representar em tudo isso, assim como eu.

Então há um rugido, som de homens comemorando e rindo, vindo dos pátios de torneios. Consigo vislumbrar cerca de uma dúzia de homens olhando outros dois que se encaram na areia, fazendo um cerco mútuo, as lâminas das espadas relampejando ao sol do início de tarde.

— Treino de espada — diz Peter com alguma satisfação.

— Todos os dias — responde Fitzroy. — Eles vão melhorando nas próprias categorias e, depois, começam a buscar oponentes. — E dá um tapinha em meu ombro. — Estão apostando uma pequena fortuna por lá. Mas estou disposto a apostar meu dinheiro em Elizabeth.

Ele sorri. John faz uma carranca. Peter engole em seco.

Sorrio de volta.

Fitzroy levanta uma das mãos, e, de lugar nenhum, aparece menino vestido com libré branca, correndo.

— Leve as sacolas para as barracas deles, por favor. Elizabeth Grey e John Raleigh. Os dois estão no quinto círculo interno, acho. — O garoto assente, pega nossas sacolas e corre para longe.

— Os que estão lutando são das tendas brancas — explica Fitzroy, enquanto seguimos para o pátio de torneios. — Os círculos vão aumentando por posto. Eu estou no centro, junto ao marechal de campo, ao capitão, ao tenente. Vocês vão conhecê-los mais tarde. A companhia fica nos círculos exteriores. — Ele dá uma olhadela para mim. — Blackwell costumava empregar uma estrutura de postos semelhantes com seus homens?

Permito-me um sorrisinho afetado.

— Eu diria que ele era mais favorável a uma estrutura do tipo "primeiro entre os iguais".

Fitzroy me dá um sorriso que ilumina todo o seu rosto. Ele é realmente lindo de morrer.

— Aposto que sim.

— Elizabeth! — Uma voz familiar atravessa o barulho em volta.

— John!

Viro e vejo Fifer acenando no meio da multidão, com Schuyler logo atrás.

— O que vocês estão fazendo aqui? — pergunta John, quando ela se aproxima.

Fifer aponta o polegar para Schuyler. Ele está com quatro sacolas penduradas no ombro e uma expressão igualmente divertida e chateada.

— É culpa dele — revela Fifer. — Ele disse a Nicholas que não achava seguro ficar em casa. Com todos os ataques e, principalmente, depois do que aconteceu com você, Elizabeth. Por isso Nicholas me mandou para cá. — Ela olha em volta, fazendo uma careta. — É o último lugar onde quero estar, morando numa barraca. Com todos esses homens. É inconveniente e bárbaro.

— Eu vou morar numa barraca — aviso.

— Como eu disse. — Fifer ri. — É uma coisa bárbara.

Vamos para a beira do pátio de torneios, acompanhando a luta até o final: um avanço, uma cutucada no peito que seria fatal numa luta de verdade, mas que, em vez disso, terminou com uma incisão na pele, o vermelho brotando na camisa de linho branco.

O perdedor xinga; o vencedor gargalha. O restante participa jogando moedas e insultos. O vitorioso, alto, corpulento e com o rosto marcado de varíola olha em volta. Por fim, seu olhar pousa em John e se ilumina.

— Venha, filho. Vamos ver se sua habilidade com a espada é tão bonita quanto seu rosto — grita ele. — Em seguida, pega o alfanje na mão do perdedor e o joga para John.

John o apara no ar com facilidade, um risinho maroto brotando de novo; o mesmo risinho que passei a conhecer e a temer.

— Certamente não é tão feia quanto a sua — grita ele de volta.

Todos os homens riem e zombam; até Peter participa. Atraídos pelo barulho, mais alguns vêm assistir. Fifer e eu trocamos um olhar breve.

— John — sussurra Fifer. — Não sei se é boa ideia. Você não pode vencer, na verdade, nem deveria tentar, não com todas essas pessoas olhando...

Ele a encara com uma expressão inconfundível de desprezo.

— Você também não.

Fifer arregala os olhos. Não sei se algum dia ele já falou com ela assim ou mesmo a olhou desse jeito.

John tira o casaco e o joga na grama. Gira o alfanje uma vez, duas e pisa na areia. Pelas roupas e pela postura, o homem que o desafiou é um pirata. O sujeito avança e faz um gesto obsceno para ele. Em troca John chuta um bocado de areia, acertando o sujeito. A multidão ri e grita zombarias.

— Lá vamos nós — murmura Fifer.

John e o pirata começam a armar um cerco sincronizado, as espadas erguidas.

O sol está intenso: até demais. Viro-me para proteger os olhos da luz e, quando faço isso, vejo um tumulto colorido do outro lado do pátio. Um grupo de garotas animadas, com vestidos mais animados ainda, azul-celeste, verde-esmeralda e vermelho-escarlate, com Chime entre elas. Seu vestido, amarelo-canário, é o mais chamativo de todos. Ela vê que notei sua presença, mas seu olhar passa direto por mim e pousa em John, e ali fica.

Volto a prestar atenção na luta. As apostas começaram a sério, homens jogando moedas e farpas, gritos e desafios. John ignora tudo, totalmente concentrado no sujeito à frente, que avança com um golpe depois do outro, todos aparados. Sei o que John está fazendo; é o que aprendi: permitir que o oponente gaste toda a energia exibindo-se enquanto você conserva a sua.

A multidão em volta continua a crescer. Soldados com vestes vermelhas e azuis, pajens usando libré branca, serviçais com musselina marrom e um homem de preto: Gareth. Ele está na outra extremidade da fileira de espectadores, de braços cruzados, olhos fixados na luta.

John leva um golpe da espada do oponente, apara-o uma vez, duas, depois reage. Faz como se fosse dar uma estocada, mas, então, bate o pé no chão; é uma finta. O pirata golpeia e John salta de lado. Há um raspar de metal em metal antes de John impelir a espada.

Gareth olha de John para mim, e de volta para John, como se estivesse começando a entender alguma coisa. E não é o único. Chime se afastou do grupo de amigas e foi para perto do pai. Puxa a manga de seu casaco; os dois trocam uma palavra, duas, depois de se virarem de novo para John, ambos com olhos semicerrados e cheios de desconfiança.

— Ele está bom demais — murmura Fifer. — Precisa parar. Eles vão descobrir.

Sem uma palavra, me esgueiro para longe do pátio. Vou até a outra arena, ao lado, a cerca de 6 metros de distância. Não há ninguém ali, a não ser dois meninos brincando de luta na areia. Eles me olham, levantam-se rapidamente e saem correndo.

Olho de novo para John, que está circulando em volta do homem, pronto para atacar.

As notícias voam em Harrow, você sabe. Foi o que Gareth me disse no julgamento, para explicar as centenas de pessoas que apareceram para assistir. Se ele deduzir que há a capacidade de John está além do que ele aprendera com o pai, quanto tempo vai se passar até que conte ao conselho? Quanto tempo até o conselho espalhar para o restante das pessoas? Quanto tempo até que a notícia chegue aos ouvidos do espião de Blackwell e ele mandar seus homens atrás de John? Tiro o casaco e o jogo na grama.

Schuyler, penso. *Dê um soco em mim.*

11

A CABEÇA DE SCHUYLER SE vira em minha direção; ele estivera concentrado em observar John, como todo mundo. Mesmo dali, noto expressão espantada, mas rapidamente ela dá lugar à compreensão. Precisamos de uma distração. Algo que afaste a atenção de John para outra coisa, que pode muito bem ser eu.

O que está esperando?, penso. Então, só para incrementar, acrescento: *Está com medo?*

Mal tenho tempo de piscar antes de ele se jogar em cima de mim com a força de um aríete.

Sou levada ao chão, fico sem ar. Por um instante, fico atordoada pela dor, mas a ignoro, assim como fiz todas as outras vezes em que ele me causou dor nas últimas duas semanas. Fico de pé. Há um murmúrio vindo das pessoas mais próximas; alguém viu, alguém está prestando atenção. Não basta. Preciso de que todo mundo olhe.

De novo.

Schuyler firma os pés na areia, como um leão inquieto, e faz um "venha cá" de modo zombeteiro com o dedinho. Salto para ele. Pego-o pela cintura, levo a perna atrás e lhe dou uma joelhada bem no lugar onde todos os rapazes são vulneráveis — até mesmo os retornados com cem anos de idade. Schuyler geme e cambaleia para trás.

Ao mesmo tempo manda um punho contra mim, um golpe fraco do qual me esquivo com facilidade. Está pegando leve comigo. Não pode pegar leve comigo. A multidão já perdeu o interesse em nossa luta e voltou a assistir à outra, torcendo por John.

Estendo a mão para o cinto de armas, para a fileira de facas que mantenho ali. Schuyler já se recuperou e vem de novo para cima de mim. Antes que eu consiga pensar direito, saco uma faca, miro e a mergulho em seu peito.

Ele suga uma respiração inexistente, uma sombra cobrindo o rosto. O risinho que tinha antes agora fica ameaçador, e eu vejo: aquela expressão feroz, selvagem que os retornados têm quando estão no calor da batalha, quando sentem sangue. O instinto que eles demonstram quando voltam dos mortos, aquele que deseja pôr os outros em seu devido lugar.

Schuyler arranca a faca e a joga de lado. Logo está em cima de mim, socando meu rosto com força, e o golpe faz o mundo ficar turvo. Recuo a perna e chuto sua patela. Ouço-a se quebrar. Schuyler geme e desmorona no chão, o rosto bonito retorcido de dor, tentando me agarrar enquanto cai. Tento saltar para longe, mas não sou suficientemente rápida: ele agarra meu pé e puxa, e caio na areia com uma pancada forte.

Ele se levanta e me chuta nas costelas. Eu me torço e consigo me livrar da segunda tentativa; não tenho tanta sorte com a terceira. Seu pé, muito pesado com a bota preta, acerta minha barriga em cheio; a força do golpe me deixa sem fôlego e me manda voando para longe. Rolo pela areia antes de finalmente parar de costas, os braços e pernas esparramados, os olhos fechados involuntariamente. Sinto o ribombar de pés no chão. Schuyler está vindo para mim de novo. Preciso me mexer; tenho de me mexer.

Mas, quando abro os olhos, vejo que não é Schuyler. É John.

Ele golpeia Schuyler com a mesma força que Schuyler usou contra mim, derrubando-o na areia. John recua e soca o rosto de Schuyler, uma vez, duas, depois acerta o polegar no peito de Schuyler, bem no ponto onde eu o esfaqueei.

Schuyler agarra John pela frente da camisa e o empurra para longe, ou pelo menos tenta. John se desvencilha, depois recua e lhe dá uma joelhada na barriga.

Mas que droga, John. Ele está para estragar, irremediavelmente até, tudo que eu tentava conseguir.

— John! Schuyler! — Jogo-me em cima dos dois. — Parem! — Nós rolamos juntos num emaranhado de braços, pernas e palavrões.

— Elizabeth, saia! — John agarra meu braço e me empurra. Parto para ele de novo, dessa vez envolvendo seu pescoço com os braços, puxando-o para cima de mim, obrigando-o a olhar para mim. Seu rosto está a centímetros do meu, ele está ofegante de encontro a mim, os cachos escuros grudados no suor do rosto. Está me encarando com enorme intensidade, e por um momento me esqueço do que ia dizer.

Então ele é puxado de cima de mim, sem nenhuma sutileza. Antes que eu registre o que está acontecendo, sou colocada de pé também.

— Andem. — São Peter e Nicholas. — Agora.

Ainda segurando meu braço, Peter me dá um pequeno empurrão. Nicholas está contendo John, e juntos eles saem nos empurrando pela grama, como se fôssemos crianças levando bronca, seguidos por Schuyler e Fifer. Viro a cabeça para trás, e, para meu horror, há uma multidão olhando. Não uma dúzia, ou duas, ou mesmo três pessoas. Não, essa multidão é de centenas de pessoas. Eu queria uma distração; em vez disso, causei uma atração.

Atravessamos o campo, para longe das barracas, para longe do barulho, da fumaça e da agitação. Passamos por um agrupamento de árvores e seguimos até um trecho de terreno amplo, plano e coberto de capim que passa por uma alameda longa, cercada de teixos, e que dá diretamente no pátio interno de Rochester Hall.

Se eu estivesse com menos raiva, menos preocupada, poderia admirar a beleza daquilo. Os jardins muito bem plantados, as fontes, as estátuas de mármore, as paredes cobertas de hera e com janelas de vitrais que parecem joias cintilando ao sol. Mas só consigo olhar para John. Já tem um tempinho que ele se desvencilhou da mão de Nicholas, seu rosto ameaçador enquanto caminha adiante, sem olhar nem falar com ninguém.

— O solar, acho, John, na ala oeste? — sugere Nicholas. — Lá teremos privacidade.

John não responde, mas nos leva por uma dúzia de passagens em arco até um corredor externo, chegando a uma porta de madeira, fechada e, ainda assim, com guardas. Um deles vê John chegando e lhe dá passagem imediatamente. Depois de virar algumas vezes por um corredor, chegamos a uma sala aconchegante que se abre para o pátio por onde acabamos de passar.

Nicholas chama uma das criadas que trabalham ali perto. Olha para John cheio de expectativa.

— O que foi? — John levanta os braços. — Pelo amor de Deus, o que você quer de mim?

— Ervas — responde Nicholas, com voz suave, fazendo contato visual direto. — Para Elizabeth. Para os ferimentos. De quais você precisa?

John me lança um olhar meio avaliador, depois se vira para a criada.

— Arnica para os hematomas. Calêndula ou camomila para o inchaço. Água. Uma tigela quente e uma fria. Panos limpos. — Uma pausa. — Traga um pouco de flor de maracujá também, se tiver. Isso deve ajudar a acalmá-la.

— Não preciso ser acalmada! — grito.

Os outros me olham.

— Então por que, em nome de Deus, você fez aquilo? Lutar com Schuyler. Ficou louca? — John acena, impaciente. — Olhe para você! Seu rosto. *Deus do céu.* Como diabos espera esconder isso? E não é só. Ele poderia ter matado você.

— Eu não a teria matado — diz Schuyler ao mesmo tempo que digo:

— Ele não teria me matado.

— Eu estava com tudo sob controle — continuo. — Nós só estávamos... treinando. — Resisto à ânsia de levar a mão ao olho que está ficando inchado.

— Por que, Elizabeth? — A voz calma de Peter faz um contraste nítido com a fúria de John. — Você não está preparada. Não para uma luta daquelas. Uma luta de espadas você conseguiria, e eu tinha Fitzroy pronto para apostar em sua capacidade com o arco. Algo não combativo. Você não precisava fazer aquilo.

— Foi Gareth. — Olho para a porta do solar, para me assegurar de que está fechada. — Ele o observava lutar, John. Chime também, e Fitzroy. Notaram como você estava bom.

— E daí? — pergunta John rispidamente. — Eu estava bom. Por que isso importa? Não tem nada a ver com você.

A meu lado, Fifer solta um pequeno guincho de protesto.

— Tem tudo a ver com ela.

— Mas que droga! — John anda de um lado a outro, passando as mãos pelos cabelos. Sua camisa está fora da calça e rasgada na frente, a calça coberta de areia e sangue. Não dele, mas meu. — Se vocês não pararem de falar sobre esse estigma...

— John. — A voz de Peter é firme. — Já basta.

— Então não quero ouvir mais nenhuma palavra sobre isso — retruca John. — O estigma é meu. Você me deu. — Ele me lança um olhar, não de afeto ou gratidão, mas de raiva e direito de posse. — Se você o quer de volta, é o mesmo que desejar que eu tivesse morrido. É isso o que está dizendo?

O modo como ele me manipula na conversa, me encurralando para dar a resposta que ele deseja, parece familiar. É como Caleb costumava falar comigo.

— Não — respondo, e gostaria tremendamente que estivéssemos tendo essa conversa em particular. — Não estou dizendo isso, claro que não...

— Então pare de tentar me proteger! — grita ele. — Você age como se eu precisasse de você aparecendo a toda hora para me salvar. Não preciso. Não preciso de você.

Sinto como se tivesse levado um soco na barriga. Minha boca fica seca, e o rosto é tomado pelo calor do constrangimento e da humilhação por ter outras pessoas testemunhando a cena. Tento mais uma vez, a última:

— Você não sabe o que significa possuí-lo. Eu conheço a força que você sente, sei que se acredita invencível. Mas não é. — Faço

uma pausa, medindo cada palavra explosiva como se fosse pólvora.
— Nunca me arrependi de ter lhe dado o estigma, já falei isso. Também disse que ele precisa ser merecido. O que eu não disse foi o que o merecimento faz com a pessoa. — Tenho consciência de minha voz ecoando na sala, dos olhos em mim. — Ele tira sua compaixão. Sua humanidade. Vai tirar tudo que faz de você um curandeiro. Tudo que o faz quem você é.

John dá de ombros.

— E eu disse que agora as coisas são diferentes. Quanto à compaixão, não tenho nenhuma. Não por Blackwell. Matá-lo não tem nada a ver com humanidade, tem a ver com vingança. De jeito algum, você, ou qualquer outra pessoa, vai me impedir de saboreá-la. — Ele se vira e empurra a porta, saindo para o corredor, com Peter logo atrás.

— Ele não falou a sério. — Fifer me olha, o rosto branco de pavor.
— Só está com raiva. Precisa de tempo para se acalmar. Vou falar com ele; talvez ele me ouça. — Até eu percebo a incerteza em seu tom de voz. Ela me oferece um sorriso débil antes de sair atrás de John e Peter. Schuyler vai com ela, e eu fico a sós com Nicholas.

— O que está acontecendo com ele? — Afundo-me numa poltrona macia e dourada, e pouso a cabeça nas mãos. — Não entendo o que está acontecendo com ele.

— A magia de Blackwell está tomando conta — responde Nicholas. — A magia de John, a magia com a qual ele nasceu, seu dom, e a magia de Blackwell não podem coexistir. O estigma é simplesmente poderoso demais, e o equilíbrio que a magia exige não pode ser mantido. — Ele se acomoda numa poltrona a meu lado, como se isso fosse aliviar as palavras que virão a seguir: — O estigma está destruindo a magia de John.

— Então transfira o estigma de volta. — Levanto a cabeça bruscamente. Não sei por que não pensei nisso antes, mas agora estou desesperada. — Sua magia fez isso uma vez; pode fazer de novo. Devolva-o para mim.

— Não posso. Para começo de conversa, John não permitiria. E obrigá-lo a fazer isso equivaleria a agir como Blackwell quando arrancou a magia de todos aqueles outros magos sem consentimento.

E, mesmo se eu pudesse — acrescenta, impedindo minhas objeções —, não funcionaria como desejamos. Agora a magia de Blackwell está emaranhada demais à de John. Não há como separar as duas.

— E se eu matar Blackwell? Se ele estiver morto, se a fonte da magia do estigma desaparecer, ele vai sair de John?

Nicholas balança a cabeça.

— A magia do estigma não está ligada à fonte, tal como minha maldição estava ligada à Décima Terceira Tabuleta. Se o estigma funcionasse do mesmo jeito, ela dependeria da fonte. Ou seja: se o bruxo ou mago que cedeu o poder morresse, o caçador de bruxos perderia o poder. Você sabe, assim como eu, que Blackwell jamais permitiria que suas maquinações dependessem do acaso de outras pessoas.

Pouso a cabeça nas mãos de novo. O único som na sala é do pêndulo de algum relógio tiquetaqueando os segundos.

— Mesmo assim preciso matá-lo. — Digo as palavras não com raiva ou desespero, mas numa calma fabricada. — E preciso matá-lo antes de John cumprir a ameaça de fazê-lo... e acabar sendo morto.

— Você não está pronta para enfrentá-lo.

— O diabo que não estou! — Perco a compostura e, em seguida, recupero o controle. — Acho que é ele o não preparado a nos enfrentar. Por que os cavaleiros, os arqueiros, por que esse espião? Se ele precisa tão desesperadamente do estigma, por que não vem ele mesmo pegar?

— Você já viu Blackwell fazer alguma coisa quando pode mandar outros em seu lugar?

— Não — admito.

— A ausência de Blackwell não indica inoperância. Nossas fontes confirmam que ele está reunindo tropas em Eastleigh e Spellthorne, Portsmouth e Somerset e, claro, no próprio condado de Blackwell.

— São todos os condados do sul — sussurro.

— É. Ele está avançando numa velocidade espantosa, mesmo no inverno; especialmente no inverno. Está mais que preparado para nos enfrentar.

— Então isso é mais um motivo ainda para eu impedi-lo antes que chegue aqui. Você precisa me ajudar, não importa como. Ponha um feitiço em mim, me amaldiçoe, me dê um exército ou só me dê sua bênção. Mas me dê alguma coisa. Dê-me... — paro quando me ocorre; não acredito que isso ainda não tinha me ocorrido — Azougue. Feri Blackwell com ela uma vez; dessa vez posso finalizar o serviço. Posso entrar em Ravenscourt sem ser vista, posso matá-lo enquanto ele estiver dormindo...

— Você não vai fazer isso — diz Nicholas, sério como o pai do qual mal me recordo. — Azougue é magia que está além de você, além de mim; está até mesmo além do estigma. Se você a usasse, seria amaldiçoada. Ela tomaria conta de você, tomaria cada grama de seu poder, até não restar nada.

— Achei que você tivesse dito que eu não tinha poder algum — murmuro.

Nicholas me lança um olhar afiado.

— Eu disse isso antes, em seu julgamento, e falei a sério: há muita coisa que você pode fazer para nos ajudar, mas isso não implica se lançar para a morte com esse objetivo. Sei que você está acostumada a esperarem isso de você, mas nós não esperamos. *Eu* não espero.

— Mas John...

— Você não pode ajudá-lo, se ele não quiser ser ajudado — argumenta Nicholas. Então vai embora, com a capa vermelha ondulando atrás de si ao sair da sala.

— O diabo que não posso — sussurro. Meus olhos começam a sentir a ardência familiar, desconfortável, que sempre parece acompanhar aquele sentimento de dor familiar, desconfortável.

A criada retorna ao solar trazendo uma bandeja de prata com as coisas que John pediu, e a coloca ao meu lado. Três minúsculos saquinhos de ervas; duas tigelas d'água, uma quente e uma fria. Não sei o que fazer com nada daquilo, por isso não faço nada. Estou prestes a dizer a ela que leve tudo embora quando uma voz suave e melodiosa fala:

— Ele partiu sem curá-la.

Levanto os olhos e vejo Chime parada junto à porta, me olhando. De perto seu vestido amarelo é mais lindo ainda, a saia iridescente e tremeluzente, o corpete fartamente bordado com pérolas miúdas.

Mas o rosto está sombreado pela preocupação e, para além disso, pelo medo.

Esfrego os olhos.

— É.

— É uma coisa que ele não faria.

— Não.

— E você não está se curando sozinha.

— Não — repito, e minha voz embarga.

Com um farfalhar de seda e estalos dos chinelos na pedra, Chime entra e fecha a porta, vindo sentar-se na cadeira ao lado da minha. Com um gesto dispensa a serviçal e indica a bandeja entre nós.

— Comece com a calêndula, para o inchaço. São as flores laranja. Você vai precisar molhá-las primeiro, mas não na água quente. Queimaria as folhas. Use a fria.

— O que você sabe sobre curas? — Estou cheia de desconfiança, lembrando-me de que Fifer disse que a especialidade de Chime eram os feitiços amorosos.

— Não muito — admite ela. — Mas já vi John trabalhar o suficiente para saber mais ou menos o que ele faria. E, de qualquer modo, não creio que eu possa piorar sua situação. — Era para ser uma piada, eu sei, mas nenhuma de nós sorri.

Ocorre-me, de um jeito chocante, resignado, que Chime é a única pessoa que gosta de John do mesmo modo que eu. Ela enxerga a diferença nele agora. Ela nem sabe sobre o estigma, mas sabe o bastante para perceber que ele não é o mesmo.

Não há nada que Fitzroy não faria pela filha.

Chime não é minha amiga, e nunca será. Mas talvez possa ser algo mais que isso. Algo que, no fim das contas, será mais valioso. Talvez possa ser uma aliada.

Ficamos sentadas juntas no solar, vazio e silencioso agora, a não ser pelo alvoroço das mãos de Chime na água e pelo farfalhar das ervas quando ela derrama os saquinhos. Molho as tiras de panos e torço, segurando-os sobre o olho, a bochecha, o nariz.

E então conto tudo a ela.

12

AQUELA NOITE, COMO ACONTECEU EM todas as noites da semana desde que cheguei, o sino de ferro na tenda do refeitório toca três vezes, convocando a todos para o jantar.

Treinar e morar em Rochester é uma experiência diferente do que foi na Torre Greenwich. Lá tínhamos alojamentos individuais. Camas quentes, lareiras acesas, palhas fragrantes no chão, lençóis cheirando a lavanda e trocados diariamente. Comíamos de modo formal: refeições de cinco, até mesmo seis pratos servidas em bandejas de prata com talheres de estanho, vinho em taças de cristal. Apresentávamos nossos modos à mesa, parte de nossa formação e exigência a ser cumprida em todas as refeições, uma exigência que seguíamos à risca se não quiséssemos a desgraça de jantar na cozinha com os serviçais inferiores.

Ali em Rochester nos sentamos em mesas apinhadas, comemos em tigelas de madeira, frequentemente sem talheres. Sem taças também; bebemos em odres de vinho compartilhados. O jantar não é codorna, cordeiro assado e nem mesmo frango. É mingau de cereal e feijão, repolho e nabos, pão e queijo. Uma vez por semana, aos domingos, serve-se carne, qualquer coisa que alguém consiga caçar no parque dos arredores. Não é aquilo a que me acostumei, mas não ponho defeito. Alimentar mil pessoas não é pouca coisa, mesmo com a frota de voluntários e serviçais que Fitzroy tem à disposição. E não só isso — esses suprimentos precisam durar sabe-se lá quanto tempo e dar para mais vários milhares de pessoas.

Estou remexendo o cozido de cevada com cebola com um pedaço de pão duro de painço quando John aparece cercado por um grupo de rapazes uniformizados. Eles se espremem em volta de mim e a minha frente, todos sujos e suados depois de mais um treino de luta. Conheço-os de vista, mas não de nome: rapazes altos, atraentes, com corpos bonitos, mais ou menos da idade de John, risonhos e confiantes. Algumas garotas mais adiante à mesa olham enquanto eles se acomodam e começam a pegar as tigelas, devorando pão e cozido como se fosse uma iguaria.

John se acomoda a meu lado e indica os rapazes ao redor.

— Elizabeth, estes são Seb, Tobey e Ellis. — Os rapazes me olham, avaliando. Um deles dá uma piscadela. — E este é Bram. — Ele aponta para o rapaz à frente. Cabelos e olhos escuros, um nariz torto que parece ter sido quebrado algumas vezes. — O pai dele é um dos tenentes de Fitzroy.

— Eu me lembro de você. — Bram me olha. — Da Noite de Inverno. Lembra? Eu lhe dei os parabéns pelo casamento com John.

Não digo nada, mas os outros rapazes gargalham e fazem piadinhas com John. Acusam-no de ser capacho de mulher, de estar apaixonado.

— Não vou me casar — diz John. — Nunca me casei. Era só uma brincadeira. — O tom de sua voz, a desconsideração, cria um bolo em minha garganta e faz minhas bochechas arderem. Olho para o prato, e o pouco apetite que tinha já se foi há muito tempo.

O modo como John me tratou nessa semana, desde o incidente no solar, está me desgastando. Ele vive cercado por esses rapazes, sempre lutando. Não me procura mais, pelo menos não como antes. No mínimo tem me evitado. Eu o vi na véspera com o novo grupo de amigos, dentre eles Chime. Ele me viu também, sei que viu. Mas não me convidou e eu não fui. Simplesmente passei direto.

— Certo — diz Bram. — Mas, brincadeira ou não, gostei de falar com você. Eu me lembro de seu vestido, o branco com flores. Era lindo.

Então olho para ele, e o sorriso que ele me dá cai na boca de meu estômago e faz com que eu me sinta ainda pior. Ele tem pena de mim, e ser objeto de pena é o pior tipo de humilhação que se pode sofrer. Mas fico quieta. É um truque que aprendi no treinamento: se eu me tornar o mais invisível que puder, o perigo se afasta.

John e seus amigos continuam comendo, devorando tudo que há pela frente. Seb, um rapaz alto com cabelo ruivo e um risinho desagradável, saca um frasco do casaco e desatarraxa a tampa, fazendo o cheiro irritante de uísque se espalhar sobre a mesa. Seb passa o frasco para os outros, e, quando a bebida chega a John, este toma um gole caprichado. Abro a boca para lembrar a ele que não bebe, pelo menos quando está curando. Então me lembro de que ele não cura mais, e me calo.

— Você não está comendo — constata John finalmente, cutucando meu ombro com o seu. São quase quatro da tarde, mas o sol já segue para o horizonte, derramando vermelho pela região. Os dias curtos e frios do inverno chegaram de vez, apesar do calor das mil fogueiras que aquecem o acampamento; algumas de verdade e feitas com acendalha, algumas mágicas e flutuando no ar.

— Acho que não estou com fome. — Aguardo, com uma esperança inútil, que ele diga que eu deveria comer. Que preciso comer para manter as forças, prevenir doenças ou permanecer saudável.

Em vez disso, ele diz:

— Você não se importa se eu comer o resto, então? — E puxa meu prato antes de esperar minha resposta. — Lutar me deixa com muita fome. Parece que a comida nunca é suficiente. — Uma pausa. — Talvez você devesse treinar mais. Você poderia comer mais se fizesse isso.

Os rapazes se levantam com estardalhaço, vestindo as capas, prendendo armas à cintura, pegando restos de pão na mesa. John acaba com minha comida e se vira para mim.

— Vamos aos pátios de torneios, ver se podemos entrar nas últimas lutas do dia. Aqueles piratas têm mais dinheiro que bom senso. Podemos ganhar uma fortuna e sem mal precisarmos nos esforçar. — Ele balança a cabeça. — Idiotas.

Os outros rapazes riem. Imagino o que Peter diria se ouvisse John falando assim sobre seus amigos.

— Acho que você não quer ir, não é?

Suas palavras são parecidas com as que Caleb costumava usar para me dispensar, igualzinho a quando ele me convidava para fazer as coisas mais por hábito que por vontade. Isso me acerta com a força de um tapa.

Balanço a cabeça.

— Como quiser. — John se levanta do banco, e é então que eu vejo: um grupo de homens andando pelos corredores estreitos entre as mesas. Não são da Guarda, mas mesmo assim são guardas. Capas pretas, lanças prateadas, o brasão vermelho e laranja dos reformistas, resolutos nas lapelas. Podem não ser Perseguidores, não mais; Blackwell acabou com isso. Mas, ainda assim, há violadores da lei para processar.

As pessoas em volta de nós se afastam para deixar que eles passem, acompanhando-os com olhares perplexos. Os homens param a minha frente, mas sei que não estão atrás de mim.

— John Raleigh — diz um deles.

— Sim? — John olha o guarda de cima para baixo; é pelo menos uns dez centímetros mais alto que o sujeito. — O que você quer?

— Por ordem do conselho, fomos mandados para prendê-lo por posse de materiais banidos da paróquia de Harrow-On-The-Hill.

John faz menção de dizer alguma coisa, porém desiste, um músculo se repuxando na mandíbula.

— Que materiais? — O rapaz chamado Tobey para ao lado de John. A mão vai até o quadril, quase tocando a espada na bainha, um gesto agressivo.

— Pare com isso, filho — diz o guarda a ele. — Só vai piorar as coisas.

Outro guarda tira um pedaço de pergaminho de dentro da capa, desdobra-o e começa a ler. O gesto é tão familiar, tão parecido com o que fiz com todos aqueles bruxos e magos que eu prendia não muito tempo atrás que começo a tremer.

— Acônito, conhecido agente paralisante — começa o sujeito. — Beladona, que provoca convulsões. Mandrágora, que causa parada respiratória. Dedaleira, também chamada sino de defunto, que causa tremores, ataques, delírio e morte.

Tobey se vira para o rapaz ruivo, Seb.

— Vá chamar o pai de John. Peter Raleigh. Ele está nos pátios de torneios com o restante dos piratas. Agora.

Seb se afasta da mesa e desaparece na multidão. A meu lado, John empalidece; dá para notar o sangue sumindo de seu rosto. E lentamente, muito lentamente ele se vira para mim.

— Você — acusa ele, com a incredulidade evidente mesmo na voz sussurrada. — Você encontrou, não foi? Em meu quarto. E contou a eles. — Então ele dá um golpe nos objetos sobre a mesa, espalhando tigelas e odres. A multidão em volta ficou tão silenciosa que quase posso ouvir meus batimentos cardíacos enlouquecidos.

Eu gostaria de poder negar, mas não posso: cada palavra que ele disse é verdade. Eu contei a Chime e fiz um acordo com o pai dela, e agora John vai ser preso, indiciado e jogado na prisão. E vai ficar lá. Não vai à guerra, não vai lutar, não vai tentar matar Blackwell, não vai ser obrigado a abrir mão do estigma e acabar morto. Estará em segurança. E vai me odiar.

Essa era a outra parte do trato, a parte implícita.

John e eu continuamos nos encarando — ele com raiva e sentindo-se traído, eu sofrendo em agonia — enquanto o guarda continua a falar.

— Segundo as leis de Harrow, a posse de qualquer um desses materiais implica na punição de um ano de reclusão.

Há uma agitação e um murmúrio coletivo quando Peter aparece, abrindo caminho entre as mesas na tenda.

— Ora! — Ele fica entre John e os guardas. — Vocês não podem prender meu filho. Ele é um curandeiro. As coisas que estavam em posse dele eram usadas para curar, e não para fazer mal. Prendê-lo durante um ano...

— Quatro anos — corrige o guarda. — Ele estava em posse de quatro venenos. Segundo as regras do conselho, são quatro anos de prisão.

Ele segura o braço de John; John se desvencilha violentamente. Vira-se de volta para mim, com a fúria enegrecendo os olhos castanho-esverdeados. Não é a mesma expressão que ele me deu quando eu estava na mesa a sua frente tantos meses atrás, ferida e sangrando, quando ele descobriu que eu era uma caçadora de bruxos, quando precisou decidir se iria me salvar ou me deixar morrer. Não, não é a mesma.

O olhar que ele me lança agora é muito pior.

— Vocês não podem fazer isso. — Peter salta para o guarda e, com um movimento rápido, desarma-o num instante. Aponta a espada para o peito do homem. — Não vão levar meu filho.

— Baixe sua arma, a não ser que deseje parar numa cela de Hexham com o rapaz — ameaça o guarda.

— A arma é sua, idiota — murmura Peter.

— Vamos acompanhar o Sr. Raleigh à prisão de Hexham, onde ele será sentenciado oficialmente e terá a oportunidade de apresentar uma defesa, caso queira.

— Ele vai apresentar uma defesa — rosna Peter. — E devo dizer que você também vai precisar apresentar uma defesa, antes que tudo isso acabe.

— Pai. — John vira-se para ele. — Vamos. Quanto antes chegarmos lá, mais cedo poderemos voltar. Isso tudo é um equívoco. — Um último olhar para mim. — Não passa de um equívoco.

Os guardas estendem as mãos para John outra vez; agora ele permite. Eles prendem seus pulsos em argolas de ferro e o acompanham pela tenda do refeitório, atravessam o campo, Peter em seu encalço.

Os amigos de John, as garotas na ponta da mesa, todo mundo na tenda se vira para observá-los sair. E, quando John some de vista, todos olham de volta para mim, algumas pessoas com raiva, outras com ar de confusão, algumas com olhos brilhantes e gananciosos, como se o escândalo se desdobrando à frente fosse uma sobremesa tremendamente desejada.

Recolho minha tigela de madeira e a de John. Cruzo os corredores e forço passagem entre pessoas que não abrem caminho, obrigando-me a empurrá-las de modo que possam me empurrar de volta, vagamente ameaçadoras.

Junto à entrada, olho para trás só uma vez, e então a vejo. Chime. Está cercada pelas amigas, agora cheias de cochichos, arfares e sorrisos mal contidos. Mas o rosto de Chime está infeliz e, diferentemente do de Bram, não está compassivo. Ela sustenta meu olhar por um momento. Estamos unidas no sofrimento.

Saio da tenda do refeitório e vou para a tenda da cozinha, ao lado, onde um grupo de mulheres se amontoa em volta de tonéis de água, lavando os utensílios. Largo as tigelas na pilha aos pés delas e saio pelo campo. Não sei aonde vou, não sei mesmo, mas me flagro andando sob um céu que escurece rapidamente, e chego à alameda de teixos, seguindo para Rochester Hall, repetindo os passos que fiz uma semana atrás, quando acompanhei John até o solar.

Não entro; não tenho permissão para entrar na ala oeste da casa — ninguém tem, a não ser os membros do conselho, os amigos de Fitzroy, sua família e, claro, John. Mas Fitzroy abriu a ala leste e alguns de seus muitos aposentos para os acampados: a biblioteca, a sala de música, a capela, o salão de baile. A biblioteca e a capela são muito usadas; a sala de música e o salão de baile, não.

O guarda postado a uma das portas que levam para dentro se afasta para me deixar passar. Assim como o restante de Rochester, a ala leste é linda, ainda que um tanto espalhafatosa. Paredes cobertas de suntuoso brocado amarelo. Piso de ladrilhos pretos e brancos coberto por um extenso tapete azul e vermelho. Lustres dourados com gotas de cristal pendem dos tetos abobadados. Há até mesmo armaduras montadas em prateleiras no alto das paredes.

Passo por uma sala depois da outra, mas não entro em nenhuma. Nem na biblioteca com as torres de livros espiraladas; nem pelo salão de baile com seus afrescos e dourados, tão parecido com o grande salão da Torre Greenwich onde aconteceu o baile de máscaras; nem na sala de música, quase vazia, a não ser por uma garota e um garoto se agarrando em um canto escuro. Tudo isso me faz lembrar de John.

A última sala é a capela; sei que é ali por causa da cruz amarela gravada no vitral da porta. Eu a abro. Piso de mármore, bancos de carvalho; uma constelação de estrelas pintadas no teto sobre um fundo azul meia-noite. Mil velas em castiçais ao longo das paredes se acendem, alertadas magicamente de minha presença.

Arrasto-me para um banco vazio — todos estão vazios — e puxo os joelhos para o peito, abraçando-os e os usando como apoio de cabeça. Não choro; chorar parece uma coisa insignificante demais, egoísta demais para o que fiz. E tive de fazer. Mas isso não significa que eu não lamente... e não torna o fardo mais fácil.

Então há um farfalhar, o sussurro de uma porta girando nas dobradiças, o som baixinho de duas pessoas pisando na soleira, mas apenas uma respiração. Inclino a cabeça e vejo Fifer ali parada, Schuyler logo atrás.

Ela senta-se a meu lado sem dizer nada. Não precisa. Porque depois de um momento, chega mais perto, pega minha mão e depois pousa a cabeça em meu ombro, dando um suspiro profundo. Schuyler se senta do outro lado. Segura minha nuca brevemente antes de se inclinar para a frente, abaixando a cabeça e apoiando os antebraços no banco da frente.

Ficamos sentados juntos, um trio silencioso de sofrimento, até que a última vela termina de queimar e não resta nada além da escuridão.

13

— VIEMOS VER JOHN RALEIGH.

Fifer e eu paramos diante da entrada de Hexham. Ela me conta que o lugar foi um estábulo antes de ser convertido em prisão: comprido, baixo e feito de pedras, com janelas quadradas e portas arredondadas. O único sinal de que existem criminosos ali dentro é o muro alto ao redor. Mesmo assim, não se parece com a Fleet: não se destina à tortura, nem é um lugar para a espera até o cumprimento de uma sentença de morte. Encolhi-me quando vi uma plataforma no pátio, mas Fifer garantiu que não era para execuções, e sim um remanescente da época dos leilões, quando os animais eram vendidos aos mercadores. Não há ninguém perigoso ali. A maioria dos prisioneiros são devedores, algum ladrãozinho ou pervertido, um ou dois bêbados.

E um curandeiro que não fez nada além de cometer o erro terrível de se envolver com uma caçadora de bruxos.

O guarda, armado e vestido de preto, com o brasão vermelho e laranja dos reformistas no peito, olha para nós duas.

— Só posso permitir uma visita de cada vez.

— Vá você — diz Fifer. — Espero aqui.

Meu estômago se revira de pavor. O guarda verifica se estou portando armas; não tenho nenhuma. Então pega uma chave e destranca o portão, o rangido das dobradiças ecoando no pátio. Ele me leva para dentro, para o amplo corredor vazio, com a luz se derramando por janelas sem barras. Mas, apesar de ser tão diferente da Fleet, o cheiro é o mesmo: mofo e umidade, raiva e abandono.

Subimos um lance de escadas e seguimos por outro corredor. Aqui não há som de morte nem corpos feridos, espancados e morrendo num canto. Mas está frio, com várias janelas escancaradas para o ar gelado do inverno. E, como a maioria dos prisioneiros de Hexham cumpre sentenças curtas por seus crimes relativamente brandos, Fifer disse que ela está totalmente vazia.

Não totalmente.

O guarda continua a me guiar, passando por uma cela após outra, até chegarmos à última, com a porta de barras fechada e trancada firmemente. Dentro, num catre encostado na parede, está John.

Está sentado de costas para a parede, os saltos das botas na beira do colchão, os braços dobrados sobre os joelhos, a cabeça abaixada. Veste calça cinza e uma comprida capa, também cinza, o capuz sobre a cabeça para afastar o frio.

Ele ouviu quando chegamos, deve ter ouvido; está um silêncio mortal, e não há ninguém ali, além de nós. Mesmo assim, nem levanta a cabeça. Nem quando o guarda pigarreia: uma, duas vezes. Finalmente o guarda fala:

— Você tem visita.

Então John levanta os olhos. Mas não para mim, para o guarda. Continua sem dizer nada.

O guarda pigarreia de novo.

— Vocês têm vinte minutos.

John murmura algo que não ouço. O guarda se afasta pelo corredor e pela escada, o mesmo caminho por onde viemos, deixando-nos a sós.

— Como você está? — pergunto sem jeito.

Um fungada. É a única resposta.

— Eu queria vê-lo — continuo. — Falar com você. E trazer isto.
— Abro a bolsa pendurada no ombro e pego dois livros. *Physika Kai*

Mystika e *Monas Hieroglyphica.* Ambos sobre alquimia, os quais tomei emprestados da enorme biblioteca de Rochester Hall.

— Não quero ver você, e não quero falar com você. Você fez com que eu fosse preso — diz John. — Não se dê o trabalho de negar. Você remexeu minhas coisas no quarto e viu, e me entregou. Foi você.

— Fui — confesso. — Fiz você ser preso. Mas fiz para ajudá-lo. Sei que agora você não entende isso. Só quero ajudá-lo.

Ele dispara um palavrão, depois outro.

— Acho que os livros vão ajudá-lo também — continuo. — A se lembrar de sua magia, da magia com a qual nasceu. De seu dom. — Uso as palavras de Nicholas, não para o manipular, mas para lembrar a ele. — Você está fora de si. Sei que não enxerga isso também, mas nós enxergamos. Seu pai. Fifer. Schuyler. Até Chime. — Ele franze o cenho à menção do nome. — Este não é o John que eu conheço.

— Você não sabe quem eu sou. Não me conhece nem um pouco.

— Não é verdade. — Inclino-me à frente, encosto a testa nas barras. — Conheço você. Pelo menos costumava conhecer.

Penso na pilha de bilhetes que ele me escreveu. Tenho absolutamente todos, enfiados cuidadosamente na sacola. Bilhetes que li e reli uma centena de vezes, em busca do conforto do qual necessitava quando ele não estava mais ali para o oferecer, e para provar a mim mesma que o que tivemos não era apenas fruto de minha imaginação.

— A magia de Blackwell. O estigma. Agora ele faz parte de você. — Digo o que Nicholas me contou. — Ele vai tomar conta se você deixar. Está tomando conta. — Aperto as barras para me firmar. — Mas quero que você lute contra isso. Quero que use o tempo aqui para tentar se lembrar de quem você é.

Então John salta tão depressa que não tenho tempo de reagir. Enfia a mão através das barras e agarra meus pulsos, apertando-os com força.

— Você sabe o que fez? — Ele me sacode levemente. — Tem alguma ideia?

— Tenho! — Tento me soltar, mas ele é forte demais. — Sei exatamente o que fiz. Mantive você longe do mal. Impedi que fizesse mal aos outros. Impedi que as pessoas soubessem de seu segredo e que descobrissem o meu. Salvei sua vida, de novo, só que você está longe demais para enxergar isso.

— Você não tem o direito de fazer isso — grita ele de volta. — Não entende? Você não é minha mãe. Não é minha irmã. E sem dúvida não é minha amiga. — Ele semicerra os olhos, que viram fendas cruéis, duras. — Você não tem o direito de dizer o que acontece comigo.

Fecho os olhos só por um momento. Tento me lembrar de seu hálito em meu rosto, de seus lábios nos meus, do calor e do amor que ele já sentiu por mim. Mas até mesmo tais lembranças estão se esvaindo, insubstanciais como um espectro.

— Você não é quem eu achava que era — continua ele. — A garota que eu achava que conhecia ficaria satisfeita por mim. Teria me ajudado a lutar. E não me trancaria numa jaula como se eu fosse um animal que estivesse tentando domar.

Não foi isso que fiz, quero dizer. Só que não digo, porque é exatamente o que fiz.

— Fiz porque gosto de você — falo em vez disso. É mais que isso, muito mais. Porém as palavras que deveriam ser ditas em particular, aos sussurros e com amor, não podem ser ditas ali.

— Sempre acontecem coisas estranhas com as pessoas de quem você alega gostar — rebate ele, as palavras cruéis, contundentes e cortando fundo. — Você gostava de Caleb, mas o matou. Acho que até me dei bem, não foi?

Solto-me bruscamente, como se tivesse tomado um tapa. Ele não tenta me segurar.

— Como ousa jogar o nome de Caleb na minha cara? — exijo, o choque rapidamente se transformando em raiva. — Você sabe o que aconteceu naquela noite. Estava lá. Sabe que eu não queria matá-lo.

John dá de ombros, absolutamente alheio.

— Você fez com que eu fosse jogado numa cela sem motivo. Perdeu o direito de se indignar. E agora quero que vá embora. Quanto antes você for, mais cedo posso deixar isso para trás. O que quer que tenha sido. — John salta para a porta de novo, e me encolho outra vez. Mas ele apenas dá uma pancada nas barras.

— Guarda!

O homem chega depressa, depressa demais. Sem dúvida esteve esperando no topo da escada, ouvindo cada palavra trocada.

— Tire-a daqui. E certifique-se de que ela nunca mais volte. — Ele me dá as costas.

— John — começo a dizer. Mas paro. Não vou implorar. Não vou fazê-lo retirar as palavras. Não vou fazê-lo dar meia-volta para alegar que não falou a sério. *Eu te amo*, digo. Só que sai como:

— Adeus.

Fifer me espera na entrada. Está andando de um lado a outro, roendo uma unha. Ao ouvir o tilintar da chave na porta, ela para e vem correndo.

— Como foi? — Lança um olhar maligno para o guarda antes de pegar meu braço e me puxar pelo pátio vazio de Hexham, em direção ao portão.

— Ele me mandou embora — respondo. — Disse que nunca mais quer me ver. — Minha voz embarga quando as palavras, a realidade e seu tom definitivo, ficam claros.

— Elizabeth...

— Não — peço. — Não insista que ele não é mais o mesmo. É. Esse é quem ele é agora.

— Era isso que eu ia dizer — responde Fifer. — Mas é melhor estar assim e vivo que de qualquer outro jeito e morto.

Passamos pelo portão aberto e vamos para a estradinha de terra que dá para o norte, até Gallions Reach, passando por Whetstone e, depois, chegando a Rochester. É desolado ali, nada além de campos gélidos decorados com grupos de árvores nuas, cercas e uma ou outra casa de fazenda solitária, suas chaminés lançando tiras de fumaça grossas e entrecortadas, como se fossem pedidos de socorro.

Depois de cerca de um quilômetro e meio, vejo meia dúzia de homens parados a poucos metros da estrada. São membros da Guarda; reconheço as capas cinzentas, aquele triângulo laranja agressivo na lapela. Não consigo distinguir quem são, no entanto, pelo menos não dessa distância. Mas dá para ver que estão enfrentando problemas com o que parecem prisioneiros capturados.

Dois homens de cinza seguram um terceiro, de preto. Pelo modo como sua cabeça pende frouxa e os pés se arrastam no chão, parece inconsciente, talvez morto. Mais dois homens de cinza se esforçam com outro homem de preto. Aquele não está inconsciente, mas a caminho disso: tropeça, cai de joelhos, levanta-se e tropeça de novo. Seus grunhidos e palavrões cortam o ar imóvel e gelado.

Fifer e eu trocamos um olhar breve.

— Mais homens de Blackwell — diz Fifer. — Veja. É Peter ali? — Ela aponta para um homem moreno, de cabelos encaracolados, vestido de cinza e arrastando o prisioneiro ainda consciente pelo campo.

— É. — Saio da estradinha para a grama, indo naquela direção.

— Espere. — Fifer segura minha manga. — Acho que não deveríamos ir até lá. Pode ser perigoso.

Ignoro o conselho e não respondo. Estou ocupada demais olhando o homem nas mãos de Peter. Está com algemas nos pulsos e nos tornozelos, e foi muito espancado. Seus movimentos são espasmódicos, erráticos, e, quando tomba de joelhos de novo, ele geme e tosse sangue.

É um dos homens de Blackwell, isso está claro. Sei por causa da familiar capa preta e do emblema na frente — aquela porcaria de rosa vermelha estrangulada pela haste e perfurada por uma lâmina de cabo verde. Mas há outra coisa familiar. O modo como ele se movimenta, o som da voz, o jeito como o cabelo escuro cai na testa. Algo se mexe em meu peito: pavor e o início do reconhecimento.

Peter empurra o homem no chão; ele bate na terra e dá um gemido. Peter pega a espada, com o cântico da lâmina contra a bainha ecoando no campo desmatado. Como se em resposta, um bando de pássaros voa ali perto, trinando e se afastando pelo céu cinzento e opaco.

Afasto-me de Fifer. Vou andando pelo capim congelado, acelerando. Peter agarra um punhado do cabelo do sujeito e o puxa de joelhos, com os outros homens da Guarda instigando em aprovação. Peter segura a espada com as duas mãos, girando-a acima da cabeça.

O homem diante dele tenta permanecer firme. Mas, mesmo de onde estou, posso vê-lo tremendo, o corpo oscilando como uma haste de trigo ao vento.

É Malcolm. O rei — o ex-rei — da Ânglia.

— Peter. — O nome sai num sussurro sufocado. Tento de novo, mais alto, meus passos batendo no mesmo ritmo do coração enquanto corro pelo campo. — Peter, pare!

Mas Peter não me ouve, cerrado demais na violência que está para realizar, envolvido demais pela sede de sangue, pela justiça que está para exercer. Grito seu nome outra vez.

— Elizabeth, fique para trás. — Peter ergue uma das mãos para mim, como um aviso. Os outros homens me veem correndo pelo campo com Fifer em meu encalço. Alguns desembainham suas armas, inseguros em relação a mim, em relação ao que estou para fazer.

— Não! — berro. Mas meu pedido é ignorado quando Peter me dá as costas, segura a espada com as duas mãos outra vez e se volta para Malcolm.

Malcolm fecha os olhos.

Peter levanta a espada.

E golpeia.

14

SALTO NA FRENTE DE PETER, afastando Malcolm, que não esperava meu movimento; ele solta um grunhido, e nós dois batemos no chão congelado com um baque surdo. Sinto a lâmina cortar o ar acima da cabeça, os pelinhos de minha nuca se eriçando com a proximidade do golpe.

Em algum lugar atrás de mim, Fifer berra.

Então Malcolm murmura alguma coisa; não consigo entender o que é. Mas o som de sua voz ofegante traz de volta mil lembranças, e todas retornam num jorro, juntamente a mil outras sensações: a sensação de tê-lo ao meu lado, forte e esbelto. Seu cheiro, uma curiosa mistura de sabonete e pinho, agora misturados à pungência metálica de sangue. A visão de seu cabelo escuro e desgrenhado, das mãos, do pescoço e do rosto barbado me enche de repulsa, como sempre aconteceu. Mas, exatamente como sempre aconteceu, eu afasto a sensação e permaneço a seu lado. Tenho medo do que vai acontecer se não fizer isso.

— Por Deus e pela mãe de Deus! — grita Peter. — Que diabo você está fazendo?

— Você não pode matá-lo. — Desvencilho-me de Malcolm e fico de pé. — Ele não é quem você acha. — Olho os homens ao redor, que avançam para mim. Que avançam para Peter a minha frente, com o alfanje posicionado como um machado, pronto para golpear.

Malcolm vai virando a cabeça para mim: lentamente, como se tivesse medo de chamar atenção para o fato de ela ainda estar colada ao corpo. Por fim, me vê. Imediatamente, arregala os olhos cinza--claro, injetados de sangue e enlouquecidos.

— Elizabeth. Ah, meu Deus, Bess. — Encolho-me diante do apelido que ele usa para mim, íntimo demais para ser dito em voz alta diante de outras pessoas, íntimo demais para ser dito em qualquer circunstância. — É você mesmo. Ouvi sua voz mas achei que estivesse imaginando. — Ele se apoia primeiro num joelho, depois no outro, me olhando. — O que está fazendo aqui?

— Senhor — digo, o antigo hábito da deferência se encaixando, suave como um lençol de seda. — Esta não é a hora...

— Ouvi dizer que você fugiu — continua ele. — Mas titio não disse o que aconteceu com você. Eu perguntei, exigi saber, mas ele não quis contar. — Malcolm balança a cabeça. — Eu só fiquei sabendo que você estava na prisão depois que você já havia ido embora. Mesmo assim ninguém queria me contar nada. Sendo que deveriam ter me contado tudo!

Agora Malcolm está balbuciando, uma combinação de choque, medo, de seu espancamento quase fatal antes de ser quase executado. Fala como se não percebesse que não estamos a sós, como se tivesse esquecido que há homens em volta, escutando cada palavra.

— Senhor. — Mantenho a voz baixa para que ninguém ouça. — Por favor, pare...

— Não sei se alguma coisa que ele disse era verdade — continua ele. — Que você era uma bruxa. Não importa se era verdade. Eu teria impedido se soubesse. Você sabe disso, não sabe? Que eu não deixaria ninguém machucá-la?

Então Malcolm segura minha mão, envolvendo meus dedos com os dele e levando-os aos lábios. Dessa vez não trinco os dentes para suportar, dessa vez encolho o braço, e o gesto finalmente atrai sua atenção. Ele larga minha mão e vê — finalmente — os homens em volta, as armas a postos. Aquilo o arranca para o presente: com o choque e a compreensão primeiro ruborizando seu rosto, depois empalidecendo-o.

— O que significa isto? — Peter fica a minha frente, os olhos sombrios e raivosos. — Elizabeth, quem é este homem?

Levo um susto ao perceber: Peter não o reconhece; a Guarda também não. Não percebem que o homem que capturaram, o homem que quase executaram, o homem ajoelhado diante deles, é o rei — o rei deposto — da Ânglia.

— Ele é... — começo. Então paro, pensando depressa. Será melhor que não saibam que é Malcolm? Pior? Será que eles ousariam matar o rei? Ou isso só faria com que o matassem mais depressa? Malcolm também não parece saber; não se mexeu, nem um centímetro. Ouço sua respiração entrecortada, misturada a minha.

Então a coisa acontece rápido demais. O homem ao lado de Peter avança, agarra meu braço e me tira do lado de Malcolm. Peter levanta a espada de novo, e estamos de volta ao ponto de partida.

— Ele é o rei! — grito. — Você não pode matá-lo. Ele não é um dos homens de Blackwell. É o rei.

Então baixa um silêncio terrível, pesado feito um machado golpeando um cepo.

— Você está mentindo. — O homem que segura meu braço dá uma sacudida violenta nele. — Este homem não é o rei. É um caçador de bruxos. É um de seus amigos, e você está tentando salvá-lo.

— Não estou mentindo. — Viro-me para Malcolm. — Diga seu nome a eles. Diga quem o senhor é.

Malcolm me olha, inseguro. Não sabe se isso vai salvá-lo ou condená-lo.

— Se quer viver, diga.

Malcolm se levanta, inseguro, o pouco de cor que estava no rosto se esvaindo. Não está em condições de ficar de pé, nem mesmo de sentar, mas isso não importa. Malcolm jamais declararia sua posição estando de joelhos.

— Meu nome é Malcolm Douglas Alexander Hall. — Em seguida olha para os homens e sua hesitação anterior desaparece. — Filho de William Hyde Alexander Hall, Casa de Stuart, e de Catherine Johanna Louise Hesse-Coburg, casa da Saxônia. Títulos: duque de Farthing na Gália. Duque de Cheam no sudeste da Ânglia. Chefe supremo e lorde de Airann. — Uma pausa, e então: — Primeiro na linhagem do reino da Ânglia e Câmbria. Interrompido.

Com o reinado interrompido pelo próprio tio. Thomas Charles Albert Louis Hall, também da casa de Stuart na Ânglia, oficialmente duque de Norwich, mas que passou a se intitular lorde Blackwell por causa de sua principal propriedade, no sudoeste da Ânglia.

Com a morte certa interrompida por mim.

— Ah, meu Deus — sussurra Fifer. — Elizabeth, o que você fez? — Vozes irrompem ao redor, de todos os homens da Guarda, menos um: Peter. Sua boca ficou frouxa, assim como sua arma, enquanto ele olha para o homem responsável pela morte de sua mulher e filha. Ele poderia ter aplicado a justiça, poderia tê-las vingado. Quase fez isso. E eu impedi.

— Ele é o rei da Ânglia — digo a Peter. — Matá-lo é regicídio. É contra a lei. É crime de traição, punível com a morte.

Imediatamente sei que essa é a coisa errada a se dizer.

— A lei! — A voz de Peter, jamais dirigida a mim senão em inflexões meladas, mesmo depois de eu fazer com que o próprio filho fosse preso, sobe de tom. — Punível com a morte! — Ele se vira para mim, os olhos escuros iluminados pela fúria, mas também por outra coisa: sofrimento. — As leis dele são apenas morte. Ele matou minha mulher, minha filha. Ele as matou.

— Ele fez isso, sim — diz uma voz, débil de dor. — E é um escroque, sem dúvida, e é besteira poupá-lo. Mesmo assim, o valor de sua encrenca é maior ainda que a encrenca que ele vale.

Os homens giram a cabeça rapidamente, e eu faço o mesmo. O homem no campo. É aquele de quem tínhamos nos esquecido, aquele que pensei estar morto. Só que não está morto e não é um homem.

É uma mulher.

Em todos os aspectos parece um homem: alta, de ombros largos, musculosa até; um tufo de cabelos ruivo-claros cortados acima das orelhas. Vinte e poucos anos, se eu tivesse de adivinhar. Mas a voz é reveladora: doce, aguda e feminina. Agora está de joelhos, e posso ver o cabo de uma faca se projetando do ombro.

Os homens da guarda se entreolham, perplexos.

— Quem é você? — Peter vai até ela. Baixa a espada, levanta-a, depois baixa de novo, como se não soubesse se deveria usar uma arma contra uma mulher.

— Keagan Hearn. — A mulher estende a mão algemada para ele. Peter não a aperta; ela a deixa cair. — De Airann, claro, a linda cidade ribeirinha de Dyflin.

— Tudo isso é muito bom, Keagan de Airann — diz Peter. — Mas o que você está fazendo aqui na Ânglia? E com ele? — Peter aponta a espada para Malcolm.

— Acho que é bastante claro, não é? Eu o tirei da prisão, lá em Upminster. A Fleet. Lugar horroroso. — Keagan senta-se nos calcanhares, fazendo uma careta. — Estava levando-o para Airann. Estava, até encontrarmos vocês. Não há chance de nos deixar seguir o caminho, não é? — Agora a espada de Peter está encostada na garganta de Keagan, decisão tomada. — Acho que não.

— Por que você o salvaria? — Outro homem da Guarda avança. — Você é simpatizante? Traidora? Perseguidora?

— Não, senhor — responde Keagan. — Nada disso. Mas daí, nada disso ainda existe, não é? Assim como tudo que resta, agora existe sob um governo diferente.

— Não fique de brincadeira, garota — avisa Peter. — Você já está bem encrencada. — Ele olha para Malcolm, ainda oscilando de pé. — Por que o estava levando para Airann? O que vocês planejavam fazer? Reunir tropas? Invadir a Ânglia? Tomar o trono?

— Não é possível tomar o que já nos pertence — responde Malcolm. — O trono é meu. Foi tomado de mim, e eu tenho toda a intenção de recuperá-lo.

— *Ach.* — Keagan se vira para ele. — O que lhe falei sobre isso? Não comece com isso. Jamais com isso.

— Só falo a verdade — declara Malcolm, com uma altivez que combina com seu tom de voz. — Um rei e suas palavras são divinos. Seria bom levar as duas coisas a sério.

— É exatamente por causa dessa postura que você está aqui — ela aponta para o chão — e não lá. — Aponta o polegar para trás, vagamente na direção de Upminster.

— Sua falta de respeito me ofende — queixa-se Malcolm.

— E sua falta de humildade *me* ofende — rebate Keagan. — Meu Deus, homem. Se espera sobreviver, é melhor aprender a ler um ambiente.

Malcolm ameaça falar alguma coisa, aí desiste. Sinto meus olhos se arregalando. Nunca ouvi ninguém falar com ele assim. Nem seus conselheiros, nem mesmo seu tio, que o odiava e queria vê-lo morto. Mas Keagan obviamente não se importa com nada disso: nem com a deferência nem com a consequência.

— Parece que temos companhia. — Ela vira a cabeça bruscamente para a estrada e apruma a postura, franzindo ligeiramente o rosto, único sinal da faca ainda alojada no ombro.

Pelo campo estão vindo Nicholas, Gareth e Fitzroy, com os mantos adejando atrás. Logo em seguida vem Schuyler. Olho para Fifer, que assente: foi ela quem chamou Schuyler, contou o que aconteceu e disse para trazer Nicholas.

Malcolm parece reconhecer Nicholas imediatamente. Deve conhecê-lo de quando Nicholas fazia parte do conselho de seu pai, de quando o declarou o homem mais procurado da Ânglia. Ele fica totalmente empertigado — nada muito impressionante, já que Malcolm é apenas alguns centímetros mais alto que eu.

Os três param perto e observam a cena.

— Estes aí devem ser a cavalaria. — O sotaque de Keagan é denso e sarcástico.

— Schuyler fez a gentileza de nos informar o que aconteceu aqui — diz Fitzroy. — Mas não soubemos do motivo. Ou de como se deu. E quem você é. — Ele para diante de Keagan.

— Uma garota de Airann — esclarece um dos guardas. — E uma traidora.

— *Ach* — murmura Keagan de novo. — Já falei, não sou traidora. Sou militante. Membro da Ordem da Rosa.

Os homens trocam olhares; até eu estou surpresa. A Ordem da Rosa é um grupo de resistência composto por estudantes da universidade de Airann, fundado há quatro anos — logo depois de Blackwell se tornar Inquisidor — em reação às suas leis contra a magia. Mas não faz sentido que essa garota, Keagan, esteja ali em Harrow; faz menos sentido ainda ela estar com Malcolm. A Ordem, pelo menos que eu saiba, é uma organização intelectual. Eles distribuem panfletos, escrevem tratados sarcásticos para jornais clandestinos. Não sequestram reis.

— A Ordem — diz Fitzroy. — Claro. Um belo grupo. Estive seguindo seus movimentos desde que começaram. Sempre gostei dos textos. — Ele se oscila nos calcanhares. — *O conto de uma banheira* foi meu predileto. Quando o irmão contou com a iluminação interior para se orientar e depois saiu andando de olhos fechados depois de engolir pavios de vela queimados? Divertido.

Keagan ri.

— Mas ultimamente os protestos de vocês foram além da sátira, não é? — continua Fitzroy. — Explosivos rudimentares. Queima de efígies. Desfiguração de prédios. E, mais recentemente, pontes.

Keagan solta uma risada muito feminina.

— Desfiguração, mesmo. Eu mesma fiz aquele. Subi na Ponte de Upminster, enfiei panfletos nos espetos que atravessavam aquelas cabeças decepadas. Mas acho que elas não se importam. Já que estão mortas e coisa e tal.

— Cabeças? — pergunta Gareth. — De quem?

Keagan dá de ombros.

— Algumas de gente do Blackwell, algumas de gente de vocês, algumas que só estavam no caminho.

Gareth não diz nada.

— E agora você tomou um rei como prisioneiro.

Keagan assente, deixando de lado toda a frivolidade anterior.

— Isso é só o começo.

— Um grupo de estudantes — repete Peter, baixinho. — *Pelo sangue de Deus.*

— Não precisa invocar — diz Keagan, com calma. — Agora, por mais que eu queira ficar batendo papo o dia inteiro, tenho uma questão mais premente. — Ela levanta as mãos acorrentadas, aponta os polegares para trás. — Esta adaga que vocês cravaram em mim está ardendo diabolicamente.

Fitzroy vai até ela.

— Espere um momento. — Gareth estende a mão. — Você não sabe quem ela é. Ela disse que faz parte dessa tal Ordem, mas não sabemos se é verdade. Ela pode ser gente de Blackwell. Pode estar mentindo.

— Eu já disse... — começa Keagan.

— Ela não está mentindo — conclui Fitzroy por ela. — Suas atitudes provam isso. Se ela fosse gente de Blackwell, não teria tirado o sobrinho do homem da cadeia, teria o matado. Fique bem quietinha. — Ele põe uma das mãos no ombro de Keagan, a outra agarra o cabo da adaga. — No três — diz. — Um, dois... — Antes que possa chegar ao três, Fitzroy lhe tira a adaga das costas.

Keagan solta um gemido baixo, tombando para a frente, direto no chão. Fitzroy saca um lenço do gibão e o comprime contra a ferida para estancar o sangramento.

— Você disse que pegar o rei, pegar Malcolm... — Nicholas olha para ele; sensatamente, Malcolm manteve a boca fechada desde que Nicholas chegou — ...foi só o começo. — Ele vai até Keagan e encosta um dedo em suas costas. Um brilho branco e suave emana de sua mão, e imediatamente o corte é curado. Keagan fecha os olhos brevemente, aliviada. — Começo de quê, exatamente?

— Do plano para destronar Blackwell, claro — responde Keagan. — De que mais seria?

Eu poderia gargalhar — e quase gargalho — diante da ideia de um grupo de estudantes acreditar que pode derrubar Blackwell. Mas Nicholas não parece achar nem um pouco engraçado.

— Entendo — diz ele. — E você resgatou Malcolm porque acredita que ele deve continuar sendo rei?

— Ele? Não. Quero dizer: ele teve sua chance, não foi? — Keagan olha para Malcolm com uma expressão de desdém absoluto no rosto sardento e corado. Malcolm a encara de volta com o maxilar e os punhos apertados; nunca o vi tão furioso e quase, quase sinto pena.

— Não fez grande coisa com a oportunidade — continua Keagan. — Se tivesse feito, não estaríamos aqui, não é? Não. — Ela responde à própria pergunta. — Mas ele tem utilidades. Se Malcolm estiver morto, Blackwell não será usurpador: afinal ele é o herdeiro de direito do trono da Ânglia, e nenhum país neste mundo apoiaria sua derrubada. A única chance que nos resta será se mantivermos Malcolm vivo. Morto? Não estaríamos mais resistindo. Estaríamos nos revoltando. Acho que vocês vão descobrir que não duraríamos muito se esse fosse o caso.

Eu não tinha pensado nisso. E a julgar pelo modo como os homens da Guarda estavam se entreolhando, remexendo-se inquietos com as capas cinzentas, eles também não.

Nicholas assente, os olhos escuros concentrados.

— Então vocês estavam planejando mantê-lo como prisioneiro político. Têm instalações para isso? Guardas? Tropas?

— Por assim dizer — responde Keagan.

— Prender um rei deposto coloca vocês, sua universidade, sua cidade e seu país sob um risco terrível — alerta Nicholas. Sua voz é firme, porém não desprovida de gentileza. — Se Blackwell descobrir que vocês estão com Malcolm, podem ficar sujeitos a ataques. Arriscam-se a ser atacados também pela parte da população de Airann que se oponha ao fato de ele estar lá, e também por aqueles da Ânglia que desejam vingança. Aliás, arriscam-se a retaliações de quaisquer países que se opuserem à ideia. E de retaliações de países que oferecerem apoio. E ainda a interesses de países neutros que esperam lucrar com o caos, mandando espiões e caçadores de recompensas.

Pela primeira vez os olhos brilhantes de Keagan estremecem com incerteza.

— Ele não pode ficar aqui — diz Gareth. — Não podemos nos arriscar a virarmos um alvo. Já somos suficientemente visados. Primeiro ela... — Ele me olha. — Agora isto.

— Não podemos matá-lo — argumenta Fitzroy.

— Não — concorda Nicholas. — Não podemos. Mas podemos detê-lo por enquanto, até decidirmos qual é o melhor caminho a se tomar.

— Você não está sugerindo que o mantenhamos aqui — diz Peter.

— Não está pensando em colocar este homem na mesma prisão que meu filho se encontra.

É demais para ele. É demais que seu filho esteja na cadeia por minha causa, é demais que Malcolm ainda respire por minha causa. Peter embainha a espada, dá meia-volta e vai andando na direção da estrada.

— Fitzroy, será que você e Gareth poderiam acompanhar nossos dois hóspedes a Hexham? — pede Nicholas. — E Schuyler, será que poderia acompanhá-los? Schuyler é um retornado — acrescenta. — Com tudo a que se tem direito. Por tanto não aconselho que tentem fugir.

Malcolm engole em seco. Keagan arregala os olhos de novo.

Nicholas se vira para os cinco homens da Guarda.

— Gostaria que vocês fossem com eles para Hexham, e que permanecessem como guardas complementares esta noite. E peço que não falem disso com mais ninguém. — Ele olha para Fifer e para mim. — Estão dispensadas.

Os homens da Guarda dão um passo à frente, seguram Keagan e Malcolm pelos braços algemados e os levam embora. Keagan vai sem protestar. Mas Malcolm se retorce o máximo que consegue, olhando para trás, para mim. Em seu rosto está um pedido: que eu fale com ele, que fale por ele. Que fique com ele.

Mas ele não é mais o rei e eu não sou mais sua amante, então não faço nem um nem outro. Em vez disso, eu me viro e, pela primeira vez, vou embora.

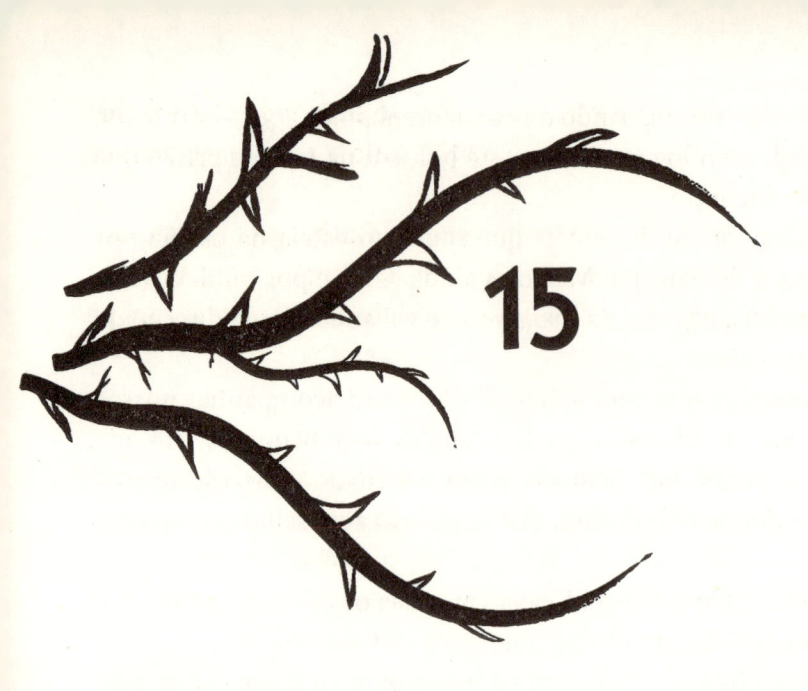

15

— DISPENSADAS!

Estou na metade do campo quando Fifer me alcança.

— Nicholas não me dispensava desde que eu tinha 12 anos — continua ela. — Desde a vez que fiquei com raiva dele, então o xinguei e fiz suas sobrancelhas caírem. Ele ficou ridículo, ficou furioso comigo, mas foi engraçado demais... — Ela para. — De qualquer modo, vou ouvir sobre isso mais tarde, nós dois vamos, e não vai ser divertido. — Uma pausa. — Com você sempre aparece encrenca, não é?

Não respondo.

— O que você acha de tudo isso? — Fifer muda de tática. — Aquela garota, Keagan. Tremendamente ousada, indo até Upminster daquele jeito, invadindo a Fleet. Como será que ela conseguiu?

Continuo sem responder.

— E a Ordem da Rosa. Já ouvi falar dela, claro, todos ouvimos. Tem bastante gente em Harrow que supostamente a integra, mas ninguém sabe ao certo. Sua sociedade, sua magia... é tudo envolto em segredos. Acho que tem de ser assim, não é? Caso contrário, não passam de mais nomes para a Inquisição.

Saio do campo para a estrada e continuo andando. Não dou mais que algumas dezenas de passos quando sinto a mão de alguém em minha manga.

— Elizabeth. — Fifer está arquejante. — Rochester fica para cá.

Dou meia-volta e começo a caminhar na direção contrária.

— Elizabeth! — Então Fifer entra na minha frente e me segura pelos ombros. Inclina-se para mim, os olhos examinando os meus. — O que foi? É ele, não é? É Malcolm?

Faço menção de falar e desisto. Fifer dá um suspiro.

— Foi o que pensei. — Ela segura meu braço e me puxa de volta pela estrada. — Deve ter sido uma tremenda surpresa.

Eu riria do eufemismo se estivesse em condições de rir.

— Nunca pensei que iria vê-lo de novo — confesso. — Jamais o quis. Mas vi, e então o salvei. Não sei por que fiz aquilo.

— Também não sei. Mas foi uma coisa boa, não foi? Eu não tinha pensado no que significaria se ele estivesse morto, pelo menos não até Keagan explicar. Não sei se algum de nós havia pensado nisso.

Eu não estava pensando nisso quando o tirei do caminho da espada de Peter, mas não digo a Fifer.

— Blackwell deve ter pensado — digo em vez disso. — Caso contrário, não iria colocá-lo na Fleet. Ele pretende que Malcolm acabe morrendo. Ninguém sai da Fleet. — *A não ser para as fogueiras.*

— Você saiu — observa Fifer rapidamente. — E agora Malcolm também saiu. Para conseguir tal coisa a Ordem deve ter algum tipo de magia forte, isso sem mencionar alguns vínculos fortes dentro de Upminster.

— Acho que sim.

— Mas devo admitir que ele não é como eu imaginava. O jeito como a olhou. O jeito como falou com você. Acho que eu esperava algo diferente.

— Tipo o quê? — Meu tom de voz fica cortante, mas Fifer continua sem parar.

— Imaginei que ele fosse bastante cruel. Chamando você, a dispensando. Imaginei que ele a tratasse como, bem... — Ela faz uma careta — ... uma serviçal. Mas o modo como a olhou hoje, como segurou sua mão. Ele tentou beijá-la, pelo amor de Deus. Chamou você de Bess.

— Ele estava em choque. — Paro para amarrar a bota. Ela não precisa ser amarrada, mas é um jeito de esconder meu rosto e a incerteza que sei estar ali estampada. — Ele achou que fosse morrer. As pessoas fazem e dizem coisas estranhas quando encaram a morte.

Levanto-me e flagro Fifer me observando com as sobrancelhas levantadas.

— Me pareceu um pouco mais que isso.

— Não há nada além disso. Absolutamente nada. — Digo o restinho da frase já andando pela estrada de novo. Ela me alcança num instante.

— O que vamos fazer agora, então?

— O mesmo que antes. O mesmo de sempre. Matar Blackwell. Parece que agora preciso fazer isso mais depressa ainda. Com Malcolm aqui, quanto tempo você acha que vai se passar até aqueles guardas abrirem a boca para todo mundo que conhecem? Até o espião dentro de Harrow descobrir e Blackwell mandar mais homens ainda?

— Nicholas pediu que os homens guardassem segredo — lembra Fifer.

Olho para ela.

— Nicholas disse que você não está preparada para isso. — Ela tenta de novo: — Quer que você se concentre no treinamento. Em ficar mais forte. Disse para você deixar o conselho decidir o que fazer em relação a Blackwell. Schuyler me contou — acrescenta às pressas. — Ele ouviu o que Nicholas disse no solar.

— Nicholas não precisa saber de tudo, não é? — Aperto o casaco por causa do vento que vem contra nós, endurecendo minhas bochechas já enregeladas. — Não diga que nunca fez nada sem a permissão dele. Que nunca o desobedeceu. Que nunca fez exatamente o oposto do que ele...

— Já entendi — reage Fifer rispidamente. — Mas você não está me entendendo. Você não está preparada.

Paro. Viro para ela. O que ela vê em meu rosto já é suficiente para fazê-la repensar.

— Ótimo. — Ela joga as mãos para o alto num gesto de impaciência. — Seja uma idiota. Mate Blackwell. Seja morta no processo. Mas pelo menos deixe-me ajudar.

— Assim está melhor. — Sorrio para ela. — Eu quero Azougue. E quero que você me ajude a pegá-la.

— Não sei onde ela está. — Fifer diz isso depressa, depressa demais. Eu sorrio; ela faz uma carranca. — Você jamais vai conseguir pegá-la. Ela está escondida dentro da casa de Nicholas; nem eu tenho permissão para me aproximar. Está protegida por feitiços, e ainda tem Hastings. Mesmo se você entrar, ele nunca vai deixar que você a pegue.

— Parece que você se esquece de quem eu sou.

— De quem você era — corrige Fifer. — E nunca me esqueço disso.

Desde que nos tornamos amigas, isso é o mais perto que Fifer e eu já chegamos de uma discussão. A estrada à frente, os campos em volta, o vento chicoteando: nada disso é tão frio quanto a expressão que trocamos.

— Vou pegar Azougue e vou matar Blackwell com ela — asseguro. — E para isso quero que Schuyler vá comigo.

Dessa vez é Fifer quem sai andando e falando, com o vento carregando o jorro de palavrões que ela solta.

— Você não vai parar até que todo mundo a odeie, não é?

— Não vou parar até que ele esteja morto — respondo, mas ela está longe demais para ouvir.

Nos três dias desde a prisão de John — e desde a captura de Malcolm — fiquei sozinha, praticamente escondida. Não se passou muito tempo até que se espalhasse a notícia de minha traição, de como dedurei aos guardas sobre as ervas ilegais de John, de como senti ciúme da atenção que ele dava a Chime, de como supostamente me vinguei.

Foi um escândalo suficiente para enterrar o verdadeiro escândalo: de que o rei deposto da Ânglia, outrora o maior inimigo de Harrow, agora reside na prisão a menos de 15 quilômetros do acampamento.

Não durmo mais em minha barraca, não depois de tê-la encontrado sem o mastro, pisoteada e cortada assim que retornei, logo na primeira noite. Não me junto aos outros nas refeições desde a segunda noite, quando uma mesa inteira se esvaziou como se eu tivesse a peste, com o ar cheio de murmúrios: *traidora, mentirosa* e coisas piores. Em vez disso, passei o tempo inteiro treinando, descansando na capela, planejando e esperando: a oportunidade de entrar na casa de Nicholas, pegar Azougue, arrastar Schuyler, ir para Upminster, matar Blackwell.

Ansiosa por aquela noite.

Engulo mais uma refeição de aveia, ervilhas e sopa de cevada com um pedaço de pão duro feito tijolo, entrego minha tigela na tenda de utensílios sujos, serpenteio entre o mar de soldados no acampamento. Nesse momento está quase vazio, já que todo mundo está jantando, lutando no pátio de treinos, na biblioteca ou, no caso de Nicholas, numa reunião particular na casa de Gareth para decidir o que fazer com Malcolm.

Minha sacola, já arrumada com meus parcos pertences, está pendurada no ombro. Carrego-a para todo canto, como se não tivesse nenhum lugar seguro onde deixá-la. Isso não provoca suspeitas: nessa noite não estou diferente de como estive nas últimas duas.

O sol baixa no horizonte assim que atravesso a ponte sobre o lago, parando a fim de olhar Rochester uma última vez antes de seguir para a casa de Nicholas. Fifer está em algum lugar por aí, ainda fumegando de raiva, mais fula ainda por causa do entusiasmo de Schuyler com o plano.

— Blackwell já tentou roubar Azougue uma vez — gritou Fifer para mim na véspera, antes de voltar toda a força de sua fúria contra Schuyler. — Se ele puser as mãos na espada de novo, coisa que pode acontecer se vocês morrerem — ela me encarou com raiva — ele vai ficar invencível. E a culpa vai ser toda de vocês.

— Se Elizabeth quer tentar matá-lo, a melhor opção é Azougue. — Schuyler tentou argumentar. — É a única opção.

— E sua ajuda a ela não tem nada a ver com o desejo de pôr as mãos naquela espada.

— Nem um pouco.

Fifer cruzou os braços, inflexível.

— Então jure.

Foi assim que chegamos a um meio termo. Schuyler me acompanharia a Upminster e a Ravenscourt, agindo como meu patrulha, meu guarda e minha proteção. Mas não iria me ajudar a roubar Azougue, nem iria tocá-la assim que eu a pegasse, sob pena de morte ou da fúria de Fifer, o que viesse primeiro.

Três horas depois chego à casa de Nicholas, seguindo ao pé da letra as instruções dadas com relutância por Fifer. Quando paro à porta, tiro do bolso um maço fresquinho de sálvia e pinheiro, e acendo. Quando começa a estalar e a soltar fagulhas, liberando uma fumaça densa e perfumada, balanço-o à frente do corpo em duas longas linhas diagonais. A fumaça marca o escuro céu noturno: um X.

Conto até sessenta e entro na casa.

Está vazia; e não só porque Nicholas saiu. Não há mãos fantasmagóricas para arrancar minha bolsa do ombro, tirar meu casaco e levá-los para outro aposento. Hastings não está ali, e vai permanecer longe até que todas as ervas virem cinzas. Quando queimados juntos, a sálvia e o pinheiro interferem na energia dos fantasmas, dissipando-a a quase nada. Não perguntei a Fifer se aquele era um procedimento cruel, mas não precisei. Obrigar alguém a sair de sua casa sempre é cruel, não importa o motivo.

Recordo-me do restante das instruções de Fifer.

— Vá até a terceira trave, ao lado da pintura dos pêssegos numa tigela de prata. — Ela praticamente cuspiu a informação para mim. — Dê um chute na base... coisa que eu gostaria de fazer com você... para soltar a dobradiça. Depois empurre. Isso vai levá-la ao poço do mago e a Azougue.

Poços de magos. Pequenos aposentos secretos construídos em casas de toda Ânglia a fim de proteger homens e mulheres da Inquisição, dos caçadores de bruxos, de mim. Vi alguns que eram acessados através de fendas em escadas, outros através de chaminés falsas, e outros pela latrina. A maioria exigia pouca habilidade, era fácil de encontrar. Aquele ali é uma obra-prima.

Tiro uma vela da sacola, acendo-a com outro fósforo, passo pela abertura estreita embaixo da trave e me vejo numa saleta com talvez uns 2 metros de largura. Não há nada ali — nem móveis nem enfeites. É completamente nua, a não ser por um painel de madeira na parede de tijolos, estreito, fechado e trancado.

Enfiado na fenda entre o painel e a parede há um bilhete de Nicholas.

Elizabeth. Se você está lendo isto, peço que repense o que está prestes a fazer. Algumas coisas são grandiosas demais, até mesmo para você.

Aquilo me faz parar.

O cuidado que ele teve comigo desde que entrei em sua vida é mais que seria de se esperar de um homem que já foi meu inimigo, um homem que um dia eu teria matado. Ele não se tornou um pai para mim, não como Peter; jamais seria isso. Mas é um protetor e um salvador, duas coisas muito raras em minha vida ultimamente. Mesmo assim, seu alerta não acerta o alvo.

Não basta para me impedir.

Dobro o bilhete, meto-o na bolsa junto a todos os de John e pesco um feixe de cardo prateado. Fifer me garantiu que haveria magia no painel, um feitiço ou algum tipo de maldição para me manter do lado de fora caso as palavras de Nicholas fracassassem, e que o cardo ajudaria a reduzir os efeitos nocivos. Mesmo assim, vai ser doloroso — ela garantiu isso também —, mas posso suportar um pouco de dor para conseguir o que preciso.

Aperto o polegar contra um espinho na ponta da haste, tirando uma gota de sangue para acionar a magia do cardo, aí estendo a mão para a porta. No momento que minha mão toca a maçaneta, cria-se uma fagulha, um clarão incandescente de chama azul e um chiado quando a maldição com a qual ela está imbuída salta para minha pele, sobe pelo braço e entra na cabeça, retinindo, sacudindo, vibrando e ensurdecendo. Sinto como se tivesse a cabeça enfiada num sino de catedral. Trinco os dentes por causa da sensação — já passei por coisa pior — e giro o mostrador da tranca: 25, 12, 15, 42. Vinte e cinco de dezembro de 1542. Data de nascimento de Fifer.

A porta se abre. Com alguma dificuldade, afasto a mão da maçaneta, o tinido na cabeça abrandando o suficiente para permitir que eu veja, nas reentrância rasas do armário escuro, ali, sozinha: um cadáver de aço num caixão de madeira.

Azougue.

Seguro o cabo da espada. Sinto a coisa imediatamente, subindo na pele como se cumprimentasse um velho amigo: o calor e a energia do feitiço latente de Azougue, que pingou em mim na última vez que a usei — quando tentei matar Blackwell e, em vez disso, matei Caleb. Aquilo zumbe, a princípio errático, uma batida fraca em meu sangue antes de encontrar seu ritmo, um ritmo que combina com meus batimentos cardíacos. Uma pancada rápida que, à medida que os segundos passam, vai ficando mais lenta, mais firme e mais segura.

Um riso atravessa meu rosto.

Enfio Azougue na bainha embaixo da capa, pego minha vela e volto pela casa até estar do lado de fora outra vez. Passo por cima do maço de ervas ainda fumacento à soleira e tiro uma folha de hortelã do bolso, largando-a no centro do montinho queimado. A erva aumenta a energia e vai ajudar a de Hastings a retornar com mais facilidade. Isso não era parte do plano de Fifer, mas faço mesmo assim: um débil pedido de desculpas.

Programei encontrar Schuyler de madrugada, antes do alvorecer, no cruzamento desolado entre Theydon Bois e Gallion's Reach, antes de seguirmos para o sul através de Mudchute, saindo de Harrow pelo leste e indo até Upminster. Mas ainda não é meia-noite e a distância é curta até o ponto de encontro, talvez uns quarenta e cinco minutos. Ainda tenho horas de sobra. Por isso, inicio a segunda etapa do plano, desenvolvida por mim, mas totalmente desconhecida de Fifer.

Vou a Hexham encontrar Malcolm e aquela estudante, Keagan. Os dois acabaram de vir de Upminster e ambos estiveram dentro da Fleet, conseguindo sair sem serem detectados. Podem saber coisas sobre a cidade, sobre Blackwell, sobre a guarda do tirano e sobre sua proteção. Isso poderia significar a diferença entre retornar vitoriosa... ou não retornar nunca mais.

16

EM HEXHAM, HÁ UM GRUPO de guardas junto à porta, seis, pelo que dá para ver: quatro com capas cinza e dois de preto. Observo sua postura, o modo como andam, mexem nas armas. Ouço trechos de conversas que ecoam no silencioso ar da noite. Os homens estão cansados, mas não exaustos; entediados, mas não frustrados — pelo menos não o suficiente para ficarem inquietos. A inquietude pode levar a jogos, a treinos de lutas ou a brigas, e essa explosão de energia os deixa apreensivos e tensos, alerta a coisas que não estão ali.

Ou que estão.

Vou para o norte ao longo do muro, dobrando à esquerda na esquina, até estar voltada para os fundos da prisão. Passo a mão pelo muro: áspero, nodoso e seco, bem diferente da Fleet. Lá as paredes estavam sempre úmidas e escorregadias com mofo preto. Penduro a sacola atravessada às costas, prendo Azougue à cintura. Mergulho as mãos na terra, juntando o pó para melhorar a tração. Aí enfio os dedos dos pés nas fendas da pedra e começo a escalar.

O muro é alto, no mínimo dez metros, mas não é uma escalada difícil e chego ao topo alguns instantes depois, empoleirando-me na laje estreita. Olho em volta e presto atenção. Nenhum guarda me ouviu, ninguém da Guarda me viu. Há uma certa ironia nisso, e meu sorriso anterior está de volta.

Abaixo, há um espaço entre o muro e a prisão, talvez com uns 2 metros de largura, por toda a extensão do prédio. Não há portas daquele lado, apenas cerca de uma dúzia de janelas grandes e sem barras. Existe a possibilidade de alguma estar destrancada; no dia que visitei John, me lembro de ter visto algumas abertas, enchendo o corredor com ar gélido.

Desço o muro rapidamente. Paro por uns segundos e corro até a primeira janela. Trancada. A segunda também está trancada, assim como a terceira. E a quarta. Meu coração acelera, a respiração está ofegante. Se os guardas virassem a esquina, conseguiriam me ver e eu teria de explicar o que estou fazendo ali no meio da noite. Eles poderiam me deter, poderiam descobrir aonde vou, poderiam me tirar Azougue.

Corro até a última janela, a sexta, enfio os dedos debaixo da saliência e puxo. Ela se abre. Quase rio de alívio, subindo no parapeito. Lá dentro, uma cela vazia. Está trancada, mas isso não é problema. Tiro um grampo do coque — colocado ali exatamente para tal fim — e o meto no buraco da fechadura. Um estalo, um giro e um puxão, e a porta de grades se abre. Balanço a cabeça. A magia em Hexham existe para manter dentro quem é marcado como prisioneiro, e do lado de fora os visitantes, os guardas e, nesse caso, os intrusos. Mesmo assim, é de fato uma prisão tremendamente insegura. Se eu sobreviver à morte de Blackwell, terei de abordar isso com Nicholas.

Examino o corredor procurando Keagan e Malcolm. Eles não estão no primeiro andar; todas as celas estão vazias. Encontro a escadaria, subo em silêncio e sigo por outro corredor largo e enluarado. Passo por uma cela vazia depois da outra, a confusão crescendo a cada passo.

Será que não foram trazidos para cá? Será que Peter convenceu os outros a colocá-los em outro lugar, para não ficarem perto de John, algum lugar como a casa de Gareth? Será que Nicholas fez com que fossem retirados — sabendo, assim como eu sabia, que eu iria atrás de Azougue, que eu viria aqui em busca de informações?

Ou pior: será que a reunião do conselho naquela noite seria um ardil para mais um julgamento, um pretexto para colocar Malcolm naquela cadeira de encosto duro, com correntes nos pulsos e leões tentando morder seus pés, sujeito a um interrogatório e a um veredicto revelado pela fonte com água? Malcolm não significa nada para mim. Mas é o rei da Ânglia, o rei por direito. E não um criminoso comum, um traidor.

Não é como eu.

Continuo procurando. Mas, conforme me aproximo do fim do corredor ainda vazio, meus passos vão ficando mais lentos. Porque cada cela que passa me leva mais para perto da última. A de John. Por fim paro, sem saber se continuo ou vou embora.

— Sei que está aqui. — Aquela voz de menina com sotaque de Airann chama do fim do corredor. — Não adianta se esconder. Venha, apareça.

Hesito mais um momento, depois me coloco diante da cela de onde vem a voz, faltando duas para o final. Keagan está ali parada, encostada ao lado da porta.

— Ora, ora. Se não é o pardalzinho. Bess, não é?

Olho na direção da cela de John, depois de volta para Keagan. Ela está me observando atentamente, com um risinho formando covinhas nas bochechas.

— Elizabeth — digo. — Se você não se importa.

— Por que me importaria? É seu nome. — Keagan dá de ombros. — Eu só estava repetindo o apelido usado por sua ex-majestade para se referir a você.

— Bess! — De repente o rosto de Malcolm aparece, comprimido entre as barras da cela que fica entre a de Keagan e a de John. O cabelo escuro está desgrenhado, do mesmo jeito que fica quando ele acorda. Viro a cabeça para não olhá-lo. — O que está fazendo aqui? E como entrou? — Ele olha ao longo do corredor. — Onde estão os guardas?

— Ocupados — respondo. — Entrei sozinha.

— É mesmo? — diz Keagan. — Por que você faria isso? É tarde, e isto aqui é uma prisão. Você deveria estar em casa dormindo.

— Vocês acabaram de vir de Upminster — digo, indo direto ao ponto. — Preciso saber o que está acontecendo lá. Como a cidade está sendo guardada, e por quem. O que Blackwell está fazendo. Como você entrou e saiu da Fleet sem ser detectada.

O sorrisinho que Keagan exibia desde que cheguei desaparece de seu rosto. A seriedade repentina a envelhece; como um feitiço, a menina divertida se torna imediatamente uma mulher cheia de desconfiança.

— E por que você quer saber isso?

— Diga o que quero saber, e eu lhe informo o que planejo fazer.

Seus olhos brilhantes me examinam. Absorvem a calça preta, as botas pretas de cano alto, o cabelo preso para trás, a sacola pendurada no ombro. Depois chegam ao volume abaixo das dobras da capa, onde Azougue está presa à cintura.

— O que está tramando, pardalzinho?

— Ótimo, vou morder a isca — respondo. — Por que você fica me chamando assim?

— Você é uma coisinha pequena, não é? Pequenina demais para que prestem atenção em você, poderiam dizer. Alguns até poderiam achar que você não tem importância. Mas eu digo que não é assim. — Ela inclina a cabeça. — Acho que os aspectos que as pessoas subestimam em você são exatamente os que lhe dão vantagem. — Uma pausa. — Por que você quer saber o que está acontecendo em Upminster?

— Isso é de minha conta. Não da sua.

— Outra coisa em relação aos pardais — continua Keagan num tom tranquilo — é que em algumas culturas eles são vistos como prenúncios da morte.

Encaro-a com raiva; ela devolve um sorrisinho debochado.

— Você veio nos soltar? — O rosto de Malcolm ainda está comprimido contra as grades, os olhos ainda voltados para meu rosto. Ele não vê o que Keagan vê, o que está bem na cara. Mas daí, ele nunca enxergou mesmo. — Veio nos soltar, não foi? Eu sabia que você viria me salvar, sabia.

— *Shhh.* — Keagan acena para Malcolm. — Você vai entrar, não é? — pergunta ela. — Em Ravenscourt. Vai encontrá-lo. — Seu olhar pousa de novo na espada embaixo da capa. — Vai tentar matá-lo.

— O quê? Não. — Malcolm estende a mão para mim, e, sem pensar, eu me afasto. O olhar de Keagan acompanha o movimento, ela morde o lábio; um gesto incongruente. — Você não pode fazer isso. É perigoso demais. Você não faz ideia de como Upminster está agora.

— E é exatamente por isso que vim aqui. Para descobrir. — Aproximo-me de Keagan; ela chega mais perto de mim. — Blackwell está atrás de nós agora, você sabe. Ele está atrás... — Paro. Quase falei *de mim*, quase falei *de John*. Quase falei *do estigma*. — Deles. E não vai parar enquanto não capturá-los, a não ser que alguém o impeça.

— Interessante. — Keagan aperta as barras. Seus dedos são longos e esguios, mas as unhas estão curtas e malcuidadas; parecem roídas. — Primeiro você disse *nós*, depois disse *eles*. Qual é o certo, pardal?

— Não tenho tempo para joguinhos — respondo rispidamente. — Você pode me contar o que quero saber, e isso a ajuda, ajuda sua ordem. Ou pode guardar a informação, o que não ajuda a ninguém. Você tem sessenta segundos para decidir, caso contrário vou embora.

Ela hesita por apenas cinco.

— Vou contar o que você quer saber. Mas primeiro diga o que quero saber. Qualquer coisa que eu queira saber.

Há algo astuto em Keagan. Ela quer trocar informações, assim como todos os observadores, jogadores, espiões e agentes fazem. Mas algo me diz que a informação que ela deseja não é política.

— Ótimo. Pergunte o que quer. Uma coisa — estipulo.

— O que você está fazendo aqui? E não estou falando daqui, desta prisão. Estou falando daqui, de Harrow. Com eles. *Nós.* — Seu sorriso some de novo, e a aparência de mulher retorna mais uma vez. — O que uma caçadora de bruxos, ex-caçadora de bruxos, faz dormindo com o inimigo?

Exibo uma carranca diante de suas palavras bifurcadas feito uma língua de serpente, não por acaso.

— Eu fui presa — explico rapidamente. — Nicholas me salvou.

— Sei disso — reage Keagan, impaciente. — Todo mundo sabe. Sua historinha está virando uma lenda em nosso mundo. Mas, como acontece com todas as lendas, existem inverdades. Quero saber quais são.

— Por quê? O que isso tem a ver com o motivo para eu estar aqui?

— Preciso saber se posso confiar em você. Não posso confiar minhas informações a você, a não ser que eu possa confiar *em você*.

Então dou meia-volta; quase vou embora.

— Sua dívida foi paga — diz Keagan para minhas costas. — Uma vida por uma vida, como dizem. Mas aqui não gostam de você, não podem gostar. No entanto, você fica, e agora isto. — Uma pausa. — Sei que você vai dizer que Blackwell está atrás de você, mas também sei que isso é só parte da coisa. Quero saber o restante.

— Fiquei porque achei que aqui era meu lugar. — Não olho para John, mas penso nele de qualquer modo, na cela do fim do corredor, envenenado pelo estigma que lhe dei, e me odiando por isso.

— E agora?

Não sei. A resposta pertence a mim, mas também a ele: a John se ele der um jeito de me perdoar, a Blackwell se ele me permitir viver; a Schuyler se me ajudar a voltar, a Nicholas se ele permitir que eu fique caso eu volte.

— Eu disse o que você queria saber — respondo em vez disso. — Agora me conte. Trato é trato.

— Isso não tinha a ver com um trato. Tinha a ver com confiança. Sempre tem a ver com confiança, pardal. Jamais se esqueça disso. — Então ela sorri. — E confio em você. Você é forte, e gosto de você. Se perder essa carinha de florzinha meiga, você pode ser uma guerreira de verdade.

Vou até as barras e as seguro com força. Azougue, sentindo minha raiva, dispara sua solidariedade quente e veloz contra minha cintura.

— Você acha que sabe a meu respeito; não sabe nada — retruco.

— E não ligo a mínima para isso. Diga o que quero saber ou juro que a prisão será o menor de seus problemas.

Enfio a mão embaixo da capa e pego o cabo de Azougue, empurrando o tecido de lado apenas o suficiente para que Keagan veja as esmeraldas reluzindo à luz fraca. Se ouviu minha história, terá ouvido falar de Azougue também: nenhuma lenda é completa sem uma espada mítica.

Keagan arregala os olhos. Ela fica quieta e permanece quieta, um tremendo prodígio.

— Tropas — diz ela finalmente. — Blackwell as mobilizou no sul, é claro. Seu antigo contingente. Caçadores de bruxos. Agora são cavaleiros, mas, mesmo assim, continuam caçadores.

— Sabia! Continue.

— Eles mantêm guarda em Ravenscourt vinte e quatro horas por dia. A oeste no portão. Ao norte onde a muralha encontra os Matadouros. O sul, perto do rio Severn, não tem proteção física, mas proteção mágica. Sabe as gárgulas engastadas na muralha? Agora elas são encantadas. Se virem um intruso, gritam.

Penso depressa, revirando a imagem de Ravenscourt na cabeça. O jardim sul perto do rio Severn seria minha rota de entrada. A não ser...

— Até que distância elas enxergam? — pergunto. — Até o Severn? Mais além?

— Não chegamos suficientemente perto para descobrir. A Fleet está cheia de pessoas que chegaram perto demais.

— Blackwell está lá o tempo todo? Quero dizer, em Ravenscourt? Ele abandonou Greenwich por completo?

Ela confirma com a cabeça.

— Estivemos rastreando seus movimentos. Ele não voltou a Greenwich desde a noite do baile de máscaras. Ninguém o viu. Ele não apareceu em público nenhuma vez; bem, só uma. Quando foi coroado na abadia de Leicester.

Então ele conseguiu: tornou a coisa oficial. Malcolm passa a mão pelo maxilar escuro, não com resignação, mas com raiva.

— Posso ajudá-la. — A voz de Keagan é baixa, persuasiva. — Eu poderia ajudá-la a entrar e sair da cidade. Já fiz isso. Poderia ajudar você a matá-lo.

Recuo para longe da cela. Ajeito as dobras da capa em cima de Azougue.

— Você não pode me ajudar. E eu não gostaria disso nem se você pudesse. Você foi apanhada. — Permito-me um sorrisinho de recriminação. — Talvez em outra ocasião você possa me falar sobre como ser uma guerreira de verdade.

— Pardal, ardilosa feito um corvo. — O sorriso de Keagan é quase feroz. — Para trás.

— O quê?

— Para trás, Bess. — Ao som da voz de Malcolm, do tom de comando, obedeço.

Keagan levanta as mãos, as palmas viradas para a porta da cela. Murmura alguma coisa, aparentemente um feitiço, só que não consigo distinguir as palavras. Intrigada, mesmo contra a vontade, vejo a pele de suas mãos ganhando um tom alaranjado, depois vermelho, em seguida branco. O ar em volta das palmas brilha com luz, com calor; dá para sentir, mesmo de onde estou.

Então: fogo.

Uma corda de fogo dispara de uma palma, depois da outra. As duas se encontram no meio, retorcendo-se e rodopiando juntas antes de se lançarem para a porta. As barras ficam da mesma cor das mãos de Keagan — alaranjadas, vermelhas, brancas — e, com um pequeno chiado, como gordura quente numa frigideira, simplesmente desaparecem, desabando num montinho de metal derretido e fumegante.

— Venha, pardalzinho. — Keagan salta o metal derretido e sai para o corredor. — É hora de voar.

17

EU ME POSTO À FRENTE, bloqueando a passagem.

— Você não virá comigo.

— Considerando que já saí da cela, não tenho muita opção — responde ela. — Se eu ficar aqui, serei jogada em uma cela outra vez. E preferiria não passar por isso de novo. — Keagan pega no banco a capa preta emprestada e passa por mim, seguindo pelo corredor.

Faço uma carranca. A situação está saindo rapidamente do controle.

— Você nunca vai sair daqui — aviso. — Hexham é guardada por mais que homens. Há um feitiço na prisão. Só os que não são prisioneiros têm liberdade para ir e vir. Você não tem como partir.

— Um problema de cada vez, pardal.

— Se eles a encontrarem, vão pegá-la.

— Que *eles* são esses agora?

— Todos eles! — Baixo a voz a um tom razoável. — Se você for apanhada de novo, quase posso garantir que a prisão será a menor de suas preocupações. Posso ter livrado aquele ali da degola por uma espada — meneio a cabeça para a cela de Malcolm —, mas não farei o mesmo por você.

— Eles não vão me matar. E nem nos pegar, porque com certeza não acreditarão que nós vamos diretamente para o lugar de onde acabamos de escapar.

— Não existe *nós*.

Keagan segue até a cela de Malcolm. Dessa vez, estende apenas uma das mãos na direção da fechadura. Antes que eu possa pronunciar uma palavra de protesto, vem um chiado, um estalo e a porta se escancara. Mas, antes que Malcolm possa sair, eu a fecho com força.

— Bess!

Eu o ignoro.

— O que você está fazendo? — pergunto a Keagan. — Ele não pode vir conosco. Você deveria garantir a sobrevivência dele. Lembra-se? Foi o que você disse. Se ele morrer, Blackwell será o rei por direito.

— É, eu disse. Mas, se você vai para Upminster matar um rei, vai precisar de outro para ocupar o lugar. Matar um monarca traz repercussões, você sabe. Se Malcolm não estiver lá, um dos homens de Blackwell vai assumir o cargo de regente, e então entraremos nessa encrenca toda outra vez. Não é o que planejei quando comecei isso, mas às vezes os planos se desenrolam sozinhos.

— É isso que você quer? É o que a Ordem quer? — Não posso verbalizar as palavras traiçoeiras que vêm em seguida; não posso perguntar se ela quer Malcolm de volta ao trono, principalmente quando ele está parado na minha frente.

Mas não preciso.

— Não importa o que eles desejam — diz Malcolm. — Eles não têm opção.

— Ele está certo. — Keagan afasta minha mão da porta da cela. — O atual rei Thomas ou o ex-rei Malcolm, essas são as opções que temos. Estamos entre a cruz e a espada, sem dúvida. Mas dessa vez as coisas serão diferentes. — Ela abre a porta e gesticula com o braço, como se estivesse inaugurando o ambiente. — Se Malcolm assumir o trono de novo, não se esquecerá de quem o salvou e de quem o colocou lá. Não é, majestade?

A expressão de Malcolm é cheia de empáfia.

— É uma das muitas coisas que não esquecerei.

Ele dá meia-volta com as botas empoeiradas e sai pelo corredor da prisão, como se estivesse indo para o trono. Keagan ergue uma sobrancelha descorada e vai atrás.

Não os sigo, pelo menos não imediatamente. Porque posso sentir o olhar de John em mim, com tanta certeza quanto se ele estivesse com a mão em meu ombro. Viro-me e o vejo parado junto à porta da cela, meio iluminado nas sombras. Por um momento nos encaramos; ainda não consigo aceitar a mudança nele. Seus olhos estão escuros e frios, com olheiras, como se alguém tivesse espalhado terra abaixo deles; e a ruga entre as sobrancelhas não é mais hóspede, e sim uma moradora definitiva.

Não lhe dou a oportunidade de me dar as costas primeiro. Não lhe dou a oportunidade de lançar uma última farpa contra mim, como se o ardor das outras já não tivesse sido suficientemente doloroso. Assim, antes mesmo que Malcolm possa sussurrar outro "Bess!" no fim do corredor, vou andando.

Keagan, Malcolm e eu nos amontoamos ao pé da escada. Um ponto de onde podemos ver a porta que dá no pátio, trancada e vigiada pelo mesmo homem que vi antes. Ele está encostado nas barras, observando os outros, todos entretidos em algum tipo de jogo. Dá para ouvir alguma coisa pesada batendo no chão de terra, seguidamente, e depois risos e gritos de comemoração.

— Eles estão jogando boliche? — sussurra Malcolm.

Keagan chuta a parede uma vez, duas. O guarda parado junto à porta se vira ao escutar o barulho, franze o cenho e saca uma espada. Destranca a porta e entra com a arma em riste.

— O que você está fazendo? — sussurro. — Pode ser que ele não conheça nenhum tipo de magia. Nem todo mundo em Harrow conhece, você sabe. Ele pode não ser capaz de desfazer o feitiço para sairmos.

— *Quieta.*

O guarda se aproxima. Está a um metro, meio metro de nós quando Keagan salta de trás da parede, lhe aplica uma gravata e o arrasta para a escada. Ele arregala os olhos ao reconhecê-la.

— Tire o feitiço — ordena Keagan. — Deixe-nos sair.

— Não posso — geme o guarda. — Não detenho conhecimentos de magia.

— Não é verdade — diz ela. — Você lançou um feitiço naquele guarda para fazer com que ele errasse o alvo, pois apostou com o outro guarda do lado oposto do pátio.

— Como... como você sabe?

Os dentes brancos e alinhados de Keagan se desnudam num riso.

— Quando um homem assiste ao boliche como se fosse um esporte sangrento, pode ter certeza que há dinheiro envolvido. Agora. Deixe-nos sair, e eu deixo que você mantenha seu segredinho. E seus lucros.

O guarda xinga baixinho. Em seguida murmura algum tipo de feitiço, um sortilégio. Um zumbido semelhante ao de vespas agita o corredor, depois silencia.

— Vocês têm dez minutos — avisa ele.

Keagan agarra a capa do homem e sai, empurrando-o pelo corredor. Encontra uma cela vazia, coloca-o ali dentro e funde a tranca com um jato de calor da mão.

— Mostre o caminho, pardal.

Eu os guio até a cela com a janela aberta, aquela por onde entrei. Passamos por ela e, assim que estamos do lado de fora, seguimos pelo espaço estreito até o muro externo da prisão.

— Eu o escalei para entrar — revelo a Keagan. — Não creio que a gente possa fazer o mesmo para sair. Talvez você possa, mas não creio que ele consiga. — Aponto para Malcolm.

— Você ficaria surpresa com o que consigo fazer — diz ele.

— Tenho certeza de que eu não ficaria, senhor. — Keagan faz uma careta diante de meu servilismo. Mas a formalidade é a única arma que tenho contra ele, a única arma que já tive.

Ele se aproxima do muro com a mesma postura arrogante com que aborda tudo. Cospe numa das mãos, esfrega-a na outra e tateia ao longo da pedra, procurando um ponto de apoio. Keagan me lança um olhar; dou de ombros. Talvez ele consiga.

Malcolm começa a escalar. Para minha grande surpresa, faz isso com facilidade, chega a um metro do chão, 2, 3. Vou até o muro também, pendurando a sacola no ombro antes de passar a palma da mão cautelosamente pela areia. A meu lado, Keagan faz a mesma coisa, depois sobe pelo muro ao lado do rei. Mas eu ainda não vou, pelo menos por enquanto.

A uns 6 metros de altura, o pé de Malcolm bate num cascalho solto. Ele muda o peso do corpo para compensar, mas a pedra não aguenta e se parte da parede numa queda silenciosa, atingindo o chão com um baque forte. Malcolm fica pendurado pelas mãos, os pés balançando, procurando outro ponto de apoio. Não encontra.

Num segundo esbaforido ele cai, em silêncio; penso em todas as partes do corpo que vai quebrar quando chegar ao chão: um pé, uma perna, o joelho ou até a coluna. Mas ele pousa de pé, agachando-se logo em seguida e rolando para absorver o impacto, exatamente como eu sei fazer, mas não tinha ideia de que ele soubesse.

Malcolm se levanta e espana a terra da calça. Não parece machucado; nem parece sem graça.

— O senhor poderia ter quebrado alguma coisa — digo. — Como aprendeu a escalar assim?

Malcolm dá de ombros.

— Quando tinha 13 anos, passei quase todas as noites dentro de tavernas nos Matadouros. Garanto que não foram visitas autorizadas.

— Que história fascinante. — Keagan salta no chão ao lado dele, ágil feito uma gata. — Mas agora você nos custou tempo. E, se tivesse quebrado alguma coisa, teria nos custado mais ainda. E garanto que não vou carregá-lo a lugar algum. — Ela morde o lábio, pensando. — Vou ter de criar uma distração.

Continuamos seguindo ao longo do muro até chegarmos à beirada. O riso dos guardas e o som das bolas ecoam no pátio vazio e sombreado. Keagan aponta para uma pequena construção da guarda, perto da frente do prédio.

— Vou incendiar aquilo ali — decide ela. — A princípio um incêndio pequeno, para não parecer intencional. Mas saibam que não vai demorar muito até eles descobrirem o que é.

— E depois? — pergunto.

— Espere meu sinal. Você vai entender quando o vir. E assim que eu avisar, corra. Direto para o portão, o mais rápido que puder.

— Não machuque ninguém — peço a ela.

— Não vou machucar. — Keagan atravessa o pátio, desaparecendo nas sombras. Consigo vislumbrar sua figura agachada seguindo na direção da guarita. Fico de olho nela, mas estou totalmente ciente da presença de Malcolm atrás de mim, o ombro encostado ao meu.

— Bess. — Sua voz, sussurrada no escuro, provoca um fio de tensão em minha espinha.

— Senhor? — Eu não me viro.

— Você vai mesmo matá-lo? Meu tio? — Uma pausa. — Não posso pedir que faça isso por mim.

— Não vou fazer por você. — As palavras saem antes que eu possa encontrar o bom senso de impedi-las. — Isso não tem nada a ver com você.

Silêncio. Um ombro se enrijece ao lado do meu.

— Majestade. — Giro, faço uma cortesia breve, mas desajeitada como sempre. — Peço desculpas. Não pretendia falar assim. Mas estes são... — Fico bem atrapalhada ao tentar apresentar toda aquela sutileza, muito destreinada ultimamente — ... tempos difíceis.

Malcolm pisca para mim, duas vezes e rápido, como se estivesse afastando alguma coisa dos olhos.

— Não precisa se desculpar. — Depois cutuca meu braço e aponta para trás de mim. — Veja.

Um pássaro minúsculo, feito de chamas, voa em zigue-zague até o portão da prisão antes de bater na fechadura quadrada. O metal começa a emanar um brilho fraco e avermelhado: está derretendo. Num instante a ave desaparece e, mesmo não podendo ver, sei que o portão está destrancado.

— Esse era nosso sinal? — sussurra Malcolm. — Ela não quer que a gente corra agora, quer?

Hesito. Os guardas ainda estão jogando boliche, a menos de 10 metros do portão. Se corrermos agora, eles vão nos ver, mas talvez não tenhamos outra chance.

— Senhor — digo. — Corra.

Damos cinco passos, talvez dez, e é então que a coisa acontece: um estrondo, um estalo, e a porta da frente da guarita explode, com chamas jorrando de dentro.

— Ei! — grita um guarda. Todos largam as bolas e correm para o prédio. No entanto não sabem o que fazer, não de verdade; param na metade do caminho, o calor e a confusão fazendo-os se encolher. Não nos veem, por isso continuamos correndo.

Estamos a uns 5 metros deles. Três. Um olhar para Malcolm confirma que ele está diminuindo a velocidade. Estendo a mão para sua manga, puxando-a, quando uma parede de fogo irrompe ao lado, alta, larga e quentíssima. A entrada está livre à frente. Ouço passos quando Keagan aparece, e nós três corremos pelo portão. Ela o fecha e, lançando mais chamas incandescentes, derrete a fechadura, trancando os guardas lá dentro. Dá para ouvir o fogo subindo mais e mais alto no céu.

— Não podemos deixá-los assim — digo. — Eles vão morrer queimados, a prisão vai se incendiar. John... — Dou meia-volta; começo a retornar. Keagan acena e imediatamente o céu vermelho fica preto. Não dá para ver, mas sinto o cheiro: o cheiro de fumaça, o fedor acre que me faz lembrar Tyburn e morte.

— Eu disse que não machucaria ninguém. — Ela agarra minha capa e me puxa para o campo, para longe de Hexham. — E sempre cumpro minha palavra.

— Mas a fumaça...

— Vai se dissipar. Não é suficiente para incapacitar ninguém. Mas não posso deixar que você corra de volta para lá. Temos quinze minutos, aposto, antes de eles começarem a deduzir o que aconteceu. Precisamos ganhar vantagem antes disso.

Vou guiando-os pelas onduladas campinas escuras e por bosques até chegarmos à encruzilhada onde combinei de encontrar Schuyler. Precisamos parar algumas vezes para Malcolm recuperar o fôlego. Ele alega que a queda não doeu, mas o modo como força uma das pernas me diz o contrário.

A julgar pela posição da lua, já começando a baixar a oeste, talvez sejam duas da madrugada. Só devo me encontrar com Schuyler às cinco. Mas, quando chegamos à encruzilhada de duas estradinhas e à mureta de pedras meio quebrada ali perto, não fico surpresa ao vê-lo, uma silhueta clara contra o céu noturno. Ele nos vê chegando e salta da amurada, as botas fazendo barulho no capim congelado.

— Bem, agora você realmente conseguiu, *bijoux* — diz Schuyler, à guisa de cumprimento. — Tirou este pessoal da cadeia, praticamente incendiou o lugar até os alicerces. Não me lembro de isso fazer parte do plano.

— Acredite, não fazia.

Ele pousa o olhar em Keagan, reluzente e ameaçador.

— Você é encrenca — declara. — Não gosto de encrenca.

Keagan gargalha, nem um pouco intimidada por ele.

— Você é um retornado, não é? Pelo que vejo, acho que vive para se meter em encrencas.

Schuyler dá as costas para a risada da jovem e encara Malcolm. Porém o rei deposto não se abala, não dá um passo.

— E você? — pergunta Schuyler. — Pretende causar encrenca também?

— Não presto contas a você — rebate Malcolm. — No futuro agradecerei se me chamar de *sire*. Ou senhor. Ou majestade.

— Prefiro estar no inferno.

— Você é um retornado, não é? — Malcolm repete as palavras de Keagan, e há sarcasmo nelas. — Pelo que vejo, acho que nem o inferno o quer.

— Chega. — Entro no meio deles. — Se isso der certo, e Deus sabe que há dúvida suficiente, vai ser sem as picuinhas infantis de vocês.

Malcolm pisca, de novo com aquela expressão perplexa. Ele jamais me entendeu, isso é verdade, mas agora me entende menos ainda, fora do palácio e de seus domínios; fora do papel que escreveu para mim e que não represento mais.

Schuyler se abaixa e pega várias sacolas de lona que eu não tinha visto até então. Joga uma para Keagan, que a agarra com facilidade, e a outra para Malcolm, que a deixa cair. A sacola bate no chão, derramando o conteúdo no capim: roupas, um odre de água, uma trouxa de pano com comida e algumas armas.

— Ideia de Fifer — explica Schuyler, antes que eu possa perguntar. — Contei a ela o que aconteceu. Ela ainda está com raiva de você, por isso não imagine que não está. Mas disse que você não poderia levar esses dois até Upminster com essa aparência. Por isso providenciou algumas provisões. — Ele pega outro pacote bem embrulhado na bolsa e me entrega.

— Sua senhora fez isso? — Keagan já está remexendo na sacola, rindo quando tira pão, queijo e várias frutas. Morde uma maçã, gemendo enquanto mastiga. — Ela é gentil, encantadora, um anjo.

— Ela não é absolutamente nada disso — diz Schuyler peremptoriamente. — Agora coma depressa. Precisamos chegar o mais longe possível esta noite, para o caso de a Guarda decidir vir atrás de nós.

Fifer pode ainda estar com raiva de mim, mas não deixo de notar que ela colocou minhas comidas prediletas: morangos, codorna fria, pão macio e queijo duro. Isso não veio do acampamento em Rochester, com certeza. Sou tomada por uma cordialidade inesperada ao ver o esforço de Fifer para conseguir as provisões.

Malcolm, Keagan e eu comemos rapidamente — os retornados não precisam comer —, então pegamos as sacolas de novo antes de prosseguirmos por Mudchute e seus campos abertos, interrompidos apenas por alguma fazenda aqui e ali, ou um rebanho de ovelhas. Caminhamos até que o sol começa a nascer, o céu cinzento ficando laranja e amarelo nas bordas, até que nossos olhos e costas se ressentem da exaustão e do frio.

Chegamos a um pequeno vale escondido junto a um riacho, sob um bosque. É suficiente para nos abrigar do vento e da chuva que está começando a vazar do céu cor de chumbo. Schuyler tira uma lona da bolsa e a pendura entre duas árvores. Keagan conjura um jato de calor para secar o capim úmido, depois uma fogueira baixa e sem fumaça que faz o ambiente atingir a temperatura de um dia de verão.

Estendemo-nos no chão, usando as sacolas como travesseiro. O ar quente, o estalar da fogueira e as pancadinhas da chuva na lona me acalmam e relaxam. Minhas pálpebras vão se fechando, e já estou quase dormindo quando ele sussurra meu nome.

— Bess.

Abro os olhos rapidamente. A voz de Malcolm, baixa e bem pertinho de mim me faz enrijecer, mesmo à luz do dia. Do outro lado da clareira, Schuyler me observa atentamente.

— Está acordada?

Eu poderia não dizer nada; poderia dizer *Vá para o inferno*. Ele não é mais rei, e eu, não mais sua amante: não estou mais ligada a ele e não lhe devo nada. Mas o hábito da obediência está entranhado demais; o padrão, estabelecido demais. Não conheço outro jeito de interagir com ele.

— Estou acordada. — Sento-me ao lado dele. Está abraçado aos joelhos e tremendo apesar da capa de lona e do calor do ambiente. — Algum problema?

— Não. Não totalmente. É só uma coisa que eu gostaria de perguntar. Uma coisa que preciso saber.

A incerteza em sua voz me deixa cautelosa.

— Claro.

— Por que você não me contou sobre as ervas? Aquelas com as quais você foi presa? — esclarece ele, como se fosse necessário. — Eu poderia ter ajudado, se você tivesse me contado. Poderia ter feito alguma coisa.

Como se ele já não tivesse feito o bastante.

— O que o senhor poderia ter feito? — pergunto, em vez disso.

— O senhor era o rei, um rei perseguidor. Eu era uma caçadora de bruxos. Ganhava a vida fazendo valer suas leis. Eu não iria pedir que as violasse.

— Para mim, você era mais que uma caçadora de bruxos. — Seus olhos e suas palavras são suplicantes. — Você é mais que isso. E eu achava, tinha esperanças, de que eu fosse mais que um rei para você. Você poderia ter me contado — insiste ele. — Eu teria feito todo o possível para salvá-la.

Há todo um mundo de ingenuidade malevolente em suas palavras. Ele não deu conta de salvar o trono, não deu conta de se salvar, não deu conta de salvar a própria esposa. Como poderia me salvar?

— O senhor poderia me salvar me deixando em paz — digo, finalmente honesta. — Eu tinha 15 anos quando o senhor me convocou pela primeira vez. Estava com medo, e o senhor era o rei. Eu não tinha nada que ser sua amante, mas o senhor não me deixou escolha.

Malcolm pensa em dizer alguma coisa, mas recua. Do outro lado da fogueira, o olhar de Keagan se junta ao de Schuyler, os dois nos observando num fascínio silencioso.

— Não é verdade — diz ele finalmente. — Eu convidei você a meus aposentos, sim. Mas você era livre para recusar. Era livre para ir embora quando quisesse.

Tudo que posso fazer é olhar para ele. Porque a ideia de eu dizer não a ele, a qualquer daquelas coisas, é tão impossível que nem sei como ele pode acreditar nisso.

— Eu sabia que você estava hesitante — confessa. — Mas pensei, pelo menos a princípio, que estava simplesmente tensa. Eu queria tanto deixá-la à vontade, e pensei que tivesse conseguido. Achei que estivéssemos virando amigos. E depois pensei... — Ele hesita, passando a mão pelo queixo. — É algo mais que não enxerguei, não é? — Ele diz essa parte mais para si que para mim.

— Majestade...

— Não me chame desse jeito.

— Mas o senhor é o rei. — Ele não diz nada, por isso acrescento: — O senhor é o rei.

— Então, como rei, eu a dispenso. Você está dispensada. — Ele se levanta e vai da clareira para a chuva, para longe de Keagan e Schuyler. E de mim.

18

OS DOIS DIAS SEGUINTES PASSAM num borrão: andando à noite e dormindo de dia. Desde que me dispensou, Malcolm falou pouca coisa, se muito, fosse comigo ou com qualquer um dos outros. Escolheu ficar isolado: dormindo sozinho, comendo sozinho, andando sozinho. Mas seu silêncio é um alerta para mim; e estou sempre alerta sobre sua posição, ao que está fazendo, ao que pode fazer em seguida.

Através de Fifer, Schuyler nos conta que a Guarda sabe que fomos embora, mas que não sabe para onde. Desconfiam que Keagan e Malcolm partiram para Cambria, e por isso mandaram um contingente até lá. A maior parte de Harrow acredita que desertei, que depois do que fiz com John vi a oportunidade para deixar Harrow e a aproveitei. E acreditam que Schuyler simplesmente se foi; nem Fifer nem Nicholas fizeram questão de contestar isso.

Na manhã do terceiro dia, passamos pela barreira de Harrow, marcada por dezenas de placas com desenhos de crânios e ossos cruzados, chamas e cruzes. Dali para Upminster, leva-se um dia de caminhada para sudeste, passando por Hainault e a ponta sul de Walthamstow. Chegamos aos arredores de nosso destino assim que o sol começa a baixar no horizonte, e ali acampamos para passar a noite.

Ao amanhecer, comemos o resto da comida cuidadosamente preparada por Fifer e bebemos o resto da água. Um a um, vamos para trás de algumas árvores e vestimos as roupas colocadas especialmente para aquele trecho da viagem.

Para Schuyler e Malcolm há calças de lã áspera, túnicas de musselina, botas gastas e o rosto barbado. Para Keagan e eu, vestidos de lã marrom e puída e sandálias de couro simples, o cabelo enfiado sob toucas de linho branco. Parecemos simples, comuns como serviçais. Especificamente serviçais de Ravenscourt.

Mas por baixo das roupas não somos nada disso. Nós quatro estamos cheios de armas: facas nas botas, enfiadas em cintos, embaixo dos vestidos e das túnicas e, no meu caso, Azougue, numa bainha amarrada à cintura por baixo da saia. Posso senti-la me chamando, o convite à violência quente e latejante na pele, uma sensação não totalmente desagradável.

— Até agora tivemos sorte. — Keagan faz uma careta enquanto ajusta as tiras da touca. Sem o cabelo curto e revolto à mostra, ela se assemelha mais a uma garota, uma garota jovem, e sabe disso. — Desde que saímos de Harrow não vimos nem ouvimos nada. Não quero ser alarmista, mas isso está meio esquisito.

Parado na lateral, e verificando repetidamente suas armas, Schuyler olha para mim.

— Acha que Blackwell sabe que estamos perto?

Penso no assunto. Eu achava que detínhamos o elemento surpresa quando entramos na Torre Greenwich tantos meses antes, vestidos como convidados para o baile. Pensei que o estivéssemos enganando quando ele sabia o tempo todo. Só estava à espera da oportunidade certa.

— Não sei — admito. — Imaginei que iríamos nos deparar com alguma coisa, pelo menos. Tropas, guardas... quando eu era caçadora de bruxos, Blackwell nos fazia patrulhar toda noite, em todas as aldeias num raio de 80 quilômetros em volta de Upminster.

— Bem, agora as leis são diferentes, não são? — pergunta Schuyler.

— Não tão diferentes assim — respondo.

Atravessamos povoados minúsculos, seguindo pelas várias ruas principais enlameadas e ladeadas por construções de madeira e pedra que ficam cada vez maiores e mais densamente habitadas à medida que nos aproximamos da cidade. Mesmo assim, nada parece fora do comum. Homens e mulheres prosseguindo com a vida cotidiana: mercadores empurrando carroças, lavadeiras carregando cestos, portas e janelas abertas em todas as tavernas por onde passamos. Até agora parece que não estamos sendo seguidos. Mas penso de novo no baile de máscaras, em como tudo parecia receptivo naquela ocasião também.

Upminster parece a mesma, como no último dia em que estive aqui, no último dia em que andei livre. Na verdade, parece um bocado melhor porque não há protestos, nem multidões, nem incêndios. O ar está tomado pelo cheiro de lama e esterco, couro e animais; tem o som de gritos e risadas, de rodas sobre as pedras do calçamento.

Olho para Schuyler. Sei, pelo posicionamento dos ombros rígidos e pela postura ereta, que ele está prestando atenção, ouvindo a mente das pessoas em volta, tentando captar o perigo no ar, como se fossem pétalas numa brisa. Keagan também está resguardada; o vestido, a touca e o rosto sardento de menina negando a caçadora em seus olhos, o modo como olha para todos os cantos, como se esperasse uma emboscada.

— Não estou ouvindo nada — diz Schuyler antes que eu possa perguntar. — Todo mundo em volta parece calmo. Não há raiva, nem mentiras, pelo menos não acima do normal. Está vendo aquele sujeito ali? — Ele vira a cabeça para o mercador na esquina, apoiado no cabo da vassoura. — Está pensando em como falar à mulher com que é casado há vinte anos que vai deixá-la por causa de um rapaz de 20 anos. Enquanto isso, aquela mulher ali... — ele aponta o dedo para uma mulher do outro lado da rua, encostada num portal vazio, olhos fechados e parecendo vagamente doente — está reunindo coragem para contar a ele que está grávida de quinze semanas do quinto filho, só que desta vez não é dele.

— A encrenca não vai aparecer à frente — diz Keagan. — Vai se esgueirar por trás, nas sombras e de trás de esquinas. Vai aparecer no momento que desviarmos o olhar, acreditando que estamos em segurança.

— Então vamos para onde? — pergunta Malcolm — Se o perigo está em toda parte?

— O lugar mais secreto é à mostra. Por isso é onde vamos ficar: à vista. — Keagan baixa a voz. — Vamos passar direto pelo portão da frente de Ravenscourt.

— Desculpe — reage Schuyler. — Eu estava querendo um conselho sensato. Mas o que ouvi na verdade foi a arenga de uma lunática.

— Não há sentido em tentar algum subterfúgio — argumenta Keagan. — Este lugar todo está protegido magicamente, para qualquer lado que formos. Você não vê porque não pode. Olhem aqueles lampiões em cima do portão... As chamas são enfeitiçadas para ficarem verdes ao detectar alguma trapaça. As estátuas enfileiradas na avenida? São preparadas para ficarem vivas e atacar.

Penso nelas: os cavaleiros de pedra segurando espadas, os grifos carregando cajados, os cavalos com chifres na cabeça, pontudos e mortais como lanças.

— Eu já as vi saltando e furando o peito de homens — continua Keagan. — Já vi voarem para em seguida mergulhar e arrancar homens da rua, carregando-os para Deus sabe onde.

Schuyler e eu trocamos um olhar breve.

— Você não falou que era assim — digo a ela. — Só contou sobre as gárgulas.

— Se eu contasse, teria mudado o plano? Não. Não mudaria nada — responde ela por mim.

Vamos seguindo ao longo do rio Severn, as águas espumando de atividade: barqueiros carregando passageiros perto da margem; frotas de navios maiores engarrafando as partes mais fundas, mastros altos, velas tremulando contra o céu salgado e cinza. O rio atravessa o distrito dos Matadouros, um labirinto de becos estreitos e escuros, cheio de tavernas e antros de jogatina, bêbados e devassos. Malcolm puxa o gorro sobre os olhos para evitar ser reconhecido.

Por fim saímos na rua Westcheap, a via principal e larga que leva diretamente a Ravenscourt, apinhada de pessoas e animais, comerciantes e fregueses. Passamos pela praça de Tyburn, antes apinhada e agora vazia — sem pessoas, sem cadafalsos, sem correntes —, indo até o portão do palácio, escancarado, porém nem um pouco convidativo.

Ravenscourt é grande, o maior dos palácios reais de Malcolm — agora de Blackwell. Construído de tijolos vermelhos e pedra, com arcos profundos, linhas elegantes e altíssimas janelas de vitrais, muitas torres e pináculos encimados por bandeiras, esparrama-se por vinte hectares junto às margens do Severn, um lar de quarenta quartos para mais de mil membros da corte.

Na última vez que estive ali, foi entre homens e mulheres que berravam protestos contra o rei; eles portavam até mesmo marretas, quebrando as tabuletas de pedra que pendiam dos postes de madeira, tabuletas que declaravam as leis da Ânglia. Agora essas tabuletas se foram, junto com as leis, junto com o rei, junto com a razão.

— Continuem em movimento — diz Keagan sem reduzir o passo. — Não diminuam a velocidade, não hesitem, não olhem em volta. Mantenham a mente vazia, o mais vazia que puderem. Não importa o que façam: não pensem em nada violento.

— E os lampiões? — Olho para eles, enfileirados na avenida à frente, as chamas se agitando suavemente, cada qual num tom diferente de amarelo, rosa, vermelho. — Você disse que ficam verdes se descobrirem trapaças. Vão mudar de cor assim que passarmos.

— Se você está andando para Ravenscourt, sua mente já está preparada para trapacear — argumenta Keagan. — O que faz diferença é o nível de trapaça. Enganar maridos, pensar nas amantes, garante a passagem. Pretensos regicidas bancando serviçais não passarão, a não ser que não estejam pensando nisso. Portanto pensem em outra coisa. Qualquer outra coisa.

— Como você sabe que isso vai dar certo?

— Não sei — responde ela. — Agora parem de falar, parem de pensar e andem.

Atravessamos o portão, caminhando depressa, com uma falsa confiança. Duas colunas de tijolos vermelhos, cada qual com 1,20 metro de largura e 3 metros de altura são encimadas por um capitel de pedra e, no topo deste, um leão de pedra. Os leões estão imóveis; sentinelas, a não ser pelos olhos: os olhos examinam a multidão ao redor, vendo tudo sem sentir nada. A magia estala a meu redor por toda parte para onde olho. As bandeiras no topo dos pináculos balançam alegremente no céu cinzento, apesar de não haver brisa. Corvos circulam no ar, mergulhando e girando acima de nós, como nuvens de tempestade; seus olhos não são amarelos, mas de um tom vermelho-sangue: enfeitiçados e oniscientes.

Keagan cerra as mãos em punhos, o único sinal de nervosismo. Schuyler cantarola algo desafinado, uma música que não reconheço. A meu lado, Malcolm sussurra. Não consigo entender as palavras, mas algo no ritmo parece familiar.

Chegamos à entrada principal e passamos pela porta em arco, entrando no pátio central. O perigo ali é palpável. Dá para sentir seu odor, nítido com a fumaça das cozinhas que têm cheiro de pira funerária. Dá para ouvi-lo na marcha das botas nas pedras do calçamento; nos passos dos cortesãos, peticionários, pajens e serviçais que carregam os sons da Inquisição. Há encrenca em toda parte, cercando-nos. Estamos afogados nela.

Há uma fonte no meio do pátio, feita de mármore branco e com repuxos no formato de cabeças de leão. Quando Malcolm era rei, a fonte derramava vinho tinto dia e noite; ele achava isso divertido. E era, com a multidão, os risos e a alegria constante ao redor. Agora a alegria se foi e a fonte está vazia, com as marcas de vinho seco no mármore muito semelhantes a sangue.

Schuyler para de cantar abruptamente. Antes que eu possa pensar no motivo, escuto: gritos, um trovejar de passos, um murmúrio baixo de pânico vindo dos homens e mulheres ao redor, que vai crescendo até um tom esganiçado. Giro e vejo guardas, meia dúzia, armados e de preto, vindo em nossa direção, com a multidão se dividindo à frente, como formigas diante de uma bota.

Malcolm procura sua faca. A música de Schuyler vira uma litania de palavrões sussurrados enquanto Keagan permanece enraizada, os punhos fechados com força. Só eu consigo enxergar as cores ali: laranja, vermelho, branco; fogo a postos.

Os guardas se dirigem a um homem que está perto da fonte, a menos de 3 metros de nós. Ele começa a correr. Os homens o perseguem, mas, antes que o alcancem, a nuvem de corvos que vi antes se derrama do céu num redemoinho de penas oleosas, o ar cortado por seus guinchos e pelo fedor empoeirado, medonho. Eles o derrubam, esfrangalhando o manto azul-marinho antes de voltar as garras e os bicos para os olhos, a boca, o rosto; os gritos do homem se somam aos das aves.

— Vamos. — A voz de Keagan é um sibilo a meu ouvido. — *Agora.*

Seguimos caminhando — nada atrai mais atenção indesejada que uma corrida — através da multidão que assiste à cena com um fascínio horrorizado, nos dirigindo aos arcos que se enfileiram nos lados do pátio quadrado. Passamos pela terceira abertura que leva a um corredor escuro e sombreado.

Nenhum de nós fala quando penetramos no labirinto profundo que é Ravenscourt; passando pelos alojamentos, pelos escritórios, pelo portão do pátio e finalmente chegando à ala da cozinha. Passamos pela tesouraria, pela adega, pelo depósito de especiarias, pela confeitaria e pelos depósitos de carne até sairmos de novo ao ar livre, no beco estreito, escuro e frio para onde eu estava levando os outros: o Pátio do Peixe. Ele passa bem ao lado de uma das muitas cozinhas de Ravenscourt, onde o peixe fresco pescado no Severn é trazido e armazenado, daí o cheiro e o nome. Schuyler e Keagan apertam o nariz, e Malcolm tapa a boca com uma das mãos para conter a ânsia de vômito.

— Parem com isso — falo. — Vocês deveriam ser serviçais. Estão acostumados ao fedor. — Viro-me para Malcolm, agora encostado numa parede de tijolos fria. Sua mão já não está mais sobre a boca, mas ele se encolhe, olhando o chão. Parece que vai vomitar, mas não creio que seja por causa do cheiro de peixe.

— Aquele homem que os pássaros atacaram — pergunto. — Era quem eu acho que era?

— O capelão de meu tio — confirma ele. — Meu tio o conhece desde a infância. Não sei o que ele pode ter feito para merecer aquilo.

— Ele atrapalhou de algum modo — argumento, porque é sempre isso quando o assunto é Blackwell. Malcolm assente em silêncio; também está começando a perceber a mesma coisa.

— Eles estão circulando lá em cima. — Schuyler observa o borrão de asas pretas girando no alto, aqueles olhos vermelhos e enfeitiçados examinando as sombras abaixo. — Para onde vamos agora?

Levo-os pelo beco até uma porta pintada de verde, no final. Do outro lado fica a despensa de carnes. É onde a carne é curada, e o lugar está sempre, sempre vazio. Por bons motivos. O cheiro ali dentro é igual ao de um matadouro.

No centro da sala há uma grade imensa no chão, onde o sangue pinga dos pedaços de pelo menos cinquenta carcaças penduradas em ganchos no teto. Inclino-me e a solto dos encaixes pegajosos. O cheiro que vem de baixo é pior ainda.

— Eu sabia que você tinha um plano. — Keagan levanta o nariz sardento, uma expressão que faz com que eu me lembre de Fifer. — Mas não tinha ideia de que seria tão nojento.

— Não tão nojento quanto ter os olhos arrancados por corvos — retruco. — Agora entrem.

Ela desce com relutância, e Malcolm e Schuyler vão em seguida, Schuyler cuspindo palavrões por causa do cheiro. Nesse momento, me lembro involuntariamente de John, de como ele costumava xingar, sempre com alegria, e isso acaba me fazendo rir. Pergunto-me se ainda está em Hexham ou se o deixaram sair depois de nossa fuga. Pergunto-me se ele ainda é descomedido com as palavras ou se as ameniza por ela. Pergunto-me se ele pensa em mim; se ao menos pensa em mim, nem que seja com ódio.

— Pardal. — Keagan me olha através da abertura, penetrando meus pensamentos. — Vamos.

Dobro o corpo e passo pela grade. Lá embaixo o cheiro é rançoso. Há poças pegajosas de sangue estagnado sob nossos pés; baratas correm pelas paredes, larvas se retorcem na sujeira. O espaço minúsculo se divide numa rede de túneis, e eu os guio por eles — todos nós andando de quatro, imundos e úmidos —, serpenteando por baixo do palácio.

O local é imundo; Keagan está certa. Só estive ali uma vez, na noite que me esgueirei de meu quarto até o cais, onde tomei uma barca para me levar à região dos bordéis, a um quartinho vagabundo numa construção estreita, de madeira, acima do rio. Lá havia uma curandeira; ouvi as empregadas da cozinha falando a seu respeito. Uma mulher que conseguia falar com os mortos, que podia fazer um rapaz amar uma moça, que podia trazer um bebê para uma mulher, que podia impedir um bebê de nascer.

Foi ela quem me deu o poejo e o silphium, que me instruiu a ferver as ervas por três dias na escuridão de uma lua nova, a mascarar o cheiro forte com hortelã-pimenta. A que me olhou quando saí e disse:

— Estas ervas manterão você longe de encrenca. Mas não vão manter a encrenca longe.

Era uma mulher sábia, de fato.

Logo as luzes começara a se esgueirar em meio à escuridão, um halo contornando bordas úmidas. Vozes e o som de passos chegam até nós: cheiro de carne assada, o perfume doce de torta e o calor fermentado de pão fresco enquanto passamos embaixo da cozinha principal do palácio, exatamente onde deveríamos estar.

Pousamos as sacolas e nos preparamos para passar a noite. Keagan esquenta nossas roupas com um rápido jato de calor, mas não permitimos que ela acenda uma fogueira por medo de uma corrente de ar quente subir, alertando alguém sobre nossa presença.

As horas noturnas se estendem, tornadas mais longas pelo ar frio, pela umidade e pela falta de comida, agravada mais ainda pelo cheiro do jantar que permanece muito depois de a cozinha se fechar. Sussurro o plano que executaremos no dia seguinte, cada detalhe e cada conjunto de detalhes, sem deixar nada ao acaso: vou entrar na minúscula área reservada ao rei acima da capela, não maior que um armário, com suas paredes de painéis escuros, luxuosas cortinas de seda vermelha e teto ricamente pintado. É onde Blackwell toma martínis toda manhã, onde vou aguardar por sua chegada. Onde vou pegar Azougue e mergulhá-la em seu peito, olhar o sangue se esvair juntamente à magia, ao poder que ele exerce sobre mim, sobre John, sobre a Ânglia.

O descanso é inquieto para todos nós. Keagan, deitada no chão, remexe-se durante horas antes de finalmente sossegar. Schuyler fica sentado de encontro à parede, os braços cruzados, olhos fechados. Não está dormindo; os retornados não precisam dormir, mas é a coisa mais próxima disso.

A meu lado, Malcolm também está agitado: cruzando e descruzando os braços, puxando a capa em volta dos ombros, passando as mãos nos cabelos. Está tremendo, mas não sei se de nervosismo ou frio. Sua inquietação me deixa mais tensa que já estou, e finalmente não aguento mais.

— O que o senhor estava sussurrando? — pergunto. — Antes, quando passamos pela avenida. Pareceu familiar. O que era?

Ao som de minha voz, Malcolm vira a cabeça bruscamente para mim e, conforme eu já esperava, para de se mexer.

— É a Oração na Véspera da Batalha. Conhece? *Conhecê-lo é viver, servi-lo é reinar, seja nossa proteção na batalha contra o mal...*

Ele recita as palavras, e imediatamente aquela cadência que reconheci se torna uma promessa que eu desejaria não ter feito. Frances Culpepper, outra caçadora de bruxos de Blackwell, a única outra recruta do sexo feminino e minha única outra amiga, além de Caleb, costumava recitá-la antes de nossos testes. Dizia que dava sorte; dizia que a mantinha viva. Foi a última coisa que a ouvi dizer: Frances não passou no último teste.

— Conheço.

— Eu costumava recitar antes das reuniões — continua Malcolm. — Com o conselho privado, com o parlamento, diplomatas, conselheiros, chanceleres, mercenários, peticionários, paroquianos...

— Com todo mundo então.

Ele ri um pouco. Malcolm sempre teve riso livre, mas, dessa vez, sua voz fica meio esganiçada, fazendo-o parecer infantil e vulnerável, como se todos os outros risos fossem falsos. Ou talvez aquele seja o falso.

— Ela me dava coragem, acho, e eu precisava de toda a coragem possível — revela ele. — Aqueles homens, Bess. Elizabeth. Eram medonhos, nem consigo descrever. Cada reunião parecia uma batalha, parecia que queriam meu sangue. Quem sabe? Acontece que queriam mesmo.

Não digo nada. Porque é verdade, porque não sei como ele não enxergou isso antes. Blackwell era especialista em enganar Malcolm, sim. Mas então Malcolm já era especialista em se enganar.

— Como vai ser amanhã? — Malcolm põe as mãos em concha em volta da boca, sopra, esfrega as palmas. — Seu plano. Acha que vai dar certo? Ou... — Ele sopra de novo nas mãos em concha.

— Vai dar certo. Blackwell vai morrer amanhã, nem que isso me mate.

A meu lado Azougue estremece em aprovação.

19

DENTRO DO DISTANTE PÁTIO DO relógio, um sino toca três vezes.

Schuyler cutuca meu pé, mas já estou acordada. Três da madrugada. Hora de irmos. Meu estômago se revira com espasmos e cambalhotas, numa dança de ansiedade, expectativa e decisão.

Vestimos os cintos de armas e os abastecemos, o som de metal raspando em pedra ecoa enquanto pegamos uma adaga depois da outra e as acondicionamos. Todas são praticamente inúteis contra Blackwell, contra seus homens e sua magia, mas é a única proteção que temos.

Não a única. Eu tenho Azougue, mas ela só deve ser usada uma vez: contra Blackwell, para terminar o que comecei. Não preciso usá-la mais que isso; mais que isso e a maldição iria se assentar ainda mais, e eu não poderia cessá-la.

Enfio a espada no cinto embaixo do vestido. Quase como um sussurro, um chamado, palavras preenchem minha cabeça e meu coração.

Você conhecerá o poder da maldição, promete ela. *A maldição da força, da invencibilidade. A maldição de jamais conhecer a derrota. De flagelar os inimigos, de jamais conhecer outro. Enquanto vocês dois viverem.*

Schuyler vira a cabeça bruscamente em minha direção, os olhos arregalados em alarme. Balança-a uma vez, com força. A voz e o calor de Azougue vão diminuindo, me deixando fria e insegura.

— Tem certeza de que estaremos sós? — Keagan faz a mesma pergunta que fez pelo menos cem vezes na véspera.

— Não vamos estar sozinhos — lembro a ela. — Os ajudantes de cozinha e os pajens estarão lá, atiçando o fogo. Esvaziando penicos. Semeando juncos. Não vão prestar atenção a nada além disso. Vestida como estou, vou me misturar facilmente.

— Tem certeza de que não vão reconhecê-la? — A voz de Malcolm, rouca de exaustão e medo, corta a escuridão abjeta.

— A essa hora eles estarão meio dormindo — respondo. — Além disso, eles são crianças. Nunca me viram antes. Não trabalho como ajudante de cozinha há anos. — Desde que eu tinha 9 anos, desde que avancei de posto para cozinhar e servir. Os serviçais mais velhos, se me vissem, me reconheceriam. Mas esse não é o plano. O plano é ir embora muito antes de eles chegarem.

— Quando estiver seguro para vocês saírem, vou dar três batidas. Vamos subir pela escada dos fundos, para o aposento dos pajens.

— E a área reservada da capela? — pergunta Malcolm. — Tem certeza de que titio ainda não vai estar lá? E a magia. Tem certeza...

— Tenho — respondo. — E preciso de que vocês também tenham. Não podemos ter nenhuma dúvida, nenhuma hesitação. Isso mataria o plano e nos mataria, com toda a certeza. Entenderam?

Os três assentiram em silêncio.

Com um pequeno estalo, Schuyler abre a grade. Em seguida estende uma das mãos, e eu subo ali; ele me levanta facilmente e me passa pela abertura. Imediatamente estou na cozinha. Demoro um instante para me acostumar: *estou na cozinha*. Onde passei a infância, onde conheci Caleb. Onde essa história toda começou, e onde, se tudo correr como planejei, ela vai terminar. A visão, o piso de pedra fria, a lareira de tijolos quente, uma vastidão de paredes de reboco branco enegrecido de fumaça, combinada ao cheiro — farinha e temperos, fogo e fogão —, basta para me encher de felicidade e tristeza, saudade e arrependimento.

Tudo parece igual. Uma fileira de fornos baixos para fazer pão. Pilhas de panelas e chaleiras. Feixes de lenha em pilhas altas ao lado do fogão. Mesas de cavaletes com comida em vários estágios de preparação: pães cobertos com pano e prontos para serem assados; uma carcaça de javali empalada com um espeto de ferro, à espera de ir ao forno.

Entro na antiga rotina matinal com a mesma naturalidade que me faria vestir um casaco velho. Varrendo o chão, catando juncos velhos e colocando-os num cesto ao lado da porta dos fundos, trazendo um feixe de juncos novos. Uma empregada com não mais de 10 anos de idade enfia a cabeça pela porta. Vê que estou fazendo o serviço que ela deveria fazer, mas, se sentiu alguma surpresa, está sonolenta demais para demonstrar. Contém um bocejo com as costas da mão e vai se dedicar a outra tarefa.

Bato o pé no chão uma, duas, três vezes. Há um arrastar de pés e um estalo metálico; a grade desaparece, e Schuyler, Keagan e Malcolm reaparecem. Sigo para a escada às sombras da outra ponta da cozinha e sinalizo para me seguirem.

Em cima fica o aposento dos pajens. Um cômodo comprido e estreito, com uma lareira apagada numa das extremidades e uma única porta fechada na outra. No centro, uma longa mesa de madeira cheia de copos e tigelas, toalhas e talheres para os serviçais usarem no preparo do desjejum de Blackwell. A sala está quase negra, a não ser por uma lâmina de luar cortando a fileira de janelas com caixilhos quadrados, iluminando as paredes de reboco claro e lhes conferindo uma tonalidade amarelada.

Quando passamos pela mesa, roço um dedo pela borda de uma taça de estanho fria e penso, só por um momento, como seria fácil colocar um pouquinho de veneno ali dentro. Uma pitada de beladona num copo ou num prato. Bastaria um gole, e tudo acabaria em cinco minutos de espasmos e gritos, a respiração diminuindo e o coração parando. Seria fácil. Pelo menos mais fácil do que o que estamos prestes a fazer.

Então Schuyler me olha, sem dúvida lendo meus pensamentos. Mas dá de ombros, sabendo, como eu, que o envenenamento é um plano falho. Primeiro porque não temos veneno algum. Mas em segundo lugar — e mais importante — porque Blackwell jamais come sem que um pajem prove a comida antes. Um homem como ele conhece seus inimigos, no mínimo pela natureza, ainda que não pelo nome.

Um a um saímos pela porta até um corredor longo e sinuoso chamado galeria. Ele vai do aposentos dos pajens, numa extremidade do palácio, até os aposentos do rei — agora Blackwell — na outra. Percorri aquele corredor uma centena de vezes, milhares de vezes, quando era chamada por Malcolm, quando era chamada por Blackwell, e na ocasião o lugar era como agora: silencioso, vazio, mal iluminado; com apenas algumas tochas tremeluzentes em castiçais ao longo das paredes forradas de lambri.

Esgueiramo-nos pelo silêncio. Quarenta, sessenta, cem passos, passando por um retrato depois do outro, molduras douradas ornando pinturas a óleo; não de Malcolm, de seu pai ou do pai de seu pai, não como era antes. Agora são somente retratos de Blackwell. No trono. No campo de batalha. Com o cetro, a coroa e o arminho. Fico pensando: *Quando Blackwell mandou pintar tudo isso? E por quantos meses ele guardou essas pinturas, tão seguro de seu sucesso a ponto de ousar encomendá-las?*

A galeria faz uma curva à direita, e ali paramos. Com cuidado, olho pela beirada. À direita uma fileira de janelas se abre para o pátio lá embaixo. À esquerda, uma pequena lareira com chamas baixas, iluminando mais retratos dourados de nosso rei sujo. Ao lado dela, duas portas fechadas dão na área reservada para o rei na capela, e há um guarda de uniforme escuro montando sentinela à frente. Ele tem uma lança, apoiada preguiçosamente no ombro. Esteve de serviço durante toda a noite e está cansado. Agora mesmo vejo seus olhos se fecharem, permanecendo desse modo por um, dois segundos, e então se abrindo de novo.

É uma presa fácil.

Viro-me para os outros. Levanto uma das mãos. Eles assentem; sabem o que vem a seguir. Viro a esquina, e o guarda me vê imediatamente.

— Alto! — grita ele.

Finjo que não ouvi. Meus olhos estão abaixados, concentrados no tapete, no modo como meus pés calçados com couro espiam por baixo das dobras do vestido de lã marrom. Mas minha mão está inquieta, enfiando-se embaixo do avental para sentir Azougue. Envolvo o cabo com os dedos, a violência se assemelhando à torrente de um vinho bom que me aquece.

— Eu disse: alto! — A voz do guarda está mais perto, e finalmente levanto a cabeça. Devagar, para além de seu uniforme preto, para além da rosa estrangulada em seu peito, até o rosto, onde agora os olhos estão arregalados ante o reconhecimento.

— Você!

— Eu — respondo. E, com isso, Schuyler aparece ao meu lado. Num instante segura a cabeça do guarda e, com uma torção violenta, lhe quebra o pescoço, provocando um estalo. O guarda cai frouxo, Schuyler segura o corpo, e eu pego a lança.

Então Malcolm aparece com Keagan logo atrás. Ele vai direto para a lareira; Keagan para o retrato na parede oposta, uma reprodução de Blackwell montado num garanhão preto-carvão no calor da batalha. Malcolm se ajoelha diante da lareira e, depois de enrolar a mão num guardanapo de linho apanhado no aposento dos pajens, a enfia ali dentro. Vai subindo a mão pelos tijolos, tateando em busca de uma alavanca que, quando liberada, soltará a tranca num painel escondido atrás do retrato que Keagan tirou da parede. O painel esconde uma escada circular que desce e leva ao pátio do relógio. Aquela foi a contribuição de Malcolm para o plano. Mais tarde será nossa rota de fuga. Agora é um subterfúgio para esconder o corpo do guarda.

— Está travada. — Malcolm sacode a mão dentro da lareira. — A alavanca não sobe até o final.

Schuyler pega a lança de minha mão, atravessa o corredor rapidamente e enfia a ponta na fenda quase invisível do painel. Com um estalo e um rangido, o painel se abre. Ele dá um passo atrás com um risinho, o pé batendo na pesada moldura dourada do retrato encostado na parede.

O retrato começa a cair. Keagan, na pressa de impedir que ele bata no chão, o empurra de volta contra a parede, mas com força demais, e a moldura se choca contra o lambri. No suave silêncio antes do alvorecer, o som viaja pelo corredor como um tiro.

Ficamos imóveis.

Um instante se passa; dois, três. Começo a relaxar, quase relaxo. Mas então ouço: passos no tapete. Lentos, depois rápidos. O tilintar de lanças, murmúrios. Então eles chegam: dois guardas virando a esquina, seguidos por mais dois.

Mas que merda.

Pego duas, quatro, seis adagas no cinto de armas e as atiro, mirando pescoços, olhos, corações. Duas acertam, mas duas erram. Schuyler dá um salto, partindo um pescoço depois do outro. Mas não é veloz o bastante, pelo menos não para impedir que dois gritem um alerta: suas últimas palavras.

Mais dois viram a esquina. Mais uma adaga, mais um pescoço arrebentado.

Tão rapidamente quanto Schuyler e eu os matamos, Malcolm e Keagan arrastam os corpos para a passagem na parede, empurrando-os para dentro. Só que tínhamos planejado o espaço para apenas dois guardas mortos, talvez três. Não seis, e agora oito.

Estamos cercados por corpos e sangue. Está em toda parte: encharcando o piso, preto como tinta nanquim, espalhando-se nas tramas de lã do tapete. Suja a moldura dourada do quadro no chão, a pintura de Blackwell na batalha. Só agora vejo que ele está segurando Azougue, as esmeraldas do cabo brilhando à luz do dia da tela. Como se em reação, a lâmina da espada dispara calor contra minha perna, desafiando-me a sacá-la. Desafiando-me a usá-la.

À medida que os guardas continuam vindo, com sons de gritos, lanças batendo, pescoços se partindo e sussurros gorgolejantes de morte preenchendo o corredor, penso mais no assunto. Penso em passar por eles e ir logo até os aposentos de Blackwell, onde ele está à espera — certamente não mais dormindo, não com essa loucura que escapou do controle —, e sim se levantando, talvez se vestindo, talvez prendendo uma arma à cintura. Talvez até mesmo sabendo que estou aqui, preparando-se para me enfrentar.

Azougue sussurra para eu fazer isso, me provoca a usá-la. E, embora ela seja portadora de maldições e maus conselhos, sigo-os mesmo assim; tiro-a da bainha, e o cântico da lâmina passando pelo couro mais parece um grito.

É então que a coisa acontece.

Keagan está lutando contra um guarda, os dois embolados no chão. O guarda arranca a faca da mão de Keagan. Mas, antes que possa atacá-la, a jovem rola em direção à lareira. Com um movimento das mãos e um sortilégio mudo, a chama nascente na lareira ruge. Depois salta do tijolo e voa pela galeria, um laço feroz ficando cada vez maior, girando, retorcendo-se e sufocando. Choca-se contra o guarda e o incendeia, com o uniforme preto virando fumaça preta.

Ela o chuta para longe. Ele se choca contra a parede ao lado das janelas, e imediatamente as cortinas pegam fogo. Chamas devoram o veludo, transformando-o numa fumaça que enche o corredor, densa e nociva. Então Malcolm surge de repente, puxando-me para o chão onde o ar está mais puro, mas não muito.

— O que vamos fazer? — Suas palavras são quase inaudíveis em meio às tosses.

Penso depressa. Essa tentativa de assassinato foi muito além até mesmo do que eu tinha planejado. Mas me recuso a recuar, me recuso a partir sem fazer o que decidi. Azougue não vai permitir que eu recue, e, além disso, eu mesma não vou me permitir recuar.

— Vocês precisam sair — digo. — Todos vocês. Mas não por ali — acrescento, quando Malcolm vira a cabeça na direção do painel, agora perdido em meio à fumaça. — Tem muito sangue indicando a passagem. Assim que o ar limpar um pouco, eles vão notar os rastros e segui-los. Vão pela cozinha. A essa hora deve estar um caos por lá; ninguém vai notar vocês.

Tateamos pelo caminho de volta até o aposento dos pajens, com a fumaça obscurecendo a visão e atrapalhando a respiração. Tiro a touca, aperto-a contra o nariz e a boca antes de entregá-la a Malcolm, que ainda está engasgando e tossindo.

Estamos quase no fim da galeria.

Dois metros, 1,50 metro.

Um.

Então um vento feroz sacode o corredor, guinchando e assobiando, um jato tão frio que faz explodir toda a fileira de janelas acima de nós. O vidro voa em cacos afiados, chovendo em nossas costas, no pescoço e nos braços. O sangue escorre por minha pele, quente e medonho. As chamas dançam e depois começam a se apagar, uma depois da outra, como velas.

— O que está acontecendo? — A voz de Malcolm é um sibilo de pânico em meu ouvido.

— Não sei. — Mas não é verdade. Eu sei. Só estou com medo demais para dizer.

A fumaça faz um redemoinho acima de nós, transformando-se numa névoa, depois em nuvens, subindo alto no teto decorado. As nuvens pairam lá em cima um momento, como um aviso. Então há um estalo, uma reverberação, o som trovejante de uma tempestade, e aquelas nuvens se abrem e começam a jorrar uma chuva implacável.

Só conheço uma pessoa capaz de manipular o clima desse modo, capaz de invocar uma tempestade onde não havia nenhuma, de dobrar o céu à própria vontade, trazer chuva, vento, escuridão e luz. Como fez na última vez que o vi, no baile de máscaras do qual quase não voltei:

Blackwell.

— Novo plano. — A voz de Schuyler aparece em algum lugar acima de mim. Ele me levanta, com tanta força que quase desloca meu braço. Keagan agarra Malcolm. Eles nos puxam de volta à mesma direção de onde viemos, para o painel na parede. Através da fumaça que já se dissipa e da chuva, através de meu cabelo que se soltou e está cobrindo os olhos, eu o vejo: escancarado e convidativo.

E então...

E então...

E então...

Ouço. Música. Fúnebre, vazando por baixo da porta da área reservada para o rei na capela. Vem do órgão, só a melodia, mas eu conheço a letra:

O sono e a paz me acompanham, a noite toda.
Anjos virão para mim, a noite toda.
A hora de dormir está chegando; por montes e vales, sono
*   profundo,*
Vigiando com amor, a noite toda.

A música que cantei em meu teste final, o acalanto que minha mãe costumava cantar para mim. A canção que me manteve viva dentro da tumba que tentava me matar; a que quebrou o feitiço antes que ele pudesse me matar.

Viro-me, encaro o som. Levanto Azougue.

Schuyler se põe diante de mim num instante, os olhos azuis arregalados, segurando meu braço com ferocidade. Fico espantada, só por um momento, com o poder de Blackwell, tão forte a ponto de provocar medo em alguém tão intrépido quanto Schuyler.

— Esqueça, *bijoux*. É demais. Ele é forte demais...

— Eu sei. — Desvencilho-me do aperto intenso de Schuyler. — E é por isso que preciso fazer. — Empurro Malcolm na direção de Keagan. — Tire-o daqui. Se vocês forem apanhados, não vão escapar dessa vez. Eles vão matá-los no ato. É a função da Ordem, é sua função mantê-lo em segurança.

Mas Malcolm escapa de suas mãos e se vira para mim.

— Não faça isso. — Ele agarra meus ombros com força. Inclina-se, o rosto a centímetros do meu. Por um momento me esqueço de sentir medo. — Como rei, eu peço... não, eu ordeno... que venha comigo.

— O senhor não é rei — retruco. — Pelo menos até eu fazer isso.

— *Maldição.* — Eu jamais ouvira Malcolm xingar; a palavra sai como um gemido frustrado.

> *A lua vai vigiar, a noite toda.*
> *O mundo dorme cansado, a noite toda.*
> *Um espírito chegando gentil, visões de prazer revelando,*
> *Um profundo sentimento de paz, a noite toda.*

Uma sombra aparece em meio à fumaça, escura, alta e disforme: um espectro num cemitério enevoado, um bicho-papão num pântano crepuscular. Não dá para ver quem é, mas então... eu já sei mesmo.

— Vão — mando. — Deixem-me fazer isso. Preciso fazer isso.

Schuyler rosna um último palavrão antes de arrancar Malcolm de perto de mim, forçando-o para a passagem na parede. Através da névoa e da chuva, mal consigo ver Keagan empurrando-o para dentro, bem como o último olhar que Schuyler me lança antes de o seguir. A porta do painel é fechada, há uma fagulha na fumaça quando Keagan a tranca, fundindo o metal. Os três descem pela escada em caracol até chegar ao pátio do relógio, sob o céu ainda escuro e, espero, rumo à segurança. Estou sozinha.

Não exatamente sozinha.

Ele vem em minha direção, e, mesmo naquela aglutinação em redemoinho, reconheço seu tamanho, sua força, suas roupas pretas; vejo o brilho da arma que ele empunha. Há quanto tempo esteve esperando por mim? Desde ontem? A noite toda? Ele sabia que eu viria. Sabia o que eu iria fazer.

E, bem no fundo, eu também sabia.

Azougue dispara quente em minha mão, a energia e a força, a maldição latente e o ódio visível me atravessando: fagulhas antes de uma fogueira, gotas antes de uma tempestade. É um terreno perigoso. Mas não me importo se me afogar, e não me importo se me queimar. Só me importo em acabar com ele, acabar com tudo isso de uma vez por todas.

Como uma monstruosidade espreitando nas profundezas do lago escuro que cerca Rochester Hall, ele emerge e finalmente o vejo. Mas não é Blackwell, como eu esperava: é alguém — alguma coisa — totalmente diversa.

Cabelo louro-escuro caindo em ondas sobre os olhos. Alto, pálido, vestido de preto com aquela maldita rosa estrangulada bordada na manga. E o cheiro: uma sugestão de terra e argila, mofo e podridão.

Nunca pensei que iria vê-lo de novo. Pensei que o tivesse matado. Mas ali está ele; o choque me colocaria de joelhos se o terror não me mantivesse de pé.

Caleb.

Está vivo.

Está morto.

É um retornado.

— Olá, Elizabeth.

20

AZOUGUE FICA LOUCA EM MINHA mão. Cauterizando, acossando, tremendo, amaldiçoando; seu poder ameaçando me desmontar se a visão diante de mim não o fizer primeiro. Tudo que consigo dizer é seu nome.

— Caleb.

A música cessou, e minha voz ecoa pela galeria destruída, um gemido assombrado.

Ele avança um passo em minha direção. Sua marcha é incerta, os olhos não estão fixados em mim, e sim em Azougue, as esmeraldas do cabo agora opacas e sem vida, como se soubessem que foram apanhadas. Ele não estende a mão para ela, apenas a olha, com algo parecido com nojo, mas também medo, atravessando o rosto frio e branco.

Eu deveria dizer alguma coisa. Deveria fazer alguma coisa. Deveria cravar a lâmina em Caleb e então correr; deveria encontrar Blackwell e fazer o mesmo com ele. Mas tudo que consigo é ficar parada, encarando-o.

Caleb é um retornado. Não morreu, afinal de contas, não morreu depois que cortei seu peito com Azougue, derramando seu coração, seu sangue e sua vida no chão, não morreu, não morreu...

— Morri — diz ele. Sua voz é estranha, trevosa. É dele e ao mesmo tempo não é. O timbre é o mesmo, mas o tom de tenor se foi. Não se foi: *morreu.* — Eu morri. Estou morto. Porque você me matou. — Caleb inclina a cabeça, um ângulo estranho, nem um pouco natural, e me fixa com aqueles olhos. Que um dia foram azuis e brilhantes de vida, malícia e ambição, agora sem vida, pálidos e cinzentos, sem qualquer alma.

— Eu não queria matar você — sussurro. — Não queria, não queria. Eu gostava de você. Amava você...

— Coisas estranhas acontecem com as pessoas de quem você alega gostar — observa Caleb, e eu congelo. Ele penetrou minha cabeça, arrancou exatamente o que John me disse na cela, a coisa exata na qual não consigo parar de pensar, que não consigo impedir de revirar em minha mente.

— Caleb — sussurro de novo. Penso em implorar, pedir que poupe minha vida quando sei que ele está ali para tirá-la. Mas, assim que penso isso, descarto. Caleb não me poupou quando estava vivo. Não vai me poupar agora que está morto.

É isso que eu sei sobre retornados: sei que são mais mortos que vivos. Sei que não têm vínculo, nenhuma âncora nesta terra. Sei que são pouco mais que espectros, a pessoa que já foram é agora apenas um fiapo de nuvem numa tempestade.

Os retornados podem aprender a ser humanos de novo, uma imitação do eu anterior. Podem aprender a sentir, a amar; podem até começar a parecer humanos de novo, como aconteceu com Schuyler — a alma que ele reconstruiu é evidenciada pela cor recuperada de seus olhos. Mas são necessários muitos anos e um desejo indubitável de se alcançar isso, juntamente a um vínculo inabalável com alguém, assim como aquele que Schuyler mantém com Fifer. Os retornados precisam de um ser vivo, respirando, para mantê-los à luz, quando sua própria natureza é viver na escuridão.

Isso é uma coisa que eu também sei: Caleb sempre viveu na escuridão.

— Você sabia que eu vinha para Ravenscourt — declaro. — Leu meus pensamentos, me ouviu chegando. Contou a Blackwell, e foi assim que ele soube que deveria fazer isto. — Aceno a mão livre para a galeria encharcada de chuva, a área reservada onde eu pretendia encontrá-lo, onde eu pretendia acabar com ele.

Caleb assente uma vez.

Então penso em Malcolm, em Keagan e Schuyler. Se Caleb sabia que eu vinha, também devia saber que eles estavam comigo. Será que eles conseguiram fugir? Ou simplesmente desceram a escadaria e encontraram um perigo ainda maior?

Caleb simplesmente dá de ombros, um gesto totalmente humano, agora rígido e desajeitado na réplica.

— Blackwell não se importa com Malcolm — diz ele. — Caso se importasse, Malcolm não estaria mais vivo. Malcolm não pode impedir que Blackwell se torne rei. Nada pode. Ele *é* o rei. — Caleb me encara, os olhos duros e insensíveis como uma pedra. — Você sabe do que ele precisa.

Confirmo com a cabeça, porque sei. Ele precisa de Azougue, de seu poder e de sua maldição, e agora precisa de mim por motivos que ainda não entendo, para tomar o que acredita ser seu: meu estigma. Então me passa pela mente... um pensamento tão rápido que voa antes de ser capaz de pousar, antes que Caleb possa pegá-lo: como posso entregar a Blackwell algo que não possuo?

Com uma confiança que quase sinto, aperto o cabo de Azougue, que ficou frio há um bom tempo, e dou um passo na direção de Caleb, rendendo-me a ele. Seus olhos cinzentos e vazios se arregalam só por um instante, e eu sinto um solavanco feroz de prazer. Caleb pode ser capaz de ler meus pensamentos, mas não vou deixar que ele leia meus feitos.

— Me leve até ele.

No corredor molhado, enfumaçado e sangrento, caminhamos desviando de corpos: guardas de preto com pescoços torcidos e olhos perfurados, um deles queimado, enegrecido e irreconhecível. Blackwell sabia que vínhamos, e sacrificou seus homens mesmo assim.

Pelo esporte, pelo prazer de nos atrair e ver o que faríamos, como iríamos jogar.

E eu não sei como jogar. Ainda não.

O corredor adiante termina numa fileira de portas duplas de carvalho, fechadas. Consigo vislumbrar a sombra de dois homens parados diante delas. Não são guardas, não, porque eles estão todos mortos, mas, à medida que me aproximo e os vejo — um alto, de cabelos escuros, abrutalhado; o outro de estatura mediana e avermelhado, desde o cabelo até as sardas que salpicam feito sangue a pele branca —, percebo que eles também estão mortos:

Marcus e Linus.

Ambos já foram caçadores de bruxos, agora ambos são Cavaleiros do Império Real Anglo. Ambos retornados. Sinto seu olhar cinzento e morto me acompanhar com um ódio que se transforma em cautela quando notam a lâmina reluzente em minha mão, a mesma que os derrubou antes que Blackwell os tirasse de lá. Quando Caleb me guia, passando por eles, viro a cabeça. Como acontece com qualquer monstro, é melhor não fitá-los nos olhos.

Entramos pela porta da câmara privada. Onde o rei recebe peticionários, onde os bajuladores se reúnem numa frequência hipócrita, onde músicos vêm entreter. Agora está vazia; vazia de tudo, a não ser o trono, estofado e sob um dossel de tecido carmesim suntuoso com o brasão real: um leão coroado e um corcel encadeado por cada lado por um escudo dividido em quartos nas cores vermelho e dourado. Abaixo, em latim, um lema. Não é o antigo lema de Blackwell: *O que está feito está feito, e não pode ser desfeito.* Agora é um novo, para um novo governante e um novo reino: *Faciam quodlibet quod necesse est.*

Farei o que for necessário.

Estremeço no vestido de lã.

O cômodo a seguir é a câmara da presença, a sala mais íntima do rei. Nua e escura, apenas uma janela fechada e um fogo muito sutil ardendo numa pequena grelha. Nenhuma tapeçaria nem trono, apenas uma mesa de trabalho ao centro, flanqueada por duas cadeiras, com um único livro aberto no tampo. E ali, sentado na cadeira mais perto da lareira, virado para as chamas, de costas para nós, está Blackwell.

Qualquer calma que eu me obriguei a manter, qualquer ilusão de controle que já tive, agora ameaça me abandonar. Meu coração começa a acelerar, o estômago começa a se revirar, as palmas das mãos a suar. Aquele antigo sentimento de pavor, que sempre sinto diante dele, vem até mim feito uma maré. A meu lado, Caleb se remexe; provavelmente sente minha inquietação. Mas respiro fundo e afasto o sentimento para o mais longe que posso, para longe de sua apropriação gananciosa.

Finalmente Blackwell fala:

— Elizabeth.

É só isso que diz. Não se levanta, não se vira, não faz nada além de olhar para o fogo à frente, as chamas estalando e cuspindo na grade. Imediatamente, sei que há alguma coisa errada. Talvez eu devesse ter notado isso quando ele não me recebeu em sua câmara privativa, em seu trono, para que eu testemunhasse o espetáculo de seu poder.

As palavras de Keagan me voltam à mente, aquelas que ela disse em Hexham: *Ele não apareceu em público desde que foi coroado. Ninguém o viu.*

— Você não facilitou as coisas, não é? — continua Blackwell. — Vindo aqui. Destruindo minha galeria, minhas pinturas; matando meus guardas.

— Você sabia que eu vinha — comento. — Se quisesse, poderia ter protegido seus homens.

Ele dá de ombros, rejeitando minhas palavras. Mas não responde.

— Você quer recuperar o poder de meu estigma — continuo, indo direto ao ponto. — Foi por isso que mandou Fulke e Griffin atrás de mim, por isso mandou os outros no dia de meu julgamento — hesito. — Eu os matei, você sabe. Todos eles. — É mentira, mas é o que ele esperaria que eu dissesse se eu ainda fosse quem ele pensava que eu era. — Se quisesse que eles me trouxessem de volta para cá, deveria ter apresentado um desafio de verdade. Eu me sinto quase insultada.

Há um estranho bufar, algo entre um sibilo e uma gargalhada. E então:

— Você sempre foi um de meus melhores caçadores de bruxos.

Blackwell se levanta abruptamente, as pernas raspando no chão de madeira. Parece um rei de cabo a rabo: usa calças azul-marinho bem passadas e um paletó combinando, bordado com belos fios de ouro. Botas pretas até os joelhos, uma capa de veludo negro em volta dos ombros, a gola e as mangas com acabamento em arminho. Passam-se alguns instantes e ele continua sem se virar. Minha nuca se eriça num alerta: um ribombo distante de trovão antes de uma tempestade.

— Sabe o que você fez? — pergunta ele. Sua voz é comedida. Mas, sob a tranquilidade, ouço o tom de outra coisa: uma corrente de fúria oculta.

Blackwell se vira para mim, e eu vejo o que fiz.

Ele é um monstro completo.

21

SEU ROSTO — O QUE resta dele — está completamente arruinado. Uma cicatriz faz um caminho diagonal desde a têmpora, passando por cima do olho direito, do nariz e dos lábios, terminando no maxilar. O olho direito está inútil, imobilizado e entreaberto; o globo ocular é branco, nublado e cego. O nariz está partido em dois, a boca rasgada e torta, metade da mandíbula é visível. Alguém o costurou — alguém tentou — e fez um serviço lamentável. A cicatriz é saltada, crua e horrível, e dá para ver as marcas tortas da agulha e as reentrâncias da pele onde as suturas foram amarradas. Esse é o dano que causei, o dano que Azougue causou.

Sem me encolher, olho para aquela coisa pavorosa. Como se reconhecesse um serviço bem-feito, a espada acorda em minha mão.

— Caleb disse que você também foi ferida pela Azougue. — Uma pausa. — Presumo que não tenha sido assim.

Não respondo. O ferimento que ganhei foi terrível; eu teria morrido se não fosse por John. Mas, depois de garantir que eu não morreria de qualquer outro ferimento na noite do baile de máscaras, ele se certificou de que eu não ficasse com cicatrizes. Passou semanas aplicando ervas, preparando chás medicinais, tudo que era possível fazer por mim. Foi um trabalho de amor, agora sei. Mas agora esse amor se foi, assim como a cicatriz.

Blackwell solta uma risada curta, como um latido, com aquela boca retorcida e escancarada brilhando à luz fraca da sala.

— Talvez eu devesse ter poupado um curandeiro para mim, afinal de contas.

Viro-me para a lareira. Se quero fazer, preciso fazê-lo já. Será que dou conta? Será que Azougue e o temor que ele sente por ela são suficientes para repelir Caleb, para mantê-lo afastado de forma que eu possa fazer o que vim fazer?

Num único movimento tudo isso poderia acabar.

— Pegar meu estigma de volta não irá curá-lo. — Dou mais um pequeno passo à frente. — O poder não é páreo para Azougue. — Lembro-me de como a lâmina me cortou, de como doeu, de como sangrou. De como meu estigma não serviu de nada na hora. — Ele não vai fazer nada.

A boca de Blackwell se retorce num formato que quase passa por um sorriso.

— E tenho certeza de que seu aviso é em favor de meus maiores interesses e não tem nada a ver com autopreservação.

Ajeito a mão no cabo da espada. Dedos enrolados, relaxados, firmes, porém sem apertar, o polegar comprimindo a guarda da cruzeta. O tempo todo a Oração na Véspera da Batalha marcha por minha cabeça, mantendo os pensamentos ocupados de modo que Caleb não possa sitiá-los.

Agora estou quase junto à mesa, quase na metade do caminho. Vou para o outro lado dela, colocando o máximo de distância possível entre mim e Caleb, como se uma simples mesa de madeira pudesse mantê-lo afastado de mim.

Quando faço isso, o livro no tampo atrai meu olhar. Encadernado em couro vermelho, com folhas arrematadas em ouro nas bordas, aberto numa página cheia de um texto denso cercando uma única imagem que conheço bem, mas que não esperava ver ali. Um glifo usado no símbolo reformista, representando unidade, infinidade, totalidade: uma cobra devorando a própria cauda.

— O círculo se fecha.

As palavras escorregam de minha boca; eu não pretendia isso. É uma frase da profecia que me foi dada tantos meses atrás por uma vidente de 5 anos de idade, cuja a récita tinha a instrução cifrada que abria a porta para o caminho onde estou agora, entre um morto e um amaldiçoado, segurando uma espada.

— O Ouroboros — continuo. — É um símbolo de ressurreição, que renasce continuamente quando troca de pele. Representa o círculo de nascimento e morte, a eterna harmonia de todas as coisas. A unidade dos opostos.

Blackwell levanta uma sobrancelha arruinada.

— Andou estudando alquimia, foi?

Na verdade, não; mas, de certa forma, sim. Por um instante meus pensamentos vão da oração da batalha para os livros de alquimia em Rochester, os que levei para John em Hexham. Como folheei página após página para escolher um do qual ele gostaria. Estudando as palavras para tentar me reaproximar, para tentar entender o que ele estava passando quando Nicholas me disse que a magia que dei a John estava em guerra com a dele.

— O estigma é uma manifestação da invencibilidade. — Blackwell diz as palavras como se fossem vinho, algo a ser saboreado. — Ao passo que Azougue é pura destruição: o oposto da invencibilidade. Os alquimistas acreditam que, se você combinasse um único elemento a seu oposto, unindo-os, poderia transcendê-los. Talvez para além do poder de cada um, para se tornar o poder de ambos.

Quase consigo visualizar as páginas diante de mim naquela biblioteca escura e cheia de sombras. As palavras gravadas em pergaminho amarelo, o desenho da serpente devorando a própria cauda, as palavras *Um é todos* escritas embaixo.

— O poder de ambos — repito. — Qual seria esse poder?

Blackwell me observa com expressão faminta.

— Acho que você já sabe.

Não respondo imediatamente porque ele está certo. Eu sei. Mas, se eu disser as palavras, se permitir que elas tomem forma, elas vão se tornar reais: uma abdicação da sanidade.

— Imortalidade — declaro finalmente.

Então o fogo se apaga.

O cômodo fica escuro. E o ar em volta de mim, antes quente e imóvel, esfria alguns graus e começa a redemoinhar, grandes lufadas de vento vindos de lugar algum chicoteiam em volta dos meus cabelos e dos ombros, em meu rosto, agitando a saia em volta de meus joelhos. Uma nuvem de hálito condensado serpenteia de minha boca, e eu sinto no rosto: o primeiro floco de neve que em instantes vira uma nevasca.

Meu vestido congela, a saia se embola em volta dos joelhos tal uma estátua. Meu cabelo também congela, fios grudados no rosto, e os lábios e as pálpebras parecem, ao mesmo tempo, entorpecidos, sensíveis e pesados. O vento uiva ao redor dos ouvidos, trazendo junto mais neve ainda; a câmara da presença se tornou uma desolação de inverno.

Blackwell se posta a minha frente, intocado pelo frio, como se este existisse apenas para mim — *ele existe apenas para mim?* Seu casaco, o rosto e a pele sem qualquer traço invernal. Tento me obrigar a me mexer. Afastar-me, segurar firme a espada, levantá-la e cravá-la em Blackwell, concluir o que vim fazer. Mas minhas ordens caem nos ouvidos moucos de meu corpo imóvel. Ele estende a mão e, com uma torção e um rasgar de metal contra a pele endurecida, tira Azougue da minha. Estou sólida, congelada feito o inverno: não posso fazer nada a não ser olhá-la ir.

Imediatamente a neve e a tempestade desaparecem num redemoinho que sobe para o teto de reboco claro, rumando para o nada; um silêncio terrível baixa na sala, quebrado apenas pelo som da respiração estranha e sibilada de Blackwell e o coro de pássaros ao alvorecer nos beirais para além da janela.

— Leve-a.

Leve-a: para a Torre Greenwich. Onde serei mantida até que Blackwell possa juntar seu séquito de alquimistas nos preparativos do feitiço.

Quando tomará Azougue e me atravessará com ela, quando espera que meu estigma, seu poder, seja absorvido pela lâmina. Que o poder de ambos seja transferido para ele, restaurando-o antes de unir aqueles opostos, transcendendo-os, permitindo que ele viva para sempre.

Essas são as palavras que ele usa para descrever o que ocorrerá em seguida. Eu uso apenas uma palavra, simples porém definitiva:

Execução.

Estou sentada, algemada numa balsa que flutua pelo escuro rio Severn. As águas estão calmas àquela hora, a não ser por alguns poucos navios que não querem se arriscar a ficar encalhados na maré baixa da manhã. Eles ficam à espera no meio do rio, imóveis, como um bando de patos selvagens. Eu me flagro os observando, me permitindo ter esperança, só por um momento, de que um deles seja de Peter. Uma galera, talvez, com cem remadores para nos perseguir, parar ao lado e me pegar, salvando-me de novo, do mesmo jeito que ele me salvou antes. Mas, à medida que seguimos navegando e não há nenhum grito, nenhuma âncora içada, nenhum homem remando nem piratas, reconheço que estou sozinha.

À frente está a ponte de Upminster. Duas dúzias de arcos de tijolos atravessando a largura da água, encimadas por fileiras de lojas, tavernas e pousadas meio tortas, algumas com quase quatro andares de altura. Como a água, a ponte está quase vazia àquela hora, cedo demais para os estabelecimentos abrirem as portas. Mas ao meio-dia será uma loucura: a pista engarrafada com pedestres, carroças e carruagens, fedendo a lama, imundície, pessoas e dejetos. Caleb e eu tentamos atravessá-la só uma vez; demoramos uma hora para chegar à metade. Foi então que ele sugeriu pularmos no rio e nadarmos pelo restante do caminho.

Pergunto-me se ele ainda se recorda do episódio. De como saltou no muro baixo e ficou se equilibrando na beirada, os braços abertos, tal qual um pássaro, rindo. Eu ri também, porque não seria problema se ele caísse. Na ocasião ele achava que nada poderia tocá-lo; todos achávamos isso.

Olho para ele, sentado atrás de mim. Meio que espero encontrar os olhos cinza e opacos voltados em minha direção, me observando, como Schuyler faz quando me ouve, quando ouve cada pensamento meu. Em vez disso, está olhando para algo acima de mim. Eu me viro para acompanhar seu olhar, então vejo: elas. Uma dúzia de cabeças empaladas em doze lanças, postas em cima da guarita do portão sul, os rostos congelados numa máscara de desafio, e gordos corvos rapineiros com os pés negros embolados nos cabelos sangrentos e nos panfletos rasgados de Keagan, bicando o que sobrou: pele, tendões, globos oculares. Não os reconheço, mas não importa: são traidores e é o que acontece com traidores. Se eu não achar uma saída é o que vai acontecer comigo.

A Torre Greenwich surge lançando uma sombra comprida e escura, negra com o mofo sempre presente. Para além dela, o castelo em si, quatro pináculos ornados por bandeiras marcando cada canto. O portão de ferro se abre quando nos aproximamos, como se já estivesse nos esperando. O barco passa deslizando e bate na parte de baixo de alguns degraus de pedra, os mesmos que subi na noite do baile de máscaras, na noite que John dançou comigo, na noite que ele me beijou pela primeira vez.

Não há lacaios recebendo os convites, nem rosas desabrochando no jardim, nenhum convidado chega vestido com roupas finas ou usando máscaras. Somos apenas Caleb e eu em cima da comporta, olhando para o desembarcadouro, para a paisagem agora sem graça até o parque mais além. Guardas de preto deixam o posto perto de uma torre próxima e vêm em nossa direção, os passos esmagando o cascalho. Eles me arrancam das mãos de Caleb, olham detalhadamente os ferros que prendem meus braços e pés.

Enquanto a Oração na Véspera da Batalha continua a se revirar em minha mente, vou repassando as opções de fuga.

Penso em me soltar das algemas, mas não tenho como fazer isso sem o estigma: não tenho forças para romper o metal sozinha. Olho uma pedra, duas, espalhadas no caminho. Cogito pegar uma delas, esmagar os guardas com ela antes de quebrar as correntes, mas rejeito a ideia de imediato. Demoraria demais e seria barulhento demais.

Eu poderia tentar escapar do local. Mas como? Provavelmente poderia enganar os guardas; eles nunca foram lá muito desafiadores mesmo. E depois? O rio? Eu poderia escalar a muralha; até mesmo acorrentada. Ainda conseguiria isso. Teria alguns minutos — dez, no máximo — antes que os outros guardas fossem alertados de minha ausência. Seria melhor me esconder em algum lugar na área, esperar a cobertura da escuridão para ir embora. Mas nesse ponto eles já teriam colocado todos os guardas, retornados e Cavaleiros do Império Real Anglo atrás de mim. E certamente me encontrariam.

Claro, existe Caleb também. Ele me impediria antes que eu desse o primeiro passo, fosse qual fosse o plano. Mas preciso pensar em alguma coisa. Porque, quando Blackwell vier atrás de mim, quando tentar retirar o estigma e descobrir que não o tenho mais, vai mandar Caleb para cima de mim. Vai mandar Marcus e Linus para cima de mim, vai me obrigar a contar o que aconteceu com o estigma. Jamais vou contar; juro pela minha vida. Mas não é só com minha vida que estou preocupada.

Passamos pelo posto da guarda, pelos alojamentos dos serviçais e os aposentos dos tenentes, construídos na época que a Torre Greenwich era apenas um castelo defensivo. Essas construções quase podem ser confundidas com casas urbanas de Upminster: reboco branco e fachadas com madeira escura, telhados de palha, portas rústicas pintadas num encantador tom de azul-claro esverdeado.

Chegamos à casa do final. Jamais estive ali dentro — nunca tive motivos —, mas, diferentemente das outras, aquela não é um alojamento: sei por causa da porta pesada e gradeada. Os guardas a destrancam, e Caleb me empurra para dentro, depois subimos uma escada em caracol, passamos por outra porta trancada e gradeada até chegar ao que parece uma sala de espera. É estranhamente ampla, clara e limpa: paredes altas com janelas de vitral, juncos frescos espalhados no chão, um grande banco de madeira ao longo de uma parede e, do outro lado, uma lareira que no momento se encontra apagada.

A porta é fechada; o trinco estala. Os guardas se viram e vão embora. Só Caleb permanece: parado junto à porta, as mãos envolvendo as barras, me vigiando. É uma cena familiar, lembra demais o tempo em que fiquei atrás das grades na Fleet, quando ainda acreditava nele, confiava nele; quando ainda acreditava que poderíamos superar tudo, desde que estivéssemos juntos.

Começo a dar as costas quando a voz estranha e sombria de Caleb rompe o silêncio.

— Agora preciso contar tudo a ele — começa. — Tudo que ele perguntar. Preciso fazer tudo que ele exige.

Isso é típico. Os retornados sempre ficam ligados ao feiticeiro ou mago que os retornou da sepultura. A magia que os une exige isso. Não sei por que ele está me dizendo essas coisas, mas talvez haja um modo de eu tirar vantagem.

— É — digo com cautela. — Você vai ter de fazer tudo que ele exige enquanto ele estiver vivo. E assim que tiver meu estigma, ele vai permanecer vivo para sempre.

— Não me manipule. — As palavras de Caleb voltam rápidas, afiadas; talvez seja minha imaginação, mas fico com a impressão de ter visto um clarão azul atrás dos olhos cinzentos e nevoentos, mas que logo desaparece.

Faço que sim com a cabeça, admitindo a acusação.

— Mesmo assim, é a verdade. Você sabe que é.

A princípio ele não diz nada. Depois:

— Você não sabe como é. — A voz é baixa, hesitante; um segredo sussurrado num confessionário trancado. — Não sinto nada. Sei de tudo. Existo, mas não existo. Não sou ninguém, a não ser quem ele me manda ser. Quero fugir. Não sei como escapar. Não... — Caleb hesita. — Preciso ir. Ele precisa de mim. — Em seguida solta as barras e recua. — No seu lugar — acrescenta — eu não viraria as costas.

— O quê?

Caleb desaparece. E em seu lugar surge Marcus: capa preta, cabelo preto, aqueles olhos cinzentos obscurecidos de ódio e desejo de vingança.

22

PASSO AS QUATRO NOITES SEGUINTES num cômodo frio, escuro, parecendo uma tumba, na presença dos mortos.

Não durmo muito tempo; não ouso. Em vez disso, me sento na beira do banco, beliscando-me para permanecer acordada, sucumbindo a cochilos de cinco, dez minutos quando falho. Todo momento acordada é dedicado à Oração na Véspera da Batalha, uma liturgia contínua, mantendo Marcus longe de meus pensamentos. Ele os encontra de qualquer modo — nem todos, mas alguns —, provocando-me com lembranças da infância cuidadosamente enterradas e do treinamento, do período passado com Malcolm, da morte de meus pais e da de Caleb, sussurrando em sua voz sinistra, apodrecida.

Nenhuma vez menciona John.

Nenhuma vez lhe dou as costas.

Não preciso imaginar por que Marcus foi incumbido da tarefa de me vigiar. Caleb também poderia impedir que eu escapasse, mas ele não me manteria acordada com o objetivo de me abalar. Não teria ficado me encarando durante toda a noite, sem piscar, vendo tudo. Quase tudo.

A única coisa que resta para descobrir é o que vai acontecer.

Os dias passam lentamente, a luz fraca rompendo nuvens densas a cada manhã, evadindo em grãos de poeira dançantes, atravessando o vidro colorido todas as tardes. Estou tonta de exaustão, os membros e as pálpebras pesados pela vigília. Os únicos sons no aposento são de Marcus e seus murmúrios malignos, meus e de minha oração mitigante.

Na torre lá fora os sinos tocam as horas. Então, no quinto toque do quinto dia, Marcus finalmente para de falar. Levanta-se. Continuo sem me mexer, enraizada no banco com um medo patente, observando o jeito como ele inclina a cabeça na direção da janela, um gesto lupino. Ouvindo algo que não consigo escutar. Depois se vira para mim com um sorriso lento e maroto.

É o dia.

Preciso escapar.

Não sei o que fazer.

Ouço o eco de um estalo forte, uma chave numa fechadura de ferro, o rangido de uma dobradiça. Passos numa escadaria de pedra. Guardas aparecem na janelinha de minha porta, dois dos mesmos homens que me escoltaram até ali. Entram. Não é difícil perceber a cautela em seus rostos; não sei se é direcionada a mim ou a Marcus.

Os guardas não me dão uma ordem, não precisam: Marcus salta em minha direção, arranca-me de meu lugar no banco. Luto contra ele, contra as correntes que ainda sacolejam em meus tornozelos e pulsos; inutilmente. Então, com Marcus de um lado e os guardas do outro, eles me fazem sair pela porta. Meu coração bate rápido contra as costelas. Preciso fazer alguma coisa, e o tempo está passando.

Descemos a escada em caracol até chegarmos à porta lá embaixo. Um guarda pega uma chave e a destranca, o outro a mantém aberta para Marcus passar, guardando certa distância. Por um momento, só um momento, sou deixada a sós com eles.

Mas só preciso mesmo de um momento.

Passo a mão no cabelo, pego o grampo no coque da nuca, ainda preso ali por quase uma semana. Meto-o no fecho da algema, sinto o encaixe, ouço a algema estalar e abrir. Marcus ouve... ou sente; gira justamente quando eu avanço e fecho a porta, empurrando o trinco.

Os guardas avançam também. Lanço meu cotovelo para cima e para trás, com força, acertando um no nariz, que se quebra. O sangue jorra no chão enquanto ele se dobra, gemendo. Pego-o pela nuca e lhe dou uma joelhada na cabeça; ele cai no chão. O outro guarda se vira para fugir, mas não é suficientemente rápido. Agarro seu braço, giro-o, mandando o punho contra sua boca antes que ele possa emitir qualquer som. Ele se junta ao outro guarda no chão, num monte.

Marcus se lança contra a porta, como um animal selvagem furioso.

Corro como o diabo.

Subo a escada em caracol, de volta à cela. Passo rapidamente pela porta e a tranco, arrancando mais grampos do cabelo e enfiando-os na fechadura de modo que não possa ser aberta pelo outro lado.

Tenho segundos, no máximo, antes de Marcus conseguir escapar e me alcançar. Tiro o avental do vestido de lã sujo, enrolo-o na mão, como fiz antes, e quebro a janela que dá para os fundos do alojamento, do lado oposto a onde Marcus ainda esmurra a porta. Cacos de vidro caem da moldura e tilintam no chão. Contorno-os cuidadosamente com os chinelos de couro gasto; não posso me cortar, não posso sangrar.

Subo no parapeito estreito da janela, olho para o alvorecer e a escuridão lá embaixo. Não sei o que pode haver ali; não tive chance de pesquisar, não com Marcus observando cada movimento meu. Provavelmente é um caminho de pedras. Mas e se for um portão de ferro? Um telhado pontudo? Eu poderia acabar empalada, poderia bater nas ardósias pesadas e ficar inconsciente; rolar para o chão e quebrar uma perna, condenando-me à captura.

Estou disposta a me arriscar.

Não consigo.

A porta da cela se abre numa explosão, e Marcos passa por ela tal qual um aríete. Ele é rápido — não consigo me acostumar a sua velocidade — e está em cima de mim, agarrando a gola de meu vestido com mão de ferro, implacável. Sou arrancada do parapeito, com força, levada ao chão. Caio de barriga, sem fôlego. Consigo me virar de costas, mas desejo imediatamente não tê-lo feito. Olhar em seu rosto é ficar aterrorizada: ele parece furioso, vingativo e, o pior de tudo, divertindo-se com tudo isso.

Ele me agarra, segura minha cabeça com as duas mãos e começa a apertar. A pressão me levanta do chão; divide minha visão, que ao mesmo tempo vai ficando branca, depois vermelha, em seguida preta. Ele vai esmagar meu crânio. Vai me matar só com as mãos. Murmura palavrões para mim; seu bafo está em meu rosto e não é humano. É sombrio, negro e viscoso; cheira a terra, morte e podridão.

— Marcus. — A voz de Caleb atravessa meus gritos. Ele está parado junto à porta, os punhos fechados, com raiva ou contendo-se.

— Solte-a.

Marcus leva um susto, como um cachorro que tomou uma bronca, largando minha cabeça. O gesto é inesperado, e por isso caio embolada no chão, a cabeça batendo na pedra.

— Agora vá. — Caleb aponta para a porta, arrancada dos gonzos.

— Você precisa contar isso a ele. Sabe o que vai acontecer quando ele souber.

— Eu recebi ordens de impedir que ela escapasse — explica Marcus. — Usando qualquer meio necessário. Foi o que fiz.

— Vá oferecer seus pretextos diretamente a ele — responde Caleb. — Não tenho tempo nem utilidade para eles.

Marcus olha feio, primeiro para Caleb, depois para mim, antes de sair pisando firme. Não sei o que dizer a ele: agradecer por ter impedido Marcus de me matar? Ficar contra ele por causa disso? Porque, aonde quer que ele esteja me levando, não é melhor do que onde estou agora, e o destino é o mesmo.

Mas não consigo decidir porque num instante Caleb está a meu lado, me colocando de pé. No intervalo entre uma respiração e outra, meus pulsos estão presos de novo, uma venda nos olhos. Ele me obriga a descer pela escada novamente, dessa vez sem chance de fuga.

Lá fora, o som das gaivotas voando em círculos no alto, o sopro de um vento frio no rosto e o cheiro salobro do rio Severn são minhas únicas sensações. Começo a lutar, mas sei que não adianta, então paro. Qualquer força que me reste deve ser reservada para o que vai acontecer em seguida. Vou precisar dela.

O cheiro e a sensação úmida e aveludada de grama dá lugar ao som de cascalho; o cascalho dá lugar às pedras de pavimentação, depois ao cheiro úmido e o frio súbito de um túnel. Tento descobrir para onde ele me leva. Pode ser a uma variedade de lugares, nenhum bom: afinal de contas, aquela é a Torre Greenwich.

Um ligeiro tropeço quando passamos por uma soleira, o rangido de uma porta, depois a sensação de estar caindo. Escadas. Elas continuam e continuam. Contei sessenta degraus e continuo contando, bem lá embaixo na Torre, no subsolo. Na terra.

Na terra.

Começo a lutar de novo, dando solavancos e me contorcendo contra suas mãos. Mas é como se estivesse lutando com uma coluna de pedra. Minha pele fica ralada e queima, e não chego a lugar algum.

Finalmente chegamos à base da escadaria, batendo em piso sólido. Levo um pequeno susto diante da lisura fria do chão, do eco de nossos passos.

— Onde estou? — Não me dou o trabalho de esconder o medo; Caleb o conhece de qualquer modo. — Que lugar é este?

Em vez de sua resposta, há um leve ribombar de risos, não de um homem apenas, mas de muitos. Isso faz os pelos de minha nuca se eriçarem, a pancada do medo enterrado alçando voo no peito. A mão de Caleb toca minha nuca, tira a venda.

Estou numa salinha circular que nunca vi. O piso é de mármore, o mesmo padrão que forra as paredes e o teto. Marrom com veios brancos; uma tumba elegante. Pedras reluzentes engastadas no piso formam uma estrela de oito pontas, marcando os pontos cardeais e os intermediários. No meio há uma mesa. Estreita, longa, de madeira polida.

É uma sala de rituais.

Já vi antes versões rudimentares. Chão de terra ou paredes de tijolos, jamais de mármore. Gravetos ou rochas para marcar as direções, jamais engastadas com pedras preciosas. Velas rústicas feitas de sebo e fedendo a gordura, em vez de elegantes lampiões a óleo, de vidro bisotado e pendendo de suportes de latão nas paredes.

Oito homens formam um círculo nas bordas da sala, me cercando. Eu giro, olhando um de cada vez. Vestem capas e capuzes, por isso não consigo ver os rostos nem dizer quem são. Todos parecem iguais. Mas reconheço um deles pela altura, pela presença; sei quem é, pela espada à cintura, com esmeraldas no punho brilhante, como uma pulsação.

Sei que é inútil, mas corro mesmo assim. Dou meia-volta e acelero para a porta por onde Caleb acabara de me trazer, pela porta que estava ali há meros sessenta segundos.

Só que agora não está mais. Sumiu.

Imediatamente os oito homens convergem para mim. Desvio-me de um, trombo em outro. Empurro um com os ombros, passo por ele, mas dou de cara com outro. Chuto-o, já que as mãos estão inúteis, presas à frente do corpo.

Alguém me agarra por trás. Corcoveio e giro, gadanhando seus braços, suas mãos, os dentes se cravando em carne e tirando sangue. Ele me agradece com um tapa na cara, suficientemente forte para sacudir os ossos.

Eles me jogam na mesa, de rosto para cima. Alguém pega um pedaço de corda e me amarra com ela, em volta da mesa, prendendo-me a ela. Estou completamente imóvel. Giro a cabeça de um lado a outro, olhando enquanto os homens sacam velas das capas, acendendo-as nos lampiões a óleo antes de colocá-las ao longo da borda da estrela de oito pontas. Uma pequena tigela com sal é posta na ponta, voltada para o norte. Uma vela maior, também acesa, é fixada na ponta do sul. Um feixe de ervas no leste, e um cálice de água no oeste. Quatro direções, quatro elementos, quatro virtudes, quatro fases do tempo, tudo levando a um único final, definitivo.

Há um farfalhar, depois um guincho. Um chacoalhar de barras, um homem alto, com capuz, avança; nas mãos traz uma pequena gaiola preta com um enorme corvo negro. Ele tira o pássaro enquanto Blackwell levanta Azougue. Há um clarão de verde, um grasnido, um farfalhar — e depois silêncio. O som de algo pingando, o cheiro de ferro, uma pancada molhada quando o pássaro morto é lançado no centro da estrela. Um sacrifício.

Tudo acontece depressa. Sangue espalhado na parede, formas e figuras que não consigo decifrar. Ervas sobre as chamas, pegando fogo, depois apagadas rapidamente, ainda soltando fumaça, os perfumes se misturando ao cheiro de sangue. O farfalhar de mantos. Tudo paralelo a murmúrios, cânticos, um feitiço.

Retorço-me de encontro às cordas, a cabeça balançando de um lado a outro, quando de repente a sala desaparece. Não tem mais mármore algum nem bússola reluzente, nem velas. Nem corvo morto nem homens com capuzes. Só uma sala escura. Um buraco, uma tumba. Não há como entrar nem como sair.

A sala pisca, voltando a ser de mármore, depois retorna à escuridão. Esse vaivém fica se repetindo. Os cânticos ganham altura, abafando meus berros, que vão se transformando em gritos. Mármore, terra. Homens aparecendo, homens desaparecendo. Luz, escuridão. Mais rápido, mais rápido.

Então Blackwell aparece a minha frente com Azougue erguida. Algo chameja dentro de mim ao vê-la, o calor, a atração e o desejo da maldição.

Minha pulsação troveja agora.

Um chiado do ar quando a espada é erguida. Respiro fundo, provavelmente pela última vez, fico esperando a ponta se cravar em mim, que eu comece a sangrar naquela mesa, que morra; o único consolo é saber que, se eu morrer, Blackwell jamais terá o que deseja.

Ele faz uma pausa. Penso, talvez loucamente, que a lâmina me reconhece, que conhece quem a segurou nas últimas semanas, que se recusa a se virar contra mim. Mas Azougue não tem lealdade. Ela me mataria tão rapidamente quanto mataria qualquer pessoa, desde que mate alguém.

— O que é isso? — A voz de Blackwell invade meu ouvido; a palma de sua mão toca minha cabeça, virando para um lado e para o outro. — E isto aqui?

Não respondo porque não sei a que ele está se referindo. Então ele responde por mim:

— Hematomas. — A sala fica em silêncio, todos os cânticos param. — No rosto. No pescoço. Como você está com hematomas, Elizabeth?

Fico imóvel. Caçadores de bruxos não têm hematomas. Isto é, caçadores de bruxos ainda protegidos por seus estigmas não ficam com hematomas. Todo o cuidado que tomei para não ser cortada, o cuidado que tomei para não deixar que meu segredo vazasse, agora é desfeito pela coisa mais ínfima: a impressão das palmas das mãos de Marcus em meu rosto enquanto tentava espremer a vida de meu corpo.

— Onde está seu estigma? — Blackwell se inclina. Encosta a ponta de Azougue em meu rosto; o sangue do corvo ainda está pingando dela. — O que você fez com ele?

— Nunca vou contar. — De algum modo junto coragem para olhar seu rosto detonado, um último desafio. — Jamais contarei o que aconteceu com ele.

Isso, para ele, não é ameaça. Ele simplesmente olha para Caleb, que vem em minha direção, com o capuz baixado e os olhos semicerrados. Vai tentar me ler, vai se infiltrar em minha mente e tentar descobrir a resposta à pergunta de Blackwell. De novo recito a oração de Malcolm, repetidamente, preencho cada fenda de cada pensamento com ela; não vou deixar que ele entre.

Depois de um momento, Caleb balança a cabeça.

— Há outros modos de recuperar essa informação. — Um sorriso atravessa o rosto partido de Blackwell, mas não deveria: ele não sabe até que ponto eu iria para esconder o segredo. Blackwell faz um meneio com a cabeça para seus homens. — Peguem-na.

A mesma figura alta e encapuzada que estivera com o pássaro engaiolado agora agarra meu pulso; mãos que não consigo ver mexem nas cordas. Paro com a oração por tempo suficiente a fim de direcionar um pensamento para que Caleb acabe comigo primeiro, antes que eles o façam. Blackwell tem muitos caminhos para me fazer falar, caminhos atulhados com a masmorra e o ecúleo, olhos arrancados e língua cortada, joelhos partidos e membros serrados, ferros e gritos.

Mas Caleb permanece imóvel, mudo a meus apelos.

A corda cai no chão. Sou puxada de pé, os membros ainda algemados, e arrastada para o piso que reapareceu. Começo a imaginar as coisas que farão comigo, mas não imagino isto: uma agitação, um grito espantado; um aperto no braço e um clarão de luz antes que o cômodo fique escuro de novo. Estou sendo esmagada, meus pulmões não sugam o ar. Não consigo enxergar. Estou em movimento, voando, e ainda assim imóvel, indo a lugar algum.

Então, finalmente, silêncio. Vasto. Interminável.

Completo.

23

A PRIMEIRA COISA QUE NOTO é o calor.

Cheiro de carvão: chamas, mas não ritualísticas ou fedendo a óleo ou a morte. Essas chamas são amistosas: o fogo com cheiro de alecrim dos feriados, família e vida. O aperto no braço continua, agora acompanhado pela mão de alguém em meu ombro, firme, porém gentil. Isso também parece amigável, mas estou insegura. Coisas demais começaram de um jeito e se transformaram muito rapidamente em outro, e não no bom sentido.

— Elizabeth. — Um sussurro ao meu ouvido, uma voz que conheço. Baixa, tranquilizadora. Paternal: — Você está em segurança. Pode abrir os olhos.

Abro.

Estou ajoelhada num tapete macio e também o reconheço: flores e trepadeiras tecidas em amarelo, laranja e verde. O fogo cujo cheiro estou sentindo ruge numa lareira familiar; tapeçarias campestres penduradas em paredes de reboco branco, teto escancarado.

Diante de mim: Peter, ajoelhado, cheirando levemente a tabaco e algo mais pungente — uísque, talvez conhaque. Ele remexe nas algemas dos pulsos, dos tornozelos, depois as destranca e joga de lado. Elas caem no chão com um tinido. Em seguida volta para me olhar, os olhos escuros e com bordas vermelhas, a pele pálida, as roupas amarrotadas. Está tão parecido com John que preciso me virar de costas.

Tem alguém a meu lado. Lentamente me viro para encará-lo: uma figura alta, com manto escuro, da sala de rituais, não mais segurando uma vela, e sim uma pedra. Uma pedra-ímã, ainda soltando um brilho leve, pulsante, um fino véu de fumaça branca. Lentamente ele baixa o capuz.

Nicholas.

— Você — digo, a voz rouca de tanto gritar. — Como?

— Keagan — responde ele. — E Schuyler. Contaram o que aconteceu em Ravenscourt, depois Schuyler me disse para onde você seria levada. Keagan me ajudou a entrar; Fifer imaginou uma saída.

Então Keagan voltou de Ravenscourt viva.

— E Malcolm? — pergunto. — Está em segurança também?

— Está — responde Nicholas. — Os dois estão vivos e bem.

— Estão em Rochester. — Quem diz isso é Fifer, parada nas sombras junto à lareira, com Schuyler ao lado. Está usando um roupão por cima da camisola, mas não parece que esteve dormindo. — Esperando notícias suas.

Não digo nada. Eu não deveria estar aqui, não deveria estar viva; não deveria haver notícias minhas porque eu deveria estar morta. Mas não consigo pensar em nada disso agora, principalmente depois do que sei.

— O plano de Blackwell. — Olho para Nicholas. — O que ele pretende fazer. É possível?

Nicholas descarta aquele manto horroroso com capuz, levado pelas mãos invisíveis de Hastings, e não responde imediatamente.

— Talvez — diz finalmente. — Se você tivesse contado antes, eu teria dito que era uma piada, um plano mirabolante da parte dele. Para isso ele precisaria de Azougue; jamais teria tido acesso a ela. Não se ela tivesse permanecido escondida atrás de minhas paredes, protegida por meus feitiços. Agora ele está com ela.

Ele não fala em tom de acusação, e sim como um fato; mas, mesmo assim, a culpa me deixa nauseada.

— E agora ele só precisa de uma coisa para alcançar o objetivo, algo muito mais fácil de se obter.

Está falando de John, claro.

— Precisamos ir ao acampamento — anuncio bruscamente. — Fitzroy precisa saber o que aconteceu, para juntar os homens. Proteger John. Preciso contar a ele; é minha culpa, eu vou... — Levanto-me, mas cambaleio, a exaustão me prendendo ao chão.

— Você não vai fazer nada. — Peter segura meu braço, Schuyler avança para pegar o outro. Instintivamente tento me desvencilhar; seu aperto parece o dos guardas e de Marcus e Caleb. Percebendo meu pensamento, Schuyler me solta, mas Peter continua firme. — Vamos levá-la para cima. Para tomar um banho. Descansar.

— Não posso descansar — argumento. — Agora, não. Principalmente depois do que fiz.

Então olho para Fifer, lembrando-me de como ela estava com raiva de mim antes de eu partir, de como tentou me impedir, de como eu praticamente a chantageei para me ajudar. De como ela foi minha amiga e eu não o fui. Olho para Peter, que de novo não conseguiu salvar o filho. Para Nicholas, porque ele se colocou sob grande perigo — de novo — para me salvar. Isso depois de eu ter mentido para ele e ter lhe roubado algo, depois de ter perdido Azougue, uma coisa tremendamente valiosa, que agora se tornou uma grande ameaça.

— Desculpem — peço finalmente. — Achei que poderia acabar com isso. Achei que poderia matar Blackwell, mas estava errada. Superestimei minha capacidade — acrescento, e sinto vergonha em assumir isso.

— Talvez — admite Peter, apertando meu braço. — Mas não tanto quanto você subestimou a capacidade dele.

— Não sei o que fazer — sussurro, tanto para mim quanto para eles.

— Você vai subir com Fifer, como Peter sugeriu — responde Nicholas. — Descanse um pouco. Mais tarde vamos conversar, depois que eu tiver tido tempo de avaliar tudo que aconteceu.

Não discuto com ele; não ouso. Mas antes de lhe dar as costas, falo:

— Obrigada. Por ir atrás de mim. Por se arriscar para me salvar. De novo.

Nicholas se vira para mim rapidamente. Põe as mãos em meus ombros, a expressão séria enquanto me olha. Por um momento tenho medo de sua raiva, de sua recriminação, coisas que mereço, mas que não quero ouvir, pelo menos não agora.

— Se eu tenho algum desejo com relação a você — começa ele. — É que entenda o valor do que você arrisca. O que você faz não tem mais a ver somente com você. Não existem mais pessoas que simplesmente ignorarão se o infortúnio lhe atingir, não importando o quanto isso possa ter sido verdadeiro no passado. Você não é — acrescenta ele, daquele seu jeito que me faz pensar que ele consegue ler meus pensamentos — substituível.

Então a mão de Fifer aparece junto a meu cotovelo, suave, me guiando, com Schuyler logo atrás. Peter murmura comigo num tom baixo, reconfortante, enquanto as palavras de Nicholas penetram em mim, encontrando o caminho para a verdade.

Eles me levam para cima: mais reboco e madeira, piso macio e tapeçarias, um quadro antigo a óleo aqui e ali, mostrando mares revoltos, cavalos empinando e vasos de flores — nada de reis, batalhas ou armas —, até que chegamos a uma porta e ao quarto, acolhedor em seus tons de verde-claro e branco, claro demais para o negrume que levo em meu coração.

No centro há uma banheira já cheia d'água, com vapor flutuando na superfície. Ao lado, uma cadeira com toalhas, uma camisola, um cobertor e uma tigela cheia de algo que parece ser sais de banho. Isso foi rápido. *Um dos benefícios de se ter um empregado fantasma*, foi o que John me disse uma vez.

— Vou cuidar da comida — avisa Peter. Em seguida sorri, mas a tensão ainda é visível. — Volto logo. — Então segue com Schuyler para o corredor, fechando a porta suavemente.

— Fifer, eu não... — começo.

— Pode parar — diz ela, mas não há maldade em sua voz. — Ainda estou com raiva de você, mas estou mais aliviada porque você não morreu. Você poderia ter morrido. Deveria ter morrido.

— Eu sei. — Desabo numa poltrona ao lado da lareira tépida e estalando, e apoio a cabeça nas mãos. — Eu sei.

— É. Bem. — Ela fica quieta, e, quando levanto os olhos, está me encarando com uma expressão que não costumo ver nela: preocupação. — Vamos tirar o vestido — diz finalmente, estendendo a mão e me puxando de pé. — O fedor e a visão dele são insuportáveis.

Demora um tempinho; cinco dias de sujeira acumulada grudam o tecido à pele. Observo Fifer levá-lo à lareira e jogá-lo ali. Depois de ser empurrado para o fogo com um atiçador, o imundo tecido marrom se incendeia.

Entro na banheira. Imediatamente a água fica escura e cheia de sujeira. Fifer joga um bocado de sais de banho — o que eu achava que eram sais de banho —, e a sujeira desaparece, enroscando-se em fiapos na água até sumir totalmente. Magia. Depois ela leva a mão à gola do roupão e tira seu colar: corrente de latão, ampolas cheias de sal, mercúrio e cinzas.

— Acho melhor mantermos Caleb fora de sua cabeça de agora em diante. — Ela passa o colar pela minha cabeça. — Ou qualquer um que possa estar cutucando por aí. Schuyler me contou sobre aquela oração que você ficou recitando. Acho que deve estar cansada disso.

Então me recosto na banheira, afundando na água quente e calmante. A fadiga que segurei durante dias volta com força, e preciso lutar para manter os olhos abertos.

— O que aconteceu? — pergunto depois de um momento. — Depois que Caleb me encontrou e todo mundo foi embora? Eles tiveram problemas?

— Schuyler disse que estava um caos. — Fifer tira as coisas da cadeira e a puxa para perto da banheira. — Guardas bombeando água de canos nos pátios, funcionários correndo de um lado a outro com baldes, pessoas gritando. Todo mundo achou que fosse um incêndio na cozinha, por isso ninguém desconfiou de nada, pelo menos a princípio. Mas, assim que viram o sangue e descobriram os corpos... — Ela abraça o roupão com força, como se estivesse se protegendo de uma corrente de ar. — Nesse ponto eles já estavam suficientemente longe para não serem apanhados. Correram a toda a velocidade durante quase dois dias até chegar aqui. Malcolm estava quase vomitando quando a Guarda o encontrou.

— Eles foram presos de novo?

— Não, mas quase foram. Malcolm estava completamente descontrolado. Exigia que eles voltassem para buscá-la, gritava com as pessoas, ordenava que pegassem armas, cavalos; até ordenou que Fitzroy lhe desse o exército. — Fifer faz um "tsc, tsc". — É de se pensar que um rei deposto seria menos exigente, mas não.

Confirmo com a cabeça. Não acho o comportamento dele surpreendente, seja no trono ou fora dele.

— Por fim Nicholas deu uma coisa para acalmá-lo. Ele dormiu por doze horas, mas então acordou e recomeçou com as exigências. — Outro muxoxo de desprazer. — Depois de você ter entrado e saído de Hexham com tanta facilidade, Fitzroy e Nicholas concluíram que poderia não ser seguro mandá-lo para lá de novo, por isso o colocaram em prisão domiciliar em Rochester.

— E Keagan? Está detida também?

— Não totalmente. Achamos que poderia estar, mas o conselho concluiu que não havia motivo para prendê-la. Liberaram-na a fim de que voltasse para casa, para Airann, mas ela pediu para ficar e nos ajudar na luta. Mas, mesmo assim, é uma forasteira, e uma forasteira perigosa. O conselho achou melhor restringi-la ao terreno de Rochester. Ela está se revelando uma boa aliada. Já mandou notícias ao restante da Ordem, pedindo que se juntem a nós. Keagan diz que eles são tão poderosos quanto ela, se não mais. Seria bom podermos contar com isso.

Confirmo com a cabeça, mas não digo nada, meus pensamentos já estão fluindo para outro prisioneiro de Hexham. Pergunto-me onde ele está, se está em segurança.

— John está em Rochester também. — Fifer adivinha meu silêncio. — Está sendo mantido numa sala em algum ponto da ala oeste, mas não sei onde. Não permitem visitas. Eu não o vi, nem Peter o viu. Só Nicholas e...

Ela para, mas já sei o que ia dizer. A única outra visita que John anda recebendo além de Nicholas é Chime.

— Sabe se ele está melhor?

Fifer baixa os olhos, os dedos compridos e pálidos repuxando a bainha do roupão.

— Não sei. — Ela dá de ombros. — Fico pedindo para vê-lo, mas Nicholas diz que é melhor eu não ir. Por isso presumo que não.

Balanço a cabeça. Estou frustrada pelo fracasso absoluto de meu plano, por causa do perigo no qual coloquei todo mundo outra vez: um perigo ainda maior que antes.

— Eu nunca deveria ter ficado em Harrow. — Fecho os olhos. Não quero ver o rosto de Fifer, ver que ela reconhece essa verdade. — Se eu tivesse partido, Blackwell jamais teria descoberto que não possuo o estigma. Eu teria conseguido manter segredo, e John continuaria em segurança. Eu teria mantido Blackwell numa busca eterna até que a própria maldição e fraqueza acabassem por matá-lo.

— Você acredita mesmo nisso? — O tom de Fifer é tão feroz que preciso abrir os olhos e encará-la. — Você acha mesmo que seria tão fácil? Conhecendo o objetivo de Blackwell agora, você acredita mesmo que poderia escapar por conta própria? Sozinha? Sem poder? Que Caleb não reviraria sua mente, acabando por trazer Blackwell para cá?

— Não sei.

— Acho que sabe, sim.

Então respiro fundo. Tudo que sei e tudo que não sei guerreiam entre si, até que me rendo à realidade de não saber absolutamente nada.

— E agora? — pergunto. — O que vai acontecer?

— Acho que você sabe disso também.

Sei. Blackwell vai descobrir a verdade sobre meu estigma, virá atrás de John, atrás de Harrow. Teria feito isso de qualquer modo, mas agora, com essa provocação, será diferente. Os ataques que sofremos eram bobagem se comparados ao que está por vir. Não serão meras escaramuças; não haverá demora.

— A coisa toda sempre esteve fadada a chegar a este ponto — diz Fifer. — E você não pode fazer nada para impedir.

24

VOLTO PARA ROCHESTER. NICHOLAS QUERIA que eu ficasse em sua casa, pelo menos por mais alguns dias, me recuperando. Mas ninguém se recupera das tramas de Blackwell. Você as absorve. Você as revira, abre espaço para elas num catálogo já repleto de horrores até que, em algum momento, encontra um lugarzinho para elas. Um lugar que nunca é exatamente escondido, mas que você espera que um dia esteja fora do alcance.

Nicholas me acompanha de volta ao acampamento, um guarda silencioso contra os olhares e os sussurros dos outros, imóveis ao nos ver. Eu, envolta numa capa comprida de veludo verde, mas, mesmo assim, tremendo sob um céu azul sem nuvens; e Nicholas, uma presença tranquilizadora, porém forte, vestindo mantos dourados e cor de marfim, guiando-me pelo terreno.

Apesar dos esforços para contê-los, os detalhes de meu sumiço — e da volta subsequente — se espalham como um vírus pelo acampamento. Todo mundo sabe aonde eu fui, o que fiz, o que aconteceu comigo, como fui trazida de volta. As notícias voam em Harrow, como disse Gareth.

Círculos de tendas brancas se estendem diante de mim, tremulando ao vento, como velas de lona. Vou em direção da minha, no quinto círculo interno, quando Nicholas estende a mão e me detém.

— Malcolm solicitou sua presença — diz ele. — Você pode recusar, claro, e eu não prometi nada a ele. Nós o avisamos que você está em segurança, mas acho que parte dele não vai acreditar até ver por si mesmo.

Hesito. Meu plano era me instalar de volta à barraca, depois seguir para os pátios de luta; me esfolar no treinamento para pagar pelas coisas que fiz e me preparar para as coisas que Blackwell fará. Mas uma visita a Malcolm é inevitável, e uma pequena parte de mim também quer vê-lo, para garantir que ele está bem, como me disseram.

— Sim — concordo. — Vou vê-lo.

Nicholas me leva à ala oeste de Rochester Hall, mais grandiosa ainda que a leste. Tetos decorados, paredes de brocado vermelho e dourado, repletas de pinturas a óleo com molduras douradas. Bustos de mármore de membros dos Cranbourne Calthorpe-Gough me olham de pedestais, todos inundados pela luz das janelas que vão do chão ao teto, e emolduradas por vastidões de pomposo veludo vermelho.

Guardas se enfileiram nas muitas portas, mas já sei qual porta leva aos aposentos ocupados por Malcolm: há cinco homens diante dela, nenhum satisfeito. Eles se mantêm em posição de sentido quando nos aproximamos, as lanças fazendo barulho para nos deixar passar.

Lá dentro, Fitzroy e Malcolm estão sentados diante de uma mesinha perto da janela que dá para um jardim e para a floresta exuberante mais além. Bandejas de prata, taças de cristal e pratos de estanho cheios de comida cobrem o tampo. Malcolm levanta o olhar de sua refeição intocada, me vê e se levanta atabalhoadamente.

— Elizabeth. — Seu guardanapo de linho cai do colo. — Você está aqui.

No passado, quando ele me recebia assim, eu sempre fazia uma reverência. Quase faço agora. Mas o impulso passa e, em vez disso, baixo a cabeça.

— Disseram que o senhor queria me ver.

Tenho consciência de que todos os olhares na sala estão fixados em nós.

— Queria. Quero — diz Malcolm. Ele parece não perceber nada além de mim. — Gostaria de comer? Você deve estar com fome. Ou talvez beber... — Ele olha em volta, como se esperasse que serviçais saltassem para atendê-lo, ainda surpreso ao ver que isso não acontece.

Fitzroy nos salva do constrangimento.

— Hoje é domingo. — Ele se afasta da mesa e se vira para Nicholas, parado firmemente a meu lado. — Soube que estão assando um javali. Não somente um, veja bem, mas um rebanho inteiro apanhado ontem à noite, um espetáculo que eu não me incomodaria em assistir. Será que gostaria de me acompanhar, Nicholas?

Fitzroy faz um gesto na direção da porta, mas Nicholas sorri, desculpando-se.

— Gostaria muito de dizer sim! Mas hoje sou serviçal de Elizabeth e gostaria de vê-la acomodada em segurança em sua barraca.

— Tudo bem — digo a ele, gostando da proteção. — Posso ir sozinha para lá daqui a pouco. Ou talvez me encontrar com vocês para ver os javalis? Gostaria de agradecer, e dar os pêsames aos cozinheiros que precisaram prepará-los.

Diante disso Nicholas sorri, então olha para Malcolm. Seu olhar escuro sustenta o claro do rei. E, se não estou enganada, vejo um clarão de alerta. Então ele e Fitzroy saem para o corredor. A porta se fecha, e Malcolm se volta para mim.

— Você está aqui. — Um sorriso hesitante. — Eu sei, eu já disse isso. Você está bem? Quer se sentar? — Ele vai rapidamente à cadeira de Fitzroy e a segura para mim.

— Estou bem — digo, e é uma verdade pequena e resumida. — Vou ficar de pé.

Malcolm assente, o sorriso desaparecendo.

— Foi um momento apavorante lá em Ravenscourt. Magia demais. E ver Caleb daquele jeito... — Ele balança a cabeça. — Aqui notícias chegam devagar, sabe? Ninguém corre para me contar nada, o que é compreensível, claro. Mas, mesmo assim, Fitzroy me contou tudo. Tudo que você passou... — Malcolm se cala, e eu intervenho; não quero reviver aquilo, de jeito nenhum e não especialmente com ele. Mudo de assunto:

— Vejo que você e Fitzroy estão se tratando pelo primeiro nome. É porque são familiarizados ou porque você se cansou de dizer seus sobrenomes? Ou talvez tenha se esquecido?

— Como alguém que tem três nomes, além dos sobrenomes, sei como isso pode ser uma desvantagem. Mas, respondendo à pergunta, nós nos tratamos pelo primeiro nome principalmente porque Fitzroy não sabia de que outro modo me chamar. — Seu sorriso está de volta. — Se bem que ele poderia simplesmente me chamar de capitão.

— Capitão? — repito. — Você?

— É. De meu próprio exército que está se formando. — Malcolm dá um passo atrás, aponta uma mesa do outro lado da sala. Está coberta de mapas e pergaminhos, com peças de xadrez espalhadas em cima. — Por acaso um rei deposto pode ser algo útil, especialmente quando esse rei deposto aprendeu estratégias de batalha com o rei que o usurpou. — Uma pausa. — Isso não foi muito piegas, foi?

Quase sorrio.

— Nem um pouco.

— Ótimo. Estive trabalhando nisso. Fitzroy disse que fui muito irritante quando comecei. Me chamou de teimoso! Ele é tão mau quanto Keagan. Não tem respeito.

Malcolm diz essa última parte num tom emproado, altivo, e agora eu sorrio de verdade.

— Ele me contou um bocado sobre Harrow e as pessoas que vivem aqui — continua. — Fico feliz por obter tal conhecimento, mais ainda que com o constrangimento de não ter sabido antes.

— O quê, por exemplo?

— Reformistas — responde ele. — Eu achava que todos praticavam feitiçaria ou que pelo menos tinham inclinações para a magia. Não é bem assim. Eu diria que metade dos soldados no acampamento é desprovida de magia. São neutros, como diz Nicholas. Palavra esquisita. De qualquer modo, como eles não são dotados de nenhuma magia com a qual contar, e como metade deles jamais segurou uma espada na vida, fui incumbido de treiná-los.

— Então você está encarregado de todos eles?

— Ah, não. Metade deles não quer se envolver comigo. Com isso, restam apenas pouco mais de cem homens que suportam ficar em minha presença. Metade *dessa* metade...

— Malcolm.

— Sessenta. — Malcolm dá de ombros. — Sessenta soldados em mil. Mas, como dizem, já é um começo. Pensando bem, sou grato por isso. Fitzroy diz que, se eu me sair bem, se puder transformar metal em ouro, como dizem os alquimistas, outros irão se juntar a nós. É o que estou planejando fazer agora mesmo. — Outro gesto em direção à mesa.

— Quando você faz os exercícios? Talvez eu me junte a você. Aí você teria sessenta e um soldados.

Sua expressão é pura luz do sol.

— É. Eu gostaria disso. Seria bom ver um rosto amigável. — Ele faz uma pausa, pensando. — Bem, pelo menos um rosto.

Então faço algo que não me julgava capaz de fazer: começo a gargalhar.

Nos primeiros dias de treinamento, quando Caleb e eu éramos novatos nos testes, quando nem ele poderia ter imaginado o que teríamos de enfrentar ou as coisas que precisaríamos fazer, ele inventou um jeito de enfrentar a dificuldade.

Um dia de manhã, ele apareceu à porta de meu dormitório em Ravenscourt com roupas adequadas para se estar ao ar livre e carregando uma sacola, mas não queria dizer o que havia nela nem aonde íamos. O sol ainda estava nascendo, mas as ruas já estavam apinhadas e Caleb saiu me puxando por elas; calçadas largas de paralelepípedos cada vez mais estreitas, aquele ar cheirando a fumaça e esterco dando lugar a chalés, árvores e capim, o cheiro de uma aldeia.

Subimos um morro; no topo havia um cemitério. As lápides tombavam umas sobre as outras, como dentes de piratas, desarrumadas, rachadas e manchadas. Estátuas sem cabeça se espalhavam, lutando por espaço em meio às árvores. Não havia pessoas por perto, nem caminhos, nem flores; era um lugar esquecido, como os mortos que estavam ali.

Caleb encontrou um trecho de gramado plano no centro de meia dúzia de lápides e se sentou. Tirou a sacola do ombro e a abriu, pegando comida embrulhada em panos: pão, presunto, queijo, frutas que tinha afanado da cozinha.

— O que está fazendo?

Ele me olhou. Fiquei esperando que zombasse de mim, já que era óbvio o que fazia. Mas, pela primeira vez, seus olhos azuis estavam sérios.

— Comendo — respondeu. — Faz tempo que você não come, não é? Para mim, faz.

Pensei no assunto. Provavelmente fazia dias que eu não comia, mas quem poderia saber? Provavelmente fazia dias que eu não dormia, mas quem poderia saber disso, também? Eu havia enfrentando aqueles dias como uma sonâmbula; era o único sono possível.

— Como você encontrou este lugar? — Acomodei-me no chão diante dele. Caleb partiu um pedaço de pão e me entregou. Ainda estava quente do forno.

— Não sei — respondeu ele, mastigando enquanto falava. — Foi em algum momento depois do segundo teste. Você sabe, o do Serpentine.

Engoli em seco. Blackwell tinha nos levado ao lago Serpentine, um lago de quinze hectares dentro do Parque do Jubileu, onde a família real costumava passar os verões navegando e pescando. Ele ordenou que o atravessássemos a nado — era dezembro; estava congelando e nevando —, e nenhum de nós sabia como fazer isso. Era proibido ajudarmos uns aos outros. Foi um dia agonizante, no qual ouvimos dois recrutas se afogando lentamente: suas súplicas rasgando o ar gelado, depois um silêncio súbito. Um deles tinha apenas 12 anos.

— Eu não conseguia parar de ouvir as vozes — continuou Caleb. — Assim, uma noite, depois das três horas e sem dormir, simplesmente comecei a andar. Não tinha destino em mente; só queria me mexer. Vim parar aqui depois de várias horas. Irônico, não é?

Consegui dar um sorrisinho.

Caleb mordeu mais um pedaço de pão.

— Fiquei sentado aqui não sei quantas horas. Observando estas lápides, estes marcos, estas pessoas... Estão todas mortas, Elizabeth. Mais que isso: estão esquecidas. Quando foi a última vez em que alguém pensou nelas? A ponto de vir visitá-las? Olhe em volta. Já faz um tempo.

Anos, pelo menos, pela aparência do lugar.

— Então percebi — disse ele. — Não importa o que aconteça com a gente, o que passamos, o que tivemos de ver, pelo menos não somos eles. Pelo menos não estamos mortos. Não estamos como eles, Elizabeth. Estamos vivos.

Era um pequeno consolo, mas era o único que tínhamos. Por isso passamos a tarde naquele cemitério, os dois comendo, e depois com Caleb se recostando numa lápide e tirando um cochilo. Quando voltei a Ravenscourt, dormi pela primeira vez em quatro dias.

Estávamos vivos.

Apesar do cordão em volta do pescoço, do estrado macio embaixo do corpo e da segurança relativa de minha barraca — agora vigiada, já que fiz um número razoável de inimigos —, ainda não consigo dormir: visões de Blackwell e seu rosto destruído, de Caleb e sua vida arruinada assombram meus pesadelos. Depois da terceira noite insone, me levanto, visto-me, penduro a sacola no ombro e vou para fora, para a madrugada fria, silenciosa e quieta. Paro perto da tenda de comida, ainda acordando; os dois cozinheiros ali dentro bocejam enquanto colocam medidas de grãos numa enorme chaleira borbulhante. Quando apareço junto à entrada, eles não dizem nada. Mas, depois de um momento, a cozinheira mais velha, uma mulher vestida de cinza, avança e põe um embrulho em minha mão.

— Não é muita coisa — diz ela. — O queijo está um pouco duro, o pão ficou meio rançoso. Mas você parece precisar.

Agradeço, ponho a comida na sacola e vou caminhando em meio ao mar de barracas adormecidas, atravesso o campo e passo por cima da ponte, saindo de Rochester.

Três horas depois, estou em Hatch End, parada diante do portão preto do cemitério que fica ao lado da casa de Gareth. Está trancado, mas tem só uns 2,50 metros de altura, e, mesmo cansada como estou, eu o escalo com facilidade. Sigo pela lateral da capela, pelo trecho de grama com lápides bem enfileiradas. Então, assim como Caleb e eu tínhamos feito tantas vezes tantos anos atrás, enfio-me atrás de um obelisco, tiro a comida da sacola e a arrumo à frente. Mas não é a mesma coisa.

Estou viva, sim. Mas Caleb está morto, e não é a mesma coisa.

Não sei quanto tempo passei sentada ali, encostada na pedra, com um pedaço de pão na mão, antes de notar a presença dele. Ele se esgueira em minha direção, silencioso como um fantasma.

— Você me seguiu? — Olho para ele, o cabelo brilhando feito mercúrio ao sol nascente. — Por quê?

Schuyler dá de ombros.

— Queria ver como você estava. Não a tenho visto muito, e Fifer se preocupa. Você andou ocupada.

Desde que voltei ao acampamento, passei boa parte do tempo com Malcolm, como prometi, ajudando a exercitar os homens, mostrando a eles coisas que jamais mostrei a ninguém: coisas que ninguém deveria ver. Modos de ferir, de mutilar, de matar. Conseguimos acrescentar mais uns vinte e poucos soldados ao grupo depois de uma demonstração na qual derrotei um bando de lobos — conjurados magicamente por Nicholas —, usando nada além de um par de facas e um punhado de galhos de pinheiro.

— Acha que é boa ideia? — continua Schuyler. — Vir aqui?

— Por que não? Gareth não está. — Dou de ombros. — Está trancado em reuniões do conselho. Malcolm disse que ele não sai de Rochester há uma semana.

— Não é isso que eu quero dizer. — Schuyler afasta uma pilha de folhas e se acomoda a meu lado, encostando-se num túmulo coberto de musgo. — Tem certeza de que é sensato se mancomunar aos mortos assim?

— Estou mancomunada com você, não estou?

— Bom argumento. — Schuyler levanta a mão.

Olho para ele. Para aqueles olhos de um azul tão cintilante que é quase artificial, aquele dia ligeiramente embotado pela preocupação, por algum problema ou pelas duas coisas. Meus pensamentos se voltam para Caleb.

— Ele contou a Blackwell que eu estava indo — confesso. — Caleb. Disse que precisa contar a ele tudo que sabe, tudo que pensa. Disse que Blackwell exigiu isso.

— Sim. Blackwell é o *pater* de Caleb, é quem o trouxe de volta, por isso Caleb deve fazer o que ele pede. Tudo que ele pedir.

— Mas ele não contou a Blackwell que estou sem meu estigma.

Schuyler deu de ombros.

— Provavelmente ele não pôde ouvir você com clareza suficiente para deduzir isso. Eu tive muita dificuldade em ouvi-la através daquela porcaria de oração, e olha que tenho anos de prática. Caleb é um novato. É difícil se concentrar nos pensamentos de uma única pessoa quando há tantas por perto para se ouvir.

— Imagino que sim. Mas na sala de rituais eu não estava recitando a oração. Pelo menos não no princípio. Estava cansada demais, preocupada demais com o que ia acontecer. Caleb poderia ter escavado, poderia ter ouvido tudo. Mas, quando Blackwell perguntou a ele para onde meu estigma tinha ido, ele respondeu que não sabia. — Faço uma pausa. — Você acha que ele sabia e mentiu para Blackwell?

— Não vejo por que ele faria isso. — Schuyler parte um pedaço de pão e joga na grama. Dois pássaros voam para o chão e começam a bicar as migalhas. — Ele não fez nada para impedir o que estava acontecendo com você. De qualquer modo, não é uma questão de escolha. A vontade do retornado se subordina completamente à do *pater*. Ele não... — Schuyler para abruptamente.

— Não precisa falar — digo depressa.

— Não é isso. Só que, para mim, é difícil lembrar. Faz algumas centenas de anos que não penso a respeito. Nem me lembro de como foi de verdade. Sabe que eu nem me lembro de meu sobrenome?

— Não? — Não sei se acho divertido ou se fico horrorizada. Escolho a segunda opção. — Sinto muito.

— Eu não. — Schuyler dá um riso malicioso. — Parece uma coisa lendária ter só um nome.

Fico quieta por um momento, lembrando-me de como Caleb falou comigo, de como sussurrou comigo através da porta, como se estivesse contando um segredo. Do jeito como parecia às vezes raivoso e desafiador, depois quase contrito.

— Caleb não pode desobedecer a Blackwell fisicamente. — Schuyler interrompe meus pensamentos. — Mas isso não quer dizer que precise ser leal. Há mil jeito de se demonstrar deslealdade, além da desobediência.

— Por exemplo?

Schuyler dá de ombros outra vez.

— Os retornados são criaturas muito básicas. — A palavra em si significa "retornar". Quando retornam, eles são como bebês, de certa forma. Só conhecem desejos básicos.

Noto o uso da palavra *eles*, como se os retornados fossem entidades diferentes dele.

— É um equilíbrio delicado — continua. — Eles são devedores, mas não querem dever. Alguns, a maioria, simplesmente espera, obedecendo num ressentimento borbulhante até a morte do pater, quando finalmente é possível se libertar. Outros, digamos, tomam a questão nas próprias mãos, visto que podem.

— Como você sabe disso?

Schuyler me encara com seu olhar brilhante, de quem sabe das coisas.

— Porque fiz meu pater ser morto.

Abro a boca para falar: não sai nada.

— Ele pediu que eu comprasse um navio; eu lhe comprei um navio. O que não pediu foi que eu comprasse um navio bom ou uma tripulação competente. O navio estava cheio de madeiras fracas e velas ruins; a tripulação não era uma tripulação, e sim mendigos e vagabundos atrás de moedas e bebida; eles estavam pouco ligando para os meios de se conseguir isso. E ele não me pediu para garantir que o tempo estivesse bom quando zarpássemos. Assim, quando partimos, encontramos uma tempestade, o navio se despedaçou e todos a bordo morreram. A não ser este criado que vos fala.

Engulo um pedaço de pão que, de algum modo, virou pedra.

— Você deve tirar vantagem das coisas que o pater *não* pede. — Schuyler me lança um olhar, com um meio sorriso. — Você pode exorcizar um retornado com sal o quanto quiser, *bijoux*, mas o diabo no interior continua.

Então ele para com a mão no meio do gesto de jogar o pão, o pedacinho ainda entre os dedos. E num instante está de pé, agarrando minha capa e me puxando para cima. O pão cai do meu colo; os pássaros voam para cima dele. Schuyler me arrasta para trás do obelisco.

Um segundo depois, a porta lateral da catedral se abre — a mesma por onde saí no dia do julgamento, no dia em que aconteceram os ataques de Blackwell — e Gareth sai. Está acompanhado por outro homem, todo vestido de preto como um conselheiro, só que não o reconheço.

— Achei que você tivesse dito que ele estava em Rochester — sussurra Schuyler.

— Acho que me enganei — sussurro de volta. — Mas isso importa? Ele não vai gostar de nos ver aqui, mas não é como se ele fosse nos prender...

— *Shhh*. — Schuyler tapa minha boca com a mão.

— Sei que as coisas mudaram. Mas não podem esperar que eu resolva todas as minhas questões em uma semana — diz Gareth.

— E quais questões seriam essas? — pergunta o homem.

— Eu... — Gareth hesita. — Minha casa.

— Desde que você ainda tenha uma. De qualquer modo, há uma boa quantidade de casas decentes em Upminster.

— Esse não era o plano.

— Ah, mas isso não deveria abalar você. — O homem levanta a mão, como se quisesse apaziguá-lo. — No mínimo, você é um excelente planejador. Imagino que para você isso não seja nada. Mesmo assim, esse é nosso papel, não é? Fazer o que for necessário.

Gareth pensa um pouco, depois assente.

— *Faciam quodlibet quod necesse est.*

O lema de Blackwell.

A mão de Schuyler está cobrindo minha boca, contendo o som ofegante e a certeza:

Gareth é o espião.

25

ENTÃO O HOMEM DE PRETO some — desaparece no nada, praticamente evaporando. Gareth olha ao redor, furtivo, antes de seguir pelo caminho, sair pelo portão e tomar a estrada de Rochester. Schuyler continua tapando minha boca, esperando que ele saia do alcance da audição. Minutos se passam. Por fim, ele me solta. Pega minha bolsa no chão e sai rapidamente de trás do obelisco.

— Uma semana? — pergunto. — Isso significa que Blackwell e seus homens estarão em Harrow em uma semana?

— Imagino que sim. — Schuyler está de joelhos, enfiando minhas coisas na bolsa, espanando o chão para espalhar as migalhas dos pães, apagando as provas de nossa presença.

— O que vamos fazer, Schuyler? — Agarro seu braço para fazer com que interrompa a arrumação frenética. — Pare com isso. Você precisa ouvir Gareth. Descobrir o que mais ele sabe.

— Não posso. — Schuyler se vira para mim. — Já tentei. Não consigo ouvir nada. Acho que os dois usavam algum tipo de barreira. Mercúrio, cinzas, como aquela porcaria de colar de Fifer. Mas não preciso ouvir para saber o que queriam dizer. Uma semana até que Blackwell mande seus homens para tomar Harrow, pegar John, recuperar o estigma e prosseguir com seu plano insano.

Uma semana.

— Não estamos preparados — comento. — As tropas da Gália ainda não chegaram, a Ordem ainda não apareceu, os homens de Malcolm ainda não estão treinados... O que vamos fazer?

— Contar a Nicholas. A Fitzroy. Nos preparar. — Schuyler pendura minha bolsa no ombro. — É só o que podemos fazer.

— Você acha que deveríamos...

— Matar Gareth? Não. — Schuyler capta meu pensamento antes mesmo que eu possa verbalizá-lo. — Não podemos andar por aí matando conselheiros, *bijoux*, mesmo que sejam traidores. Não, precisamos contar a Nicholas e deixar que ele decida. Depois disso, se ele estiver buscando voluntários, seremos os primeiros da fila.

Começamos a voltar a Rochester. Eu queria que Schuyler fosse na frente, para tentar chegar ao acampamento antes de Gareth. Mas Schuyler não sabe que caminho tomar, e nenhum de nós pode se arriscar a ser visto.

Alternando um caminhar rápido a um cauteloso, chegamos a Rochester pouco antes do meio-dia. A fumaça se espalha no ar, o cheiro de comida sendo preparada. As pessoas se reúnem em grupos ao redor das mesas; fazem fila nas tendas de banho, nas tendas de lavanderia, nas tendas de armas; sentam-se em volta de múltiplas fogueiras que brotam enfileiradas no chão. Ao longe, homens se espalham ao longo dos pátios de torneios, lutando ou assistindo, alguns nas áreas de treino de arco e flecha, outros se exercitando nos campos ao redor.

Schuyler e eu examinamos os grupos à procura de um homem mais alto que todos os outros, um homem mais bem-vestido que os demais, e um homem mais traiçoeiro que qualquer um.

Não vemos Nicholas, Fitzroy ou Gareth em lugar algum.

— Vamos nos separar — sugiro. — Vou ficar aqui e procurar nas barracas. Você vai lá para dentro. Verifique os aposentos de Malcolm também — acrescento de última hora. — Fitzroy pode estar lá.

Schuyler assente.

— Primeiro vou procurar Fifer. Ela precisa saber o que está acontecendo, e pode me ajudar a procurar. Se não os encontrarmos, ou mesmo se encontrarmos, nos reunimos com você dentro de uma hora, na capela.

Então ele se mistura à multidão. Dou meia-volta e sigo para as tendas, puxando o capuz da capa sobre a cabeça e abaixando-o bem. Não quero ser vista, não quero ser parada, não quero falar com ninguém a não ser Nicholas ou Fitzroy.

A multidão fica mais esparsa quando chego ao círculo das tendas dos oficiais. Homens de uniforme, homens segurando armas, homens examinando mapas e intermináveis listas de equipamentos. Uma ou duas pessoas olham em minha direção, dois, mas ainda não vejo Nicholas nem Fitzroy.

Saio da segurança relativa do círculo interno e sigo em direção aos pátios de torneios. Nicholas não estará ali, mas Peter pode estar, e pode me dizer o paradeiro de Nicholas. Estou franzindo os olhos sob o capuz por causa do sol forte e não o vejo até estar quase em cima: um rapaz usando capa azul-marinho, parado junto de uma garota radiante como uma rosa de inverno, vestida de vermelho, a mão lhe segurando o braço.

John.

— Elizabeth. — Seus olhos, ainda cheios de olheiras, mas não tão profundamente como na última vez que o vi, se arregalam. Meu coração, que já estava batendo mais depressa, agora se lança numa corrida louca.

— Você voltou — acrescenta Chime, quando John fica quieto e eu não respondo. — Fiquei tão feliz quando soube que você estava em segurança! — acrescenta ela, mas a provocação por trás das palavras me diz o contrário.

— É. — Olho para a esquerda, para a direita; procuro uma fuga que não existe. Não do escrutínio intenso de John, e não dos outros três rapazes, amigos de John, alguns eu reconheço e outros não, que se aproximam e me cercam. Sinto-me vagamente caçada.

— Vejo que você voltou — constata um deles. — Retornou, recuperou-se e agora está ajudando um rei a tentar matar outro.

— É — repito. Acho que, se não falar muito, eles vão se cansar do jogo que estão armando e me deixar em paz.

— Por falar em rei, ouvi dizer que você enfrentou Blackwell. — Seb, o rapaz ruivo, me olha de cima a baixo, com aquele sorrisinho desagradável que já tive o desprazer de presenciar. — Como ele estava?

Lembro-me das mãos de Marcus em meu crânio, do rosto deformado de Blackwell, do corvo morto no centro da sala de rituais. Caleb e a legião de guardas mortos; os leões vendo tudo, os vingativos corvos de olhos vermelhos.

Desvio o olhar e não respondo.

— Ouvimos dizer que você perdeu Azougue, também — diz outro rapaz. É bonito, bonito demais, louro, de olhos azuis e alto como Caleb e Schuyler, mas isso não o torna atraente para mim. — Você passou por um bocado de encrenca, não foi? E só para criar mais encrenca ainda.

Não respondo também. Em vez disso, olho Chime, a única do grupo que suporto olhar, e somente por pouco.

— Estou procurando Nicholas. Você o viu? — Seria possível engasgar com a gentileza em minha voz.

Chime começa a falar, mas John se adianta e responde antes dela:

— Eu vi. Está no solar, mas você precisa de um acompanhante para ir à ala oeste. Posso fazer isso se quiser.

Não quero. Mas perguntei por Nicholas, John sabe onde ele está, e no mínimo isso me afasta desse encontro desconfortável.

Dou as costas a eles sem responder, e sigo para a alameda de teixos e para Rochester Hall, que fica além. Por um momento, penso que John mudou de ideia sobre me acompanhar, ou que foi convencido a não ir. Mas então o som de passos e o farfalhar de uma capa a meu lado me dizem que eu estava enganada.

Chego ao corredor externo e à porta vigiada que dá na ala oeste. John assente para os homens. Eles nos dão passagem. Logo estou no solar — um lugar de onde não tenho lembranças boas —, olhando os sofás, a lareira, o vão da janela e a mesa redonda de mogno com cadeiras em volta.

Está vazia.

Tiro o capuz da cabeça e giro. John para diante da porta, bloqueando minha saída. Seus olhos estão fixados em meu rosto, me examinando atentamente.

— O que você está fazendo? — Minha confusão se mistura à apreensão. — Cadê Nicholas?

— Não sei — confessa ele. — Mas ouvi dizer que você estava de volta ao acampamento e queria conversar. Procurei por você o dia todo. — John afasta o cabelo do rosto num gesto familiar, os cachos escuros mais compridos do que quando o vi pela última vez. Agora está mais parecido com ele próprio.

Mas não é ele próprio.

— Procurei no pátio de treino, na área de tiro com arco, na campina de exercícios e no parque, o que foi um erro de manhã tão cedo. Quase fui pisoteado por um rebanho de cervos.

— Lamento ter causado inconveniência — me desculpo. Minhas palavras saem casuais, indiferentes, mas o tremor na voz me entrega.

— Não me importo com isso. — Ele balança a cabeça. — Não é isso que eu queria dizer. Só quis dizer que queria vê-la.

Uma raiva latente salta dentro de mim.

— Em nosso último encontro, você disse que não queria me ver nunca mais — disparo. — Lembra-se? Eu me lembro. Você disse que queria deixar tudo isso... me deixar... para trás. E depois disse para eu ir embora e nunca mais voltar.

— Elizabeth... — Ele dá um passo em minha direção.

— Ainda que eu agradeça pelo esforço heroico em me encontrar, não era necessário — continuo. — Não precisa dizer para não incomodá-lo nem ficar em seu caminho. Você está sozinho agora. Exatamente como queria. — Depois, por despeito, acrescento: — Mas, pelo que vi, não está tão sozinho, não é? — Ver John, falar com ele, é mais doloroso do que eu imaginava que seria. Faço menção de partir.

— Elizabeth, por favor, ouça. — Ele estende a mão para mim, mas eu me desvencilho.

— Não bote a mão em mim. — Sinto aquela ardência característica nos olhos; minha voz fica esganiçada. Estou perigosamente à beira das lágrimas. — Saia da frente. — Passo por ele, indo em direção à porta de novo.

— Mas que merda, me ouça! — John agarra meu braço e me gira. Começo a me soltar dele, até que vejo seu rosto. A pele pálida, os olhos vermelhos, o cenho franzido numa expressão que conheço ou pelo menos conhecia, parte tristeza, todo sofrimento.

— Eu estava com raiva de você — confessa ele. — Disse coisas que não queria ter dito. Coisas idiotas que nem eram verdade. E, quando pensei que aquelas seriam as últimas palavras que você ouviria de mim... — John me solta e se vira para a porta. Por um momento acho que ele vai sair; não sei se devo impedi-lo ou permitir que se vá.

— O estigma. — Ele se volta para mim. — Faz coisas comigo. Me torna violento. Irracional. Diferente de mim. Mas você já sabe disso.

Confirmo com a cabeça, cautelosa.

— Se eu estava instável antes de ser posto em Hexham, depois fiquei pior ainda — continua. — Arranjei brigas com os guardas. Repetidamente. Depois de você ir embora, depois de soltar Malcolm e a outra, e vocês saírem, fiquei com raiva demais. Feri um deles a tal ponto que tiveram de levá-lo a um curandeiro. — Ele estremece ao dizer isso. — Estava totalmente fora de controle. Mas você também já sabe disso.

Confirmo de novo.

— Nicholas apareceu para me libertar de Hexham — continua John. — Contou que Fitzroy fez um pedido ao conselho para assumir minha custódia, que precisava de mim para cuidar da mãe. Era mentira; eu sabia disso. Disseram a eles que eu ficaria sob prisão domiciliar, mas isso também era mentira: Nicholas e Fitzroy me puseram de quarentena. Eu não tinha permissão para sair. Não podia receber visitas, a não ser Nicholas. Não tinha permissão para portar nada, exceto ervas e instrumentos, livros e poções. A princípio ele não me deu nem mesmo um alambique; tinha medo de eu incendiar a casa.

John se permite um riso pesaroso, mas eu não o acompanho.

— Em alguns dias, comecei a me sentir melhor — diz ele. — Entendi por que eles me trancaram. Porque, quanto mais eu praticava minha própria magia, mais a magia do estigma parecia se esvair. E, quanto mais eu voltava a ser eu mesmo, mais pensava em você. Queria saber o que aconteceu com você, se estava em segurança. Mas Nicholas não dizia nada, então pensei... — Ele se encolhe e para. — No dia que ele a trouxe de volta, ele foi me ver. E me contou tudo.

— Por que ele finalmente o deixou sair?

John estende a mão para mim, porém a abaixa.

— Porque disse que você precisava de mim. Mas, se não precisa, diga. Vou me esforçar para entender. Mas eu preciso de você. E nunca vou deixar de tentar provar isso.

Nesse ponto minha resolução se desfaz. Dou um passo em sua direção; ele cobre a distância entre nós com três passos. Aí me abraça, suas mãos tocam meus cabelos, seus lábios em meu rosto e suas palavras ao meu ouvido: *eu te amo, eu te amo, eu te amo.*

Nicholas fica em silêncio enquanto Schuyler e eu contamos sobre Gareth.

A capela está vazia, a não ser por nós cinco, sentados no banco da frente: John à direita, Fifer, Schuyler e Nicholas à esquerda. A luz das velas tremeluzentes ao longo das paredes lança sombras azuladas no piso de mármore.

— Uma semana. — Nicholas olha para o céu, para as estrelas pintadas no teto. — Vai ser por causa da lua, claro.

Enrugo a testa; todos os outros assentem.

Nicholas se vira para mim.

— No dia do ritual e de seu resgate, a lua estava no primeiro quarto. Metade luz, metade escuridão; em equilíbrio.

Penso naquela madrugada — até então tentei não pensar — e me lembro do momento que subi no parapeito da janela, quase fugindo: vi a lua no céu ainda escuro, pendendo baixa, impressionante em sua meia-luz.

— Uma fase da lua não é necessária para o feitiço; a magia que ele está tentando vai muito além da magia celeste — continua Nicholas.

— Mas Blackwell não vai deixar nada ao acaso, e isso explica a ocasião. A próxima meia-lua, o terceiro quarto, vai ser em...

— Uma semana — diz Fifer.

Nicholas assente.

— É provável que agora Blackwell saiba que John possui o estigma. Se não soube com Caleb, soube com Gareth, que sem dúvida já deduziu. — Uma pausa. — Eu não acreditaria que era ele. Que Gareth se voltaria para Blackwell, que sacrificaria tudo que lhe é caro em troca do que só posso presumir ser uma posição elevada no novo regime.

— Ele sempre foi ambicioso — diz John.

— É — concorda Nicholas. — E isso resultará em sua queda.

De novo penso em Caleb: na ambição inabalável, em como ela o levou à ascensão até que, por fim, o levou ao chão.

— Não entendo — falo. — Se Gareth se alinhou a Blackwell, por que no julgamento ele ordenou que eu o matasse? E por que Blackwell mandou seus capangas virem a Harrow? A informação que eles procuravam poderia ser dada por Gareth. Ele se arriscou. Se seus homens não tivessem vindo, jamais teríamos descoberto um espião em Harrow. Pelo menos não até que já fosse tarde demais.

— Quando Gareth ordenou que você matasse Blackwell, sem dúvida seguia ordens — afirma Nicholas. — Blackwell sabia que você tentaria aproveitar a ocasião; que modo melhor de colocá-la no caminho dele? Quanto aos capangas, acredito que foram mandados para confirmar a informação passada por Gareth. Os traidores não são dignos de confiança, como o próprio Blackwell sabe.

— O que vamos fazer? — pergunta Fifer. — Vamos alertar o restante do conselho? Mandar prender Gareth? Prendê-lo em Hexham ou em algum lugar dentro de Rochester?

Nicholas junta as pontas dos dedos.

— Acho que não — responde, depois de um momento. — Acho que isso só apressaria a chegada de Blackwell a Harrow. Se Blackwell descobrisse que sabemos da verdade sobre Gareth, não teria motivo para adiar os ataques. Como eu disse: o quarto de lua não é necessário para a magia, é simplesmente preferível. Não acredito que ele sacrificaria sua vantagem militar por isso.

— Você sabe que eu jamais iria questioná-lo — começa Fifer. — Mas a ideia de Gareth andando livremente pelo acampamento, ouvindo nossas estratégias, ouvindo nossos segredos... mais dos segredos... não suporto pensar nisso.

Nicholas olha para Schuyler.

— Você vai monitorá-lo? O mais de perto que puder? Sei que disse que não consegue ouvi-lo, mas quero ter certeza de que Gareth não atraiu mais ninguém, nenhum conselheiro ou soldado, para seus planos. E quero saber com quem mais ele tem se reunido, e a quem mais tem concedido permissão de entrada em Harrow pelos próximos sete dias.

Schuyler assente.

— Vou seguir cada passo dele.

Nicholas se volta para Fifer.

— Sei que é difícil imaginar, mas às vezes é melhor deixar uma trama seguir seu curso até que se saiba toda a extensão do envolvimento. Dos dois lados. — Ele se levanta. — Enquanto isso, tudo que podemos fazer é nos preparar. John, peço que conte a seu pai; ele vai saber manter segredo e vai querer ficar ciente do perigo que você corre. Vou encontrar Fitzroy. Ele vai ter de começar a preparar as tropas de um modo que não alerte Gareth. Quanto antes, melhor, acho.

26

ROCHESTER PARTE PARA A AÇÃO. Soldados começam a chegar da Gália, mil somente nas últimas vinte e quatro horas — e mais mil devem chegar nas próximas vinte e quatro, passando pela fronteira segura e protegida da Câmbria e pelos túneis abertos sob Rochester Hall. Fitzroy comanda exercícios. Malcolm passa os dias, do alvorecer ao crepúsculo, com seus homens, treinando-os. E eu comecei a treinar de novo: de manhã na área de arco e flecha, exercícios militares à tarde, lutas com Schuyler à noite.

Na manhã do quarto dia — três dias para que as tropas de Blackwell comecem a atacar — saio de minha barraca para a luz cinzenta e nublada da manhã, ansiosa para começar. Já ouço as trombetas a distância, convocando-nos. A visão de três mil homens marchando uniformizados pelas colinas causa um arrepio em minhas veias.

A meio do caminho para o pátio de treino, vejo John vindo em minha direção. Ele para na minha frente e me dá um sorriso breve e hesitante.

Diferentemente de mim, não está vestido para os exercícios. Usa calça marrom e uma capa preta, a alça da velha bolsa de couro marrom no ombro. Ele me vê, os olhos calorosos, mas também um pouco cautelosos. Ficamos parados um momento, encarando um ao outro sem dizer nada.

— Como você está? — pergunto finalmente.

— Bem. E você?

— Estou bem, também. — Ficou meio inquieta por causa do diálogo incômodo.

Desacostumei a ficar perto de John. Não sei direito como agir, o que dizer, como simplesmente ficar com ele. Foi fácil quando ele voltou para mim, do modo como uma crise pode derrubar as barreiras entre duas pessoas. Mas, nos dias subsequentes, essas barreiras foram sendo reconstruídas, todas as palavras e atitudes chamando atenção para o que as provocou: a traição e as mentiras, as coisas que ele disse, as coisas que eu não disse. Não sei como derrubá-las de novo.

— Vai a algum lugar? — Meneio a cabeça para a bolsa velha.

— Eu... vou. À botica. Faz um tempo que não vou até lá.

Claro que ele não visita o local há um tempo, afinal estava na prisão. Porque o coloquei lá.

— O que quero dizer é que meus suprimentos estão meio reduzidos. — John tenta de novo: — Por isso pensei em pegar um pouco. Você... — Ele para. Pigarreia. — Sei que você está ocupada e tem coisas a fazer. Mas eu adoraria sua companhia se você estiver disposta.

Hesito. Se eu não me apresentar para os exercícios, terei de prestar contas a Fitzroy. Então ele me punirá com uma incumbência inferior, como lavar pratos, roupas ou cuidar das armas. Mas não é só isso. É que eu preciso continuar treinando. Não tenho espaço para recuar, nem um pouco. Começo a dizer não, mas então vejo os punhos de John apertados ao lado do corpo, o modo como seu maxilar está trincado. Como seu olhar passeia pelo acampamento, atento e arregalado.

— Sim — respondo. — Claro que vou com você.

Ele pega minha mão, cauteloso; eu aperto a dele. Juntos vamos para Rochester Hall, para a única entrada que permanece aberta a nós agora, o portão da frente muito bem guardado e protegido por magias.

Só que, se estávamos tentando sair do acampamento sem sermos notados, escolhemos o pior momento. As trombetas fazem seu último chamado frenético enquanto os homens saem cambaleando de suas barracas, vestindo casacos, túnicas e botas, e saltam de pé na tenda de refeições, derrubando taças e pegando o resto da comida nas tigelas, derramando-se pelo gramado a nossa volta.

Não deixo de notar os olhares em nossa direção nem a reprovação sussurrada quando passamos. John vê — é astuto demais para não o fazer —, mas continua segurando minha mão, como se pudesse me proteger de qualquer coisa que eles digam ou façam. E, quando sorri para mim e aperta meus dedos, sei que sua proteção é uma garantia.

A barreira está sendo derrubada.

Até que vejo Chime no pátio, sentada num banco de pedra, a coisa mais luminosa sob o céu cinzento do dia. Está cercada por amigos: as garotas com vestidos nas cores do arco-íris que reconheço daquele dia na tenda do refeitório, quando John foi preso, e alguns dos rapazes também; os mesmos com quem ele treinava, que incentivavam sua violência ao mesmo tempo que me botavam para baixo. As garotas estão fazendo algum tipo de jogo de dados, os rapazes escolhendo lados e apostando. Mas, quando nos veem, eles param: os dados pretos batem na pedra e ficam ali, sem que ninguém se dê o trabalho de pegá-los.

— John — cumprimenta Chime, completamente me ignorando.

— Vai sair do acampamento?

— Só um momento — responde ele. — Para pegar uns suprimentos na botica.

Chime arqueia uma sobrancelha perfeita, depois desvia o olhar.

— Voltou a curar, é? — pergunta o rapaz ao lado dela, o louro que me importunou há alguns dias. — Se ficar cansado de cuidar de velhas e trazer bebês ao mundo, é bem-vindo para se juntar a nós outra vez. Bem, ao menos um de vocês é bem-vindo. — Ele olha em minha direção, as narinas se dilatando de nojo.

John oferece o dedo num gesto obsceno meio segundo antes de as trombetas soarem o último toque. Os rapazes se levantam, recolhendo suas capas e prendendo as armas à cintura.

— Divirta-se lavando pratos — diz John, me puxando do pátio.

A botica fica no centro da rua de cima em Harrow, em Gallion's Reach, aninhada entre a oficina do sapateiro e a padaria. A rua está quase vazia: um ou dois mercadores empurrando carrinhos de mão, alguns parados junto às portas, olhando enquanto passamos.

John me leva para uma rua lateral que dá no beco atrás das lojas. Vamos nos desviando da lama e das poças de água parada até chegarmos a uma porta de madeira estreita e simples. Ele pega uma chave na capa e abre a fechadura.

— A fechadura da frente está quebrada — avisa ele. — Pensei em consertar, mas não tive tempo.

Entramos pelos fundos da botica, no que parece um depósito. Está escuro ali dentro, a luz da única janela pequena e alta junto da porta é suficiente apenas para enxergarmos o mínimo. Há grandes tonéis de madeira, cestos em prateleiras, caixotes no centro do cômodo. Numa alcova do outro lado, há uma cama, algo intermediário entre um catre e um estrado. Está arrumada com lençóis limpos e brancos, passados e lisos, como se ninguém dormisse nela há um bom tempo.

— Minha mãe pôs isso aí — explica John. — Ela achava que seria útil termos uma enfermaria. Não é uma coisa tremendamente aconchegante, mas fica longe da rua e o lugar é silencioso. Pelo que sei, ninguém ficou doente a ponto de precisar usá-la. — Ele sorri e indica outra porta. — Por aqui.

Nunca estive antes dentro de uma botica, mas é do jeito que imaginei. A parede dos fundos é forrada de prateleiras atulhadas de garrafas de todos os formatos e tamanhos, vidros escuros, verdes, âmbar e vermelhos, envoltos com etiquetas de pergaminho amarelado, com o garrancho ilegível de John. Alguns frascos, presumivelmente contendo coisas mais perigosas — sorrio ao ver seu elaborado desenho de uma caveira com ossos cruzados — ficam na prateleira do alto. Uma única janela grande e opaca, de vidro ocre, banha o lugar numa luz dourada, quase transcendental, e a porta antiga que dá na rua principal está trancada com uma trave, com a tranca quebrada pendendo da dobradiça.

Os caibros estão cheios de flores e ervas em vários estágios de secagem. Reconheço algumas somente pelo cheiro: lavanda e anis, arruda e cipreste, avelã e margarida. A loja tem um cheiro exótico, uma mistura de especiarias fortes e ervas pungentes, juntamente a alguma coisa mais suave, velas ou sabão. Tem o cheiro de John.

— Eu diria para você sentar, mas... — John olha em volta. — Não parece haver lugar para isso, não é? Em geral não recebo visitantes, só fregueses. Eu poderia trazer um caixote dos fundos para você se quiser.

— Tudo bem. — Acomodo-me na bancada cheia de livros, instrumentos, pergaminhos e penas, empurrando alguns para o lado. — Estou bem aqui. É confortável. É bom.

Ele me dá um sorriso torto.

— Está uma bagunça. Eu diria que é porque não venho aqui há um tempo, mas não é verdade. A aparência é esta praticamente sempre.

— Que suprimentos você veio pegar? — pergunto. — Talvez eu possa ajudar a recolher. Sou boa em reconhecer coisas; se você me der uma lista eu posso... o quê?

O rosto de John, posicionado numa expressão cuidadosa de controle, desmorona.

— Não vim pegar suprimentos. Vim porque precisava me afastar do acampamento. Das pessoas, do treinamento, de tudo. Simplesmente... precisava sair.

Ele vai até um enorme armário ao lado da porta da frente. Dentro há prateleiras cheias de volumes encadernados em couro e bem arrumados. Parece escolher entre eles, pega um e volta para perto de mim.

— Lembra-se de que eu contei que, quando voltei para Rochester, Nicholas me deu livros e suprimentos, na esperança de que eu recomeçasse a praticar magia?

Confirmo com a cabeça.

— O que não contei foi que, a princípio, me recusei a tocar em qualquer coisa daquilo. Disse a mim mesmo que não estava interessado, mas, na verdade, não queria saber até que ponto eu tinha ido de verdade. Mas, quando finalmente me obriguei a pegar um livro, vi o que eles eram. Textos medicinais. Para crianças.

Ele sorri para mim, mas não consigo me obrigar a sorrir de volta.

— Fiquei furioso. Joguei todos contra as paredes, quase os atirei pela janela. Mas em pouco tempo, sem ter nada mais para fazer, comecei a lê-los. Não há muita coisa neles, na verdade: só pinturas e descrições de ervas, plantas, flores. Era magia que eu já conhecia, simplesmente estava enterrada dentro da violência e da raiva do estigma.

John faz uma pequena pausa e continua:

— Agora, quando sinto que a fúria começa a querer tomar conta de novo, volto para isto. — Ele acena com o livro. — De volta ao princípio, para me lembrar do que é importante. A coisa está recomeçando, agora sei. E acho que eu realmente a trouxe aqui para perguntar se gostaria de recomeçar comigo.

Estendo a mão. Ele me entrega o livro; o título é escrito em dourado na capa de couro marrom: *Phytologiæ Aristotelicæ Fragmenta.* Um texto de botânica.

— O que eu faço?

— Apenas leia o nome das plantas. E eu digo para que são indicadas.

Abro a primeira página.

— Pilriteiro.

— *Cratægus lævigata.* — Ele senta no balcão à frente. — Partes usadas: folhas, flores, frutos. Melhora a falta de ar, a fadiga e a dor no peito. Não há precauções conhecidas.

Viro a página.

— Escutelária.

— *Scutellaria lateriflora.* Folhas, caules, flores. Usada para aliviar ansiedade, insônia e tensão nervosa. — Um músculo em seu maxilar se contrai. — Precauções conhecidas: pode causar tontura e, quando combinada com cavalinha, pode ser tóxica.

— Vara-de-ouro.

E assim vamos. Páginas e mais páginas, ervas e flores, plantas e raízes. Em algum momento a postura de John começa a se encurvar, seus olhos começam a se fechar. A voz fica mais suave, quase hipnótica.

Viro a página mais uma vez, e o que vejo me faz sorrir.

— Jasmim.

Seus olhos se abrem rapidamente. Encontram os meus, ficam firmes, tão cheios de desejo que minha respiração fica presa na garganta.

— *Parsonsia capsularis*. Partes usadas: pétalas e caules. Como tintura para abrasões, compressa para dor de cabeça e febre.

Então ele desce do balcão. Para na minha frente. Pega uma mecha de meu cabelo, enrola no dedo, enfia atrás de minha orelha.

— Precauções: pode causar taquicardia, falta de ar, tensão no estômago.

Estando tão perto, finalmente vejo — vejo de verdade — o que o estigma fez com John: o preço que a luta lhe cobrou. As noites insones e a vermelhidão nos olhos. A preocupação nas olheiras. Seu rosto, barbeado, mas não com atenção, uma passada rápida da navalha para dizer que está feito, mas sem muito cuidado. A camisa, limpa demais e engomada demais para ser coisa dele.

Nesse momento ele baixa a guarda: põe as mãos na bancada, uma de cada lado de meu corpo, inclina-se à frente e apoia a cabeça em meu ombro. Está parado, parado demais, como se esperasse que eu me afastasse, que dissesse não. Sinto seus cílios nas bochechas quando ele fecha os olhos, o peso de seu peito quando ele inspira e solta o ar, um exalar lento e demorado.

Existem diferentes tipos de força, agora sei. Há o tipo que brande espadas e mata monstros, mas também há outro tipo; um que chega de mansinho, mas no fim é mais forte, mais duro e mais poderoso: o tipo que vem de dentro. Em todas as vezes que precisei dele, jamais percebi até que ponto ele também precisava de mim.

Passo a mão em seus cabelos, enfio os dedos nos cachos. Inclino-me à frente, roço os lábios nos dele, suavemente. Demoro-me ali por um momento, meus lábios nos dele, mas ele não retribui o beijo. Ficou parado, e sei que está pensando que, se fizer algum movimento, respirar, falar, qualquer coisa, o feitiço vai se quebrar e ele vai me perder.

Mas continuo em frente.

Agora estou colada nele e posso sentir seu coração martelando por baixo da camisa, a tensão em seus braços enquanto ele segura a borda da bancada. Meus lábios voltam para os dele, depois se afastam de novo, leves como plumas, passando pelo rosto até chegar à orelha, depois descendo pelo pescoço. Fito seus olhos rapidamente por um momento, só o bastante para ver que estão fechados.

— Você não sabe o que está fazendo. — Sua voz é um sussurro, um sopro em minha pele. Não é uma censura: é um alerta.

— Sei, sim.

Então ele me puxa, uma das mãos em meus cabelos, a outra envolvendo minha cintura antes de me carregar da bancada para seus quadris. Ofego ligeiramente, surpresa, e então seus lábios estão finalmente, ferozmente nos meus. Estou sem fôlego, mas ele não terminou ainda. Me beija de novo, ainda. Meus pés escorregam até o chão; cambaleamos para longe da bancada.

É ele que me empurra contra a porta; sou eu que o faço passar por ela. É ele que arranca meu casaco; sou eu que tiro o dele. É ele que puxa minha túnica; sou eu que abro um botão de sua camisa, depois outro, antes de tirá-la pelos ombros. É ele que me empurra para o cômodo com a cama pequenina no canto, que me puxa para cima dela, amarrotando os lençóis cuidadosamente arrumados.

Quando a única coisa que resta entre nós é uma pergunta, ele se afasta de mim até onde permito, o suficiente para me olhar nos olhos e dizer sem dizer: *tem certeza?*

Não basta dizer sim. Não basta responder, não com palavras, mas com um beijo. Faço as duas coisas, mas também faço uma terceira: digo a frase. Depois de sentir por tanto tempo, finalmente encontro coragem para verbalizá-la:

— Eu te amo.

Ele puxa o cobertor sobre nós dois e depois me beija.

E as barreiras desmoronam de vez.

27

ACORDO SENTINDO AS MÃOS DE John em meus cabelos, enredando os fios nos dedos. Abro um olho e o flagro me espiando, os olhos quase fechados, meio dormindo, mas o sorriso totalmente desperto.

— Que horas são?

Ele rola de costas, levanta a cabeça e olha pela janela junto à porta.

— Eu diria que umas sete.

— Ah. — Penso um momento. — É mais tarde do que pensei. Vamos ter de inventar alguma desculpa para ter passado o dia todo fora. Talvez possamos dizer que comemos na cidade.

John rola para me encarar, e agora seu sorriso é malicioso.

— Sete da manhã.

Arquejo de susto; ele começa a gargalhar.

— Estou completamente encrencada — gemo.

— Está mesmo — concorda ele. — Vai lavar pratos por uma semana.

— Para sua informação, vou pôr toda a culpa em você.

— Pode me culpar pelo que quiser, quando quiser. — Ele ri de novo. — Mesmo assim, acho que deveríamos voltar. Meu pai vai ficar desvairado. — Ele faz uma pausa, pensando. — Se bem que, se ele deduziu que você está comigo, provavelmente desvairado não é a palavra certa.

Recolhemos nossas coisas e saímos pela porta dos fundos da botica, John a tranca e seguimos pelo beco até a rua principal de paralelepípedos. O dia ainda está cinzento, e é cedo, o ar fresco e calmo. Na véspera estava silencioso também, mas agora o lugar parece quase abandonado. As portas de todas as lojas estão trancadas, as janelas fechadas, ninguém à vista.

— Acha que aconteceu alguma coisa? — sussurro. Não tem ninguém por perto, mas parece importante sussurrar.

— Não sei. — Ele solta minha mão, vai andando pela rua. Testa a porta do sapateiro, levantando a aldrava em formato de sapato e deixando-a cair uma, duas vezes. Em seguida testa a padaria, a peixaria, a livraria, depois a taverna que tem o nome adequado de Coroa Raspada. Bate nas portas trancadas, espera que sejam abertas.

Não se abrem.

— Não gosto disso — comento. Mas não há nada para não gostar. Nenhum som de ataque, nenhum grito, nem fumaça, nem cavalos relinchando. Nem sons de botas ou do choque entre espadas. Nenhum vento com cheiro acobreado, o cheiro de sangue fresco pairando.

— Vamos. — John está de novo a meu lado. — Se aconteceu alguma coisa, alguém em Rochester vai saber.

Passamos de novo pela botica e pelo restante das lojas vazias. Estamos quase no fim quando um homem vira uma esquina, correndo como se estivesse sendo perseguido.

— Ei! — Ele levanta uma lança, uma arma digna de pena, com a ponta enferrujada meio solta do cabo e amarrada num pedaço de pau nodoso com uma tira de couro. Ele arregala os olhos quando vê John e baixa a arma imediatamente.

— John Raleigh. O que faz aqui? E você? — O homem me olha. — Nossas tropas passaram por aqui e pegaram todo mundo ontem à noite, levaram para Rochester, quer gostássemos ou não. — Pela carranca, está claro que ele não gostou. — Os homens de Blackwell entraram de novo.

— O que aconteceu? — pergunta John. — Alguém foi ferido?

— Não sei. — O homem dá de ombros. — Está um caos. Segundo boatos, pessoas desapareceram, mas é difícil dizer quem, por enquanto. Estão fazendo uma contagem de cabeças agora.

John e eu trocamos um olhar breve.

— É melhor voltarem — continua o homem. — Sem dúvida seu pai está preocupado.

— Se eles levaram todo mundo para Rochester, o que você está fazendo aqui? — pergunta John.

O homem assente na direção da sapataria.

— Percebi que esqueci de fechar a oficina... idiotice, verdade...

Uma flecha fura seu olho antes que ele possa terminar. O homem oscila com sangue escorrendo pelo rosto antes de tombar no chão, de cara para baixo. Morto.

Tudo acontece em menos de um segundo.

De soslaio, localizo o arqueiro. De capa preta, o capuz levantado de modo que não dá para ver o rosto, posicionado na esquina da mesma rua lateral por onde o sapateiro veio. Está recarregando o arco e apontando diretamente para nós. John tira a arma deplorável da mão do morto, segura minha mão e corremos.

Uma flecha nos persegue; posso ouvi-la assobiando pelo ar. Não nos desviamos; em vez disso, John me agarra e nos joga ao chão. Caímos com força nas pedras do calçamento enquanto a flecha passa. John se levanta antes de mim, erguendo-me outra vez, e corremos de novo.

Mais flechas. Agora voam de todas as direções: da frente, de trás, dos lados. Estamos cercados. Uma flecha acerta o ombro de John de raspão; arquejo quando ele se dobra rapidamente, aperta o braço com a mão, que apresenta só uma leve mancha de sangue: já está curado.

Entramos no beco, de volta à botica. Chegamos à porta dos fundos, a chave já na mão de John. Ele a enfia na fechadura, abre a porta e me empurra para dentro.

— Precisamos nos esconder. — Olho para cima, para baixo, ao redor. — Dá para entrar no sótão? Subir no telhado?

— Não vamos nos esconder. — John me puxa até a frente da loja. Aí me empurra para trás do balcão, depois corre de um lado a outro, abrindo gavetas, correndo em círculos, murmurando sozinho. Depois se ajoelha e abre um armário.

Há um estalo forte, e, em seguida, uma chuva de vidro ocre quando uma pedra atravessa a janela. Eles nos encontraram. Depois de um momento, John salta de pé, segurando duas máscaras; parecem máscaras de carrasco. Ele me entrega uma.

— Coloque.

— John, eu não...

— Coloque!

Obedeço. A máscara é apertada, apenas com fendas para os olhos e nada para o nariz. Só um buraco minúsculo no lugar da boca, não o suficiente para falar, apenas o bastante para respirar. Muito mal.

John se abaixa, a cabeça desaparecendo de novo no armário. Quando volta está segurando uma bolsinha de couro. Ele desamarra o cordão rapidamente e a vira sobre a bancada. Dentro há um bloco branco, apenas ligeiramente maior que um cubo de açúcar, enrolado em pergaminho e carimbado com a imagem de um crânio vermelho e ossos cruzados; esse não foi desenhado por ele.

— John... o que é isso? — Minha voz sai abafada.

Outro estalo forte; mais uma pedra voa pela janela. Os gritos na frente ficam mais altos. John se vira para mim, o rosto pálido sob o cabelo escuro.

— É *Ricinus communis*. Derivado da planta da mamona. Já ouviu falar?

Balanço a cabeça.

— É veneno. Basta aspirar um pouco para morrer instantaneamente. Não é considerado ilegal somente em Harrow. É ilegal em toda parte. Eu mantenho um saquinho para pacientes que estão morrendo e não querem prolongar o sofrimento, que desejam um fim rápido. Se alguém soubesse que eu o possuía... — Ele não conclui a frase; não precisa. Se o conselho soubesse disso, não significaria prisão: significaria a morte.

— Vou usar contra eles — continua John. Agora até seus lábios estão pálidos. — Vou soprar no ar, eles vão aspirar e morrer.

Sinto um enjoo. Todo seu esforço para controlar o ódio gerado pelo estigma será desfeito numa única respiração. Dou um passo adiante, ponho a mão na dele.

— Deixe que eu o faça.

— Não. Precisa ser eu. — Sua voz está baixa, porém segura.

Confirmo com a cabeça.

— Mantenha a máscara, ouviu? — Suas palavras saem rápidas. — Você pode respirar através dela, mas não a tire até eu mandar. E não toque em nada. Não faça nada até que eu diga. Entendeu?

Confirmo de novo.

Ele calça as luvas: de tecido grosso e preto. Coloca a máscara no rosto, ajeitando-a com força em volta do nariz e da boca. Pega uma pipeta de vidro comprida no balcão. Uma extremidade larga, a outra estreita, como uma trombeta. Desenrola o bloco de veneno do pergaminho, apertando-o e o esfarelando entre os dedos antes de enfiar na extremidade mais larga do tubo. Aperta o polegar na outra extremidade, criando um vácuo para manter o pó ali dentro.

Há um estrondo enorme. A janela da frente se despedaçou, com cacos pendendo dos caixilhos, amarelos e brilhantes como olhos de gato ao sol fraco da manhã.

John aponta para o canto da loja, à esquerda da porta.

— Abaixe-se. Espere que eles entrem — instrui ele. A voz sai abafada por trás da máscara.

Outra pancada e eles estão chegam; estão dentro da loja. Dois, seis, oito passam pela janela aberta e convergem para nós, todos com capas pretas e o símbolo das rosas estranguladas, as flechas apontando diretamente para nós.

— Suas armaduras não vão adiantar nada — diz um deles, mirando a testa de John.

— Nem as de vocês — retruca John.

E sopra.

O pó enche o ar, como uma névoa. Fiapos brancos no formato de dedos saem da pipeta, quase predatórios, flutuando na direção dos homens. Por um segundo o ar é preenchido pelo som de suas risadas, mas entre uma respiração e outra, a risadaria cessa.

A pele deles fica branca; é como se tivessem sido cobertos de pó. Os globos oculares ficam vermelhos, as veias se dilatam cada vez mais, até ficar totalmente carmesins. Eles se sacodem em espasmos, feito marionetes, até que todos os fios são cortados ao mesmo tempo e os oito homens despencam no chão embolados, uma catástrofe de uma tragédia grotesca.

Sou erguida e empurrada sem muita gentileza para além da janela quebrada, saindo à rua, até chegarmos ao outro lado. John tira as luvas e depois me gira, segurando minha máscara, puxando-a antes de tirar a dele.

E aí me olha com atenção.

— Você não tocou em nada?

Balanço a cabeça.

— Não. Em nada.

John me puxa para a bomba d'água em frente à peixaria. Bombeia algumas vezes até a água sair limpa, depois lava as mãos e o rosto, sugando bocados do líquido e cuspindo nas pedras do calçamento.

— Sua vez — diz. — Mesmo que não tenha tocado em nada, não faz mal garantir.

Estendo as mãos e as coloco embaixo do jorro frio, lavando a boca e jogando água no rosto até as bochechas ficarem entorpecidas.

Enxugo o rosto e as mãos nas dobras da capa, depois olho para ele. Tenho medo de ver hostilidade em seu rosto de novo, a violência do estigma redemoinhando nas veias, provocando um tumulto invisível. Mas, em vez de raiva, vejo apenas cautela.

— Você está bem? — pergunto.

John olha para a botica arruinada, os cacos de vidro amarelo cobrindo as pedras do calçamento, o amontoado de capas pretas visível lá dentro.

— Não totalmente. Mas vou ficar.

Não quero perguntar, mas pergunto:

— E os corpos?

John dá um sorriso sem graça.

— Eles vão se resolver sozinhos. Em cerca de seis horas não passarão de ossos.

Seguimos num passo acelerado até o acampamento, olhando para todos os lados, examinando a campina, a floresta, atentos a mais arqueiros de preto espreitando por trás de árvores.

Quando nos aproximamos, mal consigo ver Rochester, a silhueta enevoada e turva atrás do que deve ser uma nova barreira. Quase não vejo o homem parado logo atrás dela também; uma figura de um cinza nebuloso, o clarão de um triângulo laranja na lapela, um homem da Guarda. Ele nos vê chegando e balança a mão; o ar em volta de nós fica opaco, como névoa, com uma abertura nítida no centro.

— Havia outros atrás de vocês? — Ele nos incita a entrar. — Deles ou nossos?

— Deles, sim — responde John. — Mas demos um jeito. Havia um dos nossos também, mas morreu. Ele disse algo sobre pessoas desaparecidas. Elas foram encontradas?

— Duas. — O guarda assente. — É melhor irem logo, para que saibam que estão bem.

Continuamos pela estrada até Rochester e atravessamos a ponte para a loucura. Cavalos, homens, soldados, pajens correndo para todos os lados; vozes berrando ordens. John e eu saímos nos acotovelando em meio ao caos, procurando Peter, Fitzroy, Nicholas, qualquer um que tememos ter desaparecido, qualquer um que possa nos contar o que está acontecendo.

Logo ouvimos um grito, e Peter aparece, amarrotado e desgrenhado. Choca-se contra John, puxa-o num abraço forte, fazendo-lhe um cafuné meio brusco. Murmura no ouvido dele; não consigo discernir as palavras, mas ouço a ternura. Depois ele se vira e faz o mesmo comigo.

— Pensei que tinha acontecido o pior. — Peter recua, as sobrancelhas escuras franzidas. — Os homens de Blackwell entraram de novo. Nós juntamos todo mundo em Harrow, mas ainda há desaparecidos. Pensei que vocês também estivessem sumidos.

— Já soubemos — diz John. Em seguida conta sobre os arqueiros, sobre o homem que eles mataram, sobre o veneno e o que aconteceu depois.

— Pelo sangue de Deus! — exclama Peter. — Vocês estavam na botica? Eu fui até lá depois que não os consegui encontrar. As luzes estavam apagadas, e as portas, trancadas. Eu não tinha chave, mas, quando bati, ninguém atendeu.

— Nós estávamos lá — diz John. — Só... não ouvimos. — Fico um pouco vermelha, e ele também, mas não desvia o olhar.

— Mas por que... *ah*. Sei. *Ah.* — Peter passa a mão na barba, sem jeito.

John muda rapidamente de assunto:

— Você disse que havia pessoas desaparecidas. Quem?

— Alguns soldados. Uma mulher e o filho, de Mudchute. Pelo que vocês viram na cidade, podemos acrescentar o sapateiro à lista. E Gareth.

— Gareth? — John e eu trocamos um olhar. — Ele foi levado contra a vontade? Ou os homens de Blackwell foram instruídos a escoltá--lo para fora de Harrow?

— Não há como ter certeza — responde Peter. — Mas Nicholas acredita que ele foi sequestrado. Fitzroy foi até a casa de Gareth, e a porta estava destrancada, com os pertences exatamente onde ele havia deixado.

— Por que eles o levariam? — pergunta John.

— É difícil dizer. Pode ser porque Blackwell tenha descoberto que sabemos que ele é o espião, pode ser porque Gareth tenha mudado de ideia quanto a desertar, e sabemos o que Blackwell faz com traidores. — Ele hesita. — Não importa muito. Ele se foi, e apesar de ser um pequeno consolo, isso nos poupa de ter de prendê-lo. De qualquer modo, temos um problema maior. Alguns membros da Ordem da Rosa chegaram ontem à noite. Disseram que os homens de Blackwell estavam começando a se mobilizar em Upminster mais cedo do que esperado. Acreditamos que vão chegar amanhã, em algum momento.

— Quantos? — pergunta John.

— Uma estimativa conservadora é de dez mil.

Dez mil. Contra nossos quatro mil.

— Parte do exército de Blackwell, talvez até metade, está lutando à força — continua Peter. — Eles vão desertar assim que a batalha começar. Ou vão escapar ou Blackwell vai desperdiçar suas tropas, caçando-os. Ainda que isso nos deixe mais ou menos equiparados, ele ainda tem os retornados. A força de um retornado é igual à de dez homens comuns, e eles serão leais.

Penso nas palavras de Schuyler e me pergunto se isso seria totalmente verdadeiro.

— Vamos para as suas barracas — diz Peter finalmente. — Vocês precisam pegar seus uniformes e armas, e vamos fazer uma última reunião esta noite. O amanhã... — Ele para. — O amanhã vai chegar logo.

John põe a mão no ombro de Peter, mas não há nada que possa dizer para aliviar a preocupação no rosto do pai. Peter sabe que há uma chance de John não sair vivo da batalha. Eu também sei, apesar de tudo que farei para que isso aconteça.

Vamos andando pelo campo apinhado, serpenteando pelo círculo de tendas brancas em direção a minha barraca quando ouço. Um grito, um riso, depois o vejo, vindo em nossa direção num espalhafato de listras, penas e sorrisos:

George.

28

— Eli!

Ele corre pela grama em nossa direção, luminoso feito o sol vespertino com um casaco de listas verdes e azuis, um chapéu azul com um penacho amarelo e uma capa também amarela. Joga-se contra John, quase o derrubando. Os dois estão rindo e se empurrando mutuamente; até que por fim George dá um passo atrás e nos olha de cima a baixo com um sorriso maroto.

— Ora, ora, se não é meu casal complicado predileto. — Ele olha para John, depois para mim e em seguida de volta para John. — Parece que finalmente as estrelas se alinharam, conspirando para cegar a todos nós.

George dá um passo à frente e me abraça, apertado.

— Estou feliz de verdade em ver vocês. — Ele me examina, atentamente, o sorriso hesitando por um momento. — Fifer andou escrevendo para mim, contando o que está acontecendo. Tudo. Você... — George deixa o resto no ar, sem palavras, o que é uma raridade. — Você vai ficar bem. Acho que todos vamos.

Ele nos acompanha enquanto seguimos pelo meio da multidão.

— Quando você voltou? — pergunta John.

— Ontem à noite, tarde. Foi meio difícil atravessar o canal. Mas cá estamos, e bem a tempo. Eles vieram caçando briga, e parece que vamos ter uma.

John assente, depois se vira para o pai.

— Qual é o plano para os que não vão lutar?

— Depois da meia-noite de hoje, as mulheres e crianças vão ficar do lado de dentro. — Peter acena na direção de Rochester Hall. — George foi encarregado delas e da evacuação para Câmbria, se for necessário. De qualquer modo, elas estarão em segurança. Nicholas e alguns conselheiros estão trabalhando nos feitiços agora mesmo. Ninguém terá permissão de sair até que o conselho, sem Gareth, claro, dê a instrução.

Não pergunto o que vai acontecer se não restar ninguém do conselho para dar a tal instrução; sei que não preciso.

Olhamos os milhares de soldados gauleses, suas tendas decoradas com uma bandeira da Gália em listas de vermelho, azul e branco, conversando e rindo, alguns treinando lutas, outros deitados na grama, fumando cachimbo ou bebendo em taças de cristal.

— Vejo que eles estão à vontade — observa John, com um sorrisinho torto. — Pela aparência da coisa toda, não dá para saber que vão para a guerra.

— Eles trouxeram o vinho e as taças — explica George. — São os mais formidáveis. Mortais para diabo, mas com manutenção tremendamente cara. Nem consigo enumerar quantos me perguntaram onde fica a tenda das damas. Estamos em guerra, e eles querem uma tenda das damas.

Reviro os olhos. John e George riem.

— Não que isso fosse difícil de fazer — continua George. — As mulheres da Ânglia sempre tiveram uma quedinha pelos gauleses, e as mulheres de Harrow não são diferentes. Portanto esta noite haverá música, vinho, comida e, sem dúvida, tantos flertes quanto quando eu estava na corte. E por falar em corte...

Levanto os olhos e vejo Malcolm vindo em nossa direção. Está vestindo cores reformistas: túnica preta, calça preta, o símbolo laranja e vermelho dos reformistas num brasão bordado na frente, uma espada à cintura. Vê-lo vestido assim, livre, armado e passeando pelo acampamento como se fosse dono de tudo, é um choque e uma expectativa.

George avança e esboça uma reverência rápida.

— Senhor.

Malcolm balança a mão, dispensando a cerimônia com um sorriso atravessado no rosto.

— Eu disse para me chamar de Malcolm. Acho que já passamos das formalidades.

George se vira para nós.

— Esse aí é uma piada, conforme descobri ontem à noite. Levou todo meu dinheiro num único jogo de cartas. Em seguida, depois de garantir que eu estivesse totalmente abalado, perdeu tudo numa jogada. Uma jogada que acredito ter sido feita com tremenda habilidade.

— A habilidade não foi minha, e sim sua — declara Malcolm com elegância. — Mas fico feliz em marcar uma revanche se você quiser testar sua teoria.

— Não tenho planos para amanhã à noite — diz George.

— Agora tem — retruca Malcolm.

George ri e estende a mão; Malcolm a aperta, rindo. Em seguida, seu olhar se volta para mim.

— Que bom que vocês retornaram. Ficamos preocupados. — Ele olha para John e assente. — Vocês dois. — O silêncio paira um momento. — Elizabeth, posso falar com você?

John se vira para George.

— Viu Fifer por aí?

George faz que sim com a cabeça.

— Na última vez que vi, ela estava aterrorizando um pobre soldado gaulês. Amaldiçoando-o depois de lhe jogar uma maldição *de verdade*. Ela lhe causou uma espécie de urticária que se espalhou. Por todo o rosto, os lábios e a língua do sujeito.

John ri.

— Por quê? O que ele fez?

— Ele a chamou de *"un peu fig mignon"*.

— Um figuinho bonito.

John revira os olhos.

— Pode me levar até os dois? Quero que ela saiba que estamos bem. E parece que temos uma doença de pele a tratar. — Ele se vira para mim. — Encontro você mais tarde?

— Claro — respondo.

John assente para Malcolm, aperta minha mão, depois ele e George se afastam, com a brisa trazendo de volta a fala de George e as risadas de John. Aquilo me faz sorrir.

Malcolm se vira para mim.

— Como você está?

— Bem. Tive um encontro com alguns arqueiros de Blackwell, mas eles se saíram pior que eu.

— Que bom. Mas não me referi só a isso. Como você está se sentindo em relação ao dia de amanhã?

Amanhã. O amanhã está num gume de faca: vitória e derrota, vida e morte, alegria e tristeza. Vai ser uma coisa ou outra; não haverá meias medidas.

— Estou preparada — asseguro, e é verdade. — Vivi sob a sombra de seu tio por muito tempo, farei o que for necessário para derrubá-lo.

Ele examina o campo, os olhos se franzindo contra o sol poente de um modo que faz as rugas em volta se aprofundarem. Penso em como ele se tornou herdeiro do trono aos 12 anos, depois que Blackwell matou seus pais e tentou matá-lo sem sucesso. E em como, aos 16, virou rei. Depois, aos 20, entrou num baile de máscaras como rei e saiu como prisioneiro, sem o título, sem a esposa, o país, a vida. Ele viveu o suficiente para um homem com o dobro de sua idade, e agora, pela primeira vez, aparenta esse desgaste.

Malcolm me devolve o olhar, a boca se curvando num sorriso, como se soubesse exatamente o que estou pensando.

— Já contei o que fiz em meu primeiro dia como rei da Ânglia?

Balanço a cabeça.

— Entreguei o país para outra pessoa governar. — Ele faz uma careta. — A meu tio. Disse a ele que não queria aquilo, que não podia fazer aquilo. Eu já deveria saber, pela rapidez com que ele concordou, que tinha alguma coisa errada. Ele disse que me entregaria as rédeas de volta quando eu estivesse preparado. Mas a bebida, o jogo, as farras, as caçadas, bem... — Malcolm ri, um som curto, de escárnio. — Achei que estivesse fazendo a coisa certa ao ignorar qualquer coisa que meu tio quisesse fazer. A apatia se tornou um hábito; agora é por ela que sou conhecido.

— Você está aqui. Está lutando — argumento. — Está ajudando a salvar o país e se arriscando para consegui-lo. É por isso que vai passar a ser conhecido.

— Se eu fizer isso direito, não vou ser conhecido por nada.

— Você é o rei. Não pode morrer.

— Posso, poderia; vou, não vou. Não é isso que importa. O que importa é que estou preparado. Assim como você, estou preparado para sair de sua sombra. Vou retomar Ânglia.

Ele estende a mão.

— Posso? — pergunta, e eu assinto. Então ele leva meus dedos aos lábios; um beijo formal, cortês. — Fico feliz que você esteja aqui comigo. Não confio em muitas pessoas; não confio em ninguém. Mas sempre confiei em você. E agora preciso me desculpar.

Espero.

— Eu sabia que seu sentimento por mim não era recíproco. Simplesmente optei por não ouvir. — Ele solta minha mão assim que sua expressão muda; agora parece vulnerável como um menino. — Fui egoísta e errado, e sinto muito. Sei que são apenas palavras, mas é tudo que tenho. Você pode me perdoar?

E assim, na véspera da batalha final da qual talvez não retornemos, sei que é tarde demais para não perdoar, tarde demais para guardar ressentimentos. Tarde demais para castigá-lo por jogar segundo as regras quando elas foram arrancadas de nós dois, viradas pelo avesso antes de serem servidas de volta num prato envenenado.

— Posso — respondo, e não fico nem um pouco surpresa ao constatar que estou sendo sincera.

— Agora temos uma batalha a vencer. — Seu sorriso voltou; ilumina seu rosto... e esse é o Malcolm que eu conheço: espalhafatoso, ousado, confiante, com o mundo aos pés e esperançoso por tudo. —

A esta hora, amanhã, estaremos comemorando. Ouça o que eu digo.
— Ele dá meia-volta e acena para mim.

Fico observando-o ir embora. Assim que ele vai se afastando em meio ao restinho da luz do dia, ela o engole. E aí penso que ele vai sair de lá bem mais brilhante, imaculado, ou então o clarão vai devorá-lo, assim como fará com todos nós.

A noite chega. E com ela uma comemoração. Os soldados gauleses insistiram nisso. Em seu modo de pensar, era a única coisa a se fazer. Se a batalha for ruim, se cairmos, se eles não voltarem a Harrow no dia seguinte, pelo menos tiveram essa noite. Melhor que a alternativa, disseram: ficar encolhidos nas barracas, sozinhos e com medo.

George adorou a ideia. E ninguém sabe organizar uma comemoração melhor que ele: em uma hora tínhamos vinho, tanto dos soldados que o trouxeram da Gália quanto da reserva particular de lorde Cranbourne Calthorpe-Gough. Alguém conjura luzes no ar, minúsculas, brancas e aninhadas nas árvores em volta do acampamento, cintilando na noite enluarada.

A música preenche o ambiente: flautas e tamborins, harpas e tambores. Pessoas riem e dançam; conversam em gaulês e flertam em anglo. E nenhum de nós fala a respeito. Sobre a chance de não retornarmos, de que tudo vá acabar. A verdadeira chance de, no dia seguinte, não restar mais nada.

À meia-noite a música para. As luzes minúsculas são apagadas; as risadas cessam. Com pouca fanfarra e menos palavras ainda, a comemoração se dispersa. As mulheres e as crianças são levadas para dentro de Rochester Hall. Os soldados gauleses se retiram para seu lado do acampamento, bêbados de risos e vinho apenas alguns instantes atrás, agora sóbrios e estoicos.

Os armeiros se retiram a fim de terminar a tarefa: preparar as armas para os três mil soldados de nosso exército. Não temos muitos cavalos, algumas dezenas, talvez. Um punhado de corcéis para liderar a carga inicial, alguns palafréns para sinalizar. Mas não será uma carga de cavalaria; nunca seria. Aquela será uma batalha de infantaria: cara a cara e corpo a corpo, sangrenta, maligna, pessoal e mortal.

Tão abruptamente quanto os outros, John me guia de volta à barraca. Sem palavras, nos embolamos em minha estreita cama de campanha, seus braços me apertando com força, minha cabeça encostada em seu peito. Respiro-o, aquele mesmo cheiro tranquilizante: lavanda e especiarias, o mesmo calor e conforto que sempre sinto perto dele.

Não digo que estou com medo do amanhã. Estou com medo do que vai acontecer se perdermos, do que vai acontecer se ganharmos. Estou com medo da mágoa, da perda e da espera, da pausa interminável entre o início e o fim para saber como termina. Não digo nada disso. Mas, pelo modo como ele me abraça, me beija e murmura que sempre vai me amar, me diz que já sabe.

29

DE MANHÃ O AR ESTÁ frio e parado. A luz abafada do sol se infiltra pela lona branca, banhando-a numa claridade amarelada. Lá fora, o barulho de atividade já começou, frenético e ruidoso. O nó em minha barriga, já apertado, se contrai mais ainda.

John e eu nos vestimos em silêncio, ambos com o mesmo tipo de roupa: calça marrom, túnica branca sob uma fina camada de malha de ferro, uma veste azul e vermelha — as cores tradicionais da Ânglia numa batalha para restaurar a Ânglia —, tudo encimado por um peitoral de armadura. Ajudo-o a prender as tiras de couro nos ombros e nas laterais. Quando termino, ele faz o mesmo por mim. E por um momento ficamos parados cara a cara. Posso ler a expressão sombria e definitiva em seu rosto, ouço os homens gritando fora da barraca, seus passos e o trovejar de cascos, e sei que é hora de ir.

Mas, mesmo assim, continuamos parados.

Por fim me afasto, pego minha sacola enfiada embaixo da cama. Remexo até achar o pedaço de fita verde-escura que tirei do corpete do vestido verde-claro que Fifer me deu, aquele que usei na noite em que subi a treliça até o quarto de John, a última vez que estivemos juntos antes de tudo dar terrivelmente errado.

Estendo-a para ele.

John olha a fita de ponta a ponta e depois me encara.

— Nunca pensei que você gostasse de fitas — comenta ele. — Mas me lembro desta. Me lembro de tudo daquela noite, inclusive o que você usava. Fiquei me perguntando por que essa cor. Por que verde, quando a cor que mais combina com você é claramente o azul. Depois me perguntei onde você o teria arranjado, e se tinha outros vestidos parecidos.

— Você pensou um bocado nisso.

— Penso muito em você — corrige ele. — Mas na maior parte do tempo não envolve fitas.

Isso me faz sorrir, mas só por um instante.

— Quero que você use esta fita — peço. — E quero que pense em mim quando a estiver usando. Independentemente de o verde ser minha melhor cor ou mesmo se você preferisse pensar em outra coisa. — Minhas palavras saem num rompante, mas estamos sem tempo e preciso que ele as ouça. — Mas, não importando o que você pense de mim, quero que saiba que eu preciso de você. Preciso que volte para mim.

Estendo a fita e, com a mão trêmula, a enfio dentro de sua armadura. É uma coisa que uma donzela faria, dando sua prenda a um cavaleiro que entra num torneio. Mas aquilo não é um torneio e eu não sou a Rainha da Primavera. Sou o que sou: uma matadora e uma traidora, algumas vezes mentirosa e sempre encrenqueira, mas, mesmo assim, ele encontrou um jeito de me amar.

— Por favor, pense em mim — repito. — Por favor, volte para mim.

John estende a mão e captura a minha. Não resta nada para dizermos, por isso ele me beija com intensidade, me esmagando contra seu corpo, talvez esquecendo que estamos de armadura, talvez não, não faz diferença. Beijamo-nos ao som dos tambores, ao som das trombetas, dos cascos e dos batimentos cardíacos, beijamo-nos até que não reste nada a não ser parar ou ir adiante, por isso vamos em frente. Ele puxa minha armadura com impaciência, e, antes de me dar conta, ela está no chão, sua mão se enfiando embaixo de minha túnica ao mesmo tempo que começo a puxar as amarrações da armadura que acabei de colocar nele.

Há um clarão de luz do sol e um sopro de vento fresco, e de soslaio vejo Schuyler parado à porta da barraca, balançando a cabeça e dando um risinho debochado.

— Vocês estão umas seis horas atrasados para esse tipo de despedida — decide ele, com voz arrastada. — Deveriam ter feito isso ontem à noite, em sincronia ao restante do acampamento. — Uma pausa, outro risinho. — Sabiam que há um aumento de vinte por cento nos nascimentos nas épocas de guerra se comparadas aos tempos de paz?

— Saia — murmura John de encontro a meus lábios. Ele não se vira, não me solta.

Mas Schuyler continua:

— Também quase dobra o número de bebês nascidos de um mesmo casal. O que é assustador, considerando que esse aí — ele vira a cabeça bruscamente para John — já quer seis.

Então me afasto de John, boquiaberta.

— Você quer seis filhos?

— Pare com isso — diz John rispidamente para Schuyler.

— Não estou escutando seu pensamento. Juro. — Schuyler levanta as mãos. — Fifer me contou.

— Seis? — repito.

— Achei que fosse um número bom, um número par. — John dá de ombros. — Será que a gente pode falar sobre isso mais tarde? Porque, por mais que eu gostasse de que isso fosse uma discussão em grupo, realmente não creio que esta seja a melhor hora.

— Isso mesmo — concorda Schuyler. — Porque dez minutos antes de entrar na batalha é a melhor hora para desembainhar a espada e...

John lança uma fiada de palavrões, todos direcionados a Schuyler. Mas os dois estão rindo, e eu também.

— Guardem seus carinhos para o quarto — diz Schuyler, ainda rindo. — É hora de ir.

John recolhe minha armadura do chão, me ajuda a vesti-la de novo. Começa a me levar para fora da barraca, mas eu o impeço.

— Alcanço você num instante — aviso. — Antes eu gostaria de falar com Schuyler.

John se inclina e cola os lábios nos meus, mantendo-os ali. Depois sai murmurando algo para Schuyler. Capto o sentido geral, e não é nada agradável. Mas faz Schuyler rir mesmo assim. A aba da barraca é fechada, bloqueando o sol, uma sombra caindo sobre nós dois.

— Como isso vai ser? — pergunto. — Vamos marchar para a vitória ou derrota?

— Não sou vidente, *bijoux*. — A voz de Schuyler sai instável devido à honestidade. — Não sei o que vai acontecer. E não tentaria ler o que os outros acham que vai acontecer, também. Estou preparado para o que der e vier. Tomei minhas providências.

Raramente os retornados morrem; isto é, raramente morrem de novo. Mas pode acontecer: frequentemente com o pescoço partido de modo violento, algo que só outro retornado pode fazer, ou pelo fogo, algo que qualquer um pode fazer. E sei que, em algum lugar, escondida dentro de Rochester Hall, Fifer o aguarda com a noção de que ele pode não voltar.

— E John, então? — pergunto. — Vou fazer todo o possível para impedir Blackwell de encontrá-lo, todos vamos fazer. Mas e se John resolver sair procurando por ele antes? Ele diz que está com o estigma sob controle. Está?

— Ele acha que está. E pensa nisso tanto quanto pensa em você. É só isso que consigo captar, e é só o que quero saber. Não me peça para ouvir mais.

— Schuyler...

— Você não pode impedir o que vai acontecer — interrompe ele. — Apesar de tudo que tentou, você jamais conseguiu. A coisa sempre acabaria assim. — As palavras de Fifer na boca de Schuyler.

Saímos ao sol forte. Vamos pelo gramado enquanto mil outros fazem o mesmo: saindo de suas tendas, armaduras brilhando ao sol. Centenas de escudeiros, garotos de branco correndo atrás de mestres armeiros, homens em forma segurando arcos longos e aljavas à cintura, lanças e facas, machados e espadas. Cerca de uma dúzia de homens e mulheres, membros da Ordem da Rosa, sem carregar armas. Sua magia lhes basta.

Vejo Keagan parada junto a um grupinho perto do pátio de torneios, a túnica comprida com a silhueta de uma rosa bordada em preto. Ela me vê e acena, chamando.

— Estes são Odell e Coll — apresenta o rapaz e a garota que estão a seu lado.

— Ouvimos falar de você. — A garota, Coll, me olha de cima a baixo e sorri. É pequena, como eu, com cabelo curto e escuro, pele morena e um sorriso luminoso. — Keagan disse que chama você de pardal. Gosto disso. Combina.

— Que magia você sabe fazer? — pergunto.

— Ah, eu? — Coll levanta uma das mãos, balança os dedos. Em segundos um pássaro de crista vermelha pousa em seu ombro. Ele inclina a cabeça e olha atentamente para ela.

— Você pode chamar animais?

— E falar com eles. — Keagan olha para Coll, que parece ficar vermelha sob seu olhar. — É muita sorte termos sua ajuda. Um poder assim é extremamente raro. Só aparece uma vez a cada dez anos, e só com uma décima filha nascida de uma décima filha.

— Você tem nove irmãs?

— Na verdade, tenho doze. — O riso de Coll é branco como sua túnica. — Ali está uma delas. — Ela aponta para uma garota que não deve ter mais de 10 anos, encolhida atrás da alameda de teixos, metade do rosto espiando de trás de uma árvore. — O nome dela é Miri. Você devia ver o que ela é capaz de fazer.

O pássaro voa do ombro de Coll no instante que uma parede de água do lago ali perto se ergue, retorcendo-se em nossa direção. Então para bruscamente, pairando sobre nossas cabeças, como uma placa de vidro reluzente, depois espreme um único jato d'água no rosto de Coll. Keagan faz um meneio de pulso e toda a parede de água explode, virando névoa. Ao longo do campo, soldados gargalham e aplaudem.

— Não tenho visto você por aí — digo a Keagan.

— Rochester é um lugar grande, não é? Milhares de pessoas e nós somos apenas quinze. De qualquer modo, eles nos mantiveram escondidos. Acharam melhor que os outros não soubessem muito do que fazemos, para que os boatos não corram por aí.

Então as trombetas começam a soar. Chamando-nos para as fileiras, para as ordens. O barulho imobiliza o ar, dissolvendo a exuberância tensa de três mil homens e mulheres armados com magia e armas e transformando-a em silêncio.

— Vejo vocês no campo. — Keagan dá meia-volta e sai andando, mantendo altiva a cabeça ruiva com cabelos curtos.

— Keagan — chamo, mas não sei o que dizer. Quero dizer a ela para se cuidar, para ter cuidado pela Ordem. Por Malcolm, de quem, apesar de tudo, sei que ela passou a gostar. — Tenha cuidado.

— Vou ter. — Ela gira. — Tenha cuidado também.

Mergulho na multidão, vou até minha companhia. Soldados entram em formação ao redor, radiantes em suas túnicas vermelhas e azuis com o brasão reformista ardendo em amarelo e laranja contra o céu azul e as muralhas de Rochester, os morros castanhos e as árvores ficando verdes. Cavalos e escudos, penachos e lanças, coragem e medo, tudo se estendendo a minha frente, até mais longe do que consigo vislumbrar. É muitíssimo mais que pensei que seria.

Mas, quando John aparece a meu lado com o brilho de sua armadura combinado à sombra em seus olhos enquanto ele examina os homens ao redor, sei que, como eu, está se perguntando se isso vai bastar.

Então vemos Nicholas abrindo caminho entre os homens, vestido não como soldado, e sim como mago: manto cor de marfim para distingui-lo de Blackwell, que certamente usará preto. Nicholas não tem armadura nem armas. Ele para bem a nossa frente, olhando para um de cada vez.

— Ele está vulnerável — avisa Nicholas. Sei, sem precisar perguntar, que ele está se referindo Blackwell. — Mas ainda é poderoso. E está desesperado, o que o torna formidável. Ele só precisa de um de vocês, mas estará procurando os dois. Se encontrá-los — Nicholas me olha — não vai deixá-los partir.

— Eu sei.

Então Nicholas olha para John. Por um momento os dois se encaram, com algo se passando entre eles, não sei o que é.

— Ele não vai hesitar — diz Nicholas. — Não vai levar você de volta para Upminster, não vai se arriscar a perder tempo porque ele não tem tempo. Vai matá-lo o mais rápido que puder.

A cautela e a premonição me beliscam: as palavras de Nicholas soam tanto como um aviso, quanto como uma instrução. Mas John apenas confirma com a cabeça.

Então Nicholas se afasta, ocupa seu lugar na frente, entre a linha de homens e a barreira. John e eu encontramos nossos lugares no meio, atrás dos lanceiros, na frente dos arqueiros. Entre as formações, cada conselheiro monta um cavalo, coberto de armadura, preparado.

Marchamos sob o estandarte reformista: um pequeno sol cercado por um quadrado, depois um triângulo, depois um círculo: uma cobra engolindo a própria cauda. Cada símbolo tem seu significado: o sol é o alvorecer de uma nova existência; o quadrado representa o mundo físico; o triângulo é o fogo, um catalisador de mudanças; e a cobra — um Ouroboros — representa a unidade.

Aquele dia lutamos por tudo isso.

Marchamos até a barreira, à borda de tudo. Não consigo ver os homens de Blackwell, mas sei que estão ali. Pressinto, assim como sentimos uma tempestade se aproximar. O ar, imóvel e grávido de tensão, esperando para se abrir e chover a destruição sobre todos nós.

Ao mesmo tempo, os conselheiros levantam as mãos e começam a sussurrar um feitiço, não mais que um sopro, mas então a coisa acontece. Dissolvendo-se como névoa, como nuvens na manhã, densa e depois rala, em seguida sumindo.

30

IMEDIATAMENTE HÁ UM SOM. COMO se uma cortina tivesse sido levantada, de repente dá para ver e ouvir tudo: cada folha em cada árvore, cada pássaro em cada ninho, cada homem em cada cavalo.

Cada inimigo à frente.

Eles se estendem por quilômetros, dez mil, todos de preto, um mar da meia-noite, interminável. *Meu Deus, eles estão em toda parte.* A escuridão no chão se estende até os céus: nuvens revoltas em negro, redemoinhando com a ameaça contida, salpicadas de corvos assassinos de olhos vermelhos. Eles baixam sobre nós, dissolvendo o sol e o azul acima de Harrow.

Não sei quem desembainha a arma primeiro. Mas alguém faz isso, uma lâmina puxada, aço cantando de encontro ao couro, uma ordem rugida, um passo apressado, um berro. E então, com um ribombar de trovão e um clarão de relâmpago, a batalha começa.

Eu me separo de John imediatamente. Homens passam entre nós, e eu grito seu nome uma, duas vezes, mas minha voz é engolfada pelo caos que se desenrola ao redor. O céu se abre, e uma chuva gelada inunda o ar, derramando-se violentamente ao redor, obstruindo nossa visão, como um véu.

Por um momento fico imóvel, dominada pelo que se desdobra adiante. A enormidade da coisa; o tom definitivo. Mas, então, algo toma conta de mim: anos de treinamento, anos de raiva, anos de medo. Mergulho na massa de corpos agitados, facas arrancadas do cinto em minha cintura. Atiro uma depois da outra, o cheiro de sangue enchendo o ambiente em volta, vermelho, quente e cuproso, o som de homens morrendo.

Preciso encontrar Blackwell; é a única coisa que preciso fazer. Sei que ele está aqui, em algum lugar. É covarde demais para aparecer agora, vai esperar até ficarmos enfraquecidos, até que metade de seu exército esteja morto e comecemos a cansar e enfraquecer, até que ele possa pegar nossa vantagem e transformá-la em sua.

Não a vejo, mas Miri se faz notar: a chuva para abruptamente e fica imóvel no ar, e com um som parecido com o de uma maré montante, volta rugindo pela planície. Não consigo ver, mas ouço a água batendo, chocando-se no mar de homens de preto.

A folga não demora, e a chuva recomeça, desta vez misturada a riscas de raios incandescentes. Os raios caem com a água, aos pés de homens dos dois lados: de preto e de azul e vermelho. Vejo-os tendo espasmos e soltando fumaça, enraizados até despencar no chão lamacento, queimados, irreconhecíveis e mortos.

Continuo prosseguindo, passando pela massa de gente até que vejo Malcolm, o cabelo escuro grudado no rosto, a pele coberta de sangue e lama. Está cercado por seus homens, trancado na batalha com os corvos que chovem e redemoinham ao redor, golpeando com bicos, garras e asas, derrubando-os um a um.

— Coll! — Meus gritos desaparecem no meio da chuva e dos berros, mas, de algum modo, ela me ouve. Num instante, um bando de corujas aparece, como se tivesse vindo do meio das nuvens, uma centena delas, com penas castanhas, totalmente pretas ou brancas como a neve; todas com olhos chamejando, amarelos, encantados. Elas mergulham contra os corvos, batendo asas e guinchando; o ruído é ensurdecedor.

Malcolm rola para longe da refrega e fica de pé. O sangue misturado com chuva escorre pelo rosto. Ele pega sua espada na lama e mergulha na luta outra vez. Vou ao lado dele e de seus homens, um olho no que está à frente e, sempre, um olho no que não está.

Flechas voam indiscriminadamente ao redor, algumas com ponta de ferro, outras chamejando com fogo, estas, sem dúvida, são de Keagan. Acertam um homem depois do outro, todos de preto, as capas se incendiando e o fedor de lã queimada junto de pele fazendo aumentar o miasma. Malcolm, trocando golpes de espada com alguém, é apanhado no fogo cruzado e atingido: a flecha corta seu antebraço desprotegido, fazendo a manga da túnica pegar fogo.

Malcolm se retorce tentando apagá-lo, e a distração abre uma oportunidade para o atacante acabar com ele. O sujeito não a aproveita. Arranco outra adaga do cinto, miro e lanço. A lâmina se crava no olho do homem; ele cai no chão.

Num instante estou ao lado de Malcolm, apagando as chamas, examinando o ferimento. É profundo, mas está limpo.

— Fique parado — peço. — Vou arrancar no três. Um, dois... — E arranco a flecha. O sangue encharca a túnica, mas ele vai sobreviver. — Vá — digo. — Seus homens precisam de você. — Eles... — Minhas palavras são cortadas, assim como meu fôlego.

Não consigo respirar. Malcolm puxa a própria armadura, a cota de malha; sua boca se abre, e ele está tentando respirar, mas também não existe ar para ele.

Um soldado vestido de preto está a nossa frente, o indicador girando preguiçosamente no ar, o rosto retorcido num risinho enquanto a toda volta homens caem de joelhos, na lama, segurando a garganta, ofegando, o rosto ficando azul. A tontura me domina, e eu tombo sobre um dos joelhos, depois o outro, os pulmões gritando. Aperto a garganta, caindo no chão e na lama molenga e fria. Não consigo respirar, não consigo respirar...

Keagan surge de lugar algum, e a coisa toda acontece antes que eu pisque: o clarão de uma lâmina de faca, uma linha desenhada na garganta. Uma fonte de sangue e um gemido gorgolejante, e aí o mago tomba, olhos abertos, mirando os meus sem enxergar, vidrados.

— Levante-se. — Keagan estende a mão, segura meus braços e me puxa. — Elizabeth. Levante-se agora.

Malcolm já está de pé, pálido e ofegando. Há homens caídos para todos os lados, alguns respirando com dificuldade, outros tão imóveis que acho que morreram. Todas as corujas e corvos já voaram para longe, deixando apenas alguns corpos emplumados caídos na lama. O aguaceiro continua a cair, estamos todos encharcados até as túnicas que ficam por baixo das cotas de malha, frias e ásperas junto à pele.

— Vamos indo. — Keagan agarra minha túnica e sai me empurrando pelo campo. Os homens de Malcolm nos acompanham, ainda ofegando, mas com as armas na mão.

Imediatamente um bando de soldados aparece à frente. Não, não são soldados, são retornados, com armas e maldade à mostra. Caleb, Marcus e Linus não estão entre eles, mas, mesmo assim, sei que são o que são. Dá para ver pelo cinza dos olhos e pela ferocidade nos rostos. Dá para ver pelo modo como os soldados humanos no campo lhes dão grande espaço, jorrando ao redor como se eles fossem pedras num rio.

Mas, apesar de eu não conhecê-los, Malcolm os conhece. Ele dá um passo a minha frente com a mão estendida, como se quisesse me proteger. Sua outra mão empunha uma espada, inútil contra eles.

— Majestade. — Um dos retornados faz uma reverência desajeitada, falsa; os outros gargalham num tom profundo e gutural.

— Bray.

Agora me lembro de quem ele era. Bray, apelido de Ambrose Courtenay, que já foi um dos cortesãos de maior confiança de Malcolm. Malcolm me contou que ele foi banido da corte depois que suas jogatinas, bebedeiras e comportamento violento se tornaram demais até mesmo para Malcolm.

— Não sou mais chamado assim. Pelo menos não por você.

Ele se separa do grupo e começa a andar em volta de nós. Não está armado... não precisa... mas suas mãos, flexionando-se junto às laterais do corpo, prometem tanta violência quanto um canhão.

— Quando isso aconteceu? — Malcolm aponta a espada para ele.

— Quando você voltou para a corte? Quando...? — Ele se cala. Não sei se tem alguma ideia de como os retornados são criados.

— Eu retornei quando ele me chamou. O rei. — Os outros retornados se movimentam enquanto ele fala. Conheço bem seus movimentos e sua postura. Estão entrando em formação; estão se preparando para atacar. — O verdadeiro rei.

Ele está jogando uma isca para nós, eu sei. Mas não consigo me conter e digo:

— Chamou vocês, depois os matou.

— Eu pareço morto? — Bray já foi bonito, isso posso dizer. Mas não pela aparência atual; dá para saber pelo modo como ele é parecido com Malcolm, como Malcolm era. Confiante, como se a resposta para tudo estivesse simplesmente depois de cada esquina, sob cada pedra, só esperando para ser descoberta. — Todos estamos muito vivos.

— "Estamos"? — pergunto. — E quantos seriam, exatamente?

— Cem. — Bray ri, os dentes cintilando no ar escuro e cinzento. — E mais virão. Mais a cada dia. Homens se enfileiram para servir, para servir a um rei eterno por toda a eternidade.

Meu coração se encolhe. Cem retornados, com mais deles a caminho.

— *Ach*, já estou farta disso. — Keagan levanta as mãos. As palmas para fora, a pele já vermelha.

— No chão! — grita Malcolm para seus homens antes de agarrar as costas de minha armadura e me jogar de cara na lama. Então ouço, antes mesmo de levantar a cabeça para ver: duas cordas de fogo saltando das mãos de Keagan, se enrolando e se retorcendo, dando nós em volta dos retornados. As vestes deles irrompem em chamas, o preto virando vermelho. A chuva, ainda caindo, não tem qualquer efeito sobre eles: a água vira vapor ao redor, o ar cheio de névoa branca, fumaça preta e fogo interminável.

Mas os retornados não gritam, não caem no chão, não cessam. Continuam andando, pegando fogo e chamuscados, a pele derretendo em cima dos ossos, os fios de cabelo se soltando da cabeça. Alguns seguram as armas em riste e continuam vindo.

— Maldição! — Malcolm se afasta de mim e fica de pé. Desembainha a espada. Golpeia. A lâmina corta o pescoço incendiado de um retornado, depois outro e mais outro.

Keagan baixa as mãos, o fogo se apaga com vários estalidos. O ar é uma nuvem de fedor de queimado, como Tyburn, com fuligem flutuando ao redor tal qual flocos de neve queimados, o cheiro de pele incendiada é de uma doçura tão enjoativa que tenho ânsias de vômito. Alguns homens de Malcolm acabam vomitando de fato.

— Muito bem, alteza — elogia Keagan.

Malcolm assente, mas não está olhando para ela, nem para o monte de corpos soltando fumaça em volta de nós. Seu foco está no campo, na batalha que prossegue feroz.

— Aqueles homens. Aqueles retornados. — Malcolm olha para a espada, com o sangue preto dos retornados pingando na lama. — Os pássaros. A magia elementar. — Ele olha para o alto. — Não para de aparecer. Uma coisa depois da outra.

— Como acontece numa batalha — responde Keagan, sarcástica.

— Não. — Malcolm se vira para nós. — Olhem em volta. Vejam o que está acontecendo. Prestem atenção.

Obedeço. Há lutas sendo travadas à toda volta. Mas não consigo ver o que está acontecendo, não consigo ver nenhum avanço. Só vejo caos, mas agora percebo que é um caos orquestrado.

— Estamos lutando no mesmo lugar — continua Malcolm. — É como se ele estivesse tentando impedir que os lados avancem. Meu tio. É como se ele estivesse jogando uma coisa ou outra para impedir que a gente olhe para além da batalha. Para nos distrair.

— Desorientação — diz Keagan, enfática.

Malcolm confirma com a cabeça. Vira-se para mim. E ali, no campo em volta de nós, cheio de homens, retornados e híbridos, o céu cheio de névoa preta, borbulhante, impenetrável, está minha deixa.

— Uma vez Blackwell nos disse que o melhor jeito de alcançar um objetivo é fazendo o oponente acreditar que você está tentando alcançar outro. — A percepção faz minha voz baixar. — Numa batalha isso significa caos, desordem, fintas, desinformação. A pessoa fica tão preocupada com o que está à frente que não vê o que acontece ao redor. Ele chamava isso de névoa da guerra.

— Então qual é o objetivo dele? — pergunta um dos homens de Malcolm.

— Rochester Hall. — Keagan vira a cabeça bruscamente para me encarar com os olhos arregalados.

Eu deveria ter sentido isso, sei; assim que vi os homens de Blackwell, suas criaturas, todas a minha frente: era uma distração. Um modo de concentrar todos os nossos homens ali, para que ele pudesse ir ao único local que realmente desejava.

Mas não é só isso.

Penso em como John desapareceu no momento que a batalha começou.

Penso no alerta de Nicholas para ele, aquele que pareceu mais uma instrução.

E penso no conselho constante de Blackwell: *A guerra se baseia no engodo*. Dessa vez não fui enganada por Blackwell, de quem eu esperaria algo assim. Dessa vez fui enganada por duas pessoas de quem eu não esperaria isso, pessoas em quem confiava.

Talvez Keagan esteja vendo em minha expressão; talvez também tenha percebido. Mas ela se vira para mim, os olhos azuis arregalados, a fuligem preta dos retornados grudada em seu rosto.

— Vamos. — Ela sinaliza para Malcolm e seus homens. — Fiquem atrás de mim. Todos vocês. Se a intenção dele for nos manter longe, vai tentar nos impedir. Vou queimar o que puder, mas mantenham as armas a postos.

Restando apenas umas poucas facas preciosas, tiro o arco do ombro e uma flecha da aljava à cintura. Malcolm prepara sua espada. Nós três mergulhamos na bagunça organizada, desviando-nos de homens, flechas e chuva, correndo de volta na direção de onde viemos. Não percorremos mais do que algumas dezenas de metros quando um barulho de estalos, como panos chicoteados durante a lavagem, preenche o ar. Formas escuras preenchem o céu que vai escurecendo: alados, oleosos, afiados. Eu me lembro deles, são aqueles híbridos, do treinamento. Nós os matamos uma vez, mas agora eles revivem, agora em massa. Cinco, dez, quinze deles tomam o céu de assalto.

Mergulham imediatamente. Para os campos, garras abertas, pontudas, mortais, agarrando um homem depois do outro indiscriminadamente, dilacerando-os, alguns dos nossos, alguns dos deles. Mas sei que Blackwell não se importa. Não vai ficar satisfeito até que estejamos todos mortos e ele seja o último de pé, porque um rei de nada ainda é um rei de tudo.

Eles chegam grasnando, mergulhando, rodopiando e agarrando, pegando homens como pássaros pegam minhocas no chão, retorcendo-se e tentando escapar em vão. Keagan levanta as mãos, e imediatamente o céu é tomado por cordas de fogo, enrolando-se em três dos híbridos, consumindo-os em chamas.

Levando meu arco e miro. Como acontece com a maioria dos híbridos de Blackwell, seus olhos são o ponto mais fraco, e é neles que atiro. Uma vez, duas. Erro o primeiro, mas acerto o segundo, depois o terceiro. Aquela coisa berra e mergulha no chão numa confusão de asas pretas e coriáceas e sangue preto-arroxeado. Malcolm acaba com ele dando um golpe limpo de sua espada no pescoço, separando a cabeça do corpo.

Recarrego o arco; Keagan prepara seu fogo. Mas, para cada híbrido que matamos, outros três aparecem e baixam sobre nós, como se viessem diretamente ao alvo. É então que vejo: uma massa de branco no céu, densa como uma nuvem, porém mais rápida, mais cerrada. E noto, sentada no galho mais alto da árvore mais alta, a silhueta de uma menina de branco contra o céu preto e marmóreo. Coll, a garota que controla os animais.

Ela me vê olhando e ri, ousada e segura de si. Aí levanta a mão para o céu e dobra os dedos lentamente, como se chamando alguma coisa. Vejo seus lábios se articulando, murmurando, recitando um sortilégio para aquela massa no céu. Então ela faz um gesto de corte, um gesto turvo.

Os pássaros mergulham. Na massa de sangue, membros e gritos. E, diferentemente dos híbridos de Blackwell, só atacam quem está de preto: bicando rostos, orelhas, bocas, arrancando olhos. O ar é invadido pelo som de asas batendo, bicos grasnando, penas e pele coriácea, e morte.

Começamos a correr de novo, Keagan a meu lado, Malcolm e seus homens atrás. Preciso chegar a Rochester. Preciso encontrar Blackwell, preciso impedir John, preciso impedir Nicholas do que quer que achem que estão fazendo, de qualquer erro que sem dúvida estão cometendo.

Percorremos uns duzentos metros, talvez, quando, de repente, o chão começa a se sacudir embaixo de nós. Ele treme e troveja, como se alguma coisa lá embaixo estivesse abrindo caminho, arrancando as árvores do chão, me derrubando, fazendo a arma cair de minha mão. Keagan gira para um lado, eu caio para o outro, mergulhando de cara num bocado de folhas úmidas, Malcolm escorregando ao lado. Há um estalo parecido com um trovão, uma oscilação que quase posso sentir. Pego o arco com uma das mãos, agarro Malcolm com a outra, e rolamos quando um carvalho cai diante de um novo tremor capaz de sacudir a terra, atingindo bem onde nós dois estávamos há menos de um segundo.

— Essa foi tremendamente por pouco. — Malcolm está deitado embaixo de mim, a boca ao meu ouvido. — Como ele está nos vendo? Como sabe onde estamos?

— Você ainda não sabia disso sobre seu tio? — Salto de pé e o ajudo a se levantar. — Ele sempre sabe de tudo.

Keagan grita para continuarmos correndo, a voz abafada pela fumaça que rasga o ar; em algum ponto alguma coisa está queimando, devido a sua magia ou à de Blackwell. Ela nos direciona para longe das árvores, para campo aberto. Viro-me para ir atrás deles, mas, quando faço isso, vislumbro-o rapidamente. Malcolm também o vê, parado na boca da floresta, sozinho, imóvel e tão enraizado quanto as árvores em volta.

Caleb.

31

ELE OLHA PARA MIM — só para mim — os olhos cinza e inquietos feito o rio Severn. E, assim como no Severn, não há como saber o que há abaixo da superfície. Hesito um momento, estudando-o assim como ele faz comigo, imaginando o que planeja fazer. Sinto Keagan a meu lado: o calor tremulando em volta, pronta para atacá-lo, matá-lo antes que ele possa nos matar.

Mas não creio que ele fará isso. Caleb pode me ouvir, pode me sentir. Sabe onde eu estive mesmo antes de a batalha começar. Não estou usando o colar de Fifer, não nesse dia; precisava que Schuyler pudesse me ouvir. Se Caleb me quisesse morta já o teria feito; não há nada nem ninguém que possa impedi-lo. Então o que ele quer, ali parado, me olhando, se não me matar?

Vou na direção dele.

— Não. — Malcolm fica na minha frente, tentando me impedir.

— Tudo bem — digo. — Não creio que ele vá me machucar. Acho... — Olho para Caleb, vejo sua confirmação de cabeça leve, quase imperceptível. — Ele quer falar comigo.

Malcolm e Keagan trocam um olhar breve.

— Os retornados não são muito de falar, não é? Não. — Keagan responde à própria pergunta. — Mas, se ele tem alguma coisa a dizer, talvez valha a pena ouvir. Desde que ele não venha com nenhuma outra ideia.

Uma explosão de chamas salta da palma da mão de Keagan; ela as lança pelo campo na direção de Caleb. Ele é rápido, mas o fogo é mais rápido ainda; ele gira para se desvencilhar, mas antes a chama roça a lateral de sua cabeça. Ele se volta para nós, os olhos cintilando de malícia.

— Antagonizando um retornado — digo. — Não foi uma coisa sábia.

— É mais sábia do que você imagina — responde Keagan. — Agora vá, antes que eu mude de ideia e o incendeie feito os fogos de artifício do dia de São Crispim. Vamos ficar olhando da floresta.

Atravesso o campo arruinado até onde Caleb aguarda por mim. Está vestindo uniforme, como na última vez que o vi: túnica preta, calça preta, o brasão de Blackwell na manga e a insígnia dos Cavaleiros do Império Real Anglo no peito. O cabelo louro está queimado, enegrecido acima da orelha esquerda, soltando um pouco de fumaça.

— Elizabeth. — Aqueles olhos verdes me espiam rapidamente, mas não com hostilidade. — Você está viva.

— É. — Mas então, como não consigo evitar, jamais consigo, acrescento: — Está planejando mudar isso?

Então surge alguma coisa, um brilho por trás da expressão fria. Se aquele fosse o Caleb que conheço, eu quase pensaria ser diversão. Em seguida a coisa some.

— Não. Não planejo machucá-la.

— O que está fazendo aqui? Você deveria estar lutando. Matando. É isso o que ele quer, não é? É isso o que ele gostaria.

Uma pausa. Depois:

— Não foi o que ele me pediu para fazer.

Você deve tirar vantagem das coisas que o pater não pede. As palavras de Schuyler brincam em minha mente.

— O que ele pediu que você fizesse? — pergunto, sabendo que ele não pode me contar.

— Seu amigos — diz ele em vez disso. — Sabem o que tem de ser feito. Todos sabem.

— Meus amigos? — Quero perguntar a Caleb o que ele quer dizer, mas sei que ele também não pode contar isso. Em vez disso, penso no porquê de ele estar ali. Não é para me ajudar; Caleb sempre foi do tipo que só ajuda a si próprio. É como Schuyler falou: ele é devedor, mas não quer dever. É desleal, sem ser desobediente. Mas todas essas coisas estão a serviço de um objetivo que, pela primeira vez, é igual ao meu. Por isso tento colocar as palavras de modo que ajude a nós dois.

— Se eu for a Rochester Hall, o que vou descobrir? — pergunto.

Os olhos de Caleb lampejam, reconhecendo minha astúcia.

— O que você está procurando.

Então me viro e corro. Não espero para ver se Caleb vem atrás ou se Keagan, Malcolm e seus homens fazem isso. Não importa. Só importa chegar a Rochester Hall, descobrir o que Caleb quer que eu descubra, e fazer meu papel, mesmo não sabendo como ele está escrito.

Confrontar o que quer que esteja acontecendo, antes que seja tarde demais para impedir.

Atravesso o bosque, sigo por entre as árvores até que a fumaça acaba, o fogo morre e a chuva desaparece, até chegar ao outro lado, mergulhando no vale aberto e ondulado que vai para o norte, na direção de Rochester. Agora que o campo de batalha está atrás de mim, vejo como fizemos pouco progresso. Tanta destruição com tão pouca direção.

Trinta minutos de corrida intensa e finalmente chego a Rochester. Qualquer magia que Blackwell tenha usado para nos manter encurralados na batalha não existe ali, onde o céu é azul-claro e límpido, doce e silencioso. Ali também não existe uma barreira: foi removida antes da batalha para permitir que nosso lado entre, mas também para que o de Blackwell saia, no caso de uma retirada. Porém nenhum tipo de magia pode impedir Blackwell; eu sabia disso mesmo antes.

E agora sei o que jamais deveria saber: que o tempo todo o plano era trazê-lo para cá.

Rochester Hall se estende adiante, aquele bastião de tijolos vermelhos, beleza e segurança: o lugar mais seguro de toda Harrow. Os campos ao redor estão vazios de homens, o lago está sereno e liso. Não há guinchos dos monstros no alto, nem gritos dos corpos embaixo, só o quarto de lua, meio preta e meio branca, pendendo baixa no horizonte. Até meus passos na estrada soam abafados, como se eu pisasse com as pontas dos pés, um suspiro em vez de um gemido. Para mim, isso é um alívio; significa que as mulheres e crianças — e Fifer e George — continuam em segurança lá dentro. Mas, afinal de contas, não é atrás deles que Blackwell está.

Tiro mais uma flecha da aljava à cintura e a posiciono na corda do arco antes de sair da estrada principal para a trilha, depois para a ponte que cruza o lago. Estou vulnerável, vulnerável demais, e isso transparece em cada movimento. Meus passos lentos e cuidadosos; o modo como levanto e abaixo o arco, como o aponto para a direita e a esquerda; como controlo a respiração num esforço para conter a pulsação acelerada.

O caminho termina diante da enorme porta de ferro, trancada. Até onde sei, só existem três jeitos de entrar: de barco pelo lago, pela porta principal e pelo túnel no qual John tinha permissão especial para entrar.

Mas o túnel estará fechado para mim, porque John não está comigo. Preciso achar outro jeito. Rochester é tão bem protegido magicamente que acho que pode não ter outro jeito. Viro à esquerda, andando ao longo dos parapeitos, procurando. Nada, só uma extensão interminável de tijolos vermelhos. Então vejo: um minúsculo macaco de pedra agachado num parapeito, a cabeça inclinada de lado, olhando algo diretamente abaixo. Lembro-me das gárgulas de Ravenscourt, de como elas marcavam entradas secretas, passagens para entrar no castelo e sair dele.

Passo a mão pela superfície e logo sinto, enterrado nos desenhos, no rendilhado intrincado de pedra que decora a parede. Um trinco. Enfio o dedo, puxo. Há um estalo baixo, com eco, e uma mudança nos tijolos: uma porta. Ela se abre, rangendo, deixando espaço apenas suficiente para eu passar.

Dentro, há um túnel, talvez adjunto ao de John, talvez diferente; é difícil dizer naquela escuridão. Mas entro assim mesmo, com suas mil curvas, viradas e caminhos sem saída, até que encontro outro painel que se abre atrás de um busto de mármore, um dentre muitos pelos quais passei ao visitar Malcolm na semana anterior.

Onde Blackwell poderia estar? Nicholas disse que ele não hesitaria. Que não arriscaria o tempo de voltar a Upminster para realizar o ritual. Assim que tiver John, ele não precisará de muita coisa para realizá-lo: uma sala de rituais e quatro elementos; uma estrela de oito pontas e um sacrifício.

Meus passos são abafados pelo tapete grosso enquanto sigo rapidamente pela ala oeste, deixando de lado os quartos e os solares em troca dos grandes salões e salas de música: espaços suficientemente vazios para permitir adornos, suficientemente privados para desencorajar a descoberta.

Mesmo descartando metade dos cômodos de Rochester como opções, demoro séculos para examinar todos. Existem muitos andares, muitos corredores, muitas curvas e voltas que me deixam perdida, acabando por revistar o mesmo lugar duas vezes.

Mesmo assim, nada.

Paro e penso. Por um momento tento me inserir no modo de raciocinar de Blackwell, em seu desespero insano. Ele está num lugar que não conhece. Não tem tempo para aprender a respeito, para andar de aposento em aposento e se arriscar a ficar perdido, como aconteceu comigo.

Vou até a janela, observando o sol de fim de tarde. Dai, as árvores bloqueiam a visão do horizonte. Nicholas disse que a lua não era necessária para o ritual, era apenas preferível. Mas também disse que daquela vez Blackwell não correria nenhum risco. Se eu fosse dada a apostas — não sou, pelo menos não com vidas que não sejam a minha —, apostaria que Blackwell vai querer vê-la; estar perto dela. Quererá a segurança que ela lhe traz, afinal ele está num local e posição que não lhe dá segurança alguma.

Giro no lugar, tentando me alinhar com a direção em que ela estará visível. Se o sol está no oeste, a lua estará diretamente ao norte. Um cômodo virado para o norte poderia estar na ala leste e na oeste, mas os da ala oeste são virados apenas para colinas; lembro-me de tê-

-los visto no dia que visitei Malcolm. Além disso, todos os aposentos ali são quartos e são acarpetados: é difícil desenhar uma estrela em carpetes. A ala leste, então.

Mantendo um olho nas janelas enquanto passo, corro pela enorme entrada da ala leste até chegar ao conjunto de aposentos que Fitzroy mantém abertos para as tropas visitarem. Passo pela biblioteca — um espaço atulhado demais para um ritual; pela capela — sagrada demais; pelo salão de bailes — sem janelas demais. Por fim chego à porta polida e escura no final. Um lugar pequeno, silencioso, voltado para o norte e cheio de janelas para dar visibilidade: a sala de música.

Hesito apenas um momento. Tenho medo do que vou encontrar quando abrir a porta; tenho medo do que *não* vou encontrar. Levanto o arco e abro a porta com o ombro.

Dentro: paredes forradas de lambri e com tapeçarias, um piso de *parquet* entrecruzado, uma fileira de janelas com vitrais refletindo a luz do sol poente, fraturada, em tons de joias. No centro há um grupo de silhuetas, entrando gradualmente em foco à medida que meus olhos se adaptam à escuridão.

A primeira eu previ, alta, mortal e totalmente vestida de preto: Marcus. A segunda eu já esperava, com o rosto cortado, retorcido e costurado de volta, vestido como um rei em carmim e ouro, arminho e joias, bordado com seu brasão e sempre, sempre, aquela maldita rosa estrangulada: Blackwell.

Mas a terceira eu não esperava nem previa, parada como um objeto de sacrifício no centro da sala, com o manto cor de marfim rasgado e aberto como se aquilo tivesse sido feito por uma fera, o sangue brotando rapidamente no peito: Nicholas.

Se algum fica surpreso ao me ver, não demonstra. Marcus me olha com malícia alegre; Blackwell, com desinteresse fingido. Mas Nicholas não olha para mim, está fixado intensamente num ponto em algum lugar acima de minha cabeça, como se nem mesmo me visse.

Falo seu nome atabalhoadamente, vou em sua direção, mas paro quando Blackwell saca uma faca sabe-se-lá-de-onde e encosta na garganta de Nicholas.

— Solte-o — peço, num rogo inútil.

— Você me encontrou — observa Blackwell. — Se bem que não sou eu quem você está procurando, não é? Você veio pelo seu curandeiro, não foi, para se despedir pela última vez antes de eu retomar o que é meu por direito? Devo dizer, Elizabeth, que estou surpreso. Entregar seu poder a ele, a própria vida, para salvar a dele? — Blackwell balança a cabeça. — Uma pena você não ter me demonstrado metade dessa lealdade.

Como resposta, levanto o arco trêmulo e miro o buraco enorme onde estão os restos de um olho leitoso e arruinado.

— Encantadora como sempre. — O *s* sibila como serpente através de sua bochecha esburacada.

Olho de novo para Nicholas, tento sentir o quanto ele está ferido, se consegue se mexer, se pode me ajudar a salvá-lo de algum modo. Mas ele continua sem me encarar.

— Largue suas armas — ordena Blackwell. — Todas.

Não obedeço.

— Faça isso ou o sangue dele será derramado por sua culpa. — Como para ilustrar o argumento, ele enfia a ponta da faca no pescoço nu e vulnerável de Nicholas. Um fio escuro como tinta nanquim aparece, juntando-se ao restante na túnica.

— Não! — Largo o arco, que cai com uma pancada forte no piso de *parquet*. Uma a uma, vou pousando no chão minha espada, minhas facas, minha aljava de flechas e, então, recuo.

— Você esqueceu a que está na bota — diz Blackwell.

Contra a vontade, enfio a mão na bota e jogo a faca — a última — na pilha. Diante de Blackwell, diante de Marcus, estou completamente, absolutamente vulnerável.

Então Blackwell libera Nicholas, joga-o no chão. Ele cai de barriga para baixo; há sangue nas costas de sua capa também. Está mais ferido do que eu imaginava; pode até mesmo estar morrendo. Marcus — desconfio de que isso tenha sido obra sua — poderia ter finalizado o trabalho facilmente. Por que Blackwell não ordenou que ele o fizesse?

Um alerta levíssimo faz os pelinhos de minha nuca se eriçarem.

— Nicholas. — Mantenho a voz baixa para disfarçar o tremor. — Escute. Olhe para mim. Não deixe que ele...

— Já chega — rosna Blackwell. — Ele não consegue escutar você. Mesmo se conseguisse, não iria responder. Agora Nicholas está sob minhas ordens e deve fazer o que eu mando. Exatamente o que eu mando. — Blackwell estala os dedos, e Nicholas se levanta, como uma marionete, e aí se posta a seu lado. Mais um estalar de dedos e os olhos dele se voltam para os meus, finalmente me enxergando. Aí vão semicerrando até se assemelhar a fendas duras, de obsidiana.

Blackwell o contorna, as solas duras de suas botas engraxadas batendo em *staccato* no chão.

— Você e eu temos negócios inacabados — começa ele. — E achei um tanto adequado que exatamente aquele que a salvou — um gesto de desprezo para Nicholas — vai ser exatamente quem vai acabar com você.

Um novo estalar de dedos e Nicholas levanta o braço, aponta um dedo em minha direção. E com a força invisível de um aríete sou erguida e jogada para trás, do outro lado da sala. Bato no lambri duro da parede e fico sem fôlego e semiconsciente.

Fico de joelhos e tento respirar. Tento ficar de pé. Ele estala os dedos mais uma vez, e sou jogada para a frente no chão. Outro estalo: estou de costas contra a parede. Minha cabeça zumbe com a força dos golpes, não consigo respirar e não consigo pensar suficientemente rápido para saber o que fazer. Por isso faço a única coisa que sei: salto para a pilha de armas no chão.

Não a alcanço.

Outro estalar dos dedos de Blackwell impele Nicholas a agir de novo.

Ele se vira para a janela, abrindo os braços, regendo a fileira de janelas de vitral que se curvam, estalam, e, com uma explosão de trovão, um caleidoscópio de cacos voa para mim.

Corro — quase não consigo chegar — à parede com tapeçaria que está à frente, mergulhando embaixo do tecido no instante que o vidro se despedaça ao meu redor com uma pancada surda contra a lã grossa e densa. Alguns pedaços maiores cortam o tecido como adagas, acertando minhas bochechas e meus braços, provocando gotas quentes de sangue que não me dou o trabalho enxugar. Porque o alerta que senti antes, a ligeira brisa de cautela, agora virou uma torrente de compreensão.

No primeiro ritual que tentou, Blackwell ofereceu um corvo como sacrifício: a morte do animal era uma oblação em troca da dele, que seria adiada para sempre. Agora, na segunda tentativa, Blackwell precisa de outro sacrifício. Poderia ter escolhido qualquer pessoa ou qualquer coisa, talvez outro simples corvo; é necessário apenas que seja uma coisa viva, respirando. Em vez disso, ele escolheu Nicholas. Um ato de vingança, talvez, ou de simbolismo deturpado: extinguir a luz de Nicholas para que Blackwell amortalhe o mundo em sombras.

Mas ao se arriscar a capturar o único homem capaz de rivalizar seu poder num momento que não pode arriscar nada, ele me revela o verdadeiro motivo:

Blackwell está perdendo a magia.

Assim como Azougue dá poder, como me deu quando eu a usei, ela também tira poder daqueles que fere — e daqueles que amaldiçoa. *Uma maldição pode esgotar a magia*, disse Nicholas. E ainda que Blackwell ainda detenha poder suficiente para controlar Nicholas, isso não basta para realizar o ritual. Não com toda a magia que ele usou para estar ali em Rochester, controlar seu exército, suas criaturas, seus retornados.

Caleb deve saber disso. Dever ter sido por esse motivo que me mandou para cá, pelo menos em parte. Porque talvez — talvez — se eu puder ultrapassar a malevolência de Marcus e a capitulação de Nicholas para chegar a minhas armas, pode ser que eu consiga me aproveitar da fraqueza de Blackwell. Antes que ele sacrifique Nicholas, antes que ele acabe com John, antes que ele consigo realizar seu insano plano de imortalidade.

Fazer o impossível. De novo.

Empurro a tapeçaria. Mais um estalar de dedos e Nicholas avança contra mim, os lábios repuxados em algo que parece diversão. Não olho para ele, não admito reconhecê-lo. Em vez disso, me viro para Blackwell.

— É só isso? — provoco. — Você é o mago mais poderoso da Ânglia e só consegue fazer isso? Virar um controlador de marionetes antes de explodir as janelas? — Permito-me dar um sorriso largo, fingido. — Primeiro você mandou Fulke me pegar, agora isto. De novo está me insultando.

Provocá-lo é um jogo, um risco. Mas, se eu puder tentá-lo a usar seu poder, isso vai me mostrar o que ainda lhe resta. Eu posso estar desarmada, mas não burra.

Blackwell me olha, risonho.

— Você sempre foi uma de minhas melhores caçadoras de bruxos.

— É. Eu era.

Não há mais estalar de dedos. Nenhuma ordem. Dessa vez ele levanta os braços.

E o céu despenca.

O teto abobadado da sala de música se racha; cacos enormes se soltam e caem no chão. Traves caindo arrancam as tapeçarias da parede. O tecido pesado desaba em cima de mim, e eu o seguro como um escudo. Marcus e Nicholas ficam me olhando, incólumes: o espaço em volta deles está livre.

Corro pela sala, desviando-me da madeira que desaba, tentando alcançar as armas largadas. Minha tapeçaria se prende em alguma coisa no chão; é puxada de minha cabeça. Eu a solto, mas não sem antes ter o antebraço cortado por uma lasca de madeira, afiada como uma faca, a qual se enfia na pele e no osso até varar do outro lado. Ofego, tombo num dos joelhos e a arranco. Aperto o ferimento com a mão para estancá-lo; aperto os sentimentos para estancar a dor.

Agora o teto está aberto para o céu, não mais azul e límpido, como quando cheguei, e sim sufocado com um redemoinho de nuvens pretas que ribombam e ondulam, como uma tropa de cavalos. Blackwell faz um movimento de mão, e, com um estalo e um rugido, as nuvens se abrem, com uma cachoeira de chuva se derramando pelo teto aberto.

Vejo um brilho de aço embaixo dos pedaços de madeira. Uma faca ou uma espada, não sei bem. Abaixo-me, de gatas, remexo na poeira, na madeira, até que finalmente encontro. É uma faca. Mas apenas uma. Agarro o cabo. Giro. Através da chuva, vejo a silhueta, preta e tempestuosa, como as nuvens lá em cima. Recuo o braço, miro: o espaço bem entre os olhos.

Não vou errar.

Então: um estrondo de estourar os tímpanos, um clarão ofuscante. Um raio. Sou atingida, ele me crava no chão; sinto que estou pegando fogo. No meio da pira em Tyburn, calor, fumaça e iluminada por dentro por uma dor lancinante que a chuva não aplaca, então começo a gritar.

— Pare.

Ao som de sua voz, reconhecendo-a, tudo cessa. A chuva, os raios, mas não a dor. Estou grudada ao chão por ela. Não consigo me mexer, não consigo pensar. Mas consigo enxergar. Ele. Eles. Parados junto à porta da sala meio estilhaçada: Caleb de preto e, em suas mãos, finalmente — Nicholas poderia dizer inevitavelmente — está John.

32

— PARE — REPETE JOHN. E começa a vir em minha direção, mas Caleb o segura. — Deixe-a.

— Você não me dá ordens. — A voz de Blackwell assumiu um tom cortante, de autoridade e triunfo.

— Eu tenho uma coisa da qual você precisa — diz John. — Se quiser, vai fazer o que eu mandar.

Blackwell dá um risinho.

— Pedido bastante ridículo, não acha? Mas vou ceder. Vou deixá-la em paz até o tempo necessário para matar você. O que farei com ela depois disso não vai ser mais de sua conta.

— Se você acha que ela vai permitir que você lhe faça alguma coisa, então não a conhece tão bem quanto eu.

Um riso lascivo, deturpado.

— Tenho certeza de que não.

O olhar de John não me abandonou desde que ele entrou na sala. Para os outros, sua expressão cuidadosa poderia ser lida como medo. Mas só eu o conheço o bastante para saber que é determinação. Ele está determinado a fazer isso. A se entregar a Blackwell, a morrer por ele, a permitir que ele se torne imortal. Não entendo e não quero.

Viro-me para Blackwell. Fico de pé devagar. Levanto o braço, que ainda está segurando a faca, e miro mais uma vez, tremendo.

— Elizabeth. — A voz de John, um sussurro, ressoa na sala como um grito. — Não torne o fim mais difícil do que precisa ser.

Isso: o fim. O que John planejava o tempo todo, o que Nicholas planejava. Não importa o que eu planejava: tramando, mentindo e roubando para garantir que não importasse. Mesmo assim, largo a faca, que cai no chão, uma pancada fraca no meio do entulho.

O olho deformado e destruído de Blackwell se vira para John.

— Confiança, determinação, intrepidez. — Sua voz se arrasta. — Você possui todas as qualidades que valorizo em meus homens, apesar de sua aliança. Pelo menos parece que você foi um guardião competente de meu poder. — Uma pausa. — Estou curioso. O que esse poder fez por você?

Há muita coisa que John poderia responder: coisas demais. Mas sua resposta está apenas no desdém.

— Nada. Ele não fez nada por mim.

A leveza desaparece do rosto de Blackwell, e ele se vira de novo para Caleb.

— Ele resistiu?

— Estava tentando escapar — responde Caleb. — Junto ao restante do exército. Que está recuando.

— Recuando — repete Blackwell, a voz num ronronado satisfeito. — E meu sobrinho?

— Morto. — Caleb dá de ombros. — Eu mesmo cuidei disso. Ele está morto e o senhor é rei.

Espero que Blackwell se refestele notícia. Que a saboreie, que a sorva. Em vez disso ele semicerra os olhos e diz numa voz cheia de fúria silenciosa:

— Eu sou rei. Sempre fui rei.

Uma pausa. Então Caleb esboça uma reverência profunda.

— Majestade.

John fugindo. Malcolm morto. Nada disso me parece verdade. John não fugiria de uma briga; morreria antes de o fazer. Quanto à morte, Keagan jamais permitiria a de Malcolm. Não sem algum sinal de luta, de sangue ou fogo, e Caleb não tem vestígios de nada disso, mal e mal o cabelo chamuscado de antes.

Mas então vejo a sagacidade nas respostas de Caleb às perguntas de Blackwell. Ele lhe deu uma resposta, mas não contou o que Blackwell realmente queria saber. E Blackwell não ordenou que ele fosse sincero. *Você deve tirar vantagem das coisas que o pater não pede.* De novo as palavras de Schuyler ecoam em minha mente.

Tem alguma coisa acontecendo, não sei o quê. Viro-me para John, depois para Caleb, tentando captar alguma coisa no rosto deles. Mas ambos olham para longe, para a frente, para qualquer lugar, menos para mim.

Blackwell estala os dedos, e, obedecendo, Nicholas vai até ele.

— Comece os preparativos.

Nicholas estende uma das mãos, murmurando baixinho. Brasas começam a brilhar embaixo do entulho espalhado no chão, e, quando Nicholas acena, seu movimento instiga as chamas nascentes até que elas começam a rugir, estalando, cuspindo e soltando fumaça.

Marcus avança, enfia a mão na capa e entrega o conteúdo a Blackwell. Um pouco de sal, um feixe de ervas, um odre de água para marcar os pontos cardeais, norte, leste, oeste. Um feixe de velas finas e rústicas acesas com o fogo do chão. Uma única posicionada no sul, outras quatro marcando as direções intermediárias dos pontos cardeais: uma estrela de oito pontas.

Sei o que acontece em seguida.

E acontece depressa demais.

Nicholas, agora imóvel nas mãos de Marcus, é arrastado para o centro da estrela. Blackwell está ao lado dele, segurando uma faca. Um brilho de aço, um grunhido de dor reprimida e sangue — mais sangue ainda — para inundar o restante de seu manto cor de marfim. Nicholas tomba no chão, morto. Um sacrifício.

Fico horrorizada para ao menos conseguir emitir qualquer som.

Blackwell leva a mão à bainha da espada, e, com uma canção roçando no couro, ela desliza para fora, a mesma espada maldita que está desenhada no brasão de sua manga: Azougue. Dessa vez ela não me chama. Dessa vez me repele. Tudo que mais quero é vê-la destruí-da, assim como sua maldição e seu poder.

Blackwell começa a entoar um cântico. Sua voz, então a única na sala, é límpida, e ouço cada palavra:

> *Estou velho, fraco e doente; o fogo me atormenta;*
> *A morte rasga minha carne e quebra meus ossos.*
> *Minha alma e meu espírito me abandonaram;*
> *No meu corpo existe sal, enxofre e mercúrio.*
> *Que primeiro sejam destilados, separados, purificados;*
> *Que sejam transmutados e renasçam,*
> *Através da Opus Magnum; a maior obra de todas;*
> *O círculo se fecha.*

As esmeraldas engastadas no punho de Azougue começam a piscar, luminosas, frenéticas, como se entendessem a mudança que está para ocorrer.

— Você. — Blackwell sinaliza para John, que ainda está sendo rendido por Caleb.

— Não! — grito, encontrando minha voz. — Não faça isso. Não... — Salto na direção dele, deles, no instante que Blackwell levanta a mão e um caco de vidro voa pela sala, cortando meu rosto.

— Elizabeth! — John grita meu nome, e eu arquejo, levando a mão ao rosto. O vidro só cortou de raspão: um corte comprido que arde e sangra, mas só um pouco, embora sirva de alerta. — Não — implora ele. — Por favor.

— Tudo bem — respondo. — Tudo bem. — Tento ser tão corajosa quanto, ele mas não sou. Tudo que fiz, absolutamente tudo, foi à toa. Salvar Nicholas apenas para que ele fosse morto na nossa frente. Salvar John apenas para que ele fosse oferecido feito um cordeiro no matadouro. Os dois me salvando — não só uma vez, mas duas —, porém sem o encanto da terceira.

Caleb traz John para a frente, para o centro da estrela. John não hesita; não tropeça. Vai direto até Blackwell, para na frente dele. Os dois ficam cara a cara: John não mais usa a armadura, sua túnica está suja e gasta pela batalha, o rosto está sombreado com sujeira, e o cabelo grudado de suor. Mas a postura é totalmente ereta e o olhar é direto. Ele não se encolhe diante do horror que é Blackwell.

— Você não vai lutar — diz Blackwell. — Se não quiser ver a garganta dela ser cortada devagar, de modo agonizante, bem na sua frente. Você não vai lutar se quiser que o fim dela seja misericordioso.

— O que você quer de mim? — A voz de John está firme.

— De você? — zomba Blackwell. — Não faça nada. — Depois, sem aviso nem cerimônia, levanta Azougue.

E a crava no peito de John.

Por um momento nada acontece. Então um brilho: a coisa começa, como as brasas do fogo sob nossos pés, espalhando-se do peito de John para fora, descendo para os braços até as mãos, subindo pelo pescoço até o rosto. John arregala os olhos, abre a boca; não diz nada, simplesmente ofega. Seu corpo fica rígido por um instante, dois; então ele começa a convulsionar, como se alguém o estivesse sacudindo. A luz em volta passa de branco a amarelo e a vermelho enquanto ele queima com a força da magia, a força do estigma saindo do corpo.

Conheço essa dor; finalmente me lembro. O calor, a ardência, a sensação de estar sendo aberta de dentro para fora e remendada de novo. Lembro-me da dor, da certeza de que eu ia morrer, dos apelos porque queria morrer.

Mais uma vez salto para John, tento cessar a coisa toda. Caleb se põe a meu lado num instante, a mão apertando meu braço, puxando-me para trás. Está me dizendo alguma coisa, mas não escuto, o som é abafado pelos meus gritos.

Então, como uma tocha sendo mergulhada na água, a luz se apaga. O vermelho se esvai de novo em branco, e John tomba no chão, inerte, os olhos castanho-esverdeados abertos para o céu, vidrados.

Caleb me solta, e eu corro para John, caio de joelhos ao seu lado. Sacudo-o, porque é isso que se faz. Chamo seu nome, porque é isso se faz também, esperando que de algum modo seja uma piada, uma piada cruel, mas, mesmo assim, uma piada, que de algum modo a pessoa possa gemer, tossir, rolar ou sentar-se, que possa ter enganado a morte afinal de contas.

Mas não é isso que John faz. Passo as mãos em seu rosto, pelos pontos de pulsação nos pulsos e no peito: estão vazios, silenciosos. Ele está vazio. Silencioso.

Está morto.

E não tenho nada para salvá-lo. Não posso fazer nada por ele. Absolutamente nada. Agarro a frente de sua camisa, já fria, e começo a soluçar. Mas, enquanto faço isso, não consigo afastar os olhos de Blackwell, do que acontece em seguida.

Blackwell levanta a Azougue para o céu, que gira da cor do carvão lá em cima, mais e mais rápido. A lâmina está coberta de sangue, vermelho-escuro e quase preto. Mas o cabo, as esmeraldas... não são mais verdes. Agora estão amarelas e brilhantes como o sol, sem piscar, mas chamejando, ficando mais e mais brilhantes a cada momento que passa. Ele continua entoando, as palavras ganhando velocidade, pulsando no ritmo do céu e da luz de Azougue.

Um buraco se abre no centro das nuvens, uma janela para o céu que vai se aprofundando agora. Ali, no centro: a lua. Metade luz e metade escuridão, pesada e guiando, atraindo o feitiço à completude.

Azougue explode em luz do sol. A luz nos engolfa, preenche o cômodo com claridade, tão branca e sufocante que fecho os olhos, enterro a cabeça no peito de John. Posso senti-la jorrando em mim, me enchendo com um calor tão intenso que me sinto queimada de dentro para fora. Agarro o corpo de John com mais força, protegendo-o com o meu, como se pudesse salvá-lo disso tudo, mesmo quando não pude protegê-lo antes, mesmo que ele não precise mais de minha proteção.

Tão rapidamente quanto se encheu de luz, a sala volta a ficar escura. Tudo preto. Silencioso. Abro os olhos, mas não vejo nada. Nem John, nem meus braços em volta de seu corpo, nem nada ou ninguém. Só o som de uma respiração ofegante: a minha, talvez de Blackwell. Os outros não respiram.

Momentos se passam. Não me mexo; ninguém em volta de mim se mexe, não que eu possa ouvir. Então, lentamente, a sala começa a se iluminar: a princípio suavemente nas bordas, um círculo de púrpura e vermelho se desbotando para o interior, dando lugar a um lavanda e rosado até estar tudo banhado numa névoa cor-de-rosa. Deveria ser linda, mas há algo de terrível naquela névoa, como se o ar em si estivesse encharcado de sangue. E, no meio de tudo aquilo, Blackwell.

Ele fica parado rigidamente, como John estava. Olhos arregalados, uma expressão de alguma coisa — dor ou medo? Não sei, nunca vi Blackwell descontrolado — desenhada em seu rosto, e os braços estão rígidos à frente do corpo. Azougue, que estava em sua mão há alguns instantes, sumiu. Tudo que resta são algumas pedras espalhadas no chão, verdes de novo agora, mas de um verde opaco, decadente, como se o que costumava iluminá-las por dentro estivesse morto.

É como se eu estivesse vendo o tempo retroceder: a pele de Blackwell volta a se unir, crescendo e se esticando sobre o rosto; as veias pretas ficando cinzentas antes de desaparecer por completo. O feitiço está funcionando. A destruição de Azougue combinou com a invencibilidade do estigma. Está consertando-o.

É o fim.

E todos estamos acabados.

Então há um arrastar de pés a meu lado. Eu me viro e vejo Nicholas vindo em minha direção, andando com dificuldade. Abraço John com mais força, protejo seu corpo com o meu. Não há mais nada que Nicholas possa fazer por ele, eu sei. Mas não importa.

Nicholas me ignora, continua vindo em minha direção, na nossa direção.

Recuo a perna, como fiz na prisão Fleet tantos meses atrás. Quando Nicholas foi me salvar e eu quase não confiei nele, quando quase não fui com ele, quando quase o matei.

Paro.

Olho-o com atenção; olho de verdade. Seus olhos escuros — antes vazios e vidrados — agora estão focalizados em mim, cheios de clareza, dor, desespero e da coisa mais próxima de medo que já vi passar por seu rosto.

Qualquer feitiço que antes tivesse dominado Nicholas já não se faz presente. Não sei como: talvez Blackwell o tenha libertado; talvez a transformação de Blackwell tenha cortado a magia. Estendo a mão de novo, mas ele balança a cabeça: uma vez, com força, e mais uma vez eu recuo. Ele chega mais perto, o suficiente para eu ver como está pálido, como treme, como perdeu metade de seu sangue no chão. Suficientemente perto de John para tocá-lo, a mão passando de leve junto ao pescoço.

— Ele está morto — digo, e poderia gritar de tanto sofrimento. — Isso não fazia parte de seu plano, fazia? Não podia fazer, assim, não. — O soluço que jamais parou de verdade recomeça.

— Elizabeth. Escute. Escute. — A voz de Nicholas está esganiçada, falhando, uma tosse sufocada e cheia de sangue. — A unidade dos opostos.

Paro de chorar abruptamente.

— O quê?

— Tudo precisa ter seu oposto. O em cima e o embaixo. O preto e o branco. A destruição e a invencibilidade. — Ele fala rapidamente, com a voz ansiosa; quer que eu compreenda alguma coisa que não entendo. — Tudo tem um oposto.

— É. — Inclino-me em sua direção. Sua mão ainda está em volta do pescoço de John, os dedos trêmulos na nuca, como se o estivessem acariciando. — Eu sei disso. Entendo...

Ele meneia a cabeça bruscamente outra vez.

— A imortalidade também tem um oposto. Ouviu, Elizabeth? — Mais tosse, mais sangue. — A imortalidade não pode existir sem seu oposto.

Viro-me de novo para Blackwell, ainda parado no centro da sala, as mãos vazias ainda à frente do corpo. Ele as aperta contra o peito, com um franzido cruzando o rosto agora pálido, livre das cicatrizes. Parece que espera ver alguma coisa que não vê, sentir alguma coisa que não sente. Como deveria ser a sensação de imortalidade? Qual é a forma dela, como é sua respiração?

Ou será que ela não existe?

— A imortalidade também tem seu oposto — sussurro, quando começo a entender finalmente.

Azougue, agora morta e transformada em poeira, cedeu sua destruição, como Blackwell planejou. O poder destrutivo combinado à invencibilidade do estigma para transcender ambos, como Blackwell planejava.

Mas o que ele não sabia, o que de algum modo John e Nicholas sabiam, era que a imortalidade não existe. Não pode existir: não sem ter a morte ao lado. Que os poderes de ambos se tornam o poder de nenhum dos dois, e ali está Blackwell, vazio de ambos.

Mortal.

— O círculo se fecha. Você é que deve fazer esse fim. O fim dele. Entendeu? Ent... — Nicholas tomba, a mão ainda envolvendo o pescoço de John. Ele fecha os olhos e fica terrivelmente, horrivelmente imóvel.

Eu é que devo fazer esse fim.

Eu queria tornar meu esse fim, quando jurei que protegeria John do dele. Não é o que eu teria escolhido, mas me foi dado realizá-lo, terminar o que começou há tempo demais para ser lembrado, uma história que começou sem mim, mas que de algum modo me envolveu, e agora é deixada para mim.

Isso ainda a torna minha?

Isso importa?

Como se ouvisse meus pensamentos, Blackwell se vira para mim, e por sua expressão dá para ver que me culpa: pelo que aconteceu a ele, pelo que não aconteceu a ele; por não entender o que aconteceu. Fica parado me olhando, com a névoa cor-de-rosa ainda o cercando, como um halo de sangue, os olhos sombrios e a expressão mais sombria ainda.

— Você fez isso. — Blackwell sacode a mão e imediatamente Marcus está ao seu lado, desembainhando a espada e colocando-a na mão dele. Blackwell avança para mim, balançando a espada diante do corpo, um movimento lento, arrastado. — Você. E ele. — Não sei se está falando de Nicholas ou de John; não importa.

Levanto-me. Devagar, dolorosamente; em meio a ossos quebrados, ferimentos sangrando e carne queimada, arrancada. Afasto-me do entulho, da carnificina, de Nicholas e de John, e soltá-lo é o pior sofrimento de todos.

— Uma vez você me disse que nós criamos nossos próprios inimigos. — Minha voz está decidida, porém cansada: tão cansada como no fim de todas as batalhas que já travei. — Nunca fui seu inimigo, nem eles.

— Você conspirou para me enganar; entrou em conluio para me enganar. E fica aqui diante de mim, ainda me enganando.

— Eu disse que não *era* sua inimiga. — Abaixo-me e suavemente e desembainho a espada de John. Está suja, manchada de sangue, é comum. Mas Blackwell também é comum, se é mortal, não precisa ser nada mais. — Mas agora sou.

— Você acha que pode me matar? — A voz de Blackwell está diferente. Não só em timbre, mas no tremor; um leve abalo que me alerta para a verdade: ele está com medo. Pela primeira vez ele é como eu; como todos nós. E por um momento, só um momento, quase sinto pena.

— Você deveria ter me deixado em paz — argumento. — Se tivesse me deixado em paz, eu não seria nada para você. Mas, ao me perseguir, você criou seu pior inimigo. E por isso, pelo que fez com eles, com todos nós, vou pagar na mesma moeda.

Levanto a espada de John. Imediatamente Marcus vem para mim, com passos espasmódicos, hesitantes, como se estivesse se movendo contra a vontade, contra a vontade de Blackwell. Caleb não se mexe. Blackwell balança a mão para dispensar os dois, exercendo seu controle de *pater*, o único poder que lhe resta.

Blackwell tenta me contornar. Tenta. Mas eu acompanho cada passo seu. Ele levanta a espada. É um gesto lento, inseguro, é o golpe de um homem mortal, e ainda mais um mortal com medo. Aparo o golpe, desvio-o, o choque de prata em aço ecoando nas paredes de madeira nuas, no piso de madeira vazio.

Ele golpeia de novo; desvio o golpe outra vez. Posso ouvi-lo ofegar enquanto giramos, estocando, aparando, atacando. Mas ele não acerta os golpes que deveria, e sabe disso. Por isso faz uma coisa que não espero:

Joga a arma no chão.

Ela sai girando no piso de madeira lisa, parando junto à parede de lambri. O choque de vê-lo desarmado basta para me fazer parar, para desviar meus olhos só por um segundo. Mas ele só precisa de um segundo.

Blackwell salta. Agarra meu braço direito, o que segura a espada, empurrando-o. Com a outra mão, agarra um punhado do meu cabelo e me chuta com força, mais forte do que eu acharia possível, bem na lateral do joelho: um movimento que aprendi com ele e que agora é usado contra mim.

Caio no chão, um grito agudo de dor escapando dos lábios. A espada se solta de minha mão, deslizando até um monte de entulho. Tento pegá-la, com a perna embolada embaixo do corpo, mas não a consigo alcançar.

Blackwell se volta para Marcus.

— Acabe com ela.

Marcus fica atento imediatamente. Aqueles olhos cinzentos se viram para mim, e ele vem andando, ostentando um sorriso tão luminoso quanto seu olhar, os passos tranquilos: dominados. Caleb fica em posição de sentido ao lado de Blackwell, ambos observando, esperando o final.

Meus dedos tateiam loucamente no meio da poeira e dos pedaços de madeira, e finalmente encontram alguma coisa: frio, liso, um cabo; não de espada, mas de adaga. Desenterro-a e ajeito o corpo até ficar agachada.

Blackwell arregala os olhos quando recuo a adaga, e os arregala mais ainda quando eu a lanço. Ela acerta onde eu queria: em seu peito, cinco centímetros à direita do centro, bem no coração. Ele grunhe, hesita, tomba de joelhos. O sangue brota na túnica, cobrindo a rosa vermelha de sua casa — aquela rosa retorcida, enroscada, cheia de espinhos —, que fica preta e encharcada de sangue.

Ouço um rugido de fúria, e Marcus salta para mim, louco feito um animal, com ódio e vingança nos olhos. Ele falha. Caleb o alcança antes que ele chegue a mim; tudo acontece depressa demais. Uma agitação, um palavrão — o estalo violento de um pescoço e Marcus tombando frouxo. Morto de novo; o rosto imóvel num rosnado torto de surpresa.

Blackwell leva a mão à faca em seus peito, arranca-a. Mais sangue, um arquejar contido de dor, um olhar de choque para Caleb por ter permitido que isso acontecesse. Mas ainda está respirando, ainda está vivo, e eu não tenho tempo. Não tenho tempo até que Blackwell dê sua ordem a Caleb, incitando o ataque.

Fico de pé. Cambaleio com o peso do joelho despedaçado, dos ferimentos espalhados como pétalas na pele. Vejo a espada de Marcus, a que Blackwell jogou longe tão descuidadamente. Um olhar breve para Caleb: sei que ele ouve meus pensamentos, sabe o que pretendo fazer. Blackwell também sabe; deve saber. Tenho segundos antes que Blackwell ordene que ele acabe comigo, e dessa vez não há ninguém para impedi-lo.

Corro para pegar a arma. E, antes que possa pensar no medo que começa a se desenhar no rosto de Blackwell, no medo da derrota e da morte, no medo que o definiu e agora o desafia; antes que eu possa parar para me arrepender ou para permitir que a compaixão modere esse medo, cravo a espada em seu peito. Ela range penetrando na carne, lisa; sem interrupções, fácil como mergulhar a mão em água quente. E fica ali enquanto a vida se esvai.

Não há pompa em matar um rei, apenas circunstância: sem magia, sem fogo; sem tetos despencando como chuva. O fim chega para Blackwell, como chegou para Nicholas e para John; como chega para qualquer pessoa: rápido, silencioso, doloroso.

Finalmente.

33

ACABOU.

A magia que Blackwell tomou e distorceu em favor de seus objetivos — antes de ela se distorcer contra ele — se foi. Imediatamente a sala fica mais clara. As nuvens, antes negras e agourentas, se dissiparam dando lugar ao céu discreto do início da manhã. Isso destaca nitidamente a destruição ao redor: o sangue, as pilhas de entulho, as armas largadas, o vidro quebrado. Os corpos feridos: de John e de Nicholas.

Não me mexo, não falo. Nem quando Caleb se mexe, caminhando lentamente pelo cômodo, os passos se arrastando em meio à ruína. Ele para diante de Blackwell cujo corpo está tão inanimado e imóvel quanto os outros, mas, diferentemente dos outros, com o rosto retorcido numa careta de dor e derrota. Não há paz para ele, nem na morte.

— Está morto — constata Caleb. Aquele brilho que eu vi antes no campo, no calor da batalha, lampeja de novo em seu rosto. — Sinto que posso respirar de novo.

— Você sabia. — Minha voz sai opaca, sem emoção. Não me resta emoção alguma. — Você sabia que isso ia acontecer. Você ajudou a acontecer.

Caleb balança a cabeça.

— A princípio não sabia. Mas Nicholas e seu curandeiro deduziram. Sabiam o que realmente significava a união dos opostos. Por isso se sacrificaram, para permitir que Blackwell tentasse fazer a coisa toda. Seu outro amigo, Schuyler, também sabia. Ele me chamou, disse que eu podia ajudar. A ele. A Nicholas. A você.

— A você mesmo. — A palavra tem amargura suficiente para sufocar.

— É. A mim. — Caleb reconhece a verdade. — Mas agora Blackwell está morto e todos estamos livres. Era o que você queria, não era? Ser livre?

Livre. Sem John e sem Nicholas a palavra está mais para *desamparada.* Mas sei o que Caleb quer que eu reconheça. Seu papel nisso tudo, o risco que ele correu; o papel que representou e que ninguém mais poderia representar. John e Nicholas não são os únicos que precisaram morrer para que Blackwell também morresse.

— A Ânglia agradece o que você fez — declaro. É só o que consigo expressar, a única coisa que consigo dizer.

— Talvez algum dia você também agradeça.

Confirmo com a cabeça, mas já estou recuando. Não quero conversar com Caleb, e já parei de ouvir. Quero ficar perto de John até não poder mais ficar perto dele, e depois preciso pensar num jeito de informar a Peter que o filho morreu. Isso quase basta para eu desejar que Peter também tivesse morrido, só para não ter de suportar tal dor.

Caleb olha para as janelas abertas e despedaçadas. Franze o cenho, comprime os lábios, balança a cabeça. É um gesto que vi Schuyler fazer, que ele faz quando está montando alguma coisa a partir dos fragmentos de pensamentos ao redor.

— Eles estão recuando — diz ele, depois de um momento. — Os homens de Blackwell. Estão indo embora. Posso sentir. — Outro som de vidro esmagado enquanto ele vai para a janela aberta. — Eu também deveria ir agora.

Não pergunto aonde ele vai. Mas, quando passa pela janela, meio na luz, meio na escuridão, ele se vira para mim e diz:

— Acha que vamos nos encontrar outra vez?

Olho para ele. Ver Caleb partir — de novo — não me diz nada dessa vez. Há muitas coisas erradas entre nós, que jamais podem ser consertadas.

— Não sei. Mas acho que é melhor se isso não acontecer.

Caleb não diz nada, apenas assente. Então vai embora, passando pela janela como um espectro. E fico sozinha.

Lentamente, como se estivesse num pesadelo do qual nunca vou acordar, sigo até o corpo de John, repousando pálido e imóvel. Nicholas está deitado de costas a seu lado, parecendo mais jovem na morte. O rosto está pálido, semelhante a mármore em sua placidez, mas com uma expressão pacífica que faz quase parecer que sorri. As mãos estão entrelaçadas sobre o peito; ele está tão, tão quieto.

Ajoelho-me ao lado de John, seguro sua mão fria na minha febril. Seus olhos, antes abertos, estão fechados; Nicholas deve ter feito isso. O corpo mudou de posição ligeiramente, a cabeça virada para a janela. Nicholas deve ter feito isso também. Diferentemente de Nicholas, John não parece mais jovem na morte. Nem pacífico. Sua testa está ligeiramente franzida, com uma ruga entre os olhos. Parece que está dormindo e que não está tendo um sonho particularmente bom, parece que poderia abrir os olhos a qualquer momento e me contar tudo. Mas não pode, e o aspecto definitivo, simples, mordaz de tudo isso é mais que consigo suportar.

— Sinto muito. — Repito várias vezes, curvada sobre ele, segurando sua túnica e balançando o corpo para a frente e para trás, sussurrando e soluçando até que minha voz acaba e fico mole de exaustão e sofrimento.

É então que sinto: a mão na nuca, segurando meu pescoço, os dedos passando levemente em meus cabelos. Não me mexo, pelo não menos imediatamente. Porque, quando me mexer, sei que verei Peter a meu lado, com o sofrimento gravado no rosto do mesmo jeito que sei que está cauterizado no meu, e não consigo suportar. Mas então, quando o vejo dizer meu nome, "...beth" numa voz que é tanto um sussurro quanto uma respiração, levanto a cabeça bruscamente.

John. Ele virou a cabeça, está me olhando através de um olho semicerrado, a mão que estava em minha cabeça agora parada no ar. O outro olho se abre, e ele pisca, baixando a mão a meu lado, os dedos agarrando a bainha de minha túnica.

Estou com medo demais para dizer qualquer coisa. Com medo demais de fazer qualquer coisa que possa tirar esse momento, que possa quebrar o feitiço e arrancar a possibilidade do que estou vendo, levando-me de volta à realidade do que o momento é de fato: impossível.

Mas, quando ele diz meu nome de novo, dessa vez com mais clareza e mais alto, finalmente consigo pronunciar uma única palavra:

— Como?

John não fala. Apenas vira a cabeça, e ali, na pele ao lado do pescoço, onde Nicholas tinha posto a mão, há uma flor-de-lis minúscula, não muito maior que uma impressão do polegar, não mais escura que uma queimadura de sol. É tudo que resta de Nicholas, de seu poder: dado a John, curando-o enquanto seu corpo agonizava.

— Ah. — É tudo que consigo dizer. Aperto a cabeça de volta em seu peito, envolvo-o com os braços e me enterro ali de novo. John aperta a cabeça contra a minha e sussurra ao meu ouvido, as palavras ininteligíveis devido ao tremor na voz e ao tumulto em minha respiração, mas, mesmo assim sinto, o amor e o alívio que há nelas.

Devagar, depois de um tempo, eu o ajudo a sentar e depois a ficar de pé. Ele está inseguro e me aperta com força.

— Como está se sentindo? — Não sei se me refiro ao fato de ele estar sem o estigma ou com a magia de Nicholas ou depois de ter morrido. Talvez eu me refira a tudo ao mesmo tempo.

— É difícil dizer. — Ele dá um sorriso hesitante, como se soubesse o que estou pensando. — Estou cansado. Meio tonto. Mas na maior parte, pelo que dá para perceber, estou me sentindo eu de novo.

— Caleb disse que vocês planejaram isso. Você e Nicholas. Quando?

— Enquanto eu estava preso em Rochester. Nicholas me levou os livros de que eu precisava para deduzir. Isso foi parte do motivo para ter me trancado. Ele precisava que eu soubesse qual era meu papel nisso tudo. O que eu precisaria fazer. O que nós dois precisaríamos fazer.

— Alguém mais sabia disso? Seu pai? Fifer?

— Fifer sabia. Ela deduziu antes mesmo de mim. Mesmo assim, teve muita dificuldade para aceitar. Especialmente perto do final. — Lembro-me de como ela não estava em lugar algum na noite da comemoração antes da batalha, de como Schuyler também ficou ausente. — Mas esperei até a noite passada para contar a meu pai — continua John. — Quase não contei. Porém, não queria que ele pensasse que entrei nisso sem saber.

— Mas não me contou.

Ele assente.

— Porque não sei se conseguiria ir até o fim se tivesse contado.

John segura minha mão, e atravessamos a destruição na sala de música, caminhando para o corredor. Aqui está silencioso e calmo, assim como na capela ao lado. Com cuidado, carregamos o corpo de Nicholas, colocando-o na chancela e cobrindo-o com o pano do altar, pesado e cheio de bordados, antes de sairmos para o pátio.

Ali está tudo límpido, incólume, mas isso não quer dizer que esteja seguro. E não está: quando saímos da alameda de teixos para a campina, a batalha que começou nos campos e fazendas fora de Rochester se apresenta diante de nós, derramando-se para as barracas e o gramado, pelos pátios de torneio e de treino. Homens correndo para todos os lados: homens de preto, homens de azul e vermelho, uns poucos de branco.

Puxo o braço de John, levando-o de volta à alameda.

— Espere. — Ele espia para além da fileira das árvores. — Eles não estão invadindo. Estão recuando. Veja.

Saímos para o campo, cautelosos. Mas John está certo, e parece que Caleb também estava: os homens de Blackwell, os que restam, estão correndo desesperadamente na tentativa de escapar. Agora o céu está límpido, livre das nuvens negras e dos híbridos alados, uma paisagem ocupada apenas pelo alvorecer e pelo verde.

— Quero encontrar meu pai — diz John. — Ele precisa saber que estou bem. E quero ajudar, se puder, as pessoas que precisem.

Vamos em direção à ponte que leva para fora de Rochester, jamais nos separando muito um do outro, jamais baixando a guarda. Procuramos pessoas conhecidas entre os corpos espalhados, mas eles são principalmente de homens de Blackwell e um punhado de soldados gauleses. Vamos até cada um deles para ver se há algo que John possa fazer para ajudar. Mas todos já estão além da possibilidade de salvação.

O outro lado da ponte é uma história bem diferente. Ali a estrada está cheia de homens usando os dois tipos de uniforme; alguns vivos e feridos, mas a maioria mortos, inclusive dois de branco, membros da Ordem. O primeiro, um rapaz que não conheço, e o segundo uma garota que conheço: Miri, aquela menininha que conseguia manipular a água. Sinto uma pontada de tristeza: a pequenina tinha apenas 10 anos. John vai até eles, ver o que pode fazer para ajudar, e continuo percorrendo o campo, examinando o labirinto de homens, procurando Peter.

É então que vejo Malcolm, caído na clareira. Está sozinho e sei que está ferido pelo modo como se movimenta, torcendo-se de um lado a outro, lento; as costas arqueando, a mão estendida adiante, agarrando o capim fino, achatado. Porém, mais que isso, dá para ver pela poça de sangue embaixo, escorrendo para os lados, da cor de ferrugem e brilhante.

— Malcolm! — Eu corro até ele, abaixo-me ao seu lado e seguro sua mão. Está escorregadia de sangue, dele ou de outra pessoa. Ele está sem armadura, com a túnica azul e vermelha esfarrapada.

— Como nos saímos? — Ele me espia com um olho entreaberto, cinzento e pálido, contrastando com o sangue no rosto. — Vencemos?

Então John aparece, devagar e meio sem fôlego. Ajoelha-se ao lado de Malcolm, levanta a veste dele e revela o que resta da cota de malha embolada embaixo. Parece que ela foi meio mastigada. Com cuidado, John tira o resto da malha, pedaço por pedaço.

— Vencemos — digo.

Malcolm fecha os olhos e inspira. Quando exala, está me olhando de novo.

— E meu tio? — Ele sustenta meu olhar. — Como se saiu em tudo isso?

Penso em dizer que não sei. Mas sei que ele já sabe. Dá para ver pelo ar resignado em seu rosto, pelo modo como ele me olha, prendendo-me à verdade.

Por isso conto.

— Está morto.

Malcolm assente devagar.

— Ele feriu você?

— Não — respondo. — Hoje não, e nunca mais.

Ele fecha os olhos de novo. Quando os abre e me fita, eles estão cheios de tristeza e luz, alívio e sombras, todas essas coisas ao mesmo tempo, impossivelmente opostas, como Azougue, mas impossivelmente humanas.

— Não posso dizer que lamento — diz ele. — Mas também não posso dizer que estou feliz com isso. Irônico, não é? Ele era tudo que me restava, e queria me ver morto, e agora se foi.

— Ele não é tudo que restava a você — argumento, só que não sei se é verdade. Não sei o que espera por ele em Rochester, ou em Upminster, se é que alguma coisa ainda espera por ele.

— Você só fala isso porque estou morrendo — diz ele, como se lesse minha mente.

— Você não está morrendo — afirmo.

— Tente não falar. — John estende a mão e enrola gentilmente a túnica de Malcolm. Solto o ar com força. Sua pele está cortada pelo meio do tronco, numa diagonal que vai do quadril à axila. Todo o peito está coberto de sangue.

John tira uma faca do cinto de Malcolm.

— Vou cortar sua túnica para tirá-la, está bem?

Malcolm confirma com um movimento ínfimo da cabeça, e John começa a fatiar o tecido. Examina-o antes de jogá-lo fora; não passa de um trapo sangrento. John tira sua veste e a cota de malha antes de puxar a própria túnica por cima da cabeça, e agora está nu da cintura para cima.

— O que você está fazendo? — Sinto meus olhos se revirando.

— Preciso estancar o sangramento. — John comprime sua camisa contra o peito de Malcolm, e o tecido branco fica vermelho rapidamente. — Segure isto aqui — pede, levantando-se. Em seguida dispara pela campina num movimento espasmódico, parando e andando, olhando o chão. Desaparece no meio das árvores e depois de um momento surge de volta, segurando um punhado de flores brancas em formato de sino, com folhas verde-escuras e espinhentas. Eu riria se não estivesse tão confusa.

— Você realmente sabe cortejar uma dama — diz Malcolm, quando John se abaixa de novo perto dele. — O lascivo no campo de batalha, sem camisa, desviando-se da morte certa para colher flores.

John lhe lança um olhar exasperado, arranca as folhas dos caules, enfia um bocado na boca e começa a mastigar.

— Retiro o que falei — diz Malcolm. — É *assim* que se corteja uma dama.

— Confrei — diz John, com a voz abafada. — Vai ajudar a estancar o sangramento. — Ele cospe as folhas na palma da mão, uma enorme gosma verde.

— Isso é nojento. — Malcolm parece genuinamente incomodado.

— Se preferir posso deixá-lo sangrar até a morte — responde John calmamente. — Largar você aqui para as gaivotas arrancarem seus olhos, os javalis dilacerarem a carne e aqueles corvos de olhos vermelhos acabarem com...

— Tudo bem, vá em frente.

John enfia as folhas esmagadas no ferimento, segurando-as no lugar com a palma da mão. Malcolm solta uma fiada de palavrões, contorcendo-se de dor.

— Só vai doer por um minuto. — Depois de um momento, John afasta a mão. Ela está sangrenta e pegajosa daquela coisa verde, mas, como disse, o sangramento diminuiu. John pega a faca, corta sua camisa rapidamente, fazendo uma bandagem, e a enrola bem apertada no peito de Malcolm.

— Precisamos tirá-lo daqui. — John olha ao redor. O campo está cheio de corpos, de soldados ainda correndo de um lado a outro com as armas levantadas. — Podemos tentar atravessar a floresta de volta a Rochester, mas não sabemos o que pode estar à espreita ali dentro... Ah, era só você.

Levanto os olhos e vejo Schuyler saindo do meio das árvores. Está com uma espada numa das mãos, e um bolo de tecido na outra. Ele para um momento, nos encarando.

— Que beleza. — Schuyler examina o corpo seminu de John. — Meio como um gladiador da república, lutando na arena. Posso lhe trazer uma tanga? Um par de sandálias? Um leão, talvez?

John faz um gesto obsceno para ele e depois, para minha surpresa, ri.

Schuyler lhe joga o pano cinza. É uma camisa.

— Encontrei isto caído por aí. Achei que poderia ser útil. — John pega a camisa com uma palavra de agradecimento e veste. — Ele vai morrer? — Schuyler meneia a cabeça para Malcolm.

Lanço um olhar irado para Schuyler.

— Não, não vai — responde John. — É um corte feio, sem dúvida, mas não é fatal. Mas é serrilhado, vai ser o diabo para costurar. — Um olhar de leve incômodo cruza seu rosto, e eu sei imediatamente o motivo. Pode ser que John não se lembre de como costurá-lo. Olha de volta para Malcolm. — O que foi? Uma faca serrilhada?

Malcolm balança a cabeça.

— Não foi uma arma. Foram garras. — Ele aponta para o alto. — Uma daquelas porcarias aladas me pegou e voou uns 30 metros para o alto até que alguém a acertasse com uma flecha. Eu ainda estava uns 5 metros no ar quando ela me largou.

— Você teve sorte por não ter quebrado nada. — John faz uma pausa e pensa. — A não ser que tenha quebrado. Consegue mexer os braços e as pernas?

— Consigo mexer tudo, menos a perna esquerda. Não consigo dobrar. Já tentei.

John olha para Schuyler.

— Você vai ter de carregá-lo.

Schuyler se abaixa e pega Malcolm no colo. Faz uma pausa e depois assente.

— Garanto que não — diz ele, e posso adivinhar o que Malcolm está pensando: que jamais se imaginou sendo ferido no campo de batalha, lutando contra a própria família, ser cuidado por um reformista, ajudado por um retornado. — E não há de quê — acrescenta.

34

FIFER E PETER NOS RECEBEM perto de Rochester Hall. Fifer corre até Schuyler como se não estivesse vendo mais ninguém. Olha para ele como se quisesse rir e chorar ao mesmo tempo. Depois se vira para John e se joga em seus braços.

— Nicholas. — É tudo que ela diz; é só isso que precisa dizer. John balança a cabeça, e Fifer enterra a dela contra seu ombro outra vez. Ele sussurra, a voz abafada pelos soluços de Fifer.

— Me ponha no chão — diz Malcolm a Schuyler, entreabrindo um olho. Sua voz mal passa de um sussurro. — Eu consigo andar, ou melhor, saltitar, e você deveria ir até ela... — Ele se remexe no colo de Schuyler e solta um gemido de dor.

— Nada de falar — recomenda John. — E nada de se mexer. — Em seguida olha para Schuyler. — Preciso colocá-lo na enfermaria. Você se incomoda de levá-lo? Vou junto. Você pode deixá-lo lá, mas eu vou ficar. — John se vira para mim como se fosse explicar, mas não precisa. Vai ficar com Malcolm para garantir que ele seja bem cuidado, porque, apesar de um inimigo ter morrido, ainda existem muitos outros que gostariam de se livrar do rei.

Schuyler vai andando pelo campo, com Malcolm ainda no colo e Fifer ao lado. John me diz que vai voltar logo para ficar comigo, então se afasta.

Agora estamos somente Peter e eu, a não ser pelos milhares de homens correndo ao redor, gritando, xingando e rindo. Fico observando enquanto eles passam, alguns no caos e na dor, alguns com triunfo e alívio. Talvez jamais esperassem vencer, mas, agora que vencemos, é uma sensação estranha, inebriante, sentir júbilo quando tantos outros morreram, sentir que vencemos quando ainda perdemos tanto.

Antes que eu possa dizer qualquer coisa, antes que possa começar a dizer ou ao menos pensar no que isso pode significar para nós, para eles, para tudo, Peter me puxa num abraço, dando tapinhas em minhas costas, como se eu fosse uma criança, murmurando palavras de consolo das quais eu sequer sabia necessitar. Relaxo em seu abraço e choro até estar fraca de alívio e sua camisa estar molhada com minhas lágrimas.

O campo de batalha continua a se esvaziar; homens continuam a voltar cambaleando para o acampamento em Rochester, chegando continuamente pela guarita. Depois de ver Malcolm instalado em segurança e muito bem guardado numa tenda da enfermaria — com a promessa de voltar para vê-lo em breve —, John me encontra de novo, com Schuyler e Fifer a reboque. Houve algumas horas de pânico enquanto não tínhamos notícias de George, mas finalmente Schuyler o encontra num grupo de soldados gauleses em volta de uma tenda, todos bêbados. Ficamos com raiva por um minuto inteiro, até que um soldado joga uma garrafa de vinho para John. John bebe um gole antes de passá-la a mim, rindo.

Nós quatro nos sentamos junto deles e passamos a maior parte da noite bebendo, rindo e sentindo algo que eu não experimentava há muito tempo:

Alívio.

Muito mais tarde Gareth é encontrado. De volta a Harrow, escondido na catedral de sua casa, encolhido ao lado do púlpito onde me acusou e ordenou que eu matasse o homem pelo qual ele renunciou a seu grupo. Ele tem uma espada na mão. Está morto.

Peter chegou à conclusão de que, em algum momento da batalha, ele mudou de ideia: um traidor traindo de novo. Talvez tivesse se ferido antes; talvez tivesse sido acertado no caminho de volta. Não era um ferimento profundo, era algo que um curandeiro poderia resolver caso ele voltasse a Rochester. Em vez disso, ele sangrou até a morte; sequer pôs uma bandagem para tentar estancar a hemorragia. Mas talvez ele não tivesse noção exata do quanto estava ferido, pelo menos não até ser tarde demais.

Nos dias subsequentes, Nicholas é enterrado num terreno ao lado de sua casa, uma casa que agora pertence a Fifer. Pouco depois ela escolheu desaparecer do acampamento com Schuyler, isolando-se e passando pelo luto em particular.

Com a morte de Blackwell, Ânglia entra em crise: somos um país sem rei. Depois da rendição, os conselheiros de Blackwell, que antes eram de Malcolm, se reúnem com o conselho de Harrow, comandado por Fitzroy, nomeado regente da Ânglia. E durante dias eles discutem uma questão sem precedentes: quem ficará com a coroa? Por direito, ela deveria ser devolvida a Malcolm. Só que ele não a quer.

— Não posso fazer isso — diz Malcolm. Estamos dentro de Rochester Hall, em uma das centenas de quartos luxuosos, a maioria agora com soldados em recuperação. Estou sentada numa cadeira ao lado da cama, John do outro lado, verificando-o. Já se passaram sete dias desde o fim da batalha; seis desde que Malcolm foi instalado num belo quarto, muito diferente daquele em que ficou preso. Poderia ter qualquer um das dezenas de curandeiros a seu dispor, mas, para minha surpresa, ele só quis John.

— Eu não dei conta da primeira vez. Vocês viram o que aconteceu. Levou a... tudo isso. — Ele acena vagamente na direção da janela. Ao longe, ainda há soldados no acampamento. — Pensei no que eu faria se vencêssemos. Eu pretendia entregar a coroa a Margaret, mas isso foi antes... — Ele deixa o resto no ar, voltando o olhar para o chão. John e eu nos entreolhamos.

Malcolm não foi um bom marido, nem um pouco. Mas, quando soube da morte da mulher, ficou abalado, mais do que eu imaginava.

A morte dela não foi por causa da guerra, e sim de negligência: há três dias foi encontrada abandonada numa cela da Fleet, deixada para uma morte lamentável, de fome e frio.

— Alguém terá de fazer isso, e logo — digo. — Fitzroy não pode continuar governando; seu pleito não é suficientemente forte. Bisneto de Eduardo I, parente em terceiro grau...

— Quarto grau — dizem Malcolm e John ao mesmo tempo.

— Ótimo. Quarto grau. Ele pode manter o trono agora, mas assim que alguém começar a cavoucar, e vocês sabem que eles farão isso, vão encontrar alguém com linhagem melhor. Se for alguém de quem o conselho não goste, e se a pessoa não abrir mão do direito, pode haver uma nova guerra. Não podemos permitir isso.

— Se eu reivindicasse o trono haveria uma guerra de qualquer modo — argumenta Malcolm. — Ainda sou inimigo de algumas pessoas. Muitas. Não me obrigue a fazer as contas de novo. — Ele sibila de dor quando John apalpa sua perna quebrada.

— Desculpe — pede John. — Mas sua perna parece boa. Provavelmente você vai poder usá-la totalmente em menos de seis meses. Seus dias de torneios, caçadas e danças podem ficar limitado durante o próximo ano, mas isso não é muito ruim, pensando bem.

— Eu estava pensando em começar a pintar — sugere Malcolm, o rosto ainda numa careta. — Ou talvez tocar alaúde.

Por um momento não falo nada. A visão de John e Malcolm conversando como se não se odiassem, como se não fossem inimigos, me deixa em silêncio.

Então há uma batida à porta, e ela é aberta.

Ficamos de pé, John e eu, assentindo em deferência. Fitzroy nos cumprimenta com a cabeça e em seguida olha para Malcolm.

— Desculpe por não me levantar, lorde Regente. — Malcolm sorri para ele, e não há malícia em sua voz devido à deferência. — Parece que no momento estou com dificuldade.

— Não precisa se desculpar. — Fitzroy sorri de volta. — Você tem um momentinho? Pensei que poderíamos conversar. — Ele acena, e um punhado de serviçais aparece atrás, carregando bandejas cheias de comida e vinho; pratos de estanho e taças de cristal; talheres finos.

Um banquete para um rei. Ele olha para John. — Sei que isto não está na lista aprovada pela medicina, mas se você puder permitir só por hoje...

— Tudo bem — diz John, depois olha para Malcolm. — Acho que posso confiar que você não vai se exceder, não é?

— Acho que meus dias de excessos já acabaram — responde Malcolm.

Deixamos Malcolm e Fitzroy a sós e vamos pelo corredor comprido e cheio de luz, saindo por uma das muitas portas, para um dos muitos pátios. Há um círculo de bancos em volta de uma fonte borbulhando e gorgolejando ao sol quente, com os arbustos e as cercas vivas ao redor começando a florir. Sento-me no que está mais perto da água; John se acomoda a meu lado.

— Você e Malcolm — digo depois de um minuto. — É uma coisa estranha ver você ao lado dele. Ajudando. — Faço uma pausa. — Por que fez isso? Não só aqui, hoje, mas antes, no campo de batalha. Por que fez isso?

John sorri.

— Bem, eu não seria um bom curandeiro se o deixasse para morrer, não é?

— Não é isso que eu quero dizer.

— Eu sei. Mas não sei se tenho uma resposta melhor. Parte do serviço de cuidar das pessoas é enxergar para além do que elas estão mostrando. Malcolm ficou numa cela ao lado da minha em Hexham. Lá ele mostrou muito do que era, e boa parte disso tinha a ver com você.

Faço uma careta. Não quero saber das coisas que ele falou.

— Vou lhe poupar dos detalhes — diz ele. — Mas, se eu achasse, ao menos por um segundo, que Malcolm desejava mal a você, que agira por maldade e não por ignorância, eu jamais o teria ajudado. Teria curado, mas não ajudado.

John continua depois de uma pausa:

— Ele é mimado e volúvel. É ignorante, também, mas não em relação às coisas. Em relação às pessoas. Malcolm conviveu tanto tempo com pessoas dizendo sim para ele o tempo todo que não consegue imaginar um mundo em que elas digam não. — Nova pausa. — Você o perdoou, não foi?

Confirmo com a cabeça.

— Ele pediu perdão, e eu achei que não poderia deixar tudo aquilo para trás caso não perdoasse. Foi logo antes de irmos para a batalha, e eu não sabia se iria vê-lo de novo. Na ocasião pareceu sem sentido recusar.

— E agora? Como se sente com a possibilidade de ele ser rei de novo?

— Acho que dessa vez será diferente. Acho que ele está diferente. Acho que todos estamos.

John segura meu rosto, roçando o polegar em minha bochecha.

— Não tão diferente assim — diz. E então me beija.

— O rei gaulês ofereceu a filha em casamento a Malcolm — diz Peter. Estamos matando o tempo em outro pátio, perto de outro salão onde está acontecendo outra reunião do conselho: a quinta em cinco dias. John, Schuyler, Fifer, George e eu.

— Há menos de três semanas eles queriam entregá-lo aos bérberes em troca de dinheiro — rebato.

— Há três semanas ele era prisioneiro — retruca George. — Agora é vencedor de uma batalha, herdeiro do trono da Ânglia. Herdeiro que abdicou para um plebeu.

— Fitzroy não é plebeu — digo.

George dá de ombros.

— Para Gália é. Sua linhagem é impressionante, sem dúvida. Mas é distante demais do trono. Bisneto do rei Eduardo, parente em terceiro grau...

— Quarto — corrijo. — Quarto grau. — George levanta as sobrancelhas. — Desculpe. Continue.

— Não há muito mais a se dizer — continua Peter. — O rei gaulês oferece a filha, juntamente a um dote considerável, inclusive mil libras para ajudar a reconstruir a Ânglia.

John solta um assobio.

Peter confirma com a cabeça.

— Um casamento assim reforçaria nossos vínculos com eles, iria nos unir contra ataques da Ibéria, contra os Países Baixos, caso decidam agir contra nós. Do jeito que a coisa está, eles enxergam a ambos como fracos. Um país sem rei, o outro com apenas uma filha para ser rainha.

— Ele não quer isso — afirmo. — Ele disse.

— Não importa. — George dá de ombros. — Os reis não têm muito a dizer sobre suas condições de nascimento, não é?

Peter balança a cabeça.

— É, eles não têm. Vai haver uma votação esta noite. Fitzroy está preparado para ceder o lugar se não houver ninguém para contestá-lo. Se a maioria disser sim, Malcolm pode recusar ou não. E não acredito que ele vá recusar. E vocês, o que acham?

Não creio que o olhar de todo mundo esteja voltado para mim, como se eu pudesse adivinhar o que Malcolm pode fazer. Mas imagino de qualquer jeito. E balanço a cabeça.

No fim das contas, eu estava certa.

Malcolm concordou com os desejos do conselho e vai ser de novo rei da Ânglia, porém governando o país de um modo inédito. Terá um conselho privado, como antes. Mas também terá dois outros conselhos regionais — o Conselho do Norte e outro de nome estranho, o Conselho dos Pântanos — para supervisionar os condados das fronteiras ao norte e ao sul da Ânglia. O direito divino dos reis — a lei que permitia que os reis governassem como deuses — foi abolido. As Doze Tabuletas, já abolidas, permaneceriam assim, com novas leis redigidas e votadas.

Praticamente já estava tudo pronto.

Quando a princesa gaulesa chegou com seus cortesãos, embaixadores, conselheiros, seu prato, suas joias e suas libras, eu não estava lá. Quando Ravenscourt voltou a se abrir, com os portões e pátios livres de todos os sinais de guerra e de morte, de híbridos e retornados, eu não estava lá.

Na semana depois de Malcolm ter sido reintegrado como rei, o conselho privado foi reinstalado em seus aposentos dentro de Ravenscourt, agora luxuosamente redecorado e reformado para apagar todos os sinais da ocupação de Blackwell. De novo eu não estava lá.

Não posso voltar à corte; não creio que jamais queira voltar.

John ajuda seu pai a colocar o último baú na carroça que está diante do chalé esperando para levá-lo a Upminster. Como membro do Conselho dos Pântanos, a presença de Peter é requisitada na corte todos os meses, e, apesar de não precisar ir até lá com mais frequência que isso, ele arranjou uma casa em Westcheap, uma caminhada curta até o palácio.

Olhamos a carroça seguir bamboleando pela trilha estreita, as rodas espirrando lama. Haveria uma carroça para mim, para nós, caso decidíssemos ir também. Metade das garotas de Harrow já partiu, todas ansiosas para ser damas de companhia na corte da futura rainha. Eu poderia fazer isso também se quisesse. Poderia fazer parte de tudo isso, tal como antes.

Mas sei como o poder caminha lado a lado com a corrupção, sei a rapidez com que as boas intenções ficam ruins. Sei que, apesar de promessas, declarações e até mesmo das leis, as coisas têm uma tendência a se virar por conta própria, de entrar num caminho e de avançar a tal ponto que se torna impossível reajustá-las.

Viro-me para John. Ele está me olhando e sei que está esperando — daquele seu jeito — que eu diga o que ele já sabe. Que não posso fazer parte da corte de Malcolm, não importando o quanto peçam, não importando o quanto ela tenha mudado. Porque existem algumas coisas que jamais mudariam, assim como existem algumas coisas das quais não quero me lembrar.

— Não posso — digo.

Ele fecha os olhos por um momento, e por um momento penso que o desapontei, que interpretei seu olhar e suas palavras equivocadamente, até que ele abre os olhos com um sorriso.

— Graças a Deus.

Contenho a surpresa.

— Você também não quer ir?

John balança a cabeça.

— Não. Nunca quis. Mas teria ido se você quisesse. Só quero ir aonde você for. — Ele me olha com atenção. — Mas eu queria que você decidisse sozinha. Queria que pela primeira vez você fizesse o que quisesse, sem ter ninguém decidindo por você.

— Tem certeza? Não se importa de ficar sozinho?

— Não estou sozinho. Estou com você.

Sorrio.

— Você sabe o que quero dizer.

Ele ri.

— Não estaremos sozinhos. Schuyler vai ficar. Keagan também; ela e Fifer estão iniciando um novo braço da Ordem aqui em Harrow. Quanto aos outros, podemos vê-los quando quisermos. Upminster não fica tão longe.

— É longe o suficiente.

John sorri.

— É longe o suficiente.

Ele pega minha mão e me puxa para o chalé cuja porta azul ainda está aberta ao sol e à brisa, receptiva. É um bom lugar para se recomeçar.

E um bom lugar para se continuar.

AGRADECIMENTOS

Ah, o segundo livro. É uma emoção, um desafio, um causador de muito estresse e um triunfo: como tudo no ramo editorial, é todas as coisas que as pessoas dizem que vai ser, mas você não acredita até chegar lá. Este livro é dedicado a todo mundo que me ajudou a chegar lá.

Minha agente, Kathleen Ortiz. Sinto que poderia agradecer a você o dia inteiro e, ainda assim, não bastaria. Por sua paciência, por sua perseverança, por sempre me proteger e me conhecer suficientemente bem para saber quando eu precisava *daquele* telefonema dizendo "Acho que devemos conversar". (E por sempre começar os telefonemas com "Você não está dirigindo, está?", seguido por "Não pire de vez".) Você é f*da, e adoro você.

Minha editora, Pam Gruber. Nós conseguimos! Considero este livro um feito tanto seu quanto meu: todos aqueles telefonemas, todos os e-mails, todas as conversas ("Você acha mesmo que ela faria isso?"; "Talvez, mas não creio que ela *devesse.*") e planilhas (é, nós tramamos feitiços usando planilhas). Obrigada pela paciência interminável, pela orientação, pela intuição, por me tornar melhor no que faço e por tornar esta história algo da qual me orgulho de verdade. Sinto que estamos unidas para sempre na magia.

Minha agência, a New Leaf Literary + Media. Vocês ainda são os caras mais maneiros do bairro, e tenho um orgulho enorme de fazer parte da turma. Agradecimentos especiais a Joanna Volpe, Danielle Barthel, Jaida Temperly, Dave Caccavo, Jackie Lindert e Mia Roman.

Minha editora, Little, Brown Books for Young Readers. Não se passa nem um dia sequer sem que eu sinta uma gratidão profunda por fazer parte desse selo. Sinto uma gratidão incomensurável por minha equipe incrivelmente talentosa: Leslie Shumate, Kristina Aven, Emilie Polster, Victoria Stapleton, Jenny Choy, Jane Lee e todo mundo da NOVL. Marcie Lawrence pela capa mais linda que já vi, Virgina Lawther e Rebecca Westall por fazerem um livro de verdade, Annie McDonnel por fazê-lo brilhar e Emily Sharratt por suas anotações na bucha, especificamente sobre Londres. Obrigada também a Megan Tingley, Alvina Ling e Andrew Smith. O apoio, a gentileza, o respeito e o entusiasmo demonstrados a mim e aos meus livros está em tudo que vocês fazem.

Meus editores estrangeiros. Obrigada pelo apoio, pelas capas lindas e por dar e Elizabeth e Cia. o melhor lar em todos os cantos do mundo.

Alexis Bass. Eu não poderia fazer essa coisa de publicar sem você. Obrigada pelas conversas longas, hilárias, insanas, pelas paixonites inadequadas e por compartilhar o mesmo cérebro e o mesmo gosto em praticamente tudo. Você é a *melhorésima* e agradeço demais sua amizade.

Minha Sociedade Secreta. As fileiras se cerraram, e somos nós. KL, JMT, LK, amo nosso cantinho do universo onde as coisas são sombrias, divertidas, sinceras e cheias de apoio. De todos os grupos em todas as cidades de todo o mundo, fico feliz demais por vocês terem entrado no meu.

Stephanie Funk. Por estar presente desde o início.

Melissa Grey, parceira crítica excepcional. Somos como aquelas duas coisas na aula de química que as pessoas nunca deveriam misturar, mas que, de algum modo, quando é combinada, brilha. Aos cupcakes, Freixenet, sushi, choros por causa de cachorrinhos, magos gays gostosos e comida mexicana. Amo nossa alquimia.

April Tucholke. Obrigada pela amizade, pela orientação e por me fazer rir tanto até doer. Que sempre possamos ter os retiros de escrita em litorais tempestuosos e a Cara do Liberace Quando Não Pensamos em Nada*.

À comunidade literária. Leitores, resenhistas, blogueiros, livreiros, professores, bibliotecários: obrigada por ler minhas palavras, escrever a respeito delas, contar aos amigos a respeito delas e me abordar para falar a respeito delas. Obrigada pelo apoio. A todos os meus colegas escritores: vocês todos são muito talentosos e uma tremenda inspiração. Sou grata por conhecê-los.

A meus amigos e à minha família. Vocês são a prova de que a magia existe. Obrigada pela paciência interminável e pela compreensão com "essa coisa de escrever". Agradecimentos especiais à minha filha intuitiva, Holland, quando me vê parecendo meio chateada, por sempre dizer: "Você não entrou no site do Goodreads de novo, entrou?" A meu filho esperto, August, quando me vê imersa em pensamentos, por dizer: "Precisa de um feitiço mágico? Que tal um em que um mago roube oxigênio do ar?" (Obrigada, meu chapa! Esse eu usei!) E ao meu marido Scott, cujas palavras sábias poderiam encher um livro inteiro. Obrigada por sempre acreditarem em mim, independentemente de qualquer coisa. Por causa de vocês eu sou simplesmente a garota mais sortuda do mundo.

Este livro foi composto na tipologia Warnock Pro,
em corpo 11,5/15,1, e impresso em papel offwhite
no Sistema Cameron da Divisão Gráfica
da Distribuidora Record.